LA MORT NOMADE

Ian Manook est journaliste, éditeur, publicitaire et désormais romancier. Son premier roman, *Yeruldelgger*, a reçu le prix Quai du Polar / 20 Minutes, le prix SNCF et le Grand prix des lectrices de *Elle*. Il vit à Paris.

Paru au Livre de Poche :

Série Yeruldelgger

YERULDELGGER
LES TEMPS SAUVAGES

IAN MANOOK

La Mort nomade

ROMAN

ALBIN MICHEL

© Éditions Albin Michel, 2016.
ISBN : 978-2-253-09276-6 – 1re publication LGF

À Bus, encore et toujours.
Aux miens et à ceux qui m'ont fait.
À moi !

Un « bec » à Chrystine, Norbert et Ben,
pour avoir policé mon argot du Québec.
Un « kush » à Évelyne et Natalia
pour avoir débridé mon yiddish.
Un « beso » à ma DEUP pour avoir recadré
mes tics et mes tocs d'écriture.

1

… Djamuka.

Le petit combi russe bleu tout-terrain crapahutait, en équilibre instable, vers la ligne de crête. En dodelinant dangereusement, sa carcasse peinturlurée écrasait sous ses pneus ramollis des cailloux chauds qui fusaient en cognant sous le châssis. La pente et les soubre-sauts décidaient de sa trajectoire plus que les efforts du chauffeur, cramponné de ses mains d'ogre au fin volant de bakélite ivoire.

— On va finir par verser et rouler jusque dans la vallée si tu continues comme ça. Et c'est moi qui suis à la place du mort.

Al éclaboussait de Chinggis tiède son T-shirt *Yes We Khan* à chaque couinement des ressorts à lame de la suspension malmenée.

— Si on verse, tout le monde meurt, philosopha Zorig, son corps de géant voûté pour tenir dans l'habitacle, les genoux dans le volant et la tête contre le pare-brise. Mais ça n'arrivera pas. Ces engins-là c'est comme des tiques. Ça suce la route et ça ne la lâche plus.

— Sauf le jour où tu nous as fait basculer dans le lac Airag, au sud de Khyargas, rappela Naaran, cramponné au skaï de la banquette arrière, la tête cognant contre la tôle de métal brut.

— Ce jour-là, c'était les freins.

— Et la ravine, dans le Khangai Nuruu ? insista Erwan, brinquebalé par les chahuts cahotiques du van. C'était les freins aussi peut-être ?

— Ce jour-là c'était les pneus ! bouda Zorig.

— Et la sortie de piste sur la route de Tchor ? Tu te souviens, la longue piste bien droite et toute plate, c'était quoi déjà ?

— ...

— C'était pas les éléphants, par hasard ?

Tous éclatèrent de rire, sauf Zorig, vexé, qui s'abîma dans sa conduite erratique.

— Ce jour-là, tu nous as bien jetés dans un dévers pour éviter un éléphant, non ?

— Et alors, je me suis trompé, ça arrive, non ? Je sais bien qu'il n'y a pas d'éléphants dans la steppe. Je ne suis pas aussi con que ça. Ça devait être autre chose, un yack, ou un chameau, je ne sais plus. J'étais fatigué.

— Fatigué ? Ivre, oui ! Rétamé, cuivré comme une bassine à myrtilles, plein comme une vessie de yack ! Tu devrais me laisser le volant, s'inquiéta Naaran.

— Jamais de la vie. C'est mon UAZ. C'est moi qui le conduis.

— Zorig, s'il n'y a rien de praticable de l'autre côté de cette crête, on ne pourra jamais faire demi-tour, pas même marche arrière.

— On pourra. Il passe partout. Et puis il y a tou-jours quelque chose après les choses.

C'était une sentence à la Zorig. Une affirmation non discutable à laquelle le futur donnait quelquefois raison. Al, Naaran et Erwan cherchèrent une réplique pour le principe, mais ce qu'ils découvrirent en atteignant la crête les laissa sans voix. Zorig stoppa le van dans un soubresaut qui faillit les faire glisser dans le ravin et colla son visage de colosse contre le pare-brise constellé d'impacts.

— Magnifique, siffla-t-il entre ses dents.

— Macabre, oui, murmura Al.

— Morbide, corrigea Naaran depuis le siège arrière.

— C'est quoi la différence ? s'enquit Erwan en glissant la tête entre les épaules de Zorig et d'Al pour mieux voir.

— Macabre évoque une mort dans des circonstances tragiques, alors que morbide n'a rien à voir avec la mort. C'est juste quelque chose de malsain et d'anormal, expliqua Al.

— Alors c'est plutôt morbicabre, trancha Zorig.

— Et beau.

— Morbicabre et beau, approuvèrent les autres en descendant du van.

Devant eux, l'homme nu était allongé sur le dos, comme enroulé sur un rocher. Son corps, cambré au-delà du probable, épousait très exactement la forme de la pierre presque ronde. Jusqu'à sa nuque. Jusqu'à ses bras désarticulés aux épaules et tendus au-delà de sa tête renversée, lestés par une lourde pierre au bout d'une corde nouée à ses poignets. D'un côté ses pieds étaient attachés à la base du gros rocher et de l'autre cette pierre immobile pendait dans le vide et l'étirait, cintré, sur le rocher lisse.

— Il est mort ? demanda Erwan sans oser s'approcher.

— Qui a fait ça ? gronda Zorig.

— Je n'en sais rien. Une sorte de crime rituel peut-être…

— Je ne parle pas de ce mec, je parle de mes dessins !

Erwan se retourna et découvrit ses trois compagnons occupés à décharger le van. Chevalets, papier Canson, aquarelles, fusains et graphites. Seul Zorig regardait en arrière, loin au-delà du vieil UAZ dont les portières étaient maintenues entrebâillées par des cales en bois pour compenser l'absence d'air conditionné.

— Toutes mes esquisses, éparpillées au vent. Vous auriez pu faire gaffe quand même !

— Qu'est-ce que vous faites ? s'étonna Erwan.

— On va le croquer, pardi, un modèle pareil ! répondit Al.

— Mais il est mort ! s'indigna Erwan.

— Justement, immobile comme il est, c'est un modèle parfait. Et puis son temps n'est plus compté, alors pourquoi compter le nôtre ?

Erwan ne sut pas quoi répondre. Il les connaissait, pourtant. Depuis dix ans il venait de France les rejoindre pour ces ateliers nomades et sauvages à travers la Mongolie. De sa Bretagne natale très exactement. Deux ou trois mois dans l'année, à peindre en pleine nature, sans contrainte, sans programme, sans itinéraire. À la vagabonde. Dix ans plus tôt, il les avait rencontrés dans un loft pour artistes, en plein hiver. Ils squattaient une aile abandonnée du bâtiment de l'Union des syndicats, face au palais du Gouvernement. Survivance d'une tolérance soviétique envers les artistes prolétaires et de la capacité de l'âme nomade à occuper les espaces désaffectés. Bien entendu, l'avidité financière pour les friches en cœur de ville les en avait chassés depuis, mais à l'époque Zorig l'avait accueilli, étonné par son carnet d'esquisses des côtes de Bretagne et de Normandie. Il l'avait présenté aux autres et ils avaient bu et peint comme des forcenés dix jours durant. C'est Erwan, en touriste curieux, qui avait eu l'idée de leur première virée sauvage. Il avait embarqué tout le monde dans son Land Cruiser de location vers les grandes steppes enneigées. Sur les conseils de Zorig, excité par le projet, ils étaient partis à l'est par Nalaikh pour plonger vers le sud et revenir vers l'ouest sur Zuunmod planter leurs tentes, aussi inspirés qu'avinés, face au massif du Bogd Khan. Ils avaient peint des jours entiers, fous possédés par des muses aimantes, dispersés dans la steppe avec leurs chevalets, emmitouflés comme des conquérants des pôles d'un autre âge, face au mont sacré éclaboussé de plein fouet par le soleil ras et froid du sud. C'est là que Zorig avait pour la première fois dilué sa vodka dans l'eau de ses aquarelles pour éviter qu'elle ne gèle. Et le soir, dans les mauvais bivouacs, s'étaient scellées ces amitiés nouvelles au nom desquelles ils avaient inauguré le rite du partage de ce breuvage coloré pour résister au froid dans leurs maigres duvets.

— Il faut appeler les secours ! les raisonna Erwan.

— Quels secours, il est mort !

— Au moins la police, alors.

— Tu connais la règle, nous partons toujours sans téléphone.

— Je suis content d'avoir triché alors, avoua le Français en sortant un smartphone de sa poche.

— J'y crois pas ! grogna Zorig en lui arrachant l'appareil des mains pour le fracasser contre un rocher. Erwan, c'est notre règle : on part et on peint, rien d'autre. On coupe tout avec tout le monde. C'est l'art nomade, putain !

— Quoi, l'art nomade, quel art nomade ? s'énerva Erwan, rouge de colère devant son iPhone 6 en miettes. Le premier cavalier venu a un smartphone dans la poche de son deel et une parabolique à la porte de sa yourte. Tout juste si maintenant ils n'ont pas des GPS accrochés à la selle de leur cheval quand ils galopent. Alors qu'est-ce que tu me bassines avec ton art nomade !

— Parce que c'est ça la force de notre projet, petit Breton de merde, répliqua Zorig. Le retour à la steppe. La pureté du trait pour la pureté des origines. La couleur première. La lumière d'avant, celle qui portait les messages, les deuils et les noces, les douleurs et les sourires, les cris et les pleurs à travers le temps et l'espace, avant le téléphone !

— Hey, où est passé Naaran ? coupa Al, interrompant la dispute, son chevalet sous le bras et tous ses pinceaux à la main.

— Je suis là !

Ils se penchèrent tous les trois par-dessus le vide d'où montait la voix. Leur compagnon s'était installé dans la pente rocailleuse, juste en dessous de la pierre qui lestait le corps. Ils convinrent en silence que la perspective devait être esthétique et inattendue. La pierre en gros plan, les bras distendus au bout de la corde dans son prolongement, et la tête tout en haut renversée contre le ciel, les yeux révulsés, la nuque épousant la courbe minérale de la roche. Zorig se retourna par réflexe pour vérifier la couleur du ciel. Bleu immobile. Ce con de Naaran savait toujours trouver les plus belles lignes de fuite dans les grandes couleurs plates.

— Vous devriez vous y mettre, leur conseilla-t-il, il est vraiment magnifique.

— Mais il est mort, merde ! s'offusqua Erwan.

— Bon, à tout à l'heure alors, dit Al en s'éloignant.

— Quoi « à tout à l'heure » ? Al, qu'est-ce que tu fous ? Où tu vas ? Merde, qu'est-ce que vous avez tous, c'est un cadavre quand même !

Al s'éloigna sans répondre. Quelques années plus tôt, les trois artistes mongols s'étaient invités par surprise dix semaines dans la maison d'Erwan en Bretagne, et Al était resté marqué par les mers échouées à marée basse, les houles lourdes et laiteuses comme des huîtres pleines, les côtes ventées sur lesquelles leur hôte les avait poussés à planter leurs chevalets. Seul Al n'avait rien pu peindre. Rien. Il n'avait pas su. Aucun vert de ces ressacs moirés, aucun embrun argenté, aucune de ces brillances, de ces transparences épaisses et rondes. Il était resté sec de toute inspiration, stérile, immobile et muet, des heures entières, dans le vent continu aiguisé de poussière de granit ou dans l'explosion tonitruante des gerbes d'écume en geysers soufflées depuis le pied des falaises. Perdu à en pleurer face à l'immensité de l'horizon qui le laissait sans art. Vide. Depuis qu'il était rentré en Mongolie, il posait son chevalet loin à l'écart des autres, fixait la steppe à s'en hypnotiser le cœur, et laissait revenir à lui tous ses souvenirs de jaunes à marée basse, de courants irisés, de houles vert-de-gris, de vagues sombres et bleues brodées d'écume dentelée ou de falaises immaculées échevelées d'herbes folles. Depuis trois ans, Al ne peignait que des marines bretonnes au cœur de la steppe.

Erwan se retourna vers Zorig qui pestait toujours contre la perte de ses dessins.

— Zorig, il faut faire quelque chose. Tu as déjà vu un truc pareil ?

Zorig s'approcha de lui de mauvaise grâce et s'appliqua à observer le cadavre un long moment en silence.

— Oui, finit-il par lâcher.

— Oui quoi ?

— Oui j'ai déjà vu…

— Quoi, quelqu'un mort comme ça ?

— Non, une gravure, dans un livre. La mort de Djamuka.

2

… l'amour depuis quatre mois.

Accroupi derrière le rocher, Yeruldelgger la regardait depuis longtemps. Depuis qu'il avait aperçu sa silhouette sur la crête de la colline bleutée d'armoises, de l'autre côté de la vallée piquetée d'asters argentés et d'ancolies roses, fragiles comme la rosée d'une aube transparente. Une femme. À cheval. Il l'avait deviné à sa façon de monter. Moins en avant qu'un homme. Moins droite sur ses étriers. Moins maîtresse de sa monture à la force des bras. Plus en harmonie, ses hanches plus larges, enlaçant de ses jambes la panse du cheval pour faire corps avec lui. Bonne cavalière. D'aussi loin il ne pouvait deviner son visage, mais il imaginait son âge à la ligne de ses épaules et à la courbure de son dos. Proche du sien. Sur l'autre versant de la vie. À peine. Mais encore vigoureuse.

Elle ne pouvait pas ne pas l'avoir vu. Elle pointait déjà son imperceptible silhouette contre le ciel de la colline quand il était sorti du sommeil feutré de sa yourte. Nul doute qu'elle attendait, dans le matin frisquet qui précède les fortes chaleurs, qu'il donne signe de vie. Donc elle l'avait vu, dans son deel un peu défait, sortir à la fraîche et se diriger vers le rocher. Et bien entendu, elle savait qui il était. Ou au moins quel genre d'homme. Elle avait dû remarquer l'absence de museaux. Ni chèvres pour le cachemire ou le lait, ni moutons pour le lait et la viande, ni chameaux pour le trait, ni yacks pour la crème. Pas la yourte d'un nomade. Celle d'un bono. Sûr qu'elle avait compté ses trois chevaux et même d'aussi loin deviné qu'il ne possédait aucune jument. Même pas de quoi fermenter du lait pour faire son aïrag. Donc elle savait à peu près qui il était et avait attendu qu'il donne signe de vie. Nul doute non plus quant au fait qu'elle savait très bien ce qu'il faisait caché derrière son rocher.

Sans un geste, elle commanda au cheval de descendre la colline au pas et il la regarda approcher. Elle ne cherchait pas à rejoindre la yourte. Elle venait tranquillement vers lui et ce qu'il faisait ne l'arrêtait pas. Yeruldelgger cala ses deux pieds un peu plus écartés sur les planches pour prendre une meilleure assise. Seul son visage amusé dépassait du rocher. La cavalière montait maintenant son versant du vallon, tapissé de gentianes, d'œillets nains et de géraniums sauvages, inondé du premier soleil allongé de la journée. Quand elle fut à mi-chemin, il nota qu'elle portait un deel moiré brodé de motifs blonds et un arc en bandoulière. À sa selle pendaient des sacoches et un carquois dont dépassaient les empennages jaune et vert d'une brassée de flèches. Il en fut content. Cette femme guerrière, cette amazone dans le levant, c'était une vision inattendue qui le ravissait malgré l'inconfort de sa position. Il la laissa venir jusqu'à lui, admirant sa maîtrise de la monte, tout en douceur, et son port altier malgré l'âge. Il avait raison. La femme portait sur ses épaules le poids d'au moins une demi-vie, mais son visage trahissait une force tranquille qui laissait penser qu'elle pouvait envisager de vivre encore autant. Elle arrêta son cheval sans un geste, juste à bonne distance pour pouvoir lui parler.

— Pas la peine de te demander de tenir tes chiens, je suppose, dit-elle dans un sourire qui rajeunit son visage de deux vies de femme.

— Pas vraiment, en effet, répondit Yeruldelgger en chassant une mouche qui bourdonnait autour de ses genoux.

— Je suis venue te demander ton aide, dit-elle.

— Crois-tu vraiment que je sois en position de t'apporter le moindre secours ?

— Je peux attendre.

— C'est justement ce que je ne pouvais pas faire, s'amusa-t-il.

— Je cherche ma fille qui a disparu. Je veux que tu m'aides à la retrouver.

Il resta quelques instants concentré, autant sur ce qu'il essayait de faire que sur ce qu'elle était venue lui demander.

— Pourquoi moi ?

— Parce que je sais qui tu es.

— Tu sais qui je suis ?

— Oui, tu es Yeruldelgger.

— Alors tu sais que je ne suis plus dans la police.

— Je sais. C'est pour ça que je t'ai choisi. Je ne veux pas d'un fonctionnaire pour retrouver ceux qui ont enlevé ma fille. Je veux quelqu'un pour m'aider à les punir.

Un autre diptère coprophage lustré de reflets contourna le rocher, dédaignant les gracieuses gentianes au bleu lumineux qui mouchetaient l'herbe tendre pour venir marauder derrière lui.

— Écoute, grand-mère, je sais la réputation qu'ont pu me valoir mes dernières enquêtes, mais je ne suis pas un justicier. Ou disons que je ne le suis plus.

Un soupçon d'orgueil redressa le menton de la femme et son port s'affermit sur son cheval.

— Tu ne crois pas avoir déjà vécu un peu plus que moi pour te permettre de me donner du grand-mère ?

— Comme tu veux, grand-mère, tu as sûrement raison, mais je te trouve soudain bien fière à jouer les amazones du haut de ta monture.

— C'est que je ne m'attendais pas à trouver mon Alexandre si peu grand à déféquer ainsi, accroupi parmi les gentianes et les œillets nains.

— Je défèque comme l'ont toujours fait les nomades, petite sœur, et comme a dû le faire aussi ton Alexandre, je suppose, dans un trou creusé à même la steppe immense. Alors comme ça, je serais ton Alexandre le Grand ? D'où te vient cette connaissance des légendes anciennes ?

Elle ne répondit pas tout de suite et tira d'une des sacoches qui pendaient à sa selle une bouteille de soda en plastique emplie d'aïrag. Elle but trois longues rasades du lait de jument fermenté tiédi par le soleil et la sueur du cheval, la nuque cassée en arrière face au ciel, puis tendit la bouteille à Yeruldelgger qui refusa.

— C'est un peu tôt pour moi.

— Tu as tort. C'est bon pour ce que tu as.

— Ce que j'ai est quotidien et naturel, ne t'en fais pas pour mon transit, petite sœur.

— Quand tu sauras en prendre le temps, cherche quand même cette plante laineuse à haute tige grise qui fleurit de petites corolles rose pâle en été. Ébouillante ses maigres racines puis épluche-les et laisse-les macérer dans l'eau froide d'une rivière vive. Elle est rare chez nous, mais tu la trouveras dans les plaines humides. Les Européens en font des friandises molles. Toi elle te fera faire mou chaque matin et tu ne t'en porteras que mieux.

— Donc nous sommes Myrina l'Amazone et Alexandre le Grand au royaume des chiottes, résuma Yeruldelgger. Encore une fois, d'où connais-tu la légende ?

— Je suis comme toi, une bono, une bourgeoise nomade. J'ai vécu à Oulan-Bator où j'enseignais l'histoire.

— Et de quand date ton grand retour à la nature ?

— De vingt ans déjà.

— Alors tu es déjà plus nomade que bourgeoise, non ?

— Malheureusement nous restons toujours dans la tête ce que nous avons d'abord été.

— J'espère que non ! soupira Yeruldelgger.

Ses genoux lustrés par la flexion le blessaient un peu, et d'autres diptères plus téméraires lui chatouillaient maintenant les fesses sans vergogne derrière son rocher. Elle restait silencieuse sur son cheval, à le regarder dans l'aube qui s'évaporait comme un premier matin du monde.

— Évidemment, j'ai bien conscience de ne pas être à mon avantage, concéda-t-il.

— Pour ce que j'en vois, tu es encore bel homme, grand-père.

— Je prends bel homme pour un compliment et grand-père comme une marque de déférence, mais quitte à choisir je t'aurais préférée plus irrespectueuse.

— Quoi, tu voudrais qu'à nos âges nous nous rencontrions comme Myrina et Alexandre pour procréer en treize jours de coïts ininterrompus le plus bel enfant du plus grand des conquérants et de la plus cruelle des reines guerrières ?

— Non, mais j'aurais préféré que tu voies en moi un guerrier conquérant plutôt qu'un vieil homme qui défèque.

Elle se déhancha sur sa selle pour atteindre une autre sacoche et en tira un rouleau de papier-toilette rose Lotus Aquatube triple épaisseur version chinoise qu'elle lui lança sans prévenir. Il l'attrapa au vol sans trop se relever de derrière son rocher.

— Entre bonos ! se moqua-t-elle.

— Ça, petite sœur, sans vouloir t'offenser, c'est la partie de la chose que je préfère assurer dans l'intimité. Je te rejoins à la yourte. Tu y trouveras de quoi faire le thé.

Elle le regarda, sourire en coin, et sa monture fit demi-tour sans même qu'elle touche les rênes. Mais elle ne s'éloigna pas pour autant.

— Tu me prends pour ta femme soumise ? Ta belle-sœur attitrée ? Ton aïeule dévouée ? Ce thé, c'est à toi de me l'offrir. C'est moi la voyageuse qui vient de loin. C'est à toi qu'incombe le devoir d'hospitalité.

Elle parlait en lui tournant le dos, les mains tranquillement posées sur le pommeau de sa selle. Il en profita pour se rhabiller et se frotter les mains dans la poussière. Puis il la rejoignit et passa devant elle sans s'arrêter. Il entendit le cheval le suivre au pas.

— Donc tu dis que ta fille a été enlevée.

— Yuna a disparu de la maison il y a trois mois.

— Je te croyais bono dans une yourte.

— Il n'y a que les âmes finissantes comme nous pour chercher le retour aux sources dans la tradition. Pour rien au monde une fille d'aujourd'hui n'accepterait de perdre sa jeunesse dans une tente plantée dans le trou du cul du monde à des centaines de kilomètres du premier Maxi Best Of venu.

— Tu devais être une bonne enseignante, dit-il en se moquant de son vocabulaire. Peut-être n'as-tu pas été une aussi bonne mère. Ta fille n'habitait plus avec toi ?

— Non, elle habitait un chalet avec d'autres étudiants dans la banlieue de Dalanzadgad.

— Et elle a disparu ?

— Oui, ils sont partis à plusieurs protester contre je ne sais quel projet minier dans le Gobi et elle n'est pas revenue.

— Qu'ont dit les autres, ceux qui l'accompagnaient ?

— Ils étaient dispersés à bord de plusieurs véhicules. Ils rentraient en s'amusant à prendre des pistes différentes à travers la steppe, et des paris stupides sur qui arriverait premier, avec des garçons au volant qui jouaient les rebelles sans cause, plutôt *Fast and Furious* que James Dean. Ils ont cru qu'elle s'était perdue et ils l'ont attendue à Dalanzadgad. Elle n'y est jamais arrivée.

— Tu as dû faire les mêmes jeux stupides quand tu avais son âge, non ?

— Bien sûr, mais à l'époque, saoule ou perdue, mon cheval me ramenait toujours de lui-même jusqu'au campement.

— C'est sûr qu'un Toyota a moins d'instinct qu'un alezan du Gorkhi. Yuna était seule dans sa voiture ?

— Non. Elle était avec son amie Gova.

— Et Gova ?

— Disparue elle aussi.

Ils marchèrent en silence. Devant eux la plaine fleurissait d'edelweiss sur quelques centaines de mètres avant de rebondir mollement jusqu'à la ligne érodée d'une autre colline, au-delà de la rivière. Elle finissait en talus de verdure un kilomètre plus loin pour retenir le grand désert de sable bosselé de dunes qui courait derrière, comme la houle immobile d'un océan. Avec pour autre falaise, très loin à l'horizon, les derniers contreforts bruns de la chaîne de l'Altaï. La steppe n'était qu'une succession de vagues immobiles de pierres ocre, d'herbes bleues, de sable blond. Quand on les prend de biais, grimpant jusqu'aux crêtes accrochées aux cieux bas et immenses, c'est comme se laisser hisser par la houle. Et descendre de l'autre côté, à pied ou à cheval, emporté par l'élan et la pente, c'est aussi enivrant que de surfer une vague sur l'océan. C'est du moins ce qu'il imaginait, lui qui n'avait jamais vu la mer en vrai. Yeruldelgger n'avait pas choisi cet endroit. Le Nerguii, son maître à penser du Septième Monastère, l'avait fait pour lui. Pour qu'il puisse y méditer à l'abri du chaos d'Oulan-Bator, y apaiser ses colères, et y trouver le pardon de tous ses crimes.

Ils arrivèrent à la rivière, près d'un broc et d'une bassine à l'envers sur la berge. Yeruldelgger demanda à la femme de l'excuser quelques instants. Il se déshabilla sans aucune pudeur, lui demanda de garder ses vêtements au sec pour ne pas les poser dans l'herbe encore perlée de rosée, et se lava tout le corps en tirant de l'eau de la rivière avec le broc. Puis, quand il fut propre et qu'il eut jeté l'eau souillée dans l'herbe loin de la rivière, il entra dans l'eau glacée pour se baigner. Elle admira sans gêne ses muscles noueux qui roulaient sous son embonpoint naissant, compta une à une toutes ses cicatrices, et le regarda revenir vers elle le sexe crispé par le froid.

— Finalement, tu es peut-être bien une sorte d'Alexandre quand même, plaisanta-t-elle en lui tendant ses vêtements.

— Ne rêve pas, petite sœur, ce corps meurtri a mené trop de combats pour résister à treize nuits de rut.

— Une suffirait. Je ne suis pas non plus la reine des amazones.

Il passait son pantalon et suspendit son geste pour voir son visage à cet instant-là. Elle le regardait comme regardent les femmes mongoles. Sans honte et droit dans les yeux.

— Comment t'appelles-tu ?

— Tsetseg.

— Et pourquoi, grand-mère au nom de fleur, penses-tu qu'on a enlevé Yuna ?

— Quoi, tu ne sais rien de toutes ces vilaines rumeurs ? Toutes ces filles qui disparaissent sans laisser de trace et que personne ne retrouve jamais ?

— Non, tu connais d'autres histoires de disparitions ?

— J'ai posé ma yourte à l'entrée de la vallée de Yol. Il m'a fallu six jours de cheval pour rejoindre la tienne. En six jours j'ai entendu parler d'au moins deux autres disparitions.

Ils arrivèrent à la yourte, elle sur son cheval et lui à pied, légèrement devant, qui lui parlait sans se retourner. Elle n'attendit pas qu'il l'aide à descendre, et lui n'esquissa pas un geste pour le faire. Mais il entra avant elle sous la tente pour pouvoir l'y accueillir. Elle fut heureuse de découvrir qu'elle était aménagée dans le respect des traditions. Il lui désigna comme il se doit le fond à gauche réservé aux invités, et elle laissa son arc et ses flèches à l'extérieur par respect pour l'esprit des anciens. Elle s'assit à même le sol en s'adossant au lit décoré des invités, en faux tailleur, prenant garde à ne pas pointer les pieds vers le poêle central, et tira de sa poche une petite tabatière qu'elle lui offrit à deux mains, bras tendus paumes vers le haut. Il l'accepta en s'agenouillant près d'elle pour la remercier, l'admira, fit jouer l'ouverture en laiton du couvercle, et lui offrit en retour une pincée de tabac à priser. Il en prit autant pour lui avant de se relever et d'aller préparer le thé salé au beurre. Quand ils eurent bu la première tasse bouillante en silence, elle lui raconta tout ce qu'elle savait des disparitions de jeunes filles dans la région et il l'écouta sans l'interrompre. Puis, après une heure d'explications, elle se tut et il se leva pour refaire du thé. Lorsqu'il se retourna pour la servir à nouveau, elle était nue et debout devant lui, un imperceptible sourire aux lèvres malgré son regard qui ne demandait rien. Yeruldelgger ne dit pas un mot. Il regarda ce corps qui affichait sans honte son âge, comme elle avait regardé le sien sans pudeur près de la rivière, et quand elle s'approcha de lui pour le déshabiller, il ne fit aucun geste pour l'en empêcher.

Bien plus tard, quand elle voulut recommencer, il sortit en riant dans le soleil et attacha l'urga bien droite sur le côté de la porte. Le message traditionnel de la longue perche-lasso fièrement dressée contre le ciel était clair pour la steppe entière. Un homme bandait à l'intérieur et une femme s'en satisfaisait.

Dans l'après-midi, tous deux épuisés, c'est elle qui prépara le thé.

— Merci pour ce cadeau, murmura-t-elle à son oreille.

— Mais… ? s'enquit-il en devinant une réserve dans son compliment.

— Mais tu m'as aimée comme un homme qui en aime une autre.

— Comment peux-tu dire ça ?

— Trop d'ardeur pour un vieux corps comme le mien, trop de douceur pour une inconnue d'un jour, trop d'attentions pour un amour de passage. Comment s'appelle-t-elle ?

— … Solongo.

— Elle n'est pas là ?

— Non, elle vit à Oulan-Bator.

— Ce n'est pas un peu loin de ton corps ?

— Tu es la preuve que si…

— Dommage pour elle. Mais tu la remercieras de ma part.

— De quoi ?

— D'avoir rendu possible cet amour nomade. Est-ce que tu m'aideras quand même à retrouver Yuna ?

— Et à punir ceux qui l'ont enlevée ?

— Et à les punir, oui !

— Écoute, je suis ici parce que ma vie d'avant n'a été que violence et colère. Mon maître, le Nerguii, m'a redonné une chance, la dernière. C'est un sage dont j'ai suivi l'enseignement quand j'étais jeune. Sur ses conseils, je me suis retiré loin de tout à la recherche de ce que les chrétiens appellent la rédemption et que lui définit comme un retour à l'harmonie. Que pourrais-je bien lui dire si je repars avec toi à la poursuite d'une vengeance ?

— Rien, dit-elle. Si les pouvoirs que tu reconnais à ce vieux maître existent vraiment, dis-toi simplement que c'est peut-être lui qui m'a envoyée vers toi...

Il sourit de sa sagesse. Elle avait l'aisance de la désillusion, sans vanité ni arrogance mais sans honte non plus. Elle était nue devant lui malgré son âge parce que c'était dans l'ordre des choses et il lui en était reconnaissant. Elle enfila son pantalon et passa son deel sur sa poitrine avec une élégance qui le surprit par la pudeur et la douceur du geste.

— Tu devrais passer quelque chose aussi et aller le voir, ça fait longtemps qu'il attend maintenant.

— Toi aussi tu l'as remarqué ?

— Il est resté à distance, mais il n'a pas vraiment cherché à se cacher.

Yeruldelgger enfila un pantalon à son tour, mais resta pieds et torse nus pour sortir de la yourte. L'homme était là sur son cheval, face à la porte, et c'était une femme. Yeruldelgger s'étonna de ne pas avoir su le deviner, comme il l'avait fait pour Tsetseg. Assez grande, plutôt jolie, et beaucoup plus jeune que la femme qu'il venait d'aimer. Elle portait un deel de satin bleu pâle, un pantalon noir, et des bottes de cuir souple.

— Bonjour grand-père. Comme j'ai vu l'urga à ta porte, j'ai préféré ne pas demander après tes chiens et attendre.

— Tu as bien fait, petite sœur. Et tu attends quoi ?

— Toi, dit-elle sans ciller.

Elle avait la même position fière sur son cheval, juste un peu plus tendue que ne l'était Tsetseg quelques heures plus tôt. Un peu plus garçonne.

— Tu me flattes, répondit Yeruldelgger en souriant, mais je ne suis pas polygame, même dans mes amours nomades.

— J'ai bien assez des miennes, grand-père, crois-moi. Je suis heureuse que vous vous soyez trouvés, la vieille cavalière et toi, mais je ne viens pas pour ton corps. Je viens pour le mien.

Tsetseg était sortie rejoindre Yeruldelgger sur le pas de la yourte. Ils se tenaient côte à côte face à la jeune cavalière comme un vieux couple des steppes.

— Je ne vois pas très bien de quoi ton corps pourrait avoir besoin, répondit-il, mais s'il est blessé dehors ou meurtri à l'intérieur, je ne suis ni médecin ni chaman.

— Elle ne parle pas de son corps, coupa Tsetseg.

— Comment ça ?

— Tu ne parles pas de ton corps, n'est-ce pas ?

— Non, répondit la jeune cavalière.

— Ah, tu vois ?

— Je vois quoi ? Qu'est-ce que c'est que ces demi-mots de vieille sorcière nomade ? De quel corps parle-t-elle ? s'irrita Yeruldelgger en se tournant vers Tsetseg.

— Demande-le-lui, c'est son corps, après tout !

— Oh, c'est fini, oui ? C'est quoi ce corps ? s'énerva-t-il en se tournant vers la jeune cavalière.

— Celui d'un homme que j'ai trouvé à une heure de galop de chez moi.

— Blessé ?

— Mort.

— Et tu sais qui c'est ? Tu le connaissais ?

— Moi aussi j'ai planté mon urga à la porte de ma yourte. Je partageais des amours nomades avec lui depuis quelques jours.

— Décidément, les pollens aphrodisiaques des edelweiss de la steppe, je suppose ! Et tu as besoin de moi pour quoi : rapporter son corps jusqu'à ta yourte ?

— Non, je n'ai plus de yourte.

— Comment ça, plus de yourte ?

— Ceux qui ont tué cet homme l'ont brûlée.

— Pourquoi ?

— C'était un étranger.

— Tu crois qu'on l'a tué et qu'on t'a punie pour ça ? Vous avez été victimes d'une de ces razzias racistes ?

— Non. Je crois qu'on l'a tué pour ce qu'il était et qu'on a brûlé ma yourte pour ce qu'il y cachait.

Cette fois Yeruldelgger retrouva ses bons vieux tics d'enquêteur fatigué. De ses deux paumes larges ouvertes il se malaxa le visage pour remettre ses esprits de flic en marche et un peu d'ordre dans ce qu'il venait d'entendre.

— Écoute, petite sœur, si tu nous présentais tout ça dans un ordre plus simple. Tu vois, quelque chose comme : Untel cachait tel truc dans ma yourte, alors c'est pour ça que Machin l'a brûlée après avoir tué Untel. Tu peux faire ça ?

Elle ne sembla pas comprendre tout de suite. Ou ne pas vouloir, ce qui revenait au même. Il se résigna à poser une dernière question.

— Est-ce que tu sais au moins ce qu'il cachait chez toi et que ceux qui l'ont tué voulaient récupérer ?

— Oui, répondit-elle.

Il attendit quelques instants en vérifiant intérieurement tous les paramètres, les variomètres et les cadrans de son potentiomètre à colère. Quatre mois qu'il s'était retiré, sur ordre du Nerguii lui-même, loin de tout, loin de sa ville, loin de son ancien métier, loin de ses amis et du corps et de l'esprit adorés de celle qui l'aimait, et voilà qu'en quelques heures il cédait à son premier amour nomade avec une vieille cavalière de passage et à sa première colère face à une autre plus jeune. Tsetseg avait raison : on reste toujours ce qu'on a d'abord été !

— Alors ? réussit-il à articuler à travers ses mâchoires crispées par la retenue.

— Alors quoi ?

— Petite sœur, je suis un ex-flic à peine repenti de vingt ans de violences. Tu me tires hors des bras de la première femme à qui je fais l'amour depuis quatre mois. Tu viens dans ma retraite agiter tous les démons qui m'ont jadis fait perdre la tête et mon métier, alors évite-toi une de ces colères qui me sont fatales et dis les choses sans que j'aie à te les arracher. C'est toi qui es venue à moi, n'oublie pas !

La fille sur son cheval leva ses grands yeux vers le ciel, indécise, pour réfléchir à sa proposition. Il faillit exploser mais Tsetseg posa une main douce sur son bras pour le garder dans la patience. Puis la fille se décida, comme par enchantement, plongea une main dans son deel de satin bleu et en ressortit une liasse de feuillets à moitié calcinés qu'elle lui tendit.

— Ça ! dit-elle.

Yeruldelgger s'approcha et tendit la main pour prendre les papiers. Le cheval, surpris par son mouvement, se cabra et la jeune femme le rappela à l'ordre en le calmant à l'oreille. Un frisson électrique parcourut sa croupe et il secoua sa crinière en signe de soumission. Mais comme Yeruldelgger allait le considérer comme une brave bête, le cheval saisit les feuillets entre ses lèvres baveuses. Il n'en sauva que quelques-uns que l'animal n'eut pas le temps de mastiquer entre ses molaires jaunies. Des chiffres et des calculs autour de curieux schémas.

— Qu'est-ce que c'est ? demanda Yeruldelgger.

— Je n'en sais rien, répondit la jeune femme.

— Alors pourquoi es-tu venue me voir avec ça ?

— À cause de ce qui est écrit derrière.

Il retourna un feuillet et devina quelques mots malgré l'écriture trop fine et trop ciselée. *Réseau de décrochements, orogénèse hercynienne, sédiments piégés, structures de déformation.*

— C'est du français, s'étonna Yeruldelgger.

— Bien sûr, pourquoi crois-tu que je suis venue te voir, toi !

— Quoi ? Comment sais-tu que je parle un peu français ?

— Tu as trop longtemps vécu en ville, grand-père. Tu es dans la steppe ici, tout se sait !

Yeruldelgger se tourna vers Tsetseg, incrédule, pour la prendre à témoin.

— Tu crois ça, toi ? Elle savait que je parle français !

— Et alors, je savais bien, moi, que tu n'avais pas fait l'amour depuis quatre mois.

3

... Little Big Man !

La veille, il leur avait préparé du thé au bansh, en s'excusant auprès d'elles de son vœu de frugalité. La jeune femme, Odval, était allée puiser de l'eau vive à la rivière. Tsetseg avait préparé la pâte et Yeruldelgger la farce. Ils avaient cuisiné à l'extérieur, assis dans l'herbe, en regardant au loin passer des chevaux en liberté, poussant le feu à mesure que l'après-midi fraîchissait. Odval avait écrasé un éclat de brique de thé dans de l'eau froide assaisonnée d'une pincée de sel qu'elle avait portée à ébullition. Tsetseg avait prélevé un peu d'eau tiède pour la mélanger à sa farine et pétrir une pâte molle et lisse qu'elle avait laissée reposer, le temps de regarder Yeruldelgger préparer la farce. Il avait puisé dans ses réserves du bœuf et du mouton un peu gras qu'il avait hachés menu au grand couteau. Puis il avait ciselé un bel oignon et des herbes aromatiques en refusant de révéler le secret de son mélange. Il avait ensuite écrasé une grosse gousse d'ail du plat de sa lame et mélangé le tout à la viande dans une cuvette de plastique jaune. Tout en se moquant de lui, Odval avait fait bouillir du lait dans une gamelle, puis mélangé le lait au thé avant de porter à nouveau le mélange à ébullition. Tsetseg, de son côté, avait découpé des petits ronds dans la pâte à l'aide d'un verre renversé. Yeruldelgger avait malaxé encore quelques instants sa farce, l'allongeant d'un soupçon de lait pour faire crier les deux femmes jurant qu'il ne fallait utiliser que de l'eau, puis il avait posé une pincée de son mélange, qu'il n'avait pas salé mais bien poivré, sur le côté de chaque rond de pâte. Il n'avait laissé à personne le soin de refermer les ravioles pour y marquer son dessin. Du coin de l'œil, les femmes avaient approuvé d'un sourire discret chacun de ses gestes. Comme il n'allait pas plonger les bansh dans de la friture, il n'avait pas besoin d'en chasser l'air avant de sceller la pâte entre ses doigts. Quand il eut fini, Odval passa le thé au lait à travers une toile. Elle le porta de nouveau à ébullition, y jeta une grosse pincée de sel, et laissa Yeruldelgger y plonger les bansh qu'ils surveillèrent en parlant de choses et d'autres : de leur enfance, et de ce que leur mère savait cuisiner de meilleur que toutes les autres mères de Mongolie. Voire du monde. Après que la pâte eut levé et que les bansh furent petit à petit remontés ballotter à la surface du bouillon, ils avaient dîné en silence, se brûlant les lèvres au plat goûteux de leur enfance, au cœur de la prairie où lézardaient encore les derniers rayons paresseux du soleil d'été, face aux dunes de sable qui commençaient à chanter dans la brise. Ils s'étaient régalés et la pénombre qui montait du sol avait rapproché les deux femmes dans une complicité de petits rires étouffés et de longs conciliabules. Yeruldelgger s'était dit que l'arkhi qu'Odval avait déniché dans sa yourte était pour autant dans cette ambiance que le souffle nostalgique d'habiter une si belle immensité qui enflait leur cœur. Comme il se doit, ils avaient partagé l'alcool de lait en se passant le bol de main en main, mais auparavant Odval et Tsetseg avaient regardé Yeruldelgger y tremper son annulaire droit et jeter d'une chiquenaude quelques gouttes vers le feu d'abord, puis vers les quatre points cardinaux, avant de s'en mouiller le front. Odval avait laissé Tsetseg l'imiter en respectant la préséance des anciens. Quand la nuit fut sur eux, dans le silence craquelé par le crépitement du feu, il restait comme le veut la tradition un fond de bol à partager avec un éventuel voyageur de passage.

Ils n'avaient pas beaucoup parlé du Français mort d'Odval ni de la fille disparue de Tsetseg, trop attentifs à écouter se tisser entre eux la complicité nomade des silences heureux de la steppe. Lorsque la lune s'était levée sur l'océan de dunes, creusant le sable de houles rousses et mystérieuses, ils étaient tous les trois allés rincer gamelles et bouilloire dans la rivière déjà noire, prenant bien soin de puiser l'eau d'un broc propre pour ne pas la souiller. Puis ils étaient remontés s'occuper des chevaux.

Yeruldelgger avait abandonné aux deux femmes le grand lit des invités et s'était glissé sous la couverture du plus petit. Puis il avait soufflé la bougie et la nuit avait aussitôt feutré l'intérieur de la yourte avant que le clair de lune ne vienne lustrer l'obscurité de reflets pâles, par l'ouverture du toono piqueté d'étoiles. Personne n'avait parlé pendant longtemps, même si chacun savait qu'aucun d'entre eux ne s'était endormi. Odval osa la première.

— Tu connais Jack Crabb ?

— Jack Crabb, pourquoi ? répondit-il du fond du noir.

— ... Mon Français, il avait un ordinateur.

— Ah oui ?

— ... Oui. Avec des DVD. Tu sais ce que c'est qu'un DVD ?

— Je sais, oui, s'agaça Yeruldelgger.

— Un soir nous avons regardé un film. Jacques aimait...

— Jack Crabb ?

— Non, Jacques Léautaud, mon Français. C'est pour ça qu'il aimait bien ce film, parce que le héros portait le même nom que lui. Jack, Jacques, tu comprends ?

— Je comprends, soupira Yeruldelgger, et je connais Jack Crabb, et je connais le film dont tu parles.

— Alors tu connais Rayon de Soleil ?

— Oui, je connais Rayon de Soleil, la belle Cheyenne. Et ses trois sœurs aussi, avoua Yeruldelgger, et ce qu'elles ont fait avec Jack Crabb sous leur...

Il se tut aussitôt, conscient de son imprudence, l'oreille attentive aux murmures et aux rires étouffés des deux femmes. Il se força un court instant à croire qu'elles n'oseraient pas. Elles ne pouvaient pas oser. Quand même pas ! Mais il entendit quelqu'un se lever dans le noir, un tissu léger tomber, un pas preste glisser jusqu'à son lit, et sentit un corps nu et tiède se blottir contre le sien sous la couverture et chercher aussitôt son amour. Beaucoup plus tard dans la nuit, Tsetseg appela dans un murmure Odval, qui vint aussitôt se glisser à sa place pendant qu'elle courait se recoucher sur la pointe des pieds en riant à voix basse. Comme les sœurs sans mari de Rayon de Soleil dans *Little Big Man* !

4

Un trou
avec plein de cadavres dedans.

— C'est un peu abusé, tu ne trouves pas, comme rite de purification.

Le Nerguii était là, assis au coin de son lit, dans la pénombre. Son maître. L'âme du Septième Monastère, l'esprit du Shaolin. Yeruldelgger voulut relever la tête pour être sûr qu'il ne rêvait pas, mais Odval et Tsetseg, blotties chacune contre une de ses épaules, l'en empêchèrent. Le Nerguii ne semblait pas les impressionner.

— Ce n'est pas ce que tu crois..., commença-t-il comme un idiot.

— Je t'en prie, se moqua le Nerguii, je ne suis pas ta femme. Garde cette mauvaise excuse pour Solongo.

Yeruldelgger laissa retomber sa tête sur l'oreiller en soupirant.

— Ça s'est fait comme ça, crois-moi. Une histoire de DVD. Une simple histoire de DVD. Tu sais ce que c'est qu'un DVD ?

— Évidemment que je sais, sourit le Nerguii. J'ai moi-même choisi le lecteur pour le monastère ! Et je sais aussi qui est Jack Crabb parce que j'ai vu

Little Big Man, plusieurs fois même, et ce que lui font Rayon de Soleil et ses trois sœurs sous le tepee. Mais ça n'explique pas ces amours nomades !

— Je sais, je sais, avoua Yeruldelgger, je ne me l'explique pas moi-même. Pour Tsetseg, c'était comme aurait dit un philosophe français : parce que c'était elle, parce que c'était moi...

— Et est-ce que ton philosophe français explique aussi la présence de l'autre ?

— L'autre ? Odval ? Alors là c'est juste...

— Non, l'autre autre. L'autre devant ta porte !

— Quoi devant ma porte ?

La confusion tira Yeruldelgger de son sommeil et il se réveilla, seul dans son petit lit, les deux femmes endormies dans le leur de l'autre côté de l'autel des anciens. Et bien sûr le Nerguii avait disparu. S'il avait jamais été là ! Fasse le ciel que tout ça n'ait été qu'un mauvais rêve. Rien qu'un rêve. Lubrique, il devait l'admettre, mais juste un rêve. Il se glissa en silence hors de sa couverture et se dirigea nu, sur la pointe des pieds, jusqu'à la porte. Il devina aussitôt la lueur chancelante qui rougeoyait de l'extérieur à travers les planches disjointes. Il poussa le panneau de bois avec précaution et passa une tête prudente et curieuse à l'extérieur. Un feu mourait à quelques mètres de la yourte. Sous l'effet d'une brise invisible ou d'insectes qui s'y laissaient prendre, des tisons s'allumaient de temps en temps pour se faner dans la cendre. Assez pour qu'il devine, au-delà du feu de camp, la silhouette enroulée qui dormait sous une couverture dans la fraîcheur de la nuit. Il regarda de chaque côté par l'entrebâillement de la porte, s'assura qu'il n'avait pas à craindre d'autres surprises, puis poussa doucement le battant et sortit pour s'approcher du feu et de celui qui osait dormir là, à deux pas de sa yourte, en lui faisant l'insupportable affront de ne pas lui avoir demandé l'hospitalité que la tradition lui imposait d'accorder.

Et comme il était là, debout, tout nu dans la nuit, les épaules lustrées par la clarté froide et céleste de la lune et l'embonpoint bourrelé par les lueurs terrestres et rougeaudes du feu, le gamin bondit sur ses pieds et braqua sur lui un antique fusil de chasse. Le gosse n'avait pas dix ans.

— Holà ! Holà ! Du calme petit frère. Calme-toi et dis-moi plutôt qui tu es.

— Et toi, tu es Yeruldelgger, n'est-ce pas ?

— Allons bon, toi aussi tu me connais ? Décidément !

— Je te cherchais.

— Je m'en doute un peu. Beaucoup de monde me cherche en ce moment, semble-t-il. Pourquoi ne m'as-tu pas demandé de tenir mes chiens ?

Sans lâcher son fusil, le gamin désigna la longue urga toujours nouée à la verticale au montant de la porte.

— Je t'ai vu avec les deux femmes.

— Tu nous as vus ?

— Demande-leur, elles ont bien vu que j'étais là, elles.

— Il m'a suivie toute la journée d'hier, dit la voix d'Odval dans son dos.

Yeruldelgger se retourna. Odval et Tsetseg étaient là, l'une contre l'autre debout devant la porte, nues sous la même couverture jetée sur leurs épaules.

— Oui, confirma Tsetseg, je l'ai vu te suivre et je me demandais quand il arriverait.

Yeruldelgger s'adressa au nouveau venu.

— Je crois que tu peux baisser ton arme, dit-il.

— Tu crois que tu pourras baisser la tienne ? se moqua le gamin.

Il ne comprit pas tout de suite. Puis se rendit compte qu'il était nu dans la nuit et que son corps épuisé n'était pas repu. Il se retrouva comme un idiot à regarder son sexe bandé, comme s'il lui intimait du regard l'ordre de reprendre ses esprits. Ou plutôt de les oublier. Ou en tout cas de…

Le jeune gamin abaissa le canon de son arme et lui jeta la couverture dans laquelle il avait dormi. Yeruldelgger la passa autour de ses hanches, sans vraiment réussir à masquer ce qu'il cherchait à cacher.

— La prochaine fois, je t'apporterai une deuxième urga. Un jour j'ai fait cette blague à un de mes oncles. J'ai récupéré toutes les urgas du campement et je les ai plantées devant sa porte pendant qu'il baisait…

— Hey, surveille ton langage !

— Non, je te jure, il était en train de sauter…

— Reste poli, tu veux ? Il y a des femmes ici !

— Oui, merci, j'ai bien vu ! Et j'ai bien entendu ce que tu leur faisais aussi. Tu les…

— Stop ! Pas un mot de plus, compris ? Pour qui te prends-tu, petit frère ? Je te pince le nez et il en sort assez de lait pour une gamelle d'aïrag !

— Ouais, eh bien laisse-moi leur pincer autre chose à elles, et il en sortira de quoi distiller des litres d'arkhi ! répondit-il du tac au tac.

Yeruldelgger resta décontenancé par l'insolence du gamin, tordu de rire par sa propre plaisanterie. Un rire de môme qui entraîna d'abord celui d'Odval, puis celui de Tsetseg, plus amusée encore par la tête de Yeruldelgger que par la plaisanterie de...

— Comment t'appelles-tu, petit frère ? demanda-t-elle.

— Ganbold, grand-mère.

— Et qu'est-ce que tu nous veux ?

— À vous deux, pourquoi pas la même chose que lui ?

— Hey, ne recommence pas, s'énerva Yeruldelgger.

— Petit présomptueux, se moqua gentiment Odval. Reviens peut-être dans dix ans...

— Dans dix ans ? Tu plaisantes, dans dix ans j'aurai vingt ans. J'aurai une femme à moi, une maison à Saizan, et je serai négociant en or. Et puis toi dans dix ans tu seras vieille.

— Et moi je serai morte peut-être ? demanda Tsetseg.

— Ça se pourrait, oui !

Yeruldelgger soupira avec la force d'un yack. Vingt-quatre heures. Il avait suffi de vingt-quatre heures et de trois rencontres pour jeter au vent tout le calme et la sérénité de ses quatre premiers mois de retraite spirituelle. Et voilà qu'il sentait à nouveau monter de sa nuque jusqu'à l'arrière de son crâne le sirop chaud de la colère. Il se frotta vigoureusement le visage pour s'assurer qu'il ne rêvait pas et finit par se convaincre que malheureusement tout ça était bien réel. Il n'avait encore jamais porté la main sur un gamin, et il n'était pas près de le faire. Mais ce Ganbold méritait un rappel à l'ordre, au respect et à la politesse.

— Bon. Il faut qu'on parle, petit frère. Occupe-toi d'abord de ton cheval et leste sa bride à ce caillou derrière toi.

— Quoi, pour que tu me bottes le cul pendant que je me penche ? Mes oncles m'ont déjà fait ce coup-là cent fois. Trouve autre chose, grand-père.

— Écoute, gamin, ne me pousse pas vers où je ne tiens pas à aller, parce que je pourrais bien...

— Tu pourrais bien quoi ? sourit Ganbold en relevant le canon de son arme.

Personne ne vit ni l'élan, ni le geste, ni le coup. Le fusil valsa dans les airs et aucun d'entre eux n'avait bougé, pas même Yeruldelgger. L'arme vola au ciel en tournoyant, retomba sur le dessus de la yourte, glissa le long de la toile, et Yeruldelgger la récupéra d'une main sans quitter Ganbold des yeux. Les deux femmes, toujours nues sous leur couverture trop courte, s'étaient serrées un peu plus fort l'une contre l'autre par instinct.

— Waouh ! siffla Ganbold les mains vides. Comment t'as fait ça ? Alors c'est vrai tous ces trucs du je-ne-sais-pas-combientième monastère. T'es vraiment un Shaolin ? T'es vraiment capable de tous ces trucs ?

— Je suis surtout capable de botter l'arrière-train d'un petit trou-du-cul insolent et irrespectueux.

— Waouh, j'en reviens pas de ce que tu viens de faire, foutu comme tu es...

— Comment ça, foutu comme je suis ?

— Ben, en parlant de cul, j'ai vu le tien quand tu te cachais derrière le rocher hier, et on ne peut pas dire que tu n'as que du muscle !

— Depuis quatre mois je m'entraîne six heures par jour, tu veux vraiment tâter de mes muscles ?

— Tu t'entraînes pour quoi ?

— Je pars demain pour un naadam à trois vallées d'ici.

— Lutteur ?

— Archer.

— Archer, mais c'est un jeu pour les femmes, ça !

Un court silence, contenu, puis Odval et Tsetseg pouffèrent de rire.

— Bon, alors qu'est-ce que tu me veux ? Et surveille ton langage !

— À toi, je veux juste montrer quelque chose.

— Quoi, un autre DVD avec Dustin Hoffman peut-être ?

— Qui ça ? Non, moi je veux te montrer un charnier.

— Un charnier ?

— Oui, un charnier. Un trou avec plein de cadavres dedans.

5

… et le réservoir explosa.

Yeruldelgger poussa son cheval jusqu'à la crête qui dominait une longue vallée étroite et fit signe à la petite troupe qui le suivait de s'arrêter. Ganbold éperonna aussitôt son cheval pour se porter à sa hauteur, et les deux femmes les rejoignirent sans se presser. Comme il l'avait annoncé, Yeruldelgger était parti le lendemain pour rejoindre le lieu du naadam, sans empêcher Tsetseg, Odval et Ganbold de l'accompagner. Il avait même laissé entendre, si c'était sur son chemin, ou pas trop à l'écart, qu'il se laisserait guider là où Odval et Ganbold voulaient l'emmener.

Ils aperçurent une rivière immobile et sinueuse dans la vallée. Une route droite bitumée l'enjambait par un vieux pont de bois cambré par les intempéries et le poids des convois. De loin il devina que la vieille ossature avait été consolidée à la va-vite par des plots de béton posés dans l'eau sous les poutres maîtresses. Une de ces nouvelles routes déroulées n'importe comment dans la steppe pour rejoindre une mine ou une concession étrangère. Une piste traditionnelle traversait aussi la vallée. En oblique depuis le sud pour rejoindre le pont dont elle s'éloignait aussitôt par le nord. La piste et la route passaient la rivière par le même ouvrage. Une dizaine de véhicules étaient bloqués à la sortie est par une grande bâche déployée sur la route. Quelques imprudents avaient tenté de contourner l'obstacle autour duquel s'affairaient, à bonne distance, quelques chauffeurs curieux ou impatients. Un 4 × 4 s'était embourbé en cherchant à traverser la rivière. Un camion-citerne et sa remorque s'étaient mis en travers en essayant de descendre du talus pour tenter de passer à gué. La remorque désarticulée bloquait la route à l'entrée du pont.

Ganbold s'amusa de ce désordre pendant la courte chevauchée qui les mena jusqu'au pont. Yeruldelgger, lui, ne quittait pas des yeux la grande bâche bleue. Avant même d'y arriver, il distingua, parmi la nonchalance amusée ou l'impatience énervée de la foule, la seule personne au comportement logique et appliqué. Une femme en uniforme. Il s'en approcha sans descendre de cheval au moment où elle soulevait la bâche pour prendre des photos avec son smartphone. L'odeur putride et le bourdonnement des mouches ne lui laissèrent aucun doute sur ce que cachait le plastique. Du sang avait coulé en abondance et séché sur le bitume.

— Combien ? demanda Yeruldelgger.

— Tu n'as pas besoin de savoir ça, répliqua la femme flic sans se retourner.

— Je suis un ancien flic d'Oulan-Bator. Je peux t'aider si tu veux.

— Si tu es ancien flic, c'est que tu n'étais pas assez bon pour le rester, alors passe ton chemin.

— Piétinés par des chevaux ?

Cette fois la femme flic se retourna vers lui et le dévisagea.

— Ce n'est pas vrai : ne me dis pas que tu es Yeruldelgger !

— Si, je te jure, c'est lui, répondit Ganbold à sa place, et je l'ai vu faire ses trucs de dingue à la Shaolin avec…

— Ganbold, s'il te plaît ! coupa Yeruldelgger sans quitter la femme flic du regard. Comment sais-tu qui je suis ?

— Tu plaisantes ? Tout le monde dans la région sait que le plus emmerdeur des ex-flics d'Oulan-Bator a posé sa yourte dans le coin.

— Décidément…

— Alors pourquoi penses-tu qu'ils ont été piétinés par des chevaux ? demanda-t-elle.

— Parce que ce n'est pas juste un carnage, c'est un message ! dit Tsetseg.

La femme flic se retourna vers elle sans lui répondre avant de revenir à Yeruldelgger.

— C'est quoi ça, Monsieur l'ancien meilleur flic de Mongolie ? dit-elle en désignant Tsetseg, Odval et Ganbold d'un geste moqueur. Tu montes une secte de privés chamaniques ?

— Sous la bâche, il y a plusieurs corps entravés bien alignés les uns contre les autres avec le squelette complètement brisé, c'est ça ?

La femme flic explosa soudain d'une colère inattendue en hurlant à tout le monde de repasser de l'autre côté du pont. Et comme les badauds traînaient les pieds, elle sortit son arme et tira un coup de feu en l'air pour leur intimer de faire plus vite. En quelques secondes, il ne resta plus de ce côté du pont que Yeruldelgger et sa petite troupe.

— Comment sais-tu ce qu'il y a sous cette bâche ? s'énerva la femme flic.

— Trop de sang pour un seul mort, pas de véhicule accidenté et ce n'est sûrement pas toi qui as aligné les corps, n'est-ce pas ? Ni toi non plus qui les as recouverts d'une bâche ?

— Non, admit la femme flic. Le premier à avoir été bloqué est le chauffeur du camion-citerne et il a tout trouvé dans l'état où c'est encore maintenant.

— C'est lui qui t'a appelée ?

— Non, je passais par ici, en route vers le prochain poste commercial pour une enquête. J'ai réussi à m'approcher et j'ai pris les choses en main en attendant l'arrivée des renforts.

— Tu les as prévenus ? Qu'est-ce qu'ils ont dit ?

— D'appliquer la routine. Prendre des photos de l'accident, noter l'identité des témoins, et dégager les corps et les véhicules sur le côté pour rétablir la circulation. Cette route dessert une mine appartenant à la Colorado.

— Ne touche à rien, petite sœur, ce n'est pas un carnage, c'est un message, répéta Tsetseg.

— Hey, si tu veux t'adresser à moi tu dis « lieutenant », d'accord ? Tu oublies tes « petite sœur » et autres condescendances nomades. Notre pays est entré dans le XXIe siècle comme les autres, alors laisse tomber tes salamalecs de sorcière et laisse-moi travailler.

— Elle n'a pourtant pas tort, intervint Yeruldelgger. Tout ça n'a rien d'un accident. C'est un crime.

— Ah oui, elle est profileuse, la vieille ?

— Rien ne t'oblige à lui manquer de respect.

— Désolée, mais je parle comme je l'entends. Une vieille est une vieille et une flic est une flic. Pas besoin de charabia hypocrite.

— C'est ton droit, lieutenant, elle est vieille si tu veux et elle n'est pas flic, c'est vrai, mais elle était prof d'histoire.

— La belle affaire ! Qu'elle me laisse enquêter et retourne à ses grimoires.

— Mais c'est justement ce qu'elle fait, lieutenant. Ses grimoires, elle est en plein dedans. Et nous avec.

— Écoute, vieux flic, tu sais aussi bien que moi la pagaille que mettent dans les enquêtes tous les illuminés dans son genre. J'ai quatre morts sous une bâche, une vingtaine de véhicules immobilisés depuis le petit matin, autant de chauffeurs prêts à s'embourber n'importe où, une route minière bloquée avec la Colorado qui ne va pas tarder à appeler le ministre qui est son obligé si je ne rétablis pas le trafic…

— Alors ils sont quatre là-dessous !

— Oui, merde, ils sont quatre, explosa la femme flic, alignés, ficelés et écrabouillés comme tu l'as dit. Et oui j'ai bien compris que ce n'était pas un accident. Tu me crois conne à ce point-là ?

— Je peux jeter un œil ?

— Non, passe ton chemin avec ta petite bande d'allumés et laisse-moi gérer ce carnage.

— Ce n'est pas un carnage…, coupa Tsetseg.

— Foutez le camp ! Foutez le camp ! hurla la lieutenant en dégainant à nouveau son arme.

Le vieux Tokarev valdingua dans les airs dans la seconde où la lieutenant le brandit vers Tsetseg.

— Ah, tu vois, jubila Ganbold, je t'avais dit qu'il savait faire ces trucs à la Shaolin. T'as rien vu venir, hein ? Comme pour moi. Il est trop fort, grand-père ! Ce type, c'est Donnie Yen dans le corps de Chuck Norris, c'est…

Le gamin partit en vrille par-dessus son cheval, propulsé hors de ses étriers par la pointe du pied de Yeruldelgger.

— Écoutez-moi tous bien attentivement, articula celui-ci, déjà fatigué par ce qui s'annonçait. Je ne veux pas retomber dans les travers de mes colères. Je suis sincèrement venu dans le Gobi me reconstruire dans la paix et l'harmonie. Je ne suis plus flic, je ne veux pas le redevenir, et je ne veux plus être violent. Mais là vous commencez tous sérieusement à me chauffer les mantras alors je vais faire court : oubliez-moi !

Il y eut un long moment de silence, de part et d'autre du pont et jusqu'au volant des véhicules embourbés plus loin en travers de la rivière. La lieutenant en profita pour ramasser son arme et aider Ganbold à se relever au passage.

Tsetseg se mit à parler :

— À l'époque du grand Khan, les relations entre les tribus et les clans, et jusque dans le cœur des familles, étaient marquées par les changements d'alliances et les trahisons. Gengis Khan avait horreur des traîtres. C'était contraire à son code de l'honneur et du courage et il avait une façon exemplaire de les punir. Ceux qui, par exemple, lui avaient pourtant livré Djamuka, son anda, son frère de sang, devenu son pire ennemi et son principal opposant, il les a punis pour avoir trahi leur propre chef. Il les a allongés sur le dos, entravés et alignés côte à côte dans la steppe, recouverts de lourds tapis, et il a lancé sur eux ses cavaliers au grand galop. Un tumen entier, mille chevaux, par groupes de dix. Cent fois. Voilà le supplice des traîtres : être brisés vivants de mille fractures avant de mourir, les cavaliers évitant la tête aussi longtemps que possible pour faire durer le supplice.

— Mais pourquoi sous des tapis ? s'étonna Ganbold.

— Pour ne pas effrayer les chevaux et éviter qu'ils ne trébuchent contre les corps en les piétinant, répondit Yeruldelgger à la place de Tsetseg.

— Waoouh ! Grave malin, le mec ! siffla le gosse, admiratif.

— Et tu penses que nous sommes devant une version moderne de cette punition ? demanda la lieutenant.

— Ça y ressemble beaucoup trop pour ne pas en envisager l'hypothèse, mais ce n'est pas moi le flic, répondit Tsetseg.

— Moi non plus ! précisa Yeruldelgger qui voyait les regards se tourner vers lui.

— Ça tombe bien parce que je ne t'ai rien demandé, dit la lieutenant en s'agenouillant pour soulever la bâche et examiner à nouveau les corps. S'il s'agit de la mise à mort de traîtres, ça veut dire qu'assassins et victimes appartiennent au même groupe. On n'est traître que parmi les siens.

— C'est un bon début, admit Yeruldelgger en poussant son cheval, aussitôt suivi de Ganbold, Odval et Tsetseg, mais l'histoire de Djamuka démontre exactement le contraire !

— Hey, où tu vas, reste ici, tu es un témoin ! hurla la lieutenant.

— Je n'ai rien vu. Tu étais déjà sur place quand nous sommes arrivés ! répondit Yeruldelgger en s'éloignant.

— Reste ici quand même, c'est un ordre !

— Est-ce que c'est une façon de me demander de t'aider ? se moqua Yeruldelgger.

— Plutôt mourir, cria la lieutenant.

La détonation empêcha Yeruldelgger de répondre. Un coup de feu et un impact. Il se retourna et vit chauffeurs, conducteurs et passagers déguerpir dans tous les sens pour se coucher dans l'herbe ou derrière des véhicules. Seule la femme flic resta debout, à fixer un point précis sur la crête d'en face. Il revint au galop, se déhancha sur sa selle pour la saisir d'un bras au passage et la jeter à l'abri derrière une pile du pont, sautant aussitôt de cheval pour la protéger de son corps.

— Mais qu'est-ce que tu fous, imbécile ! hurla-t-elle en se débattant.

Elle jura comme un camionneur en panne, l'envoya rouler pour se dégager, se redressa aussitôt et dégaina son arme de service pour tirer trois coups de feu.

— Si je peux me permettre, lieutenant, la portée utile de ton vieux TT-33 n'est que de cinquante mètres et tu vises un type sur une hauteur à plus de trois cents mètres.

— Je sais. C'est juste histoire de le fixer. Le temps, peut-être, qu'un ex-meilleur flic de Mongolie ait la bonne idée de ramper voir si un de ces péquenauds de nomades n'aurait pas un fusil de chasse caché quelque part dans son véhicule.

— C'est que l'ex-meilleur flic de Mongolie est un ex-flic justement, je te l'ai déjà dit. Fini pour moi tout ça. J'ai rendez-vous pour un naadam et c'est la seule raison pour laquelle je suis passé par ici. De toute façon ça ne servirait à rien.

— Ah oui ? Donne-moi n'importe quel vieux Baïkal russe, ou même un Lion Brand chinois lourd comme un âne mort et je te dézingue ce type au premier tir.

— Ça m'étonnerait !

— Quoi, tu ne m'en crois pas capable ? Parce que je suis une femme flic peut-être ?

— Non, ça m'étonnerait parce que ce type n'est plus là où tu crois qu'il est.

— Ah, j'oubliais : tes pouvoirs cosmogoniques de flic chamanique !

— Non, simple déduction. Un : il pouvait descendre par surprise n'importe lequel d'entre nous et il ne l'a pas fait. Deux : les crimes d'honneur, ça se règle entre gens d'honneur. Pas la peine de descendre des innocents étrangers au conflit. Et trois : ce type voulait juste te pourrir la vie pour s'amuser avant de déguerpir. Il a visé le réservoir du camion-citerne.

Elle le bouscula pour remonter sur le pont et aperçut le carburant qui pissait droit du réservoir. La voyant s'exposer sans crainte, tout le monde sortit de sa planque et elle dut faire feu à nouveau.

— Éloignez-vous tous ! Immédiatement ! Le camion-citerne peut exploser ! Tout le monde dégage !

Tous s'éparpillèrent à nouveau encore plus loin dans la steppe mais restèrent debout à bonne distance en attendant le feu d'artifice. Seul Yeruldelgger rejoignit calmement la lieutenant sur le pont.

— Tu n'en fais pas un peu trop ? Le point éclair du gasoil est à cinquante-cinq degrés, j'ai appris ça dans une de mes dernières enquêtes. En deçà de cette température ambiante, pas assez de vapeurs dans l'air pour l'enflammer. Et pas de flamme, pas d'explosion.

— Le camion, se contenta de répondre la lieutenant.

— … ?

— …

— Quoi le camion ?

— Un ZIL-130 de chez Likhachev. Dernier modèle 1991. Ou peut-être bien un 1992, un des premiers assemblés par la nouvelle usine UAMZ après le démantèlement de l'Union soviétique.

— Et… ?

— Et moteur à essence.

— Par le ciel ! siffla Yeruldelgger entre ses dents.

— Comme tu dis. J'espère que ce n'est pas aussi ce qu'il transporte dans sa citerne.

Ils reculèrent en surveillant l'essence qui se répandait sous le camion. Elle coulait vers l'étroit fossé qui bordait la route, mais en cherchant à rejoindre la steppe pour traverser à gué, le ZIL s'y était embourbé et sa roue avant droite, coincée dans le petit fossé, faisait maintenant barrage. L'essence avait trouvé son chemin en sens inverse. Un mince filet qui remontait la file des véhicules abandonnés.

— J'espère qu'aucun de ces imbéciles n'est resté cuver son aïrag dans sa voiture, soupira la lieutenant.

Yeruldelgger bondit sur son cheval. Il remonta au galop la file des véhicules abandonnés et hurla après une jeune femme restée à l'abri dans un vieux van UAZ pour donner le sein à son nouveau-né pendant que deux autres gosses se chamaillaient à l'arrière. Il les fit déguerpir en les terrorisant à grand renfort de cris et de gestes, puis s'assura que personne d'autre n'était resté dans les cinq derniers véhicules. Il allait s'éloigner au galop pour se mettre à l'abri lui aussi quand il vit arriver un motard en bonnet d'aviateur de cuir et lunettes de kamikaze. Avec toute sa petite famille en tenue traditionnelle sur sa bécane. Une gamine à couettes en deel fuchsia coincée entre le père au visage buriné et la mère aux pommettes usées par les vents, et derrière le gamin, comme un petit homme, tout fier de ne pas se tenir au deel bleu ciel de sa mère mais au porte-bagages chromé de l'antique Planeta-5 rouge. L'homme arrêta sa moto derrière la dernière voiture sans couper le moteur. Il avait vu l'embouteillage de très loin et pensait à une panne ou un accident. Son corps trahit son intention et Yeruldelgger comprit qu'il allait remonter toute la file jusqu'au pont pour voir ce qui bloquait le passage. Mais pour ça il allait devoir manœuvrer sa moto alourdie par toute sa petite famille, parmi le désordre des véhicules garés n'importe comment. Alors, pour mieux se concentrer, il décolla de ses lèvres gercées le mégot de Soyuz de contrebande et le balança d'une pichenette dans le fossé sur le côté pour pouvoir bien reprendre son guidon des deux mains.

Yeruldelgger se surprit à ne même pas pouvoir hurler. Il vit le reste incandescent de la cigarette ricocher sur une pierre, rebondir de l'autre côté du fossé, puis rouler doucement en arrière vers le fond de la tranchée où coulait le filet d'essence. Il faut une flamme, se rassura Yeruldelgger en silence, il faut une flamme, un mégot ne suffit pas. Seules les vapeurs brûlent. Le mégot enflamma quelques brindilles desséchées qui roussirent un bout de papier échoué là, creusant une auréole dont les bords tordus finirent par s'enflammer à leur tour. Le triangle du feu était constitué. Un carburant et un comburant unis dans la même vapeur, et une flamme pour l'ignition.

L'homme regarda sans comprendre le filet de feu qui remontait la rigole. Derrière lui, sa femme, confiante, sermonnait les enfants qui chahutaient en leur faisant les gros yeux.

— Sauve-toi, hurla Yeruldelgger au motard, sauve-toi, le camion-citerne va exploser !

L'homme n'eut pas le temps de faire demi-tour avec sa vieille Planeta surchargée. La traînée de feu atteignit le ZIL en quelques secondes et le réservoir explosa.

6

Bon, on va le voir ce charnier ?

Tout le monde ruisselait, trempé, et riait aux éclats. Le réservoir percé s'était bien enflammé, mais aussitôt après la chaleur avait fait exploser le réservoir de secours. La vieille citerne n'avait pas résisté et l'explosion avait projeté vers le ciel un geyser de vingt-cinq mille litres d'eau qui avait douché tout le monde dans un rayon de vingt mètres. L'eau avait dilué l'essence qui courait dans les herbes en flaques mollement enflammées que les chauffeurs et les passagers écrasaient de leurs bottes en rigolant.

Yeruldelgger avait échappé à la douche et poussa son cheval au pas jusqu'à la lieutenant mouillée de la tête aux pieds.

— Pourquoi aucun véhicule ne circule de l'autre côté ? demanda-t-il.

— Qu'est-ce que j'en sais, maugréa la jeune femme en essorant les pans de sa veste, tu crois que je n'ai pas assez d'emmerdements avec ce côté-là ?

— C'est sur le chemin du naadam. Je jetterai un coup d'œil en passant et je te tiendrai au courant si nous nous recroisons.

— Non, tu restes ici pour l'enquête.

— N'oublie pas que je ne suis plus flic.

— Tu restes comme témoin. Témoin de l'explosion. Tu étais bien là cette fois, non ?

— Écoute, lieutenant, au cours des deux dernières années, tous les flics dont j'ai approché l'enquête ont vu leur vie et leur carrière se fracasser. Alors épargne-toi ce malheur. Oublie que nous nous sommes rencontrés. Yeruldelgger n'existe plus, et c'est aussi bien comme ça. Pour moi comme pour toi.

— Je peux quand même savoir où tu vas ?

— Dans la vallée au-delà de la crête d'où on a tiré. Ganbold, le gamin, veut me montrer un charnier.

— Un charnier ?

— Oui, un grand trou avec des morts dedans, se moqua gentiment Yeruldelgger.

— Des morts humains ?

— Il a juste dit « monstrueux ». Ça a piqué ma curiosité.

— Sa mère et sa grand-mère n'ont pas été plus précises ?

Yeruldelgger apprécia les réflexes policiers de la jeune femme.

— Ils ne sont pas de la même famille, répondit-il. Odval, la jeune femme, prétend qu'un homme est mort pas loin de sa yourte.

— Un homme mort, quel homme ?

— Un Français, semble-t-il.

— Un étranger ?

— Oui. C'est généralement le cas des Français dans notre pays…

— Ne te fous pas de moi ! Est-ce que la vieille en sait plus sur ce Français ?

— Tsetseg ne sait rien de l'étranger. Elle est venue me voir pour l'aider à retrouver sa fille disparue.

— Et à quoi tu joues, alors ? À la caravane de Sherlock Holmes ? Au bureau itinérant des affaires nomades ? Au flic routard ?

Sans attendre la réponse de Yeruldelgger, elle se tourna vers Tsetseg et lui fit signe d'approcher. Ganbold et Odval poussèrent aussitôt leur monture à emboîter le pas à son cheval.

— Une photo de ta fille ? demanda la femme flic en tendant la main, aimable comme un douanier qui réclame un passeport.

Tsetseg glissa la photo hors de son deel et la remit à la lieutenant qui la regarda attentivement et sortit d'une de ses poches un carnet dont elle tira quatre portraits, n'en laissant qu'un seul autre entre les pages.

— Tu connais ces filles-là ? demanda-t-elle en présentant les quatre photos à Tsetseg.

— Celle-là oui, dit la vieille femme à la troisième photo. C'est Gova, l'amie de ma fille Yuna. Elles ont disparu ensemble. Comment la connais-tu ?

— J'enquête sur ces disparitions, répondit la lieutenant en tirant de son carnet le dernier portrait. Celui de Yuna. La même photo que Tsetseg avait montrée à Yeruldelgger.

— Yuna ! s'écria-t-elle. Tu sais quelque chose ? Tu sais où elle est ?

— Je n'en sais rien. J'allais jusqu'au prochain poste commercial, à dix kilomètres d'ici, où une des trois autres filles a été aperçue il y a plusieurs semaines. Tu peux venir avec moi si tu veux.

— Non, je reste avec Yeruldelgger, répondit Tsetseg.

— Tu crois que ce vieillard dépressif pourra t'aider mieux que moi ?

— Je ne le connais que depuis hier, et déjà je te rencontre grâce à lui. Pas une seule fois depuis que j'ai alerté les autorités un policier ne m'a contactée, personne n'est venu me parler, même pas toi qui te dis en charge du dossier. Lui, je viens le voir pour la première fois et déjà j'ai une piste.

— Mais cette piste c'est moi qui te l'apporte, vieille sorcière ! s'énerva la lieutenant.

— Si je n'avais pas suivi cet homme et s'il n'avait pas suivi ce chemin, tu aurais passé le tien et je n'aurais rien su de cette piste du poste commercial. Je reste avec lui !

Yeruldelgger, qui écoutait la scène en souriant, bon enfant, écarta les bras paumes vers le ciel pour bien signifier à la lieutenant qu'il n'était pour rien dans ce raisonnement désarmant.

— Ça doit être mon destin, dit-il, un reste de karma policier qui s'accroche aux sabots de mon cheval.

Puis il claqua de la langue pour faire tourner sa monture et s'éloigna, aussitôt suivi de Ganbold, Tsetseg et Odval.

— Et l'autre, là, son histoire de macchabée français, qu'est-ce que c'est ? demanda de loin la lieutenant.

— Je n'en sais rien ! répondit Yeruldelgger sans se retourner.

— De quoi est-il mort ?

— Je n'en sais rien !

— Où est le corps ? cria-t-elle.

— Je n'en sais rien !

Puis Yeruldelgger lâcha soudain son cheval au galop en le poussant du *Tchou ! Tchou !* traditionnel des cavaliers nomades, droit devant à travers la steppe, surprenant tout le monde. Seul Ganbold eut le réflexe de se lancer à sa suite, debout sur ses étriers comme lui, légèrement penché vers l'avant, à la façon des éleveurs coursant une bête joueuse. Il suivait Yeruldelgger sans pouvoir le rattraper quand il le vit prendre les rênes entre ses dents, s'asseoir sur la selle, en saisir le pommeau de sa main gauche, puis basculer sur la droite comme s'il tombait du cheval pour raser l'herbe de sa main libre. Ganbold aussi savait faire ça. Il s'y entraînait dès qu'il pouvait monter. C'était le geste audacieux des coureurs d'urga pendant les naadam. Lancés au grand galop, les cavaliers ramassaient au passage la longue perche posée dans l'herbe pour comparer leur agilité et leur courage.

Yeruldelgger attrapa la feuille de papier avant qu'elle ne virevolte entre les sabots et se redressa sur sa selle en tirant sur le mors pour arrêter court son cheval. Ganbold le dépassa à bride abattue et il le regarda galoper vers le point blanc d'une autre feuille de papier loin dans la steppe. Il admira la façon dont le gamin se déhancha comme lui sur sa monture pour choper le papier au passage, exagérant le geste comme un joueur de polo argentin. Puis Yeruldelgger poussa son cheval des deux talons et ils firent la course jusqu'à la troisième feuille qu'ils avaient aperçue en même temps. Quand Odval et Tsetseg les rejoignirent d'un galop léger, Yeruldelgger et Ganbold avaient arrêté leurs montures toutes tressaillantes de ce vif galop et regardaient les dessins. Quelques traits noirs et légers, comme une écriture arabe horizontale, mais avec les angles et les pointes de la calligraphie mongole. Très épurés. Beaux. Équilibrés.

— C'est quoi ces trucs ? s'interrogea Ganbold.

— Pas de l'encre de Chine, réfléchit Yeruldelgger à voix basse. Du fusain peut-être, ou alors du graphite.

— Non, je veux dire : ça représente quoi ?

— À toi d'imaginer. Un envol de grues demoiselles. Une ligne de crête. Le geste gracile et fragile d'une jeune danseuse de Biyelgee…

— Non mais le type, il a voulu dessiner quoi ? insista le gamin.

— Ce n'est pas ce qui importe, expliqua Yeruldelgger. Ce qui compte, c'est ce que tu ressens quand tu le regardes. Tu ressens quelque chose ?

— Oui, c'est beau, c'est vrai, mais moi j'aimerais bien savoir ce que c'est, ce que ça représente. Sinon ça sert à quoi ? Ces trois trucs noirs par exemple, qu'est-ce que c'est ?

Ganbold lui tendit le dessin qu'il avait cueilli au galop. Une longue ligne harmonieuse en biais et rythmée, comme un clapot dans le ciel, qui se jouait des déliés aériens d'un trait souple et léger. Et dessous trois rectangles noirs et denses, compacts, resserrés les uns derrière les autres dans un alignement géométrique et brutal.

— Pas la moindre idée, avoua Yeruldelgger, mais le contraste est fort.

Comme les deux femmes les avaient rejoints, Yeruldelgger leur montra les dessins qu'elles observèrent et s'échangèrent. L'harmonie émouvante qu'elles y trouvèrent en silence exaspéra Ganbold.

— Bon, on va le voir ce charnier ?

7

... dans le cordage
et les chairs déchirées.

— D'abord tu découpes ta viande, tu la saupoudres généreusement de gros sel, et tu la gardes de côté pendant au moins vingt-quatre heures. Tu récupères la graisse sur les parties de l'animal que tu n'utilises pas et tu la découpes en petits dés pour qu'elle fonde mieux...

— Naaran, on peut parler d'autre chose ? Putain, on bivouaque aux pieds d'un macchabée quand même !

— Le lendemain, continue Naaran sans se déstabiliser, tu dessales ta viande en la frottant bien sous de l'eau vive, puis tu fais fondre la graisse dans une poêle et tu fais revenir ta viande dedans...

— Merde, Naaran, arrête ça !

— Pour la viande, pas plus d'une demi-heure dans la graisse. Après tu mets ta viande dans les bocaux...

— Al, Zorig, dites-lui de la fermer, on a un mort là, un *vrai* mort, et il ne parle que de barbaque depuis des heures !

— Ensuite tu mets les bocaux dans une marmite, de l'eau dans la marmite, la marmite sur le feu. Tu laisses bouillonner une heure à cent degrés, et voilà, tu as ton confit !

— Je vais vomir, je vous jure, je vais vomir. Comment pouvez-vous parler de viande confite avec un cadavre à notre table !

— Parce que celui que tu as apporté de France est délicieux, Erwan !

Naaran n'était pas le meilleur peintre des quatre, mais de loin le meilleur cuisinier. Il piochait des recettes du monde entier sur le Net et s'y entraînait dans un coin de son atelier de l'Union mongole des artistes, au deuxième étage du Blue Building dans le quartier de Sukhbaatar. Sous le ciel de la nuit immense, Erwan l'aurait écouté des heures parler de bortsch russe, de poutine canadienne, de yassa de poulet, de tajine ou de feijoada s'ils n'avaient bivouaqué ce soir-là à quelques mètres à peine du cadavre enroulé à sa pierre.

— Mais quand même, ce mort, vous n'allez rien faire ?

— Que veux-tu que nous fassions, Erwan, il est mort ! intervint Al.

— Mais pour le respect de son âme ?

— Son âme ? On a déjà assez de mal à s'occuper des nôtres…

— Moi qui croyais en vos belles traditions, le respect des morts, tout ça !

— Justement, ceux qui l'ont attaché là l'ont fait dans la pure tradition. Un vrai mort, ça s'abandonne dans la steppe parce que les esprits se cachent dans ses os. C'est en le livrant aux crocs des prédateurs et aux becs des charognards que nous lui offrons la chance de libérer ses esprits, expliqua Zorig.

Ils bivouaquaient autour d'un feu, leurs deels à moitié défaits malgré la fraîcheur de la nuit, le corps réchauffé par la vodka, dans l'odeur sucrée du confit effiloché qu'ils piochaient des doigts à même la gamelle. Ils se surnommaient entre eux les quatre chiens errants, comme les quatre chiens féroces de Gengis Khan, ses quatre amis d'enfance qui lui étaient restés fidèles à jamais. Sauf qu'eux n'avaient pas de Khan à qui obéir. Ils n'étaient qu'une bande de chiens aboyeurs et vagabonds, ivres de ripailles et de couleurs.

— Notre seul maître c'est l'art, vociférait Zorig avant chaque coma éthylique. L'art tyrannique et unique.

Ils étaient assis autour du feu qu'ils avaient allumé au milieu d'un petit cercle de pierres. Naaran avait réchauffé les cuisses de canard confites à la façon des nomades. Dans une gamelle posée sur un lit de braises avec des pierres brûlantes sur le couvercle pour faire office de four. Quand il avait appris qu'Erwan tenait ses conserves d'une ferme du Quercy qui ne cuisinait que des mulards, il avait insisté pour les préparer avec respect.

— Le croisement d'un barbarie mâle du Pérou avec une cane lourde de Pékin. Hybride stérile par insémination artificielle. De la bio-gastronomie. Le génie français de la science gourmande !

Il s'affairait autour de la gamelle pendant que les autres se réchauffaient les reins que leur piquait la fraîcheur de la nuit. La lueur du feu creusait leurs visages et projetait leurs ombres allongées qui se déhanchaient sur les rochers. Erwan faisait face à la pierre où était entravé le mort et ne le quittait pas des yeux. Soudain il bondit en arrière sur ses fesses et s'enfonça en trébuchant à reculons dans le néant de la nuit.

— Il a bougé, hurla-t-il, il a bougé !

— Il a bougé ? s'étonna Zorig en se tordant le cou pour apercevoir au-dessus de lui le cadavre sur la pierre à laquelle il était adossé.

Erwan cria, un doigt pointé vers le mort :

— Il a bougé, son ventre, regardez, il respire !

La voix du Breton s'éraillait d'une frayeur qui intrigua ses compagnons. Un à un ils se levèrent pour observer le cadavre en silence.

— Illusion d'optique, conclut Zorig en sifflant le shot de vodka qu'il tenait à la main.

— Il a raison, approuva Naaran, l'effet des ombres dansantes du feu.

— Là encore, il a bougé, hurla Erwan, le corps raidi par la peur.

— Je crois qu'il a raison, lâcha Al en s'approchant. Ce mort respire du ventre, on dirait !

— Il ne respire pas, bande d'idiots, dit une voix résonnant de nulle part. Les viscères de ce cadavre se décomposent et les gaz de putréfaction gonflent son abdomen.

L'estomac d'Erwan se déversa dans ses tripes et il se précipita pour vomir dans le vide obscur de la pente sous leur bivouac. Son pied roula sur un caillou, sa cheville vrilla sous le poids de son corps déséquilibré, et il bascula dans le vide sous le regard ahuri de ses compagnons, trop surpris et trop ivres pour le retenir. Il gerba au ciel le peu de confit qu'il avait mangé et toute la vodka qui allait avec, se cogna dans sa chute à la pierre qui tendait le corps, s'agrippa à la corde par réflexe, et se crut sauvé l'espace d'une seconde. Le temps que les articulations, les cartilages et les tendons en voie de décomposition se délitent et que son poids ajouté à celui de la pierre arrache les deux bras du mort. Cette fois Erwan bascula en arrière dans le noir en hurlant, empêtré dans le cordage et les chairs déchirées.

8

Récupérez au moins ses bras !

— Il te doit une fière chandelle, dit Zorig en servant une deuxième et généreuse portion de confit à Yeruldelgger. Heureusement que tu étais là.

— En pleine nuit, aux confins du Gobi, par la pente la plus abrupte qui mène à une ligne de crête ? s'étonna Al, suspicieux.

— Je n'y étais pas par hasard, je venais vous voir.

— N'empêche que si tu ne l'avais pas chopé par le bras pendant qu'il volplanait au-dessus de toi, notre ami français aurait fait un bien moins beau modèle que notre inconnu. Encore que maintenant, à cause de lui, c'est la version Samothrace.

— Il m'a presque arraché l'épaule, grommela Erwan, le bras en écharpe sous sa veste.

— Non mais écoutez ça, c'est l'aveugle qui se moque du borgne. Toi, tu as arraché les deux bras de ce pauvre macchabée. Et pas que presque ! se moqua Naaran.

— Ça n'explique toujours pas ce que tu faisais là, quelques mètres sous notre bivouac, insista Al encore soupçonneux.

— Je te l'ai dit, je venais vous voir.

— Par ce chemin impossible, en pleine nuit ? Et comment savais-tu où nous étions ? Tu sais qui nous sommes ?

— Quelques amis de rencontre et moi bivouaquons au pied de cette pente. Nous avons suivi votre piste toute la journée. Je savais que vous étiez quelque part dans cette montagne. J'ai attendu la nuit pour apercevoir la lueur de votre feu et je suis monté vous voir.

— Par cette pente ?

— J'ai la réputation d'être plutôt direct dans tout ce que je fais.

— Et comment savais-tu pour le cadavre ?

— Je vous ai entendus en parler en arrivant près du bivouac. J'avoue que j'y ai pris un certain plaisir et que je suis resté quelque temps à vous écouter.

— Et au départ, tu venais nous voir pour quoi ?

— Vous rapporter ça, dit Yeruldelgger en tirant de son deel sept feuilles blanches pliées en quatre, je suppose que c'est à l'un de vous.

— Mes dessins ! s'exclama Zorig.

— Tu les as semés dans toute la steppe. C'est très joli. Très épuré. J'aime beaucoup. C'est du graphite ?

— Ne me dis pas que tu as escaladé la montagne en pleine nuit pour marchander un dessin de Zorig, intervint Al, toujours intrigué par la présence de Yeruldelgger. D'abord, il a une galerie sur la place Sukhbaatar pour faire du business, et ensuite sa dernière toile s'est vendue cent douze mille dollars à un collectionneur de Bethesda en Californie. Ça doit mettre le dessin que tu as entre les mains à trois ou quatre mille dollars, et tu n'as pas l'air de quelqu'un qui les a.

— Et toi tu m'as l'air bien arrogant pour un type qui bivouaque avec un cadavre, trois ivrognes, et un dépeceur français.

Le ton bon enfant de leur hôte inattendu ne trompa personne. Chacun se redressa par réflexe, la nuque raidie par la prudence. Quelque chose d'imperceptible chez Yeruldelgger venait de faire passer le message de ne pas trop le chercher quand même. Quelque chose de minéral. Définitif. Brutal, même.

— Tu es venu pour quoi alors ?

— Parce que j'ai trouvé le premier de tes dessins pas très loin d'une scène de crime.

— Une scène de crime. Tu es flic ?

— Je l'ai été. Je ne le suis plus.

— Tu n'es pas là comme enquêteur alors ?

— Non. Juste par curiosité. Quatre types sont morts écrasés à la sortie du pont, là où la nouvelle route asphaltée croise l'ancienne piste, dans l'autre vallée au sud. Vous y étiez ?

— Non. Nous sommes restés sur les contreforts de la montagne. Pour avoir une perspective intéressante sur la vallée justement. Je me souviens bien de ce pont, expliqua Zorig.

— Un accident ? demanda Naaran.

— Un crime. Écrasés volontairement. Plusieurs fois, tous les quatre bien alignés. Une vraie bouillie.

— Sous un tapis ? demanda Zorig.

— Presque. Sous une bâche, répondit Yeruldelgger.

— Pourquoi un tapis ? s'étonna Naaran qui posait sans le savoir la même question que Ganbold.

— Ça me fait penser à Djamuka, murmura Zorig, et au sort des cinq traîtres qui l'avaient livré à Gengis Khan.

— Le Djamuka dont tu me parlais à propos de notre mort à nous ? s'étonna aussitôt le Français.

— Oui, expliqua Zorig, cet homme sur son rocher est mort comme Djamuka, le frère de sang du grand Khan.

— Tu veux dire les reins brisés pour ne pas verser son sang, c'est bien ça ? s'enquit Yeruldelgger.

— Non, ça c'est ce qu'on croit. La légende dit que Djamuka a demandé au Khan de le mettre à mort sans verser son sang pour ne pas souiller la terre mongole, selon la tradition. Il aurait alors été allongé en travers du tronc d'un gros arbre abattu, les pieds maintenus au sol, et deux soldats auraient forcé sur ses épaules de l'autre côté de l'arbre pour le cambrer jusqu'à lui briser le dos.

— Et ce n'est pas ce qui est arrivé ?

— Non. Le Khan a bien accédé à la requête de Djamuka, mais il a quand même voulu qu'il souffre un peu plus longtemps pour sa trahison. Pour que sa mort serve d'exemple aussi, à qui d'autre envisagerait à son tour de le trahir. Djamuka a été attaché sur l'arbre les pieds et les mains liés par deux cordes croisées sous le tronc, tendues de chaque côté par plusieurs hommes et nouées à des piquets. En fait il est mort asphyxié, la cage thoracique distendue au point de ne plus pouvoir respirer. Un peu comme les crucifiés suffoquaient sous le poids de leur corps suspendu.

Chacun se demanda un instant comment cette grande brute d'artiste de Zorig pouvait connaître ce genre de détail. L'homme aux bras arrachés par le Français était donc mort le regard face au ciel, selon des coutumes barbares et anciennes, comme les quatre morts de la vallée. Yeruldelgger se surprit à regarder le visage du mort comme celui d'un homme de tradition mort par honneur. Ou pour trahison.

— Bon, eh bien je vous laisse, dit-il soudain.

— Quoi, comment ça, tu nous laisses, et le mort ?

— Le mort, il est à vous, répondit Yeruldelgger comme une évidence. C'est vous qui l'avez trouvé, le repos de son âme vous appartient à présent.

— Mais que faut-il en faire ?

— Il y a une femme lieutenant qui s'occupe des quatre morts de la vallée. Vous pouvez le lui apporter, elle devrait savoir quoi en faire vu qu'il existe probablement un lien entre tous ces meurtres commis de façon rituelle.

— Attends, nous ne savons pas faire ce genre de chose. Je veux dire détacher un cadavre, trimballer un corps, c'est un boulot de flic, ça, et puis c'est une scène de crime, tu dois connaître les procédures, ne serait-ce que pour…

— Oui je sais, préserver les indices, on m'a déjà fait ce coup-là. À mon avis, tout ce que pourrait trouver un expert, fût-il de Miami ou de Las Vegas, ce serait de la graisse de canard, du vomi de Français et de la vodka de contrebande.

— Je t'en prie, implora Naaran.

— Désolé, insista Yeruldelgger. Je vous l'ai dit, je ne suis plus flic. Et de toute façon, même flic, je n'aurais pas touché à ce cadavre.

— Qu'est-ce que tu aurais fait alors ?

— J'aurais relevé les indices, puis je l'aurais laissé là, comme le faisaient nos ancêtres. Les gypaètes ne tarderont pas à le repérer et viendront lui briser les os pour libérer son âme.

— C'est dégueulasse, s'indigna Erwan. C'est barbare !

— C'est le juste retour du peu que nous sommes
à la nature. J'ai eu l'occasion de parler de ça avec
une légiste de mes connaissances. Sais-tu que chez
toi ou presque, en Allemagne par exemple, les corps
de vos morts ne se décomposent plus assez vite, au
point d'encombrer vos cimetières ? Vous les gavez
tellement de formaldéhyde, de paraformaldéhyde,
de fongicides, de bactéricides, de virucides et autres
biocides pour qu'ils fassent bonne figure le jour de
leurs obsèques qu'ils ne se décomposent plus une fois
enterrés. Réfléchis bien, qu'y a-t-il de plus barbare :
enterrer des morts aussi vivants que possible, ou les
laisser retourner au plus vite à la nature ?

— Pouvons-nous philosopher un autre jour ? coupa
Al. Je suis d'accord pour lever le camp demain matin
mais sûrement pas pour aller voir cette femme flic.
Laissons le corps où il est et évitons les emmerdements.

— C'est dégueulasse, répéta Erwan, on ne peut pas
le laisser comme ça !

— Il a raison, admit Yeruldelgger en disparaissant
dans la pente. Récupérez au moins ses bras !

9

… les premiers ninjas.

Ganbold refusait de porter la cuvette en plastique sur son dos. Il ne voulait pas être un ninja comme les autres. Rien à voir avec ces Michelangelo, ces Raphael, Donatello ou autres Leonardo de bazar. Eux n'étaient que des tortues d'opérette. Lui, pour descendre sous terre, il ne portait ni T-shirt ni bandana. Lui, il était Splinter, le maître des ninjas, comme dans le dessin animé de la télé. Le rat. Parce que de tous les ninjas qui avaient creusé les entrailles de la steppe dans le coin, il était le seul à venir des égouts d'Oulan-Bator. Il y avait vécu comme un rat justement, deux hivers durant. Alors le trou par lequel il se laissait avaler chaque jour, au risque de s'y faire ensevelir, il n'en avait pas peur. Là-bas à OB, c'était son quotidien. Plus la puanteur, plus les cloportes, les brûlures contre les tuyaux, les explosions de vapeur, les dégueulis d'ivrogne, la guerre des bandes et la prostitution miséreuse. Dans ces égouts, on avait déjà tué des gens rien qu'en les laissant cuire lentement sur les canalisations d'eau bouillante. Alors descendre jusqu'à six mètres par un boyau vertical à peine plus large que ses épaules, la belle affaire ! À dix ans, il était déjà le meilleur du nouveau campement.

— Tiens, regarde encore celui-là, cria-t-il du fond de son trou.

Yeruldelgger s'approcha du treuil qui remontait la cuvette en plastique. Une gamine l'actionnait quand il était arrivé au campement. Huit ans tout au plus. Il l'avait gentiment écartée pour prendre sa place à la manivelle. Mais, sérieuse et appliquée, elle restait collée à lui jusqu'à l'apparition de chaque chargement qu'elle détachait et traînait d'habitude jusqu'à la battée sur tréteaux une dizaine de mètres plus loin. Après, c'était le travail des grands. Son père, ou un oncle, ou un grand frère broyait les cailloux et tamisait la terre. Mais depuis l'arrivée de Yeruldelgger, les cuvettes ne remontaient plus rien pour eux et les hommes lui jetaient de mauvais regards.

— Mouton ! dit la gamine avec sérieux.

Elle tenait à deux mains un crâne encore enrubanné de lambeaux de peau desséchée. Avec des gestes sans émotion de légiste de télévision, elle porta sa relique sur l'étal qu'elle avait dressé. Une longue planche qui servait à traverser en équilibre les flaques boueuses les lendemains d'orage, posée sur deux petits monticules de pierre. Avec déjà deux autres têtes et toute une collection d'os et de morceaux de squelettes à moitié décomposés. Yeruldelgger s'approcha pour examiner le crâne que la petite venait de déposer, bien dans l'alignement des autres.

Trois des artistes errants avaient planté leur chevalet au milieu des tas et des trous. Au petit matin, Yeruldelgger avait aperçu leur van bleu crapahuter à flanc de montagne pour les rejoindre un peu après qu'il eut quitté son campement avec Ganbold, Odval et Tsetseg. Il les avait laissés faire. Maintenant, ils semblaient bien décidés à se joindre à sa caravane inattendue. Quand un hélico les avait survolés de haut en filant vers le sud, il s'était demandé ce que le pilote ou ses passagers avaient bien pu penser d'eux. Quatre cavaliers et un vieux van tout-terrain russe. Des touristes en randonnée équestre, sans doute, avec la logistique qui suit. Yeruldelgger se surprit à faire le compte de son petit monde, histoire de garder un œil dessus. Comme à son habitude, Al avait disparu au-delà d'une autre vague de collines en quête de son impossible océan.

— Qu'est-ce que c'est que ça encore ?

C'était un agneau, et celui-là était cyclope. Une seule cavité, énorme, au milieu du front. Aucun doute. Il avait déjà examiné sur la planche un autre crâne d'agneau aux deux os maxillaires soudés ensemble et sans dents. Le demi-corps avant d'un chevreau sans métacarpe avec les phalanges directement au bout des genoux. Le double crâne d'une chevrette siamoise monstrueuse…

— C'est quoi ce musée des horreurs ? soupira Tsetseg.

Odval avait remplacé la gamine au treuil et redescendu la cuvette dans le trou pour le prochain chargement déblayé par Ganbold. Le garçon lui avait expliqué que les ninjas creusaient des puits voisins et profonds, et quand le filon leur semblait bon, ils les reliaient entre eux par des galeries horizontales. Les plus risquées. Celles qui s'éboulaient souvent.

C'est de cette façon qu'il avait exhumé les premiers ossements. Ils n'étaient qu'une dizaine encore à avoir bravé la malédiction de ce gisement bien trop près des mines de la Colorado. Quand ils étaient arrivés, le campement était abandonné et tous les puits avaient été comblés, ne laissant à la surface que des entonnoirs de terre entre des monticules de pierraille. Le groupe de Ganbold avait choisi de creuser entre deux anciens puits pour les relier sous terre et avoir de meilleures chances de retomber au plus vite sur le filon qui avait attiré les premiers ninjas.

10

Avec un trou
juste au milieu du front.

C'était la première fois qu'Al redessinait la steppe, même si son dessin s'agitait d'une houle menaçante et tourmentée. Une mer creusée. Des gouffres entre les vagues. Il en était ému aux larmes. Poussés par la même curiosité et la même joie fraternelle de voir leur compagnon retrouver son trait, tous se précipitèrent pour comprendre d'où lui venait sa nouvelle inspiration. Seul Ganbold les suivit sans se presser.

— Oh non ! lâcha Erwan en français.

Toute la vallée derrière la crête était défoncée d'un chaos immobile. Erwan y vit un champ de bataille du côté de Verdun, truffé de cratères, ravagé par la pluie d'obus d'un barrage d'artillerie. Yeruldelgger pensa à quelque chose comme les terriers de monstres affamés chassant des proies souterraines. Tsetseg n'y vit que les blessures profondes portées à sa terre nourricière par une armée avide prête à la dépecer pour trois fois rien.

— C'est les ninjas, expliqua Ganbold d'un ton badin en les rejoignant. Ils étaient encore là le mois dernier. Mille au moins. Mais maintenant, cette vallée c'est une concession de cette putain de Colorado. On ne peut plus y travailler.

Le silence était pire que les ravages. Yeruldelgger avait déjà vu des reportages à la télévision sur ces fameux ninjas. Des meutes errantes d'apprentis chercheurs d'or. Une multitude résignée et industrieuse, chacun creusant, à quelques mètres de milliers d'autres, des puits de fortune, lessivant la terre à la boue, traquant l'or au mercure, tamisant les scories, brûlant les pierres, fracassant les cailloux. Toute cette agitation, tout cet espoir frénétique, il l'avait entendu. Ce qu'il n'avait pas imaginé, c'était ce silence sur le paysage ravagé après leur départ. Sinistre. Un silence sépulcral, infini et étalé, une fois ravalé au-delà de l'horizon le ressac des vivants. Il reçut la vision de cette vallée détruite comme une agression, et la confirmation de ce qui distillait depuis longtemps une longue tristesse en lui. Rien ne servait décidément plus à rien. Comment lutter contre ça ? Comment maîtriser tout ça ? La plupart de ces ninjas étaient d'anciens nomades. Ils avaient vécu jusqu'ici en chérissant leur steppe comme leur propre mère, et voilà maintenant qu'ils l'étripaient à coups de pelle, pour un dollar d'or par jour, que leur arrachaient des intermédiaires cupides pour le revendre à des passeurs chinois.

— Putain, ils se les faisaient pourtant en or ! jura Ganbold, admiratif. Jusqu'à quarante dollars par jour quelquefois. Mille par mois, vous vous rendez compte ?

Yeruldelgger se rendait compte. Trois fois le salaire moyen dans leurs rêves de richesse, mais pour trois mois d'été seulement. Une misère pour échapper à la misère, et en échange, toute cette terre épuisée, détruite, inutile. Rien ne repousserait plus dans ces herbes stériles, écrasées sous les remblais, brûlées par les acides et lessivées par les ruissellements. Plus aucun troupeau ne viendrait y pâturer. Des chevaux sauvages s'y briseraient les antérieurs, les yeux fous de panique, en trébuchant dans les trous d'eau sous les orages. Et les loups écœurés n'oseraient même plus dévorer leurs carcasses encore vivantes, effrayés par la cruauté des hommes envers leur propre territoire.

La petite troupe demeura longtemps immobile, comme pour endosser le deuil de ces étendues assassinées. Puis ils redescendirent vers le campement en silence, sauf Ganbold qui sifflotait gaiement.

— Alors, qu'est-ce que tu en penses ? demanda-t-il à Yeruldelgger.

— Cette vallée est morte. Le désert va la rattraper maintenant.

— Non, je te parle de mon charnier.

Yeruldelgger le fixa quelques instants, regarda tout autour de lui, puis se dirigea vers la yourte la plus éloignée. Quand il poussa la porte, une vieille femme aidée d'une plus jeune surveillait la flamme puissante d'un chalumeau relié à une bonbonne de gaz sous un curieux alambic. Un tube soudé à un creuset fermé se séparait en deux. Une partie pointée vers le toono de la yourte crachait de la vapeur sous pression. Une autre plongeait dans une gamelle bouillonnante que la plus jeune des femmes refroidissait de temps en temps d'un peu d'eau avec un verre en plastique. Yeruldelgger secoua la tête en signe de dépit. Dans leur creuset fermé, il savait qu'elles chauffaient un amalgame d'or et de mercure. Par le tuyau du haut s'échappaient des vapeurs, et le tuyau du bas récupérait tant bien que mal autant de mercure solide que possible qui finissait par valoir aussi cher que l'or. Les orpailleurs se servaient de la capacité du métal liquide à s'agglutiner au minerai en le versant sur les boues qu'ils croyaient aurifères. Ils fabriquaient une sorte de gravier qui se séparait plus facilement du reste de la boue pour ensuite le brûler. La chaleur séparait à nouveau l'or du mercure qui se vaporisait, et seul le métal précieux restait au fond du creuset. Au prix d'invisibles poisons qui se diffusaient dans l'air environnant avec la vapeur d'eau.

— Vieilles folles, grogna Yeruldelgger sans aucune politesse envers la femme plus âgée, tu ne sais pas que c'est du poison ? Ce que tu respires va vous bousiller le cerveau et les reins à tous, tu le sais, non ?

— Et alors, qu'est-ce que ça change, si demain je suis morte de faim ? C'est toi qui vas nous nourrir, peut-être ? Si je meurs par la faute du mercure mais que ça donne assez d'or à mes enfants pour s'en sortir, alors tant mieux !

— Tant mieux rien du tout, sorcière imbécile. Le mercure reste, partout, pour toujours ! Ce qu'ils ont absorbé aujourd'hui à cause de toi, tes enfants le garderont en eux toute leur vie, tu comprends ça ? Et tes filles le transmettront à tes petits-enfants. Et cette vapeur, qui s'échappe de ta yourte et se répand dans la steppe, elle non plus ne disparaîtra jamais. Ce qui retombe dans l'eau empoisonne les poissons et reste en eux jusqu'à ce que tu manges les poissons dix ans plus tard et que ça reste en toi aussi. Et pareil pour les chèvres et les moutons qui brouteront l'herbe contaminée. Et les chevaux aussi. Même les yacks, tu comprends ça ? Tu peux comprendre ça ?

— Je n'ai pas le choix ! lâcha la vieille, butée. Comment ils mangent sinon ?

— On a toujours le choix, hurla Yeruldelgger, toujours !

Ce n'était pas la première fois qu'il hurlait sur une grand-mère malgré le respect que lui imposait la tradition, mais cette fois il s'étonna de n'en ressentir aucune honte. Son pays allait-il vraiment mériter ce qui lui arrivait de pire ?

L'homme qui travaillait à tamiser la terre s'approcha de la yourte, menaçant, une pelle à la main. Yeruldelgger ne le laissa pas s'approcher.

— Ça vaut aussi pour toi. Surtout pour toi. Comment peux-tu laisser ta famille s'empoisonner pour quelques paillettes ? Où est ta fierté, où est ton honneur de nomade ?

— De nomade, s'écria l'homme, mais de quel nomade parles-tu ? Tu vois des nomades, toi, ici, à part ta bande d'artistes bourgeois ? À part les touristes en Land Cruiser à cent euros la nuit sous la yourte avec jacuzzi ? Réveille-toi, vieillard, ta Mongolie n'existe plus. Elle meurt sous tes yeux et nous avec. J'en arrive à regretter le Régime d'Avant. Au moins les Soviétiques nous garantissaient un salaire minimum quand un dzüüd décimait notre troupeau. Aujourd'hui, vous nous laissez crever.

La réponse de l'homme était si virulente, et le regard des deux femmes derrière Yeruldelgger si haineux, qu'il en resta sans voix. Pour la première fois, il devinait une hargne mauvaise dans le regard de nomades. D'anciens nomades. Il y avait déjà vu de la haine, dans les yeux des nationalistes quand ils parlaient des Chinois par exemple, ou de la colère dans les querelles de clans pour un pâturage ou une bête volée, mais jamais ce mélange terrible. La rage furieuse, celle du dernier ressort, celle du seul contre tous. Celle prête à se retourner contre n'importe qui au nom du rien à perdre.

— Ça va, épargne-moi ta pitié de nanti, reprit l'homme, toi et moi n'appartenons déjà plus au même pays.

— Ne dis pas ça. Ce pays reste le nôtre.

— Tu parles, ce pays n'appartient plus qu'à ceux qui peuvent se le payer, et ce n'est sûrement pas nous. Les concessions étrangères et ceux d'Oulan-Bator ont mis la main sur quatre-vingt-quinze pour cent des provinces du Sud, tu le sais ça ? Demain nous ne pourrons même plus les traverser à cheval. C'est le même système que Mardaï et les villes interdites du temps des Soviétiques. Ton pays, comme tu dis, il appartient déjà à quelqu'un d'autre.

— Excuse-moi, je me suis laissé emporter, mais tu ne peux pas savoir à quel point ce spectacle m'afflige. Tu as vu ces squelettes difformes que Ganbold remonte des puits ? D'après toi, qu'est-ce qui a provoqué ces monstruosités sinon tous ces poisons que vous répandez dans la steppe ?

— Ces animaux ne pâturaient pas ici, trancha l'homme d'un ton sec.

— Comment le sais-tu ?

— Aucun animal ne pâturait autour de la vallée depuis que les ninjas s'y étaient installés il y a deux ans, et ces squelettes sont ceux de très jeunes bêtes. Quelques mois à peine. Tu ferais un piètre éleveur pour quelqu'un qui défend la tradition nomade.

— Alors que font-ils dans ces puits ?

— Tu n'as qu'à leur demander, fit l'homme, le regard fixé sur quelque chose, loin derrière Yeruldelgger.

Celui-ci se retourna et vit trois tourbillons de poussière obliques foncer droit sur eux, tirés par trois véhicules noirs et mauvais comme des chiens d'attaque sur une piste en terre.

— Tu les connais ?

— Les loups de la Colorado, probablement.

Ils étaient encore loin, mais Yeruldelgger tourna le dos au petit campement pour leur faire face et surveiller leur arrivée. Par moments, on pouvait lire dans le trajet d'une machine comme dans la course d'un animal. Ces machines-là venaient pour eux avec puissance et détermination, trahissant la brutalité décidée de ceux qui les pilotaient.

— Hey Shaolin, tu es toujours là ? hurla la voix de fausset de Ganbold, redescendu dans son puits.

— Tu en as trouvé un autre ? demanda Tsetseg en s'approchant.

— Oui, et je crois que celui-là va plaire au grand-père.

Sans quitter des yeux ceux qui s'approchaient, Yeruldelgger fit signe à Odval d'actionner la manivelle du treuil pour remonter la cuvette. Elle devina que Ganbold suivait juste derrière, en s'aidant des pieds et des mains dans les encoches taillées à intervalles réguliers dans la paroi. Quand elle vit ce que contenait le chargement, Odval faillit lâcher la manivelle et renvoyer le gamin par le fond, cul par-dessus tête, et la cuvette avec. Le juron de Ganbold attira l'attention de Yeruldelgger.

— Par le Ciel ! murmura-t-il en éloignant la gamine, refusant qu'elle tienne dans ses mains d'enfant une chose aussi horrible.

Il prit le crâne au creux de ses paumes et le porta à hauteur de son regard. Cette fois ce n'était ni un agneau ni un chevreau. C'était un crâne humain. Jeune. Avec un trou juste au milieu du front.

11

... en slips moulants rouges
et boléros roses.

Ces hommes avaient peur. Ils étaient nombreux, jeunes et forts, armés, mais ils avaient peur. Ils avaient jeté leurs trois Hummer noirs aux vitres teintées à l'assaut de la colline et s'étaient déployés en éventail à la dernière minute, dans une chorégraphie paramilitaire de mauvaise série télé. Yeruldelgger tenait encore le crâne perforé dans ses mains quand ils étaient descendus de leurs véhicules. Neuf en tout, sanglés dans des uniformes noirs frappés du logo belliqueux de la Mongolian Guard Security. Une gueule de loup tous crocs dehors.

Celui qui semblait être leur chef se dirigeait d'un pas méchant vers Yeruldelgger quand une voix de femme au bord de la colère l'arrêta net.

— Qu'est-ce que tu fais ici, petite sœur ? demanda Yeruldelgger en regardant la femme flic descendre du dernier Hummer.

— Je t'avais dit que la Colorado finirait par appeler ma hiérarchie. Ordre de dégager le pont pour rétablir la circulation et, au passage, réquisition pour prêter main-forte aux loups de la MGS pour expulser les ninjas.

Déstabilisé par le fait que Yeruldelgger et la femme flic se connaissaient, le chef du commando décida avec arrogance de reprendre les choses en main.

— C'est qui ce mec ?

— Un flic.

— Un ex-flic, corrigea Yeruldelgger.

— Un rien du tout alors, trancha l'homme en s'approchant de lui. Tu as cinq minutes pour dégager, toi et ta ribambelle de rastaquouères. Et t'encombre pas. Tu prends rien, on garde tout.

— Même la yourte ? feignit de s'inquiéter Yeruldelgger.

— Même la yourte.

— Et même l'or ?

— Même l'or.

— Vous gardez l'or ?

— On garde tout.

— Et pourquoi ça ?

L'homme s'approcha d'un pas pour faire pression sur le vieux flic à la retraite.

— Parce que tout ce qui est ici appartient à la Colorado, et la Colorado, c'est nous. C'est une concession ici, ducon.

— Erreur, ducon, répondit Yeruldelgger en lui envoyant le crâne dans les bras, ici c'est une scène de crime !

L'homme comprit juste un peu trop tard qu'il avait commis deux erreurs. La première était de s'être avancé vers Yeruldelgger et de se retrouver maintenant à portée de n'importe quel coup. La seconde était de s'être laissé encombrer les deux mains avec un crâne humain, ce qui le privait de la possibilité de toute parade. Quand il décela la lueur qui plombait l'œil du vieil homme, il réalisa qu'il venait de se laisser piéger par un faux débonnaire qui cachait un vrai tueur. Par chance, la femme flic le devina aussi et lui sauva la mise.

— Non, Yeruldelgger, ne complique pas les choses.

L'homme de la MGS en profita pour reculer prudemment d'un bon pas, comme repoussé par le regard de Yeruldelgger.

— C'est quoi encore cette histoire de scène de crime ? demanda la lieutenant.

— Ganbold vient de sortir ce crâne du puits d'où il a tiré tous ceux-là, répondit-il en désignant les squelettes déformés alignés sur la planche. Tu te souviens qu'il voulait me montrer un charnier.

Elle prit le crâne des mains de l'homme et l'examina attentivement. Yeruldelgger s'approcha d'elle.

— Et tes cadavres piétinés ?

— Ce n'est plus mon affaire. Mon supérieur prend les choses en main depuis Dalanzadgad et un légiste est descendu d'Oulan-Bator en hélico.

— Un légiste ?

— Oui, *une* en fait, et d'ailleurs elle te connaît. Quand je lui ai expliqué avoir rencontré un emmerdeur d'ex-flic têtu comme un onagre, elle m'a dit de te passer le bonjour si je te revoyais.

— Le bonjour ?

— Oui, et même un peu plus que ça si j'ai bien interprété la douceur de sa voix et la couleur de son regard.

— Oui, bon, tu n'enquêtes plus sur les cadavres du pont, alors ? s'intéressa-t-il de nouveau pour changer de sujet.

Elle le prit par le bras et le força à s'éloigner des gardes de la MGS.

— Officiellement et jusqu'à maintenant, non.

— Et officieusement et depuis maintenant ?

Elle sortit de sa poche le smartphone avec lequel il l'avait vue prendre des photos sous la bâche. Elle parcourut ses albums, trouva celui qu'elle cherchait. Elle afficha la photo en grand en basculant l'appareil en mode panoramique.

— Pourquoi tu ne m'as rien dit ? murmura-t-il en examinant la photo.

— Tu n'es plus flic.

— Tu savais ?

— Non, j'ai compris quand ils sont venus me chercher pour l'expulsion de tes ninjas.

On devinait sur la photo les doigts de la lieutenant qui soulevaient la bâche et, dans la clarté bleutée du soleil à travers la toile, un corps brisé dans un tissu noir. Photo suivante d'un glissement de pouce : gros plan sur l'épaule du mort. Un écusson maculé de sang. Une gueule de loup tous crocs dehors.

— Je vois, dit Yeruldelgger en jetant un œil du côté des miliciens.

— Et alors ?

— Alors rien. Je ne suis plus flic et c'est à toi de gérer ça. Si Tsetseg a raison, les quatre écrabouillés du pont l'ont été par des gens de chez eux qui les considéraient comme des traîtres. Leurs assassins peuvent faire partie de tes nouveaux employeurs.

— Hey, reste correct, tu veux, ces miliciens ne sont pas mes employeurs. Je suis flic de la République de Mongolie.

— Qu'est-ce que tu fais ici, alors ?

— Je supervise l'expulsion des occupants illégaux d'une zone minière donnée en concession.

— Réquisitionnée par un coup de téléphone de la Colorado ?

— Tu fais chier, Yeruldelgger, et tu cherches les ennuis.

— Et toi tu es marrante comme flic, et tu sais trouver les emmerdes.

— Pas besoin de les chercher, tu sais très bien me les refiler. Du genre de l'autre macchabée dépecé par tes quatre furieux d'artistes.

— Alors qu'est-ce qu'on fait ?

Une sorte de rictus fugace étira le bas de son visage tout rond qui se renfrogna aussitôt. Il prit ça comme un sourire et la regarda retourner droit vers le chef des miliciens. Elle lui confisqua le crâne d'un geste sans appel et se hissa sur la pointe des pieds pour être bien claire avec lui.

— Toute cette colline jusqu'à la crête est une scène de crime. Rien ne bouge, rien ne disparaît. Je vois une trace de rangers, je reviens vous péter les guiboles. Et maintenant dégagez, je reste pour l'enquête.

La petite troupe retourna aux Hummer comme un groupe de touristes égarés dont l'excursion vient d'être annulée. La pente les obligea à quelques ridicules manœuvres pour se remettre en ordre de marche et ils ne retrouvèrent un peu d'arrogance qu'en prenant de la vitesse.

— ... « vous péter les guiboles » ? s'amusa Yeruldelgger.

— Et alors ? aboya la lieutenant. Tu l'aurais fait sans les prévenir, toi !

— Par le passé, oui, sans aucun doute.

— Sans aucune hésitation, tu veux dire.

— Sans hésitation, tu as raison. C'est dire à quel point j'ai changé, non ?

— On ne change pas, vieil homme. On vieillit, mais on reste toujours ce qu'on a été. Si ce type avait fait un pas de plus, tu lui cassais la jambe. Je t'ai vu prendre le bon appui.

— Tu es peut-être une bonne flic finalement, sourit Yeruldelgger.

— S'il te reste un cheval, tu vas vite le savoir.

— Tu nous accompagnes ?

— Pas au naadam. J'ai passé l'âge d'aller mater des gros balourds pas même sumos se prendre par l'entrejambe pour s'envoyer en l'air et se vautrer les uns sur les autres en slips moulants rouges et boléros roses.

12

... si c'est fait, n'aie plus peur !

— C'est toi qui faisais de la broche avec lui ? demanda la femme dans un français coloré et exaspéré.

— Je m'appelle Odval, dit-elle sans répondre à la petite rousse bouclée très en colère.

— Tu faisais de la broche avec lui, c'est ça, hein ? C'est à cause de toi tout ça ?

La petite caravane s'était regroupée autour des deux femmes et attendait en souriant qu'Odval perde son calme. Al avait déjà disparu, mais les trois autres artistes errants n'en perdaient pas une miette. Zorig croquait même la scène sur un carnet. Seule Tsetseg restait un peu en retrait et surveillait plus Yeruldelgger que la jeune femme.

— Écoutez, dit Yeruldelgger en français, Odval n'y est pour rien, qu'elle ait couché avec lui ou pas. N'oubliez pas qu'on a brûlé sa yourte et qu'elle a tout perdu.

— Ça n'explique rien et ça n'excuse rien non plus. Je veux savoir si elle s'fourrait avec lui ! hurla la femme.

— Probablement, décida-t-il de répondre à la place d'Odval. Elle a aussi couché avec moi hier. C'est long, la steppe. C'est long et c'est loin. Il faut savoir compter avec les amours nomades.

— Long et loin mon cul, oui ! Mon campement est à moins d'un jour d'ici et cette agace-pissette se tapait mon chum !

— C'était votre mari ? s'étonna Yeruldelgger.

— C'était mon chum !

— Je vois. Mariée ailleurs, je suppose. En France, probablement…

— Je suis québécoise d'abord, et alors ? Qu'est-ce que ça change ?

— Si l'on en croit l'alchimie physique des amours nomades, rien. Odval et vous avez succombé aux mêmes langueurs vertigineuses de la steppe. Comme moi d'ailleurs. Et vous êtes ?

— Jacqueline Langlade. Je travaille pour Terra Nostra, une ONG de géologues.

— Pour chercher quoi ?

— Vous êtes qui ?

— Je m'appelle Yeruldelgger. Pour faire court, je suis un flic d'Oulan-Bator en retraite spirituelle dans la région. Enfin, j'étais…

— « Étais » ?

— Oui. Je ne suis plus flic, et de toute évidence plus vraiment en retraite spirituelle non plus. En fait, j'allais à un naadam et…

— Et les autres ?

— Les autres me suivent depuis quelques jours. Cette vieille femme cherche sa fille disparue, le gamin a découvert un charnier dans sa mine, les quatre hommes sont des artistes en vadrouille qui ont croqué un cadavre sur un rocher, cette jeune femme est l'ex-amour nomade de votre ex-amant, et madame là-bas est flic. Une vraie, elle. Un lieutenant.

Sans même s'étonner de cette improbable caravane, la jeune femme ignora la lieutenant pour ne s'adresser qu'à Yeruldelgger.

— Vous savez ce qui s'est passé ?

— Non, Odval est venue me prévenir qu'elle avait trouvé un corps à un bon galop de cheval de sa yourte, qu'on a par ailleurs brûlée pendant son absence.

Aucun des autres ne comprenait ce qu'ils se disaient, mais quand la femme parcourut du regard le campement calciné, toutes les têtes épousèrent le même mouvement panoramique que celui de sa crinière rousse. Sauf celle de Ganbold. Après avoir voyagé dans le van des artistes errants pour laisser son cheval à la femme flic, il chevauchait à nouveau sa monture, dominant tout le petit groupe, pour mieux plonger ses yeux au plus profond du décolleté généreux et à moitié déboutonné par la colère de l'étrangère. Yeruldelgger surprit son regard et claqua de la langue dans l'oreille du cheval. L'animal détala aussitôt, emportant le gamin en déséquilibre cramponné à sa selle.

— Je veux le voir ! exigea la géologue.

Odval expliqua de mauvaise grâce que c'était à une heure de galop. Ou deux heures de trot. Ou trois heures au pas. Au cas où l'étrangère saurait monter.

— J'ai ma voiture, répondit la femme en se dirigeant vers un rocher derrière lequel un 4 × 4 Suzuki était garé à l'ombre. Vous ne venez pas ?

— Je vous l'ai dit, répéta Yeruldelgger, je ne suis plus flic. Et puis elle seule sait où est le corps.

— Hors de question. Cette niaiseuse ne monte pas dans mon char.

— Comme vous voulez, voyez ça avec la lieutenant, répondit-il en haussant les épaules.

Il expliqua la situation à la femme flic qui leva les yeux au ciel en respirant très fort pour gérer la pression. Elle repensa à l'arrestation d'un vieux couple qui distillait du vin d'herbe de contrebande dans un alambic caché sous leur yourte au cœur de la forêt du Khentii. Ils avaient décidé de la jouer silence et tradition. L'inconvénient, c'est que ça avait fait monter la pression dans son crâne bien plus haut que dans la cucurbite à bibine. Avant que la colère ne lui sorte par les oreilles, elle avait saisi une hachette que les ancêtres gardaient à l'intérieur de la yourte pour alimenter le feu en petit bois et en avait percé la cuve d'un seul coup. Ce jet de décompression puissant et sifflant, qui avait projeté la hache à travers le feutre de la yourte et brûlé sa main, c'était exactement ce qu'il allait lui falloir pour résister à l'envie d'étrangler tout le monde, Yeruldelgger en premier.

— Écoute, tu vas dire à cette mégère de buveuse de jus d'érable de la mettre en veilleuse, de refermer son sac à nichons, et de commencer par nous expliquer ce qu'elle faisait au beau milieu des ruines calcinées du campement d'Odval.

— C'est un service amical, n'est-ce pas ? se moqua Yeruldelgger. Pas une demande officielle de collaboration, nous sommes bien d'accord ?

Mais il s'adressa à la Québécoise avant que la lieutenant ne réagisse. La femme et les autres géologues de la région travaillaient en solitaires, dans des zones souvent difficiles et isolées, alors ils restaient localisables par une puce GPS intégrée à un de leurs instruments. La jeune femme sortit son smartphone, activa une application de géolocalisation, et afficha le résultat de sa recherche. Sur son écran entièrement ocre, sans route ni relief, sans rivière, sans repère, pointait une épingle virtuelle à tête rouge qui désignait la puce du mort. Juste à côté d'un rond bleu qui pulsait aussi lentement qu'un cœur épuisé.

— L'épingle c'est lui, le rond c'est nous, traduisit Yeruldelgger.

— C'est son portable, expliqua la géologue en tirant un smartphone de sa poche. Je ne comprends pas pourquoi il ne l'avait pas sur lui. C'est en le géolocalisant sur mon iPad que je suis arrivée jusque chez cette guidoune des steppes.

— Il l'avait oublié chez toi ? demanda Yeruldelgger à Odval.

— C'est possible, répondit Odval, les yeux plantés dans ceux de la Québécoise. Quand il sortait de mon lit, il n'avait plus vraiment la tête à autre chose…

Le temps que Yeruldelgger se délecte à traduire, la géologue se jetait sur la jeune Mongole, laissant à nouveau exploser sa rage et trois autres boutons de son corsage, pour le plus grand plaisir de Ganbold qui les rejoignait à peine.

Le coup de feu résonna dans le ciel tout bleu. La femme flic avait encore dégainé et tiré en l'air pour ramener le calme. C'était déjà la quatrième fois en deux jours et Yeruldelgger s'amusa de cette habitude. À force de tirer au ciel, elle finirait bien par le trouer et faire pleuvoir.

— Je prends sa voiture et j'y vais avec Odval, dit-elle à Yeruldelgger pour qu'il traduise à tout le monde. Qu'elle en profite pour faire de la couture et cacher ses seins, le gamin va finir par nous faire un malaise vagal.

— C'est impossible, c'est un véhicule de Terra Nostra et l'assurance n'est...

La lieutenant démarra avant même qu'Odval ait claqué sa portière, criblant de gravier le rocher qui renvoya la mitraille sur la petite troupe hilare. Un kilomètre plus loin, elles aperçurent Al peignant les sables mouvants des grèves de Langueux du côté de l'anse d'Yffiniac, depuis un rocher de terre rouge sous lequel gisaient probablement des dinosaures délités depuis soixante-dix millions d'années. Elles piquaient vers une petite vallée pour rejoindre une passe qui contournait la crête quand Yeruldelgger enfourcha son cheval.

— Tu n'as pas peur de faire une bêtise ? dit Tsetseg en le regardant s'éloigner sans rien dire.

— Tu connais le proverbe, n'est-ce pas ?

— Oui. Je connais le proverbe. « Si tu as peur, ne fais pas, si c'est fait, n'aie plus peur ! »

13

Et une ombre passa sur son cœur.

C'était l'image déchirée de son bonheur. Elle avait réussi à faire abstraction du bruit infernal de l'hélico. Elle n'entendait plus que le silence de la steppe qu'ils survolaient. De longs rangs de vagues immobiles qui ondulaient en une mer calme et figée par le temps. Des lignes de crête ocre et grises entre des rubans de vallées jaunies ou verdoyantes. Des petits déserts longs et oubliés, bancs de sable prisonniers d'une marée de pierres. Des rivières étincelantes et paresseuses comme des couleuvres argentées. Au passage d'une autre crête, elle sentit son cœur se serrer devant tant de beauté. La nouvelle vallée était longue et large cette fois, la yourte posée un peu à l'écart de la rivière. Solongo vérifia l'orientation en souriant. La porte vers le sud, tournant le dos à la pente douce d'un petit monticule au nord, dans le respect des croyances. Alors elle embrassa toute la vallée du regard et chercha des yeux les animaux, et ils étaient tous là, dispersés dans l'herbe bleutée par l'ombre, libres. Les cinq museaux, longues pattes et courtes pattes. Dans un rayon de quelques kilomètres autour de la yourte, les chèvres et les moutons, les premières entraînant les seconds pour éviter qu'ils n'arrachent trop de racines au même endroit. Domestiques, sages, grégaires. À traire, à peigner ou à manger. Et bien au-delà, un peu partout, les longues pattes. Chevaux dispersés qui soudain se regroupaient et partaient au galop pour jouer. Yacks massifs et têtus, bourrus, renfrognés, qui les écoutaient passer sans daigner les regarder. Et même quelques chameaux élégants, toujours en lents mouvements nonchalants. C'était l'image de l'harmonie, le juste équilibre, le fruit de mille ans de traditions et de sagesse nomades. Elle devina une femme qui remontait de l'eau de la rivière, chahutée par deux enfants qui jouaient. Elle était certaine qu'ils riaient aux éclats. Quelques chevreaux et agneaux dans un enclos de fortune. Deux chevaux, les rênes attachées en hauteur à une corde tendue entre deux perches plantées dans le sol. Et très loin de la yourte, au flanc d'une colline, deux hommes assis qui surveillaient de loin avec paresse les animaux conscients de leur présence. Ils devaient mâchouiller de longues herbes en souriant en silence.

C'était son pays. Sa Mongolie. Avant de rendre justice aux morts, Solongo avait connu une enfance nomade. Elle avait éclaboussé sa mère et son petit frère de l'eau de la rivière, bu le lait du yack à même le pis, ramassé les bouses séchées pour le feu du soir. Et les souvenirs qu'elle gardait de sa petite enfance étaient ceux d'une innocence heureuse qu'elle n'avait plus jamais retrouvée depuis.

Le militaire qui pilotait l'hélico la tira de son rêve.

— On arrive, c'est deux crêtes plus loin, cria-t-il dans les écouteurs grésillards.

Quand elle regarda au-delà de la bulle transparente du cockpit, elle découvrit l'horreur de l'avant-dernière vallée, boursouflée de remblais comme de mauvaises cicatrices. Sans couleur. Écorchée vive.

— Les ninjas, expliqua le pilote en voyant son désarroi. Ils étaient plus de mille ici il y a quelques mois à peine. Pour l'or.

Solongo avait entendu parler de ces saccages, mais elle ne les avait jamais vus de ses propres yeux. Elle regardait, effarée, sa steppe meurtrie.

— Ils sont partis, dit le pilote comme pour la réconforter. Maintenant c'est une concession de la Colorado.

Il désigna d'un geste du menton une large tache jaune très loin à l'est.

— Qu'est-ce que c'est ? s'inquiéta Solongo.

— La mine. Huit kilomètres sur sept. Neuf cents mètres de profondeur. Et ils continuent de creuser.

— On peut y jeter un œil ?

— Survol interdit.

Il prit un peu d'altitude pour que Solongo puisse apercevoir le canyon artificiel de la Colorado.

— Par chance, les ninjas n'ont détruit de ce côté-ci de la mine que cette vallée. Le reste est encore à peu près intact. À part les routes.

Elle aperçut la vallée de l'autre côté de la dernière ligne de collines. Elle devina le ruban d'asphalte qui courait vers la mine loin à l'est, la vieille piste qui partait en travers, et le pont sur la rivière où ils se croisaient.

— C'est là que sont vos macchabées. Avec la chaleur qu'il fait, ils ne doivent plus être beaux à voir. Mais je suppose que vous avez l'habitude.

Solongo ne répondit pas. Juste sous l'appareil, elle regardait une étrange caravane escalader la crête pour rejoindre la vallée désolée. Quatre chevaux et un petit van UAZ bleu dont elle ne put détacher les yeux. Et une ombre passa sur son cœur.

14

... ceux qui peuvent tout détruire.

— Qu'est-ce que vous faites chez moi ?

Solongo était rentrée deux jours plus tôt du Gobi pour l'affaire des écrasés du pont. Elle avait passé les deux dernières nuits dans le service médico-légal à terminer ses rapports, profitant de la petite chambre de repos attenante à la morgue. À vingt-deux heures le troisième jour, tout ce qu'elle demandait, c'était de retrouver sa grande yourte à l'est du dix-septième district, en bordure de ce qui restait de la dernière enclave de vergers et de potagers de cette ville de bruit et de fumée.

— C'est magnifique chez vous, dit la femme, vous avez fait de cette grande yourte quelque chose de très réussi. Un ancien restaurant pour touristes, je suppose ? C'est une cinquante-quatre perches, n'est-ce pas ? Au moins douze treillis.

La femme était assise sur le lit des invités, au fond à gauche de la yourte. Droite, presque élégante, les fesses juste posées sur le rebord du meuble. Solongo ne répondit pas tout de suite. Elle posa ses affaires et chercha à faire du thé pour celle qui s'était invitée. La bouilloire était déjà chaude.

— Je me suis permis d'en faire en vous attendant, dit la femme.

Une cinquantaine d'années, en tailleur à l'européenne et escarpins de marque à semelles rouges, histoire de bien montrer qu'elle était riche. Mais c'était la raideur de son port de tête qui trahissait la femme de pouvoir. Pas policière. Juge peut-être.

— Consultante, dit-elle en devinant les hésitations de Solongo. Conseillère en gestion de crise aussi.

— Merci, dit Solongo, moqueuse, en se servant un thé salé moiré d'une trace de beurre, mais ma vie n'est pas chaotique au point de requérir vos services.

— Elle pourrait le devenir…

Son ton s'était durci et son regard aussi. Solongo comprit aussitôt que la menace était davantage son registre que la plaisanterie.

— Même si elle le devenait, répondit Solongo d'une voix douce, je pense que je me passerais de vos services.

— Vous n'avez rien compris, ma petite, je ne travaille que pour des gouvernements et des entreprises multinationales, et vous auriez bien du mal à vous payer ne serait-ce qu'une toute petite heure de mon temps.

— Dans ce cas, je pense que nous nous sommes tout dit, et ce serait irrespectueux de vous faire perdre votre précieux temps, grand-mère.

Puisqu'elle lui avait donné du *petite*, pourquoi se priver de lui donner du *grand-mère* ? s'était dit Solongo. Elle désigna la porte d'un geste poli de la main à la femme piquée au vif par l'allusion à son âge. Lifting avec plicature du SMAS complété par le comblement des plis nasogéniens à l'acide hyaluronique, diagnostiqua Solongo. Blépharoplastie aussi. Et probable augmentation mammaire par prothèse ronde en gel de silicone cohésif. Une femme qui avait su mettre les moyens pour devenir ce qu'elle voulait être, aux yeux des autres autant qu'aux siens.

— Ne fais pas semblant de ne pas comprendre. Si aujourd'hui quelqu'un me paye très cher, ce n'est pas pour lui prodiguer des conseils, mais pour t'en donner. Et c'est ce que je suis venue faire.

— Je n'accepte aucun conseil de ceux que je ne connais pas, et je n'ai pas souvenir que vous vous soyez présentée. Je vous prie de sortir maintenant. Ne m'obligez pas à vous y forcer, dit Solongo en cherchant à cacher son trouble.

La femme en tailleur ne bougea pas. Elle sortit d'un petit sac à main Vuitton, qu'elle portait en bandoulière, une arme qui ressemblait à un jouet et la braqua sur Solongo sans allonger le bras.

— Ne te méprends pas, c'est un C-13 américain. Petit, mais fiable et très efficace jusqu'à cinquante mètres. Munition de cinq millimètres, mais avec son chargeur de huit, la répétition augmente les dommages. Tu as vu comme il se glisse bien dans un simple sac à main ?

Solongo se surprit à ne pas avoir peur. Elle connaissait mieux que quiconque le pouvoir vulnérant des munitions. Mieux que la femme qui semblait croire que la petite taille des balles était un handicap que compensait la capacité du chargeur. En fait, les petites munitions étaient bien plus meurtrières. Plus légères, autour de deux grammes, elles étaient à la fois plus rapides et plus instables à l'impact, provoquant de terribles blessures.

Encore plus hautaine maintenant qu'elle tenait une arme, la femme se leva et s'avança vers Solongo.

— On t'avait décrite comme plus intelligente que tu ne l'es apparemment. Pourquoi me forcer à te menacer alors que je suis celle qui peut t'éviter bien des ennuis si tu acceptes d'en éviter à ceux qui m'envoient ?

— Qu'ils aient osé vous envoyer dans ma yourte avec une arme est déjà une raison suffisante pour que je n'aie pas envie de les connaître.

— Oh non, ne me dis pas que tu crois encore à toutes ces balivernes du respect des traditions. J'aurais dû m'en douter rien qu'à voir la déco. On entre par le pied droit, on ne frappe pas à la porte, on ne pointe pas les pieds vers le feu et puis quoi encore ?

— C'est comme ça que ce pays a survécu jusqu'à aujourd'hui.

— Oui, c'est exactement ça, il a survécu. Mais maintenant, c'est vivre que nous voulons. Prendre notre part. Rattraper les autres. Et c'est exactement ce pour quoi je suis chez toi.

— Je ne comprends pas.

— C'est simple : les quatre cadavres que tu es allée autopsier dans le Sud, c'était un accident.

— Eux ? Impossible. J'ai compté jusqu'à cent quarante-huit fractures sur le plus brisé des quatre. Aucun accident ne peut provoquer ça.

— Les chiffres, ça se change. Personne n'ira vérifier.

— Bien sûr que si, une contre-autopsie est toujours possible.

— Il n'y en aura pas.

— Comment pouvez-vous en être sûre ?

— Parce que aucun ordre ne viendra la demander.

— Moi je pourrais le faire.

— Ce serait demander l'impossible.

— Et pourquoi ça ?

— Parce que les corps n'existent plus, dit la femme. À l'heure qu'il est, ils ont déjà été incinérés.

— Pardon ?

— Vérifie si tu veux.

Solongo chercha son smartphone et composa le numéro de la morgue, réveillant son assistant d'astreinte. Il bredouilla aussitôt un compte rendu incohérent et paniqué. Ils étaient venus, des hommes, six en tout, il ne savait pas, flics peut-être, oui, ils se comportaient comme des flics. Tous pouvoirs. Menaçants. Tous les dossiers saisis. Emportés, les quatre corps. Ils lui avaient montré leurs armes pour qu'il obéisse. Non il ne restait plus rien. Oui ils avaient aussi embarqué l'enregistrement.

Solongo resta interdite quelques instants, le téléphone à la main. La femme se réjouit de sa stupéfaction.

— Tu n'es pas de taille, ma pauvre fille. Mes clients peuvent imposer ce qu'ils veulent à ce pays. Ils l'ont acheté. Il est à eux, alors obéis-leur et tu pourras peut-être profiter de ce qu'ils vont en faire.

— Je n'ai pas envie de ce pays-là, grand-mère. J'ai déjà le mien et il me convient.

— Parfait, alors reste dans ta blouse de bourgeoise nomade si tu veux, mais n'empêche pas ceux qui font bouger les choses d'avancer. Tu vas rédiger quatre nouveaux rapports d'autopsie et tout se passera bien pour tout le monde. Nous avons déjà les bordereaux de remise des corps aux familles. Il ne manque plus que toi.

— Faites-le vous-mêmes ! Si vous avez su récupérer et brûler les corps, vous devriez savoir falsifier les dossiers, non ?

— C'est que nous maîtrisons mieux les armes que ton jargon médical, tu vois ?

Solongo la regarda quelques instants en silence, s'assit sur un petit tabouret traditionnel en bois orange orné de motifs géométriques, et posa son téléphone sur une table basse.

— Je ne ferai rien sans comprendre ce qui se passe. Qui sont ceux qui t'envoient ?

— Personne que tu aies besoin de connaître pour m'obéir.

— T'obéir ? Tu n'es qu'une messagère. Avec ta panoplie de vieille poule de luxe et ta peau tirée comme celle d'un tambour de chaman, tu n'as rien de quelqu'un capable de décider. Les hommes qui te manipulent – parce qu'aux efforts que tu fais pour ressembler à ce que tu imagines qu'ils désirent, ça ne peut être que des hommes – te méprisent. Quelques-uns se sont servis de toi. Physiquement, je veux dire, parce que pour ce qu'ils te payent, je suppose qu'ils estiment aussi avoir droit à toi, non ? Posséder, prendre, s'approprier, c'est tout ce qu'ils aiment. Et ils t'ont prise. Avant sûrement, mais plus maintenant. Ou alors seulement les plus jeunes d'entre eux pour pouvoir se vanter auprès des anciens d'avoir su faire comme eux, ce n'est pas vrai ? Et toi tu dois haleter plus fort, exagérer ton plaisir de femme mûre qui a tout vécu, faire croire que tu peux tout oser, essayer de garder le contrôle, faire semblant de tout donner. Dis-moi, tu te laisses sodomiser par ces hommes-là ?

— Ferme-la ! hurla la femme en brandissant son arme à bout de bras. Tu n'as aucune idée de qui nous sommes. Ces hommes font et défont des pays entiers et ils possèdent déjà la moitié du nôtre. Tu crois vraiment pouvoir leur résister ?

— Quoi, tu parles des concessions minières ? De ces fantoches ? C'est pour le lobby minier que tu viens me menacer chez moi ? Le lobby minier, tout arrogant et parvenu qu'il soit, ne fait peur à personne.

— Pauvre petite conne, s'énerva la femme, vexée, qui te parle du lobby minier ? Je te parle de ceux qui possèdent ceux qui possèdent les mines. Ceux qui possèdent le gouvernement, le Parlement, les médias, la justice, la police, l'armée. Ceux sans qui rien ne bouge ici ou tout s'effondre. Je te parle d'hommes qui possèdent une part de l'Australie, une part du Canada, la moitié de l'Afrique et toute la Mongolie.

— Arrête avec tes légendes urbaines, grand-mère.

— Légendes urbaines ? La Colorado ? Mais d'où sors-tu, pauvre fille, ouvre les yeux !

— C'est fait, dit Solongo en se relevant.

— Qu'est-ce que ça veut dire ? se méfia aussitôt la femme.

— Mes yeux, c'est fait, tu me les as ouverts. C'est la Colorado qui t'envoie. Tu viens de me le dire.

Si la femme bouillait de colère contre elle-même de s'être fait piéger, elle n'en laissa rien paraître et Solongo lui reconnut en silence ce talent.

— Eh bien peut-être que ça t'aidera à mieux comprendre où est ton intérêt, se reprit-elle.

— En quoi ces quatre morts dérangent-ils la Colorado ?

— Encore une fois ce ne sont pas tes histoires. Obéis et oublie le reste.

— Et les témoins, une trentaine sur place si j'ai bonne mémoire. Une femme flic aussi. Le camion qui a explosé…

— Tout ça a déjà été arrangé. Les témoins ont bien gagné leur journée. Ils ont été dédommagés pour leur patience et les dégâts causés à leurs véhicules par l'explosion du camion.

— Il n'y a eu que deux ou trois véhicules endommagés.

— Ce n'est pas ce qu'ont déclaré les autres chauffeurs. Tous vont recevoir un véhicule neuf, sauf bien sûr les quatre victimes sur lesquelles la citerne est retombée.

— Le propriétaire de la citerne était bien incapable de proposer un tel arrangement.

— Nous l'avons aidé à être généreux, et lui va recevoir en échange une citerne neuve.

— Et la femme flic, celle qui était sur place, vous allez la soudoyer elle aussi ?

— Sa hiérarchie va s'occuper d'elle. La Colorado l'a fait affecter à une autre enquête.

Solongo garda le silence puis se dirigea vers la porte pour signifier à la femme que c'était terminé.

— Je vais y réfléchir, dit-elle.

— Tu n'as pas beaucoup de temps pour faire ce qu'on te demande. Demain matin, je passerai prendre les nouveaux comptes rendus d'autopsie à la morgue.

Elle rangea son arme dans son sac, rajusta son tailleur, et sortit dans la nuit en défiant Solongo du regard.

— Liposuccion de la culotte de cheval ? demanda la médecin dans son dos quand la femme eut fait quelques pas hors de la yourte.

La femme s'arrêta, prit le temps de se retourner vers la belle légiste et de la regarder dans les yeux avant de répondre.

— Quand on a pour amant un vieil ex-flic à moitié ravagé, seul et sans arme, sans pouvoir, sans autorité et donc très vulnérable, isolé dans une yourte au cœur du Gobi, à des heures de tout secours, et si on tient un tout petit peu à lui, on ravale son insolence et on ne provoque pas la colère de ceux qui peuvent tout détruire.

15

… l'aveuglait de ses pleins phares.

Speedy pensait que la belle allemande aurait cherché à quitter le dix-septième district au plus vite. À
la nuit tombante, ce quartier sans éclairage de petites
datchas claquemurées derrière leurs palissades avec
leurs yourtes tassées au fond des jardins pelés devenait moins sûr. Les toits de tôle colorés, verts, bleus,
rouges, se fondaient en gris dans la nuit. Pas encore un
coupe-gorge, mais déjà plus vraiment un lieu de pro-
menade pour une allemande aussi joliment carrossée.

La BMW avait d'abord cherché à rejoindre l'avenue
au loin par une ruelle perpendiculaire. Puis elle avait
fait le tour d'un bloc de yourtes, comme si elle s'était
égarée, et était revenue sur sa route en piquant vers
le sud par la seule rue en terre qui traversait le dix-
septième district.

Mauvais choix, s'était dit Speedy en lançant son
Bellini coréen marron et crème derrière elle, à distance
prudente, sans phares malgré la rue boueuse défoncée
d'ornières et de rigoles. Dans son dos, le couvercle de la
boîte métallique bricolée en coffre à pizzas valdinguait
à chaque rebond du scooter malgré les ficelles qui ten-

taient de le retenir. À sa toute première livraison, il avait laissé son Bellini devant une palissade et avait retrouvé le couvercle de son coffre à pizzas forcé au tournevis.

« Pizza Khan ». C'était écrit sur la boîte et sur son casque, qu'il ne portait pas par sécurité mais juste pour bien faire pizzaman comme à New York ou à Paris. Speedy était fier de cette trouvaille. Pizza Khan. Aujourd'hui, il livrait dans les trois districts de l'est les pizzas que sa mère confectionnait sous sa yourte, à deux pas de chez Solongo. C'est comme ça qu'elle était devenue une de leurs premières clientes. Par l'odeur alléchée. Bœuf haché, tomates mûres, persil, un gros oignon ciselé, beaucoup d'ail écrasé, sel, poivre, paprika, piment de Cayenne, poivrons, cumin, coriandre. Rien d'italien. Les pizzas de Speedy étaient des larmadjouns. Des pizzas arméniennes. La mère de Speedy en avait appris l'art et la manière d'un Arménien voyageur, amant de passage et gourmet vagabond.

Speedy connaissait par cœur la rue que descendait la BM X6 en se jouant du chaos qui démontait sa fausse Vespa. Elle plongeait vers le sud et aucune des perpendiculaires sur la droite ne permettait de rejoindre l'avenue à un kilomètre plus à l'ouest. Chaque ruelle finissait par n'être plus qu'un bourbier qui s'enlisait dans la puanteur d'un ruisseau où stagnaient les eaux usées du quartier. Il comprenait mal la logique du chauffeur. Une caisse comme ça, on la glisse au plus vite sur l'asphalte civilisé. Il n'aurait bientôt plus qu'une solution pour rejoindre l'avenue, au risque de devoir traverser tout le sud du district jusqu'à rejoindre Peace Avenue à hauteur du jardin botanique, presque en dehors de la ville.

Trois ruelles plus loin, comme il s'y attendait, la BM s'engagea sur la droite dans le seul passage qui enjambait le ruisseau. L'eau sombre glissait mollement ses immondices ramollies à travers un court tunnel en béton mal enterré. Son diamètre donnait une idée du torrent que devenait le ruisseau à la fonte des neiges ou par temps d'orage. La voiture amortit en souplesse le dos-d'âne en terre contre lequel Speedy fit rebondir son engin. La nuit creusait la rue d'ombres plus fourbes que les trous dans la tourbe. Il était temps qu'ils rejoignent l'avenue dont il apercevait les lueurs tout au bout de la ruelle. Mais soudain la BM s'arrêta, ses puissants feux arrière ensanglantant les clôtures en bois. Aussitôt surgirent des chiens errants qui se déployèrent en commando, faussement craintifs. Speedy, surpris, s'arrêta à bonne distance en dérapant dans la boue. La voiture s'engagea à la perpendiculaire vers le nord dans une venelle si étroite qu'il vit ses rétroviseurs électriques se rabattre de chaque côté. Il préféra ne pas la suivre tout de suite. Pour ne pas se faire repérer d'abord, mais surtout pour ne pas avoir à passer au ralenti au milieu des chiens avec son Bellini qui embaumait la larmadjoun à la viande hachée. Par-dessus le labyrinthe de planches, il suivit la voiture à la lueur de ses phares. Quand il comprit qu'elle s'engageait à nouveau en direction de l'avenue par une rue parallèle, il lui laissa prendre un peu d'avance, puis lança son scooter à travers les chiens en repoussant à coups de pied ceux qui en voulaient de trop près à ses mollets. Par chance un rat gros comme un chat surgit entre ses roues et la meute se le disputa aussitôt à coups de crocs, laissant s'enfuir et Speedy et le rat. Il tourna sur la gauche à son tour et jeta un coup d'œil prudent aux clébards idiots. Le chef de bande le regardait disparaître, immobile, interdit. Quand Speedy remit les gaz pour rattraper la BM, il entendit les chiens se battre entre eux de plus belle.

Comme aimantée par les lumières de l'avenue, la BM avait accéléré, éclaboussant les palissades de gerbes de boue à chaque ornière. Des camions et des engins devaient emprunter ce bout de route. La terre se creusait de longs sillons parallèles dans lesquels le scooter partait en glissade avant de s'y recaler brutalement comme sur un rail traître et assassin. Speedy redoublait d'efforts pour garder son engin en équilibre sans perdre de vue la voiture. Soudain, elle vira sur la droite au milieu de la montagne de ferraille du lugubre marché aux grues. Depuis que la ville se lançait à la poursuite hystérique du progrès, son besoin fou en engins de levage avait fait germer l'idée saugrenue d'un tel marché. Un spéculateur opportuniste avait réussi à rassembler presque toutes les grues disponibles du pays. Dressées par dizaines contre la nuit noire, comme une forêt délabrée de squelettes harnachés de câbles, ou fauchées à terre dans un amoncellement de flèches rouillées, de contrepoids, de lests, de chemins de roulement, de chariots, de treuils, de crochets amassés et de câbles lovés à même le sol. Deux ou trois hectares de vieilles grues, soviétiques pour la plupart, récupérées des mines et des gares, cela ressemblait plus à la décharge d'un ferrailleur diabolique qu'au parc d'exposition d'un loueur d'engins.

Le temps que Speedy s'engage sans réfléchir au milieu des câbles et des poutrelles d'acier, il était trop tard. La BM garée face à lui l'aveuglait de ses pleins phares.

16

Le visage découpé de Yeruldelgger.

Il était trois heures du matin quand Solongo entra dans la morgue. Un inspecteur l'avait appelée et elle était venue le plus vite possible. Sur deux tables d'autopsie gisaient des corps dans des housses noires.

— Celui-là c'est un ivrogne tombé dans une bouche d'égout, expliqua l'inspecteur.

— Encore un ! Il faudra qu'un jour ils se décident à toutes les reboucher, dit Solongo en passant sa blouse.

— La sienne l'était. La plaque a cédé sous son poids.

— Il ne faut jamais marcher sur rien dans cette ville, dit-elle en enfilant ses gants en latex. Toujours tout enjamber, tout contourner. Toujours !

— Il aurait été bien incapable de maîtriser le moindre détour. Tu me diras ce que tu auras trouvé, mais moi je parie pour au moins deux grammes.

— Tu ne m'as quand même pas fait venir pour cet ivrogne.

— Non, c'est pour l'autre…

Solongo se dirigea vers la seconde table. Elle alluma la grande lampe focale à lumière froide et demanda à l'inspecteur d'éteindre l'éclairage général en sortant.

Elle aimait être seule pour sa première rencontre avec un corps. Question de pudeur. D'intimité. Un corps c'est un être qui vient de mourir, avec violence souvent, avec une vie avant, des amours, des sentiments, une maison, des rêves, des enfants ou des parents, des blagues, des rires, des pleurs. Descendre la fermeture à glissière de la housse, c'est ouvrir le dernier bagage d'un voyageur avec toute sa vie dedans. Après ce n'est plus qu'un cadavre, ouvert, écartelé, découpé, éviscéré.

Solongo aimait prendre le temps d'observer longuement ceux qu'on lui apportait sans vie, et qui pourtant vivaient jusqu'alors sans idée de la mort. Les dégager du drap. Observer. Enlever leurs accessoires. Observer. Les déshabiller. Observer. Prélever, noter, récupérer. Observer. Les laver doucement. Observer. Prendre son temps. Les respecter. Puis les entailler et en faire des cadavres.

— Dans sa bouche, dit l'inspecteur avant de sortir. C'est pour ça qu'on t'a appelée.

Il disparut aussitôt et elle resta un long moment à regarder la porte, perplexe. Puis elle se tourna vers la table d'autopsie et fit glisser la fermeture de la housse.

Elle chancela en découvrant le visage de Speedy. Il portait encore son casque. Fracassé. Défoncé. Son visage tuméfié laissait peu de doute sur ce qu'il avait enduré. Le gamin avait été battu à mort. Aucun accident ne laissait ce genre d'ecchymoses. Des coups. Sauf peut-être cette large déchirure de la joue. Morsure. Chien probablement. Elle parcourut les notes que l'inspecteur avait laissées à son intention. Découvert dans le terrain vague du marché aux grues suite à un appel anonyme. La patrouille arrivée sur place avait dû se battre contre des chiens errants pour leur disputer le corps. Le premier homme avait abattu deux bêtes avant que la meute ne leur abandonne le cadavre. Quand le second patrouilleur avait retiré le papier de la bouche du gamin, il avait préféré le remettre aussitôt en place et appeler des inspecteurs.

Solongo se saisit d'une longue pince et ouvrit la bouche de Speedy. Elle nota un début de rigidité dans l'articulation temporo-mandibulaire et la nuque. À d'autres détails elle détermina que la mort était probablement survenue autour de vingt-deux heures. À peu près au moment de son coup de téléphone. Elle chercha aussitôt l'appareil et le trouva glissé dans la poche d'épaule du blouson de la petite victime. Son appel figurait bien dans la liste des entrants. Elle hésita à l'effacer, puis se dit que les inspecteurs y avaient sûrement déjà jeté un coup d'œil. De toute façon elle n'avait rien à se reprocher. Sinon d'avoir probablement causé la mort de ce pauvre gamin. Mais elle pouvait très bien l'avoir appelé pour commander une pizza. Elle le faisait souvent. Ils pourraient facilement retracer plusieurs de ses appels précédents. Et une pizza à vingt-deux heures en rentrant du boulot, ça n'a rien de suspect. Elle posa le téléphone sur la table aux ustensiles et se concentra à nouveau sur le corps pour forcer un peu sa bouche. La gorge était obstruée par un papier parfaitement plié. Post mortem, décida Solongo. Le papier, trop petit, n'aurait pas résisté au réflexe de déglutition. Elle le retira avec précaution, du bout de sa pince, et le déposa dans une coupelle en métal. À l'aide d'une autre pince elle le déplia doucement et son cœur à nouveau manqua un battement. C'était une petite photo. Le visage découpé de Yeruldelgger.

17

... dans la gorge d'un mort !

— Donc tu lui as commandé une pizza.

— Oui, mentit Solongo.

Elle connaissait Bekter, des Affaires spéciales. Il ne lui était pas hostile, mais elle ne pouvait se résoudre à lui avouer qu'elle avait appelé Speedy pour lui demander de suivre la femme aux Louboutin. Elle y avait pensé dès qu'elle l'avait vue monter dans sa voiture. Elle savait Speedy en alerte, quelque part deux rues plus haut, prêt à répondre à la prochaine commande ou en route dans les ruelles du dix-septième district pour une livraison. Dans l'urgence, elle avait tenté le coup.

— Speedy ? Une grosse berline sort de chez moi. Une allemande, je crois. Tu pourrais la suivre pour moi et me dire où elle dépose sa passagère ?

— Tu fais dans l'espionnage maintenant, Doc ?

— C'est sérieux, Speedy, j'ai besoin de savoir.

— Okay Doc, ça te coûtera une double pizza, ça roule ?

— Merci Speedy. Sois prudent.

— Hey, tu parles à Speedy de Pizza Khan sur son Bellini, que veux-tu qu'il m'arrive ?

117

— Sois prudent quand même.

Bekter sentait bien qu'elle pensait à autre chose. Il lui laissa le temps de se reprendre.

— Tu ne t'es pas inquiétée quand tu as vu qu'il ne te livrait pas ?

— Non, il a tardé, la faim m'est passée et je me suis endormie. C'est l'appel de la police qui m'a réveillée.

— Tu lui commandais souvent des pizzas ?

— Assez souvent, oui. Au moins une fois par semaine.

— C'est déjà arrivé qu'il oublie de te livrer ?

— Non, mais c'est aussi la première fois qu'il se fait assassiner.

Elle regretta aussitôt son insolence. Bekter ne faisait que son boulot et il le faisait bien, sans agressivité à son égard. Elle n'avait pas besoin de le provoquer.

— Tu sais bien que j'étais une cliente régulière de Speedy. Vous avez remonté mes appels, je suppose. Pourquoi tu m'interroges comme ça ?

— Parce que tu as été la dernière personne à lui parler.

— Et ça fait de moi une suspecte ? Tu raisonnes comme un flic de télé. J'ai commandé une pizza vers dix heures à un gamin qu'on m'a demandé d'autopsier cinq heures plus tard.

— Mais qui est mort peu de temps après ton coup de fil.

— Oui.

— Et pas loin de chez toi.

— Pas loin de chez moi.

— Et qui ne t'a pas livré ta pizza.

— Qui ne m'a pas livré ma pizza, en effet.

— À quoi, la pizza ?

— Je t'en prie, Bekter, pas ce genre de question piège !

— À quoi ?

— Pizza arménienne. Je ne sais pas ce qu'ils mettent dedans, mais c'est bon.

— Tu me mens, Solongo. Je ne sais pas pourquoi, mais tu me mens. Tu n'as pas tué ce gamin, c'est évident, mais tu sais quelque chose de cette histoire, c'est tout aussi évident. Le gamin suivait peut-être une grosse berline étrangère. Des témoins les ont vus passer l'un derrière l'autre. Ça te dit quelque chose ?

— Rien.

— Une BMW X6 4 × 4, ce n'est pas banal dans ce quartier.

— Un nouveau riche, probablement.

— Elle n'appartient à personne du district.

— Un trafiquant alors.

— Mauvais endroit, mauvais moment, Speedy serait tombé sur des dealers ?

— Pendant sa tournée, pourquoi pas…

— Parce qu'il n'avait rien dans sa boîte. Pas de pizza. Rien. Tournée à vide. Tu peux me dire ce qu'il faisait dans le marché aux grues ?

— Il n'est peut-être pas mort là-bas.

— C'est toi la légiste. D'après les lividités, pas de déplacement du corps.

— Alors on l'aura entraîné là-bas.

— Avec son scooter ? Comment forces-tu quelqu'un à te suivre sous la menace quand il est en scooter ?

— …

— Moi je pense que Speedy est allé au marché aux grues de son plein gré, et probablement en suivant une berline de luxe allemande. Le problème est de savoir pourquoi. Et pourquoi ça lui a coûté la vie.

— Je ne peux pas répondre à ces questions, dit Solongo.

— Tu pourrais, corrigea Bekter, mais tu ne veux pas.

— Pourquoi je te cacherais quelque chose ?

— Pour protéger quelqu'un.

— Qui ?

— Yeruldelgger, par exemple.

— Quoi, tu veux accuser Yeruldelgger de ça ? Il est dans le Gobi, à des centaines de kilomètres d'ici, comment veux-tu qu'il ait quoi que ce soit à voir avec ce qui vient de se passer dans le dix-septième district ?

— Je n'en sais rien, Solongo, je n'en sais rien. Mais c'est lui qui a son portrait dans la gorge d'un mort !

18

… des bordels de Shanghai
ou de Macao.

La femme aux Louboutin était revenue avant même que Bekter ne convoque Solongo. À la morgue même, en pleine nuit, dans la salle d'autopsie. Solongo recousait le corps vidé de Speedy quand sa voix la fit sursauter.

— Tu me crois désormais ?

Elle était dans la pénombre, hors de la lumière crue de la zone d'autopsie. Par colère autant que par peur et par réflexe, Solongo fit basculer la lourde lampe focale suspendue et braqua son faisceau blanc pour aveugler l'intruse. Elle était toujours habillée de son strict tailleur haute couture parisienne, mais dans la lumière sans fard, elle ressemblait cette fois à une vieille Mongole liftée déguisée en bourgeoise occidentale.

— C'était une très mauvaise idée de me faire suivre par ce gamin. Mes commanditaires n'apprécient guère qu'on cherche à les identifier. J'espère que tu as compris le message.

— Le meurtre d'un gamin, vous appelez ça un message ?

— Oui, et je pense qu'il était assez clair. Mes clients sont des gens à qui on obéit et qui tiennent toujours leurs promesses. Surtout en matière de punitions.

— Et en quoi ce gamin méritait-il d'être puni ?

— Ce n'est pas lui que nous avons puni. C'est toi, ma pauvre fille. Nous l'avons tué, c'est vrai, mais c'est toi qui l'as poussé à la mort. Ta punition, c'est ta culpabilité.

— Pourquoi voulez-vous falsifier ces comptes rendus d'autopsie ?

— Tu n'as pas à le savoir.

— Je veux le savoir.

— Tu veux voir mourir Yeruldelgger ?

— Qu'a-t-il à voir avec tout ça ?

— Rien, sinon que tu tiens à lui et que ça nous suffit.

Solongo hésita puis se résigna avec colère. Elle rabattit la lampe sur la table d'autopsie d'un geste trop brusque qui fit danser le dictaphone au bout de son fil. Elle sortit quatre dossiers vierges d'un tiroir de son bureau et revint les poser sur la table, immobilisant d'une main rageuse le dictaphone qui se balançait toujours.

— Voilà, comment voulez-vous que j'établisse ces rapports, déjà ?

— Comme bon te semble pourvu que tes constatations confirment la thèse d'un accident de voiture.

— Je ne comprends toujours pas ce que cela peut changer.

— Tu n'as pas à comprendre. Tu fais d'un crime un accident, c'est tout ce qu'on te demande.

— Donc vous savez que c'était un crime.

— Pas besoin d'être toubib pour le constater, se moqua la femme en se rapprochant pour vérifier par-dessus l'épaule de la légiste ce qu'elle écrivait.

Solongo établit succinctement pour chaque victime une description du cadavre et des constatations positives et négatives externes. Puis elle rédigea un compte rendu des constatations macroscopiques des tissus et des organes, répartissant entre les victimes différentes lésions fatales. Elle ajouta des résultats d'analyse précisant des taux élevés d'alcoolémie, de THC et de CBD, et conclut à des décès dus à des traumatismes crâniens et des compressions thoraciques avec éclatement d'organes et hémorragies internes.

— C'était un peu théâtral et pas bien malin de glisser la photo de Yeruldelgger dans la bouche du gamin. Ça pourrait pousser la police à remonter jusqu'à vous.

— Tu n'as donc rien compris ? Nous sommes bien trop haut pour que quiconque puisse se hisser jusqu'à nous. Et nous avons aussi la maîtrise des échelles de ce pays. Toutes les échelles.

— Dans ce cas, qu'est-ce qui pouvait bien vous déranger dans la façon dont ils sont vraiment morts ? La mise en scène rituelle ? demanda Solongo en tendant les dossiers à la femme.

La femme s'en saisit et parcourut chacune des quatre conclusions de la légiste sans rien trahir de sa satisfaction.

— Oui, c'est ce côté rituel qui nous chiffonnait. Tu es peut-être une femme intelligente après tout. Prends bien garde que cela ne fasse pas mourir d'autres personnes autour de toi.

Elle allait sortir en passant le sas d'isolement de la morgue quand elle se ravisa. Elle se retourna vers Solongo, l'examina longuement de la tête aux pieds, puis la fixa droit dans les yeux pour que sa menace soit sans équivoque.

— Tu es aussi une très belle femme. J'ai des amis qui se battraient pour t'offrir à leurs meilleurs clients des bordels de Shanghai ou de Macao.

19

Elle aussi,
tu veux te la faire façon nomade ?

— Qu'est-ce qu'il fout là ? gronda la femme flic.

Un peu plus haut sur un replat de la pente, Yeruldelgger, accroupi devant son cheval à la façon des nomades, regardait le Suzuki poussiéreux grimper vers lui. Odval sourit et regarda en silence la lieutenant s'énerver au volant.

— Quoi !

Odval ne répondit pas. Elle connaissait la réponse à la question et ça l'amusait.

— Comment tu t'appelles au fait ?

— Guerleï. Je m'appelle Guerleï. Lieutenant Guerleï, aboya la policière. Tu es sûre que c'est ici ?

— Si Yeruldelgger y est...

— Et le corps ?

— Là où sont les mouches.

La lieutenant Guerleï écrasa les freins à quelques mètres du cheval de Yeruldelgger. Ni l'homme ni l'animal ne bougèrent. Quand le nuage de poussière brune se dissipa, la lieutenant devina le cadavre sous l'assaut bourdonnant des mouches irisées. Elle sauta hors du 4 × 4 et claqua la portière sans attendre Odval.

— Comment tu as fait ? hurla-t-elle à l'intention de Yeruldelgger qui lui répondit par un large sourire silencieux.

— Comment il a fait ? insista-t-elle en se tournant vers Odval.

La jeune femme, qui affichait le même sourire satisfait que Yeruldelgger, pointa son index vers le ciel. La lieutenant leva les yeux sans comprendre.

— Là-haut, expliqua Odval, les gypaètes…

La femme flic plissa les yeux pour résister au bleu lumineux des cieux. Elle aperçut deux points minuscules qui glissaient en spirale mille mètres au-dessus d'eux.

— Ils repèrent les traces d'urine d'une souris dans les herbes à cette hauteur-là, alors une charogne de la taille d'un homme ! Il n'a eu qu'à se repérer par rapport à eux et couper par la montagne à cheval alors que nous contournions par la vallée pour trouver une piste d'accès. Rien de sorcier là-dedans.

— Foutus trucs de nomade, maugréa la lieutenant en se dirigeant directement vers le cadavre, j'espère au moins qu'il n'a touché à rien.

— Non, *il* n'est plus flic, alors *il* t'a attendue, se moqua Yeruldelgger.

— Encore heureux.

Le corps était couché face contre terre au fond d'une petite tranchée. L'homme l'avait creusée depuis plusieurs semaines, probablement à l'aide de quelques outils qui traînaient à côté. Une des pelles à lame plate et droite comme une bêche avait servi à égaliser à la perfection chaque côté de la tranchée. C'était aussi celle, maculée de sang, qui avait fendu le crâne du pauvre géologue. Yeruldelgger regarda la lieutenant observer longtemps le sol tout autour du mort. Il se demanda si elle les remarquerait elle aussi, mais quand elle recula il n'en douta plus. À cinq mètres du cadavre, la femme flic se mit à décrire un cercle autour de la scène de crime d'un pas prudent et attentif. Puis elle élargit le cercle par deux fois et les vit à son tour, dans la pente qui montait jusqu'à l'endroit où gisait le corps. Elle en compta trois parce qu'elle avait depuis longtemps perdu l'instinct des nomades. Lui en avait compté cinq avant qu'elle n'arrive. Des empreintes de chevaux. Cinq chevaux pour lui, trois pour elle, mais la conclusion était la même. L'homme avait été attaqué par un groupe de cavaliers. Elle revint vers Yeruldelgger et Odval.

— Une attaque de nomades ?

— Ils s'en prennent aux ninjas d'habitude, pas aux géologues.

— Tu es sûr qu'ils savent faire la différence ? Après tout, c'était un type qui creusait des trous. C'est suffisant pour attiser leur colère par les temps qui courent.

— Parce que pour toi, ça ressemble à un puits de ninja ?

La lieutenant dut se rendre à l'évidence. Le trou dans lequel gisait le corps vrombissant de mouches du géologue ressemblait plus à une tranchée qu'à un puits de mine sauvage.

— Et tu en déduis quoi ?

— Moi rien. Rien de rien. Ce n'est pas moi le flic. J'avais promis à Odval de venir, je suis venu, la police est sur place, maintenant je vais à mon naadam.

— Ce que Yeruldelgger ne veut pas dire, intervint Odval, c'est que s'il n'y a pas eu méprise, c'est bien pour ce qu'il était qu'on a tué Léautaud, et pas parce qu'il ressemblait à un ninja.

Ils se retournèrent et découvrirent les yeux rougis de la jeune femme. La lieutenant n'y attacha aucune importance, mais Yeruldelgger encaissa le coup. Il y a peu, il aurait ignoré ce chagrin, aveuglé par sa colère. Aujourd'hui, il l'ignorait en se forçant à y être étranger, et le résultat était le même. Il n'était encore rien devenu d'autre. Toujours le même malgré les apparences, malgré les mois de solitude et de méditation. Quelque chose s'affaissa en lui, qui le poussa à se rapprocher de la jeune femme.

— Désolé, dit-il, tu n'as pas à supporter tout ça, petite sœur. Prends mon cheval et va retrouver les autres. Je vais m'occuper du corps de ton ami avec la lieutenant et elle te tiendra au courant de l'enquête.

Ils la regardèrent s'éloigner, puis Yeruldelgger laissa la lieutenant photographier la scène et relever les maigres indices. Par chance la Suzuki de Terra Nostra était équipée d'une galerie et ils trouvèrent une bâche plastique dans le coffre. Il aida la lieutenant à rouler le corps dans la bâche, à le hisser sur le toit, et à l'attacher avec une corde. Puis la femme flic prit place au volant et afficha une impatience non dissimulée devant les hésitations de Yeruldelgger. Mais quand il se dirigea vers le 4 × 4, ce fut pour ouvrir le hayon arrière et fouiller dans le coffre, jetant à terre des objets au fur et à mesure qu'il les jugeait utiles. Puis il claqua le hayon et vint à la hauteur de la lieutenant.

— Tu as remarqué, j'espère ?

— Quoi, aboya-t-elle, les traces ? Tu me prends pour une stagiaire ? Des empreintes de chaussures de marche, pas de semelles de bottes souples de nomades.

— Et tu t'en souviens, je suppose.

— Mes quatre macchabées du pont portaient des rangers susceptibles de laisser ce genre d'empreintes.

— Et ?

— Et ceux qui pensaient que j'allais les laisser casser du ninja aussi.

— Eh bien tu vois, quand tu veux.

— Quand je veux quoi ?

— Être aimable, faire la conversation, partager tes conclusions…

— Va au diable. Encore un mot et tu rentres à pied.

— Par tous les esprits de la steppe, tu serais donc toi aussi touchée par la grâce de l'intuition chamanique ? C'est exactement ce que j'allais te proposer.

— Quoi, rentrer à pied ?

— Oui, répondit Yeruldelgger tout sourire. Je reste ici m'imprégner des lieux. Je hume un parfum de mystère qui titille mes neurones d'ex-flic. Sois gentille, en arrivant, rends sa voiture à la mégère étrangère et explique-lui comment venir me rejoindre.

La petite lieutenant Guerleï posa des Ray-Ban chinoises sur son petit nez d'Asiate et regarda longuement Yeruldelgger avant de lui répondre en faisant hurler l'embrayage et patiner les pneus, criblant la scène de crime d'une mitraille de cailloux dans un nuage de terre ocre. Elle piqua droit dans une ravine, bien décidée à emprunter pour le retour le chemin qu'il avait su trouver à cheval pour l'aller. Il la regarda disparaître dans la poussière suspendue qu'un vent invisible tira lentement vers l'ouest. Le soleil énorme, incandescent, un instant masqué par un minuscule nuage, glissa à nouveau ses rayons et enflamma la montagne. Il vit dans cette clarté la même force et la même provocation flamboyante que les derniers mots de la lieutenant hurlés par la portière :

— Elle aussi, tu veux te la faire façon nomade ?

20

Surtout pour une plaque intracontinentale.

— Qu'est-ce qu'il faisait là ? demanda Yeruldelgger en anglais.

Bien entendu, la lieutenant Guerleï était revenue avec Jacqueline Langlade.

— Il observait l'Inde bouger, dit la Québécoise, le regard perdu au-dessus des crêtes illuminées d'un soleil rouge, de l'autre côté de la vallée.

— Tu sais, murmura la lieutenant en regardant ses pieds dans la poussière, j'ai eu une très grosse journée aujourd'hui, et il n'y a aucune raison pour que les prochaines ne soient pas pires. Alors il est possible que tes nichons aux gros tétons dans ton corsage habilement trop petit et très échancré réussissent à distraire l'intérêt de mon camarade pour cette affaire, mais ce n'est pas mon cas. Pas du tout. Alors tu devrais remettre ta libido d'allumeuse dans ta poche et arrêter de me prendre pour une conne.

La Québécoise demeura immobile, hypnotisée par les ombres mauves que le couchant creusait dans la vallée sous le feu des montagnes rouges.

— À trois mille kilomètres à l'ouest, l'Inde remonte vers le nord à raison d'environ six centimètres par an.

— L'Inde bouge ? s'étonna Yeruldelgger.

— Oui, et tout ce qui est sur la plaque tectonique indienne avec. Elle s'est détachée de l'Afrique il y a soixante-dix millions d'années et a plissé l'Himalaya quand elle s'est fracassée contre la plaque eurasiatique vingt millions d'années plus tard.

— Fracassée, à six centimètres par an ? se moqua la femme flic.

— À l'époque, la plaque indienne surfait même à vingt centimètres par an, mais ce n'est pas la vitesse qui compte, c'est la tension accumulée pendant des millions d'années de compression. Le jour où une des deux forces cède, le réajustement en surface dégage des énergies qui font d'Hiroshima un pet de mouche dans un orage cosmique.

— Et donc il regardait l'Inde bouger. À plat ventre dans une tranchée…

— Il en cherchait les traces, parce que votre beau pays a posé son joli cul sur une belle poudrière. Tout ce que vous voyez là, tout autour de vous, tous ces beaux paysages dont vous êtes si fiers, ce ne sont que les dommages collatéraux du combat de titans des plaques tectoniques. Cet alignement de facettes triangulaires qui marque les contreforts de la montagne, là-bas ; ce triple étagement en marches érodées qu'on devine un peu plus loin ; cette terrasse d'abrasion ; ce décrochement perpendiculaire à la vallée que vous prenez pour un accident de terrain ou le cours en baïonnette de cette rivière qui bifurque à l'ouest de quatre-vingt-dix degrés pour rebifurquer plein sud cent mètres plus loin et retrouver sa direction première. Tout ça raconte l'histoire sismique de ce pays. Une histoire violente et brutale, à la merci de séismes en essaim.

— Qu'est-ce que c'est que ces conneries, encore ? Tu y comprends quelque chose, toi ? grogna la lieutenant, incrédule.

Yeruldelgger ne répondit pas, son regard posé sur l'horizon érodé des collines millénaires. Tout n'était que beauté. L'ocre fauve des contreforts alignés en oblique. Les pignons bleutés d'ombre de chaque côté des vallons mauves. Le creux frais et verdoyant de la vallée entre ses petites plaines grasses et étagées qui accompagnaient le cours paresseux d'une rivière cuivrée par le reflet du ciel. Comment tout ça pouvait-il n'être que la conséquence d'un chaos magmatique ?

— Tsetserleg, Bolnaï, Fu-Yun, Gobi-Altaï, ça vous dit quelque chose ? Quatre séismes de magnitude égale ou supérieure à 8 en cinquante ans. Du jamais vu nulle part ailleurs. C'est ça les séismes en essaim que tout le monde vient étudier chez vous.

— Je n'ai jamais connu de tremblement de terre. J'ai déjà senti le sol tressaillir, mais jamais de catastrophe comme celles dont tu parles, se rebiffa la lieutenant.

— Moi non plus, avoua Yeruldelgger.

— Vous êtes trop jeunes. Mais vous avez sans doute entendu parler du tremblement de terre de Tangshan, en Chine, en 1976 ?

— Oui, ça, je m'en souviens, dit Yeruldelgger. Une horreur. La plus grande ville minière de Chine. Des centaines de milliers de morts.

— Deux cent quarante mille officiellement. Peut-être le triple officieusement, confirma Jacqueline Langlade.

Chacun des quatre séismes qui ont frappé la Mongolie entre 1905 et 1957 était plus violent que celui de Tangshan.

— Alors pourquoi…

— Parce qu'ils étaient plus d'un million dans la même ville, alors que vous n'étiez à l'époque qu'un million et demi dispersés dans un pays immense. Les séismes n'ont frappé en Mongolie que des zones habitées par moins d'un habitant au kilomètre carré dans des yourtes en feutre, contre cent habitants au kilomètre carré à Tangshan dans des immeubles bâtis n'importe comment en mauvais béton.

— Merci pour la leçon, s'impatienta la lieutenant.

— Tu t'en souviendras un jour.

— J'espère que nous n'en aurons pas l'occasion, murmura Yeruldelgger.

— Peut-être pas toi, mais ton pays certainement. C'est écrit dans les entrailles de la Terre. L'Inde vous compresse à l'ouest, votre continent cherche une expansion vers l'est où la plaque pacifique lui résiste. Et toutes les déchirures de ces affrontements scarifient votre pays d'un réseau de failles par où passera fatalement le réajustement brutal des choses. Aujourd'hui il y a plus d'habitants à Oulan-Bator qu'à Tangshan à l'époque. Plus toute la richesse de votre pays. Qu'un séisme majeur détruise votre capitale, et c'en est fini de votre Mongolie !

— Arrête ces balivernes. Vous ne savez même pas prévenir les éruptions, ni les séismes ou les tsunamis, et tu viens nous parler de calculer la dérive d'un continent en centimètres par an il y a quarante millions d'années ! Ferme-la et dis-nous plutôt ce qu'il faisait là. Et si tu me dis qu'il regardait bouger l'Inde, je te les fais bouffer.

— Quoi ? s'étonna la géologue.

— Tes nichons ! hurla la lieutenant.

— Il travaillait aussi pour Terra Nostra, comme toi ? intervint Yeruldelgger pour permettre à la femme rousse de remettre un peu d'ordre dans sa tête et dans son corsage.

— Non. Jacques travaillait pour le BRGM français, le Bureau de recherches géologiques et minières. Je n'ai jamais très bien su ce qu'il faisait ici. Paléosismologie, je suppose, même si ce n'était pas sa formation première à ce que j'ai compris.

— C'était quoi sa formation ?

— Il était géologue, comme moi. Master en géologie des ressources naturelles à Toulouse, mais je l'ai rencontré à Montréal où il faisait une spécialisation. Petit con prétentieux à l'époque, il a refusé de me sauter quand je le lui ai proposé à la Nuit des Géos, quand on bizute les nouveaux. Je l'ai retrouvé au Grand Khaan Irish Pub d'Oulan-Bator l'an dernier, le premier soir où il a débarqué en mission. Moi j'y étais depuis un an déjà. Cette fois j'ai carrément craqué pour son petit côté grosse tête à la Indiana Jones et je ne l'ai pas lâché. Je me le suis fait en pleine nuit à la sauvage à même le marbre rose et blanc de la grosse meringue qui vous sert de Théâtre national de l'autre côté du parking de l'Irish.

— Mais tu es incroyable, toi : on te range les nichons et tu sors ton cul ! On s'en fout de toi. Ce qu'on veut savoir, c'est qui il était lui. C'était quoi sa mission pour le BRGM ?

— Je n'en sais trop rien. Tenter d'évaluer les risques sismiques, je suppose. Depuis un an, il calquait plutôt son programme sur le mien. En fait de tremblements de terre, ce sont plutôt ceux qui nous secouaient au lit qui l'intéressaient, répondit la géologue, mais je ne voudrais pas heurter votre pudeur de vieille fliquette lesbienne frustrée en uniforme de mec.

Le swing de la lieutenant la cueillit à la pointe du menton et la sonna pour le compte. Yeruldelgger n'eut que le temps de se glisser derrière elle pour la retenir. Les moulinets inconscients de ses bras déchirèrent les boutonnières de son corsage, et il se retrouva les mains empaumant ses seins généreux quand elle reprit ses esprits au bout de quelques secondes.

— Ne vous gênez pas pour moi, le vampa la géologue en posant ses mains sur les siennes pour qu'il ne les enlève pas.

— Eh bien gênez-vous quand même pour moi, aboya la lieutenant.

Yeruldelgger remit la jeune femme sur pied et un peu d'ordre dans ses mains et ses esprits.

— Et toi, tu travailles sur quoi ?

— J'ai signé une clause de confidentialité, je ne peux rien dire. De toute façon, je ne sais pas très bien moi-même. Je fais les relevés et pratique l'échantillonnage qu'on me demande.

— Qui te demande quoi ?

— Le BRGM. C'est un programme universitaire d'échange qui dépend de la Mongolian University of Science and Technology à Oulan-Bator. Ça fonctionne comme une ONG, avec des échanges de géologues pour des études sur le terrain. L'Université du Québec à Montréal en fait partie, c'est pour ça que nous sommes là.

— Nous ?

— Il y a vingt géologues canadiens sur ce projet.

— Ça ne nous dit toujours pas ce que tu fais.

— Je te l'ai dit, j'ai un engagement de confidentialité.

— Et moi j'ai l'assassinat d'un Français qui te cocufiait dans la steppe, ce qui fait de toi ma toute première suspecte, trancha la lieutenant, alors ta confidentialité, tu peux te la mettre entre tes deux…

— S'il te plaît, réponds-lui, supplia Yeruldelgger, sinon elle va nous ressortir tes seins à chaque fin de phrase.

— Quoi, elle veut me faire le coup du méchant flic maintenant ? Elle sait très bien que j'étais loin d'ici quand l'autre agace-pissette a découvert le corps. Demandez-le à cette chaudasse !

— Chaudasse ? s'étonna la lieutenant qui ne possédait pas autant de vocabulaire.

— Elle veut dire : la maîtresse de son amant.

— Je veux dire cette putain de salope de garce de traînée d'espèce de…

— C'est bon, c'est bon, on a compris. Ce que veut dire la lieutenant, c'est qu'elle peut te rendre la vie beaucoup plus compliquée que ne le ferait une petite entorse à ton respect de la confidentialité.

— Elle connaissait la victime. Elle la connaissait depuis sa jeunesse. Elle avait des relations sexuelles avec elle. Des relations extra-maritales. Elle est jalouse comme une pucelle, allumeuse comme un dindon et colérique comme un hippopotame. Je te garantis que je la fais condamner même si ce n'est pas elle.

— À ta place, je parlerais à la lieutenant, conseilla Yeruldelgger.

La géologue foudroya la femme flic du regard avant de répondre.

— Chaque soir nous recevons des instructions pour le lendemain depuis le bureau de Terra Nostra dans les locaux de la Mongolian University of Science and Technology. Nous transmettons en retour nos relevés qui sont codés et transmis à leur tour au bureau de Montréal à l'UQAM. Allez savoir pourquoi ! Probablement pour que les équipes profitent du décalage horaire et traitent les informations avant de nous retourner les instructions suivantes. Peut-être aussi parce que Montréal, c'est plus facile à sécuriser.

— Pourquoi, il y a des choses à cacher ?

— Mais d'où elle sort, celle-là ? se moqua la géologue en prenant Yeruldelgger à témoin avant de s'adresser directement à la lieutenant. Tout ton foutu pays n'est qu'un appel à la fouille et au viol géologique. Tu creuses n'importe où et tu trouves n'importe quoi. Or, cuivre, terres rares, charbon, uranium. Tu crois que ça n'intéresse pas tous les rapaces du capitalisme mondialisé ? Tout ici relève du secret industriel. Ce qu'on cherche, comment y accéder, comment l'extraire, comment le transporter, comment le traiter. Je suis incapable de dire sur quoi je travaille en vrai. De toute évidence un projet Nord-Sud. Un chantier énorme d'abord repéré par une cartographie spatiale depuis le satellite français *Helios*. Ça peut être une exploration minière, un bilan hydrologique, le tracé optimisé d'une nouvelle voie de communication, une route par exemple…

— Quoi, tout ce cirque pour une route ?

— Quand tout tournera en régime de croisière à Tolgoï, dans le Sud, la mine produira quatre cent cinquante mille tonnes de cuivre par an. Pour le cuivre, la teneur dans le minerai est de trois pour cent en moyenne. Ça fait quinze millions de tonnes à transporter jusqu'au point de traitement. À cinquante tonnes de charge utile par camion, ça fait trois cent mille camions par an. Quelque chose comme plus de huit cents camions par jour. Un camion toutes les cinq secondes. Et une route capable d'encaisser ça, ça coûte jusqu'à un million de dollars le kilomètre. Assez pour pousser des investisseurs à déplacer un satellite pour cartographier le trajet et pousser des gestionnaires de profit à ordonner aux géomètres d'économiser le moindre kilomètre.

Yeruldelgger encaissa le coup à nouveau. Pour la deuxième fois en quelques minutes, l'étrangère dressait un portrait de son pays qu'il ne reconnaissait pas mais qu'il devinait vrai. D'abord sa steppe qui ne serait que la conséquence de la dérive des continents, et maintenant ses montagnes et ses plaines que des conquérants invisibles se partageaient en les épiant du ciel pour mieux les éventrer.

Il abandonna les deux femmes à leur prise de bec et s'éloigna pour aller s'accroupir au sommet de la crête. Les quatre morts du pont avaient été martyrisés dans la plus pure tradition sur un bitume censé tracer le destin futuriste de la nation. Un destin fruit d'un chaos géologique aléatoire que des étrangers mesuraient en centimètres par millions d'années. Un chaos dont les miettes poussaient des hordes de ninjas à ravager la steppe et repousser les nomades pour chercher l'or sous leurs pâtures. Un pillage pour lequel un de ces étrangers avait été tabassé à mort par ceux qu'on essayait de faire passer pour des nomades en colère et qui n'en étaient probablement pas. Sans compter les squelettes monstrueux dans le puits de Ganbold et le petit crâne.

— Putain de pays…, murmura Yeruldelgger.

Sa retraite ne datait que de quelques mois et il se demanda comment tout avait pu basculer aussi vite. Il avait lu quelque part que la cadence du progrès doublait à chaque étape. L'équivalent de ce qu'il avait fallu un siècle pour inventer s'inventait ensuite en cinquante ans. Puis en vingt-cinq ans. Cette statistique imbécile, il l'avait balayée d'un haussement d'épaules à l'époque. Aujourd'hui elle lui donnait le vertige. Où cette course folle allait-elle s'arrêter ? Tout semblait soudain suivre la même courbe exponentielle : l'avidité des hommes, leur égoïsme, leur violence. Il n'avait rien voulu voir venir, occupé qu'il était à batailler avec la misère du monde et les instincts mauvais des hommes. On l'avait envoyé se battre dans les bas-fonds pour éviter qu'il ne relève les yeux. Lui et les autres. Tous les autres. Tous ceux qui triment et bossent et s'échinent à survivre dans la fierté qu'on leur accorde d'habiter le plus beau pays du monde. Et maintenant quoi, tout ne serait qu'une illusion, son pays ne serait déjà plus ? Il malaxa son visage dans ses larges mains pour écraser les larmes qu'il ne voulait pas voir rouler et poussa un profond soupir.

— Enchantement ou renoncement ? demanda la femme flic en s'accroupissant à ses côtés.

Elle n'attendait pas vraiment de réponse. Ils restèrent côte à côte en silence un long moment à admirer le paysage et le soir qui montait du fond de la vallée, à chercher des yeux des traces de lignes de rupture, d'escarpement de failles, de réseau de décrochement. Rien de ce qu'avait dit la géologue n'altérait la beauté de la steppe, mais le doute, désormais, était là, en eux, comme un germe. Il préféra ne pas y penser.

— Jalouse comme une pucelle ?

— Je n'ai rien trouvé de mieux.

— Allumeuse comme un dindon ?

— Pour le maquillage. Les couleurs autour des yeux…

— Mais c'est un mâle, le dindon.

— Et alors ?

— Et colérique comme un hippo ?

— Un documentaire sur Geo. Des hippos hystériques qui dégagent un croco de leur espace vital. Jamais rien vu de plus colère.

Ils gardèrent à nouveau le silence, à regarder la vallée se noyer dans la nuit.

— Je ne suis pas très littéraire, finit par admettre la lieutenant Guerleï.

— Et tu n'es pas lesbienne non plus.

— Non plus.

— Je peux m'asseoir près de vous ? demanda la géologue.

Elle croisait fort ses bras sur ses seins, autant pour les contenir que pour se protéger de la fraîcheur qui montait de l'ombre bleue de la vallée. Yeruldelgger lui fit signe du plat de la main qu'elle pouvait se poser là, à ses côtés, à l'opposé de la lieutenant, et ils restèrent silencieux tous les trois.

— C'est quand même beau, finit par dire la lieutenant.

— Oui, admit, rêveuse, la géologue. Surtout pour une plaque intracontinentale.

21

... au-dedans comme au-dehors.

C'était un champ de pierres maudit, au-delà du dernier quartier de yourtes misérables à l'ouest d'Oulan-Bator.

— Je n'étais jamais venu ici. Quelle désolation. Pourquoi a-t-elle choisi celui-ci ? demanda Bekter.

— Parce qu'il est adossé à la montagne au nord, tourné vers la rivière Tuul au sud, répondit Solongo.

— Et face à la montagne sacrée du Bogd Khan aussi, peut-être ?

— Elle y a sûrement pensé, dit Solongo sans relever la colère exaspérée dans la voix du flic des Affaires spéciales.

Ils restèrent un long moment à contempler en silence le cimetière de Naran. Avec celui de Tsagaan, à l'est, c'était le seul des cinq cimetières d'Oulan-Bator à ne pas avoir été absorbé par la ville. Rien que les contre-forts arides d'une montagne déboisée par les hommes et râpée par les vents du sud. Sur des kilomètres de terrains vagues abandonnés, des tombes s'éparpillaient en désordre au milieu des ordures et des déchets. Quelques tombes à la soviétique, en partie effondrées sur elles-mêmes, enchevêtrées dans le métal rouillé de leurs balustrades en fer forgé que le temps qui passe avait déglinguées. Quelques stèles en pierre. Gravées. Mais surtout, à perte de vue, de macabres petits monticules marqués d'une pierre plate plantée à la verticale.

— C'est ce qui m'effraie le plus dans ce pays. Toute cette inertie. Cette capacité à tout refuser pour rester planté dans le passé. La loi de 1955 avait raison de redonner un peu de décence à nos pratiques immondes qui laissaient nos morts à ciel ouvert aux chiens et aux corbeaux. Le droit à la sépulture et au respect des morts, c'était trop demander ? Un cimetière voulu comme un lieu de mémoire, d'aspect convenable, bordé d'une belle palissade et planté de verdure, pourquoi personne n'en veut ?

Au loin, silhouette tordue par l'âge au milieu de ces pierres figées par la mort, la femme vieillie d'un chagrin sec regardait deux voisins creuser la terre dure et sèche sous la poussière poudreuse. Comme elle avait choisi le cimetière le plus éloigné de la ville, elle avait marché autant qu'elle avait pu avant de montrer l'endroit où elle voulait voir disparaître son petit Tulgabat. Solongo n'avoua pas à Bekter qu'elle l'avait accompagnée la veille pour « prendre le lieu ». En fin de journée elle avait laissé la mère de Speedy errer à travers les tombes éventrées. Des chiens insolents déterraient des os que leur disputaient des corbeaux sans peur. Les chiens finissaient par se glisser sous une carcasse de voiture abandonnée, les corbeaux perchés en embuscade sur la tôle émiettée de rouille. Quand la vieille s'était arrêtée, fixant devant elle un point dans la terre, Solongo avait sorti de ses poches quelques brindilles et du papier pour allumer deux petits feux. Elles étaient passées par cette porte purificatrice pour demander aux maîtres de ce

143

coin terreux, esprits des choses et des hommes, l'autorisation de « prendre le lieu » pour accueillir l'esprit de Tulgabat. Puis la vieille femme avait recouvert l'endroit d'une maigre couverture pour le protéger des souillures du monde et de la nuit jusqu'au lendemain.

La couverture n'était plus là. Volée sans doute par un ivrogne égaré ou des amants sans domicile. Solongo savait que la vieille femme, qui n'était pas dupe de ce que devenaient ses croyances, s'en moquait.

— Quel besoin avait le Régime d'Avant de légiférer sur ce sujet ?

— Peut-être voulait-il éviter qu'une ville d'un million et demi d'habitants laisse pourrir les cadavres de ses morts en pleine rue, comme c'était souvent le cas autrefois.

— Tu sais bien que ce n'était pas le but de la loi de 1955, ni de celle de 1956 ou des deux autres qui ont suivi. L'objectif était idéologique. Forcer la tradition à entrer dans le moule du système soviétique. Le droit à la sépulture pour le peuple, tu parles ! C'est la tradition nomade qu'ils voulaient enterrer.

— Et quand bien même, toi qui es légiste, médecin, comment peux-tu ne pas être sensible à ces mesures hygiénistes de bon sens ?

— Mais si l'hygiène avait été la préoccupation des Soviétiques, ils auraient imposé la crémation. Or, en même temps qu'ils imposaient le principe de sépulture, ils interdisaient la crémation, et je suppose que tu sais pourquoi.

— Non...

— Parce que la crémation est un rite bouddhiste et chamanique et qu'après avoir passé par les armes trente mille moines, ils ne voulaient pas laisser le moindre rite leur survivre. Alors ils ont fait comme font toutes les religions dominantes – et le socialisme en était une –, ils ont imposé leurs traditions aux populations conquises.

Au loin, dans la poussière jaune qu'un imperceptible vent tirait de côté, les voisins avaient fini de creuser et déposaient le corps. Solongo devina l'hésitation de la vieille femme. Dans ce trou où il reposait désormais, fallait-il couvrir ou pas le visage de son enfant ? Quand on abandonnait un corps à la steppe, c'était le visage à découvert tourné vers le ciel. Mais dans un trou où on allait jeter de la terre sur ses yeux ? Les Soviétiques avaient tenté de résoudre ce dilemme en inventant une nouvelle dramaturgie du cercueil. Un linge vert dans le fond à la place de l'herbe de la steppe, un linge bleu au revers du couvercle pour faire croire au ciel dans la boîte. Mais que faire quand on posait le corps à même la terre, comme en avait décidé la vieille maman de Tulgabat ?

— Je croyais que c'était interdit, désapprouva Bekter. Que fait le gardien ?

— Elle a obtenu l'autorisation de lieu de la part du Bureau d'installation des morts et c'est tout ce qui importe au gardien. Elle n'a même pas respecté le secteur qu'il lui avait imposé. Il s'en fout. Je l'ai payé hier pour pouvoir laisser la pauvre femme choisir l'endroit de la tombe. Il m'a dit qu'il n'était pas là pour assister aux enterrements. Juste pour garder le cimetière. Mais que si nous enterrions le gamin sans cercueil, c'était le double de ce que je venais de lui donner.

— Et tu l'as fait.

— Bien sûr.

— Je ne te comprends pas.

— Tu ne peux plus me comprendre. Tu es déjà d'un autre monde.

— Alors j'espère au moins comprendre pourquoi tu m'as donné rendez-vous ici.

— Parce que je connais la femme qui a fait tuer ce gosse et qu'elle m'a paru assez puissante pour que je me méfie de tout le monde.

— Moi compris ?

— De toi moins que des autres.

— Et cette femme, qui est-ce ?

Solongo regarda la vieille femme et ses deux voisins s'éloigner de la tombe par un autre chemin, sans jamais se retourner, pour éviter que l'esprit du disparu refuse la mort et se mette à les suivre pour rentrer chez lui. Puis, en attendant qu'elle les rejoigne, elle raconta à Bekter ses deux rencontres avec la femme en Louboutin.

— Tu as vraiment fait ce qu'elle t'a demandé, tu as falsifié les comptes rendus d'autopsie ?

— Oui, et c'est pour ça que c'est à toi que j'ai choisi de me confier. À un moment ou à un autre il y aura une enquête interne et tu devras intervenir. C'est à ça que servent les Affaires spéciales, non, à enquêter sur les enquêteurs ?

— Tu n'es pas flic.

— Je suis légiste.

— Bon, très bien, et à quoi m'avancent tes confidences si tu ne peux pas identifier cette femme ?

— Je veux que tu m'aides à la piéger quand elle se manifestera à nouveau, parce qu'elle le fera. C'est une femme trop imbue de sa personne et de son pouvoir pour en rester là.

— Pourtant tu as fait tout ce qu'elle te demandait.

— Oui, mais elle a mentionné Yeruldelgger. Et puis il y avait cette photo de lui dans la bouche du gamin.

Elle n'avait pas besoin de le faire. Elle pouvait s'en prendre à moi sans s'en prendre à lui. C'était un message qu'elle me faisait passer. Un message pour lui.

— Tu es certaine de ça ? J'aurais préféré m'en faire une idée moi-même. Les messages subliminaux, les entre-lignes, les demi-mots, les intuitions chamaniques, ce n'est pas très matériel comme preuves.

— Peut-être que ça sera plus probant, dit Solongo en tendant à Bekter une clé USB qu'elle tira de sa poche.

— Qu'est-ce que c'est ?

— L'enregistrement de ses menaces. La première fois, elle m'a défié de vérifier que les quatre corps n'étaient déjà plus à la morgue. J'ai téléphoné là-bas pour me le faire confirmer, mais au lieu de raccrocher, j'ai activé le dictaphone et j'ai posé mon téléphone sur la table basse entre nous. La seconde fois, à la morgue, en déplaçant la lampe focale, je me suis volontairement cognée contre l'enregistreur de commentaires qui pend au-dessus de la table d'autopsie. Ça l'a envoyé valdinguer au bout de son fil et en l'empoignant pour le stabiliser j'ai profité de ce qu'elle était du mauvais côté du témoin visuel pour enclencher l'enregistrement.

— Pas mal. Si tu cherches un job d'enquêteur, je t'accueille aux Affaires spéciales à bras ouverts.

— Ne t'emballe pas si vite. Il n'y a rien là-dedans qui permette d'identifier cette femme. Pas un nom à part celui de la Colorado, pas un lieu, pas une date. Je te donne juste ces enregistrements pour que tu me prennes au sérieux et pour m'assurer que tu seras de mon côté quand les affaires internes remonteront jusqu'à moi.

— Je te prends au sérieux, répondit Bekter en la regardant droit dans les yeux, et je ne demande qu'à être à tes côtés. Pour ce qui est de cette femme, tu m'as déjà donné des indices. Elle gravite dans les sphères du pouvoir et semble avoir le cul cousu d'or. C'est un début intéressant.

La mère de Speedy les avait rejoints. Elle attendait respectueusement à quelques mètres qu'ils terminent leur conversation. Solongo s'en aperçut et se dirigea vers elle, les bras tendus, paumes vers le ciel. La femme lui laissa prendre ses coudes par en dessous et empoigna ses avant-bras à son tour et elles restèrent quelques instants ainsi.

— Tout s'est bien passé, grand-mère, tu veux que je te raccompagne maintenant ?

— Non petite sœur, merci pour ce que tu as fait. Je vais rentrer en bus et faire un grand détour pour être certaine de le perdre.

Les deux voisins les avaient dépassés en silence et attendaient la vieille un peu plus loin, immobiles, le dos tourné au grand dépotoir qu'était le cimetière.

— Superstitions imbéciles, murmura Bekter quand la femme les eut quittés pour marcher vers la ville le long d'une mauvaise route sans trottoir.

— Décidément tu ne comprends rien à la mort nomade, répondit doucement la légiste.

— Qu'y a-t-il à comprendre, Solongo ? Cette nuit une bande de chiens errants aura déjà déterré son gamin pour se disputer ses os.

— Ça n'a aucune importance. Le Régime d'Avant a voulu nous glisser de force dans une culture occidentale de l'apparence. Embaumer les morts, conserver les corps, construire des sépultures, entretenir des cimetières. Les noms et les visages sur la pierre. Autant d'artifices pour la construction d'un souvenir le plus durable possible

qui nous rattachera aux morts. Mais regarde ce cimetière. Comme un terrain vague, comme une décharge,
sans véritables tombes, ça, c'est le dispositif de l'oubli,
celui qui nous rattache au monde. Les Occidentaux se
rattachent aux morts, mais nous, nous nous rattachons
au monde. Ils sont dans le culte du souvenir, nous dans
celui de l'oubli. Le but de la mort nomade, c'est d'oublier
le mort et jusqu'à l'endroit même où on l'a laissé. Pour
ne vivre qu'avec son esprit, toujours, partout, où qu'on
soit. C'est pour cette raison que la tradition dit que les
esprits habitent le feutre des yourtes.

— Merde, quand même…, protesta mollement
Bekter en balayant d'un large geste la désolation de ce
cimetière même pas en ruine, même pas abandonné,
même pas un cimetière, en fait.

— Tous ceux qui sont venus ici abandonner un des
leurs n'avaient qu'un seul but : faire de ce cimetière
imposé un non-lieu. Le contraire de ce à quoi on a
voulu les forcer. Il n'y a pas de lieu sacré pour la mort
nomade. Dans la steppe, seules des pierres naturelles,
blanches et plates, marquent l'endroit où un mort a
été déposé. Sans aucune inscription. Beaucoup n'ont
pas bougé depuis des années, des siècles même. Sauf
qu'aujourd'hui les touristes les regroupent pour ne pas
poser leur cul précieux dans la rosée fraîche lorsqu'ils
se partagent des barres chocolatées au bivouac.

Bekter regarda longuement Solongo. Son doux
visage un peu triste. Ses longs cheveux en chignon
souple dans sa nuque. Sa silhouette tranquille.

— Je t'offre une bière ?

— Un thé salé si tu veux.

Cette femme était belle au-dedans comme au-dehors.

22

… et trouve-la-moi !

Ils avaient parlé de choses et d'autres et surtout
d'elle, et Solongo avait senti l'intérêt de Bekter glisser
amoureusement vers elle. Il se montrait avenant sans
être maniéré, intéressé sans être curieux, et de toute
évidence désireux sans être pressé. La jeune femme
profita du moment et se laissa courtiser à demi-mot. Ils
étaient bien loin encore de la zone de danger. Puis il
avait fait une allusion émue à la finesse de ses mains, à
la grâce de son cou, et elle avait préféré redonner à leur
conversation un sens plus policier que polisson. Elle
lui proposa de dessiner les chaussures que portait la
femme. Des Louboutin, avait-elle dit. Des vraies, pas
des copies à la Zara. Luxueuses. Plus de cent opérations
pour les assembler. Très chères. Elle ne pensait même
pas qu'on puisse en trouver à Oulan-Bator. Escarpins
pointus. Talons assez hauts. Au moins dix centimètres.
Le dessus du pied bien galbé tenu par un triple entre-
lacs de lacets de cuir. Au moins mille dollars.

— Meredith ! appela Bekter.

Une jeune femme passa par la porte entrebâillée du
bureau une petite bouille d'éleveuse de yacks du bout du

monde, bien qu'elle fût de très bonne famille. Son père, avocat, avait tenu à lui donner le prénom de Meredith en hommage à James Meredith, le premier Noir à avoir intégré l'université du Mississippi. C'était compter sans les ravages de la sous-culture populaire. Quand elle avait rejoint la police, la seule Meredith que ses collègues connaissaient était Meredith Grey de la série *Grey's Anatomy*. Quelques années plus tard, tous les flics du service la surnommèrent Fifty. Comme « cinquante », dans *Cinquante nuances de Grey*. Ce qu'elle supportait avec son éternel sourire d'enfant de la steppe, elle qui était née dans le microdistrict de Sansar, un des plus vieux, et à l'époque un des pires d'Oulan-Bator. Elle parlait quatre langues mais ne disait jamais rien de son doctorat en sciences du comportement obtenu à l'université Paris-Descartes en France.

— Meredith, je veux tout savoir sur ces chaussures. Si quelqu'un en vend ici, qui les importe, qui les achète, tout.

— Bien chef !

— Et, Fifty, insista Bekter, je veux ça dans deux heures au plus tard, d'accord ?

— Génial, chef, ça me laisse le temps d'aller déjeuner.

La bouille ronde et souriante disparut à nouveau.

— Fifty !

— Oui ?

Petite bouille à nouveau, tout sourire, le reste du corps derrière le mur.

— Ce sont des Labou… Loubau quelque chose.

— Des Louboutin, chef, je sais, avec la fameuse semelle rouge.

— Tu connais ça, toi ?

— Deux ans d'études à Paris, ça laisse le temps de faire les boutiques.

— Pour des chaussures à mille dollars ?

— C'est un peu moins en euros, mais c'est dans ces eaux-là, oui.

— Mais comment peux-tu...

— Fille de député, père à la Commission d'attribution des concessions minières, magouilles et corruption. Papa s'est racheté une moralité en nous offrant de belles études. Je n'ai pas vraiment fait la fac à Paris en étudiante boursière. J'ai souvenir d'un bustier « Light and Shadow » La Perla qui coûtait aussi cher que ces Louboutin. Il y avait même cette robe de chambre « Tearose » en soie à mille cinq cents euros !

— Tu portes ça, toi ? Je ne te connaissais pas comme ça !

— Chef, on ne connaît vraiment une femme qu'en la voyant en déshabillé. Valable pour les mecs aussi, remarquez : slip et chaussettes, ça dit tout tout de suite. Toi par exemple tu portes...

— Meredith !

— Oublie, chef !

— Il vaut mieux. Donc ce sont des Louboutin et je veux savoir quel modèle et quelle année.

— Oh, de mémoire ce sont des Confusa, chef. Mille cent quatre-vingt-quinze dollars la dernière fois que je les ai regardées. Collection du printemps dernier, je dirais.

— Fifty, pourquoi tu ne m'as pas dit ça tout de suite ?

— Tu m'avais donné deux heures, chef !

— Non, non, non, j'ai dit dans deux heures *au plus tard*.

La bouille ronde disparut si vite que son sourire sembla flotter quelques instants de plus dans l'encadrement de la porte.

— Magasins et importateurs ! hurla Bekter en décrochant le téléphone. Appelez-moi Nambaryn à l'Immigration.

Ses pensées s'évadèrent quelques douces secondes vers une Solongo langoureuse en Tearose La Perla que déchira brutalement la sonnerie de son téléphone.

— Nambaryn ? Bekter... oui, c'est ça, le fliqueur de flics. Vous avez toujours autant d'humour à l'Immigration. J'ai besoin d'un service... Non, non, je ne marchande pas un service, Nambaryn, j'en ai besoin. Je te le demande par politesse, mais tu vas me le rendre... On peut dire ça comme ça... Comme ça aussi si tu veux... Nambaryn, Nambaryn, n'épuise pas ton dictionnaire de grossièretés, ça ne changera rien. Tu sais ce que tu me dois, alors c'est le service, ou mes services... Oui c'est ça : inspection, vérification, confiscation et tout le tralala... Oui je sais, Nambaryn, et je peux même te dire que je suis encore pire que ça. Mais une fois de plus ça ne change rien, alors prends un crayon, un papier, et note : une femme, la cinquantaine passée, blindée de thune et complètement occidentalisée, voyage sûrement en première classe. Tu oublies la MIAT et son « Maybe I Arrive on Time ». Reste sur Air France et peut-être Korean Air via Séoul. J'ai besoin de savoir si quelqu'un qui ressemble à ça a voyagé au départ d'Oulan-Bator vers Paris ou l'Europe depuis le printemps dernier. Et si tu ne trouves personne dans ce sens-là, regarde pour tous les vols entrants, et toujours en première. Ah, et au cas où, on ne sait jamais, elle porte de temps en temps des chaussures à talons avec des semelles rouges... Oui, à semelles rouges. Ne cherche pas à comprendre, Nambaryn, et trouve-la-moi !

23

Il est mort au moins, ce Chinetoque ?

Il ouvrit avec résignation. Un autre visiteur de Mongolie, de la part de sa femme. Il était toujours partagé entre la curiosité et la crainte de tout ce dont cette salope était capable. Mais comme tout ce qu'il possédait dépendait toujours encore un peu d'elle, il restait son obligé. Pour l'instant. Mais plus pour longtemps. Il posa la commande à distance de l'interphone sur une table basse. Une Salgado à dix-neuf mille dollars pièce commandée directement par l'architecte d'intérieur à l'artiste d'Eygalières dans le sud de la France. Il réajusta son costume en laine de yack à douze mille dollars de chez Cifonelli à Paris et traversa les cent vingt mètres carrés de son *flat* à trois millions de dollars, dans le contre-jour argentique des baies vitrées qui dominaient la Cinquième Avenue et surplombaient les flèches néogothiques de Saint-Patrick, au coin de la 51e. Sa nouvelle richesse l'enivrait et il la savourait à chaque instant, à chaque pas, en comptabilisant en dollars ou en euros tout ce qui désormais était à lui. Et à elle aussi un peu, bien sûr. À cette salope qui lui envoyait encore un de ses vulgaires émissaires à peine décrottés de sa steppe malodorante pour quelque nouvelle combine crapuleuse. Comme s'il était encore de leur monde de peigne-culs de nomades.

Bien qu'il fût derrière la porte à admirer son trench-coat caban Thom Browne à boutonnière croisée à deux mille cent dollars accroché à la patère en bronze, il attendit une bonne minute après les premières notes en carillon de *Let It Be* avant d'observer sur l'écran de sécurité son visiteur, étonné de le découvrir moins bouseux qu'il ne l'avait imaginé. Presque élégant, même. Peut-être un de ces jeunes golden boys de la nouvelle « Mongoldie » venu lui proposer une belle affaire. Ou quémander un contact en Amérique. Ou déposer une valise de liquide de la part de Madame, comme l'autre salope se faisait appeler maintenant. Il laissa le jeune Mongol mariner une autre minute, un peu déçu de le voir garder ce foutu calme nomade qui prélude si souvent à tous les renoncements, toutes les lâchetés ou tous les abandons, puis ouvrit avec résignation.

Il prit le coup en plein front et quelque chose en métal froid le heurta si fort qu'il eut l'impression de sentir son cerveau ballotter à l'intérieur de son crâne. Le choc l'envoya dinguer à reculons jusqu'au milieu de l'appartement. Tout en déséquilibre paniqué, il glissa sur le sol en onyx miel des Indes de l'entrée à cent dollars la dalle, trébucha dans un Ispahan de soie beige en nœuds Senneh à trois mille dollars et bascula cul par-dessus tête sur son canapé Chesterfield Oxford en cuir de vachette Light Rust plissé passepoil à huit mille dollars. Le temps qu'il se relève, le jeune Mongol bondissait par-dessus le dossier capitonné du canapé, pieds en avant à la Jackie Chan, et le projetait contre le mur décoré d'une toile de mauvais goût à treize mille dollars. Le coup de ninja lui décrocha les poumons et il goba l'air à pleine bouche en cherchant son souffle pendant que son agresseur, sans le quitter de ses yeux noirs, repoussait les meubles pour dégager l'espace d'un ring au milieu de l'appartement. Puis il s'empara d'une lampe en bronze à neuf mille dollars, signée elle aussi Salgado mais de la collection 2002. Il en arracha la prise et la balança dans une des baies vitrées qui se feuilleta aussitôt comme un pare-brise sous un coup de batte. Il avait choisi de mettre quatre cent mille dollars de plus pour acheter au vingt-septième étage. À cette hauteur, les vitres ne devaient pas exploser en cas de choc, pour la sécurité des habitants comme pour celle des passants en dessous. Surtout les clients du joaillier Stern qui hésitaient, devant la vitrine au pied du condominium, entre deux parures à cinq zéros. Le blindage lui avait coûté vingt-trois mille dollars pour toute la façade en baies vitrées qui ouvrait sur la ville du sol au plafond. Elles devaient résister aux chocs sans casser. Aux premiers chocs du moins.

Il reprenait tout juste son souffle quand le jeune Mongol s'avança vers lui. Son silence et sa détermination lui injectèrent dans le crâne une terreur liquide et glacée qui gela instantanément jusqu'aux plus fines artérioles du moindre petit muscle. Qu'avait-il fait ? À qui avait-il porté tort ? Quel impair avait-il commis pour mériter une telle correction ? Il était plus terrifié de ne pas comprendre pourquoi que d'imaginer les coups qu'il allait prendre. Son agresseur le saisit par les deux mains et l'attira vers l'espace qu'il avait déblayé au centre de l'appartement, puis il plia les genoux, tendit les bras, et se mit à tournoyer sur lui-même, entraînant l'homme paniqué dans une ronde grotesque, le maintenant de ses mains de fer sur son orbite pour lui donner encore et toujours plus de vitesse. Ils fracassèrent une enceinte Martin Logan CLX à trente-cinq mille dollars, une manche de son Cifonelli se déchira, une de ses Berluti Verona à mille neuf cents dollars la paire vola, puis soudain son agresseur le lâcha, arrachant au passage sa Rolex Oyster Yacht-Master II à quarante-sept mille dollars. Il se sentit alors partir les bras en croix, propulsé par la force centrifuge, aspiré vers la baie vitrée dans son dos, médusé de comprendre qu'il allait mourir sans savoir pourquoi alors qu'il lui restait encore tant et tant de ses nouveaux dollars à dépenser. Son corps lesté par la vitesse explosa la vitre en une gerbe de milliards d'éclats. Une fois passé à travers, encore sur une trajectoire horizontale au-dessus du vide, il s'étonna de constater qu'à part le trou par lequel il avait été expulsé, le verre feuilleté avait résisté et était resté bien en place comme on le lui avait garanti. Puis il bascula vers la rue sans vraiment comprendre, face vers le ciel. Il regarda la vitre brisée de son bel appartement qui fuyait vers le ciel, sa deuxième Berluti qui tombait bien moins vite que lui, quelques éclats de verre feuilleté qui scintillaient dans le soleil, avant de se fracasser les reins en brisant l'échine du cheval blanc de la calèche qui déposait un couple de touristes russes devant chez Stern, sous les klaxons rageurs des taxis en rangs serrés.

Le choc lui avait cassé le dos et il ne sentait plus rien. Dans son champ de vision de traviole, il devinait la croupe du cheval couché sur le côté et ses pattes agitées de tremblements convulsifs. La calèche n'avait pas versé. Il apercevait le couple de Russes en survêtements Adidas blanc immaculé. Lui gros, gras, fort et probablement pourri jusqu'à la moelle. Elle maigre, grande, blonde et pute jusqu'au bout de ses ongles hyper-manucurés. Il ne pouvait pas tourner la tête ni faire le moindre geste. Il ne pouvait qu'entendre et deviner l'agitation. Des voix s'inquiétaient, appelaient, suppliaient. Le pauvre, il souffre trop, faites quelque chose ! Il savait qu'ils ne pouvaient plus rien pour lui, mais leur compassion lui allait droit à ce qui lui restait encore de cœur. Avant de comprendre que la foule ne s'apitoyait pas sur lui. Les badauds larmoyaient sur le triste sort du cheval. Suppliant un agent d'avoir le courage d'intervenir, se révoltant de son inhumanité, lui ordonnant de l'achever. Le coup de feu claqua et les pattes postérieures du cheval blanc se tétanisèrent avant de retomber sur le macadam. Pendant que la foule, horrifiée, regardait en coin à travers ses doigts ce qu'elle n'osait voir en face et que les taxis redoublaient de fureur pour le retard que tout cela causait à leurs maraudes, il vit les Russes sursauter dans la calèche. Un objet venait de transpercer la capote, tombant du ciel aux pieds de celui qui ne pouvait être qu'un mafieux. L'homme se contorsionna pour ramasser, en soufflant comme un buffle à cause de son embonpoint, une Rolex Oyster Yacht-Master II. *Sa* Rolex Oyster Yacht-Master II. Ce bouseux de nomade, qui la lui avait arrachée en le lâchant, avait dû la balancer par la fenêtre après lui. Ces trous-du-cul ne connaissaient vraiment rien à rien. Une montre à quarante-sept mille dollars ! Il aurait vu ça avant de mourir : un péquenaud des steppes balançant une Rolex Oyster Yacht-Master II par la fenêtre. Il avait bien fait de fuir ce pays foutu.

Dans la calèche, le Russe regarda sa poule de luxe, vérifia que personne d'autre dans la foule occupée par l'abattage de la pauvre bête n'avait rien vu tomber, et passa discrètement la montre à son poignet. À côté de la sienne. À côté de la même Rolex Oyster Yacht-Master II qu'il venait de s'offrir à cent mètres dans la boutique Rolex au coin de la 53ᵉ. Juste avant de mourir, l'homme se réconforta à l'idée qu'il restait des conquérants qui savaient vivre. D'ailleurs, la dernière vision qu'il eut du monde fut celle des pieds de la Russe. Elle portait des Nike Air Jordan XII OVO blanches. Pas loin des cent mille…

— Merde, il vient de tuer mon canasson ! Il est mort au moins, ce Chinetoque ?

24

Une empreinte de loup.

— Il n'est pas chinois, il est mongol.

— C'est quoi la différence ?

— Ben... les Chinois sont chinois, et les Mongols sont mongols.

— Mais je croyais qu'il y avait des Mongols chinois ?

— Oui, mais celui-là, il est mongol de Mongolie.

— Et alors, il pourrait aussi bien être mongol de Mongolie chinoise.

— Non. Dans ce cas, il serait chinois. Je veux dire de passeport chinois, or celui-là a un passeport mongol. Donc il est mongol.

— Il était !

— Oui, il *était* mongol, si tu veux.

— Je veux !

Donelli aimait bien Pfiffelmann. Son côté tatillon, fouineur, toujours à mettre les points sur les « i », toujours à batailler pour avoir le dernier mot. Tout ça lui plaisait bien dans le boulot, mais pas au petit déj'. Pas quand il petit-déjeunait trop tard à cause d'un cheval qu'on avait dû abattre pour abréger son agonie, l'échine brisée par un Mongol de Mongolie tombé du vingt-septième étage sur la Cinquième.

Spicy Jalapeno Burger chez Bill's Bar & Burger dans la 51ᵉ pour Donelli. Piments mexicains, jack cheese au poivre, sauce tomate, oignon, piments et surtout le chipotle d'aïoli : mayonnaise, deux cuillerées de ciboulette finement hachée, deux gousses d'ail, deux cuillerées à café de jus de citron vert et une de chipotle, bien épicé à base de piments mexicains séchés.

Pfiffelmann se demandait toujours quel goût pouvait encore avoir la demi-livre de bœuf en dessous de tout ça, lui qui ne mangeait que des hot-dogs Classic Chicago.

— Tu savais ça, toi, que les Français disent « ciboulette » pour *chives*, alors que Chives c'est un village de chez eux d'où vient la ciboulette ?

— Non, non, Pfiffelmann, Chives vient bien du français, mais pas du nom d'un village. Ça vient du français « cive », dérivé d'un mot latin qui désigne l'oignon. En fait ils disent aussi civette.

— Comment tu sais ça, toi ?

— J'aime bien savoir ce que je mange.

Pfiffelmann regarda Donelli se jeter au fond de la gorge un gobelet *king size* de jus de café par-dessus son Spicy Jalapeno et ne put réprimer une grimace de dégoût.

— Comment peux-tu avaler ça avec autre chose que du Coke ?

— Trop sucré.

— Mais tu as rajouté cinq rasades de sucre en poudre dans ton café !

— Oui, mais c'est moi qui dose. Tu sais combien tu en as dans ton Coca, toi ?

— Zéro. C'est du Zéro.

— Du Zéro avec un Classic Chicago, et tu viens me faire la morale ! Bon, si on reparlait un peu de notre mec tombé du vingt-septième…

— Hey, tu savais ça, toi, qu'au bout de vingt-sept étages, tu ne tombes plus, Donelli, tu chutes ?

— Ah oui ? Quelle différence ?

— Tu prends environ quinze kilomètres à l'heure par étage jusqu'au vingtième étage. Après tu atteins ta vitesse de croisière. Tu chutes à vitesse quasi constante. Genre trois cents kilomètres à l'heure.

— Et ça nous avance à quoi pour l'enquête ?

— À être précis, c'est tout.

— Alors précise-moi plutôt ce qu'on sait sur ce type.

— Tsakhigiyn. Je suppose que c'est son prénom, parce que c'est suivi d'un truc encore plus long et imprononçable. Il a acheté cash son appartement à peine arrivé ici il y a un an. Meublé avec un goût de parvenu mais à grands coups de centaines de milliers de dollars. Pas de job connu. Originaire d'Oulan-Bator, leur capitale de sauvages, marié…

— La femme ?

— Aucune trace. Restée au pays apparemment.

— On sait d'où vient son blé ?

— Donelli, il s'est écrabouillé il y a une heure à peine !

— On ne l'a pas balancé du vingt-septième pour rien. Tu as vu l'appart ? Un peu chamboulé, mais pas de saccage, pas de pillage. Pourtant le type était blindé. Rien qu'avec le prix de son costard, j'habille ma fille pendant un an. Et elle a dix-sept ans, tu vois la note ! Et avec la seule pompe qu'on a retrouvée, je lui paye les cours du soir jusqu'à la fac. Bon, tu retournes à l'appart. Tu laisses la Scientifique faire son boulot, mais tu me trouves une photo de l'agresseur. Entre le système de sécurité, les visiophones, les caméras de l'ascenseur, du hall, et celles de la rue, on a forcément son portrait quelque part.

— Et toi ?

— Moi je vais terminer mon petit déj'. Un bon cheesecake new-yorkais avec du Philadelphia Cream Cheese, des Grahams Crackers, et sans Pfiffelmann pour me gâcher le plaisir.

Son collègue sourit et quitta le restaurant en gratifiant Donelli d'une tape sur l'épaule. Au moment de sortir, il entendit son partenaire interroger la serveuse :

— Son cheesecake, il ne le sort pas tout de suite du four, j'espère !

— Bien sûr que non, Monsieur.

— Il le laisse bien redescendre en température cinq bonnes minutes porte fermée…

— Évidemment.

— Puis au moins dix minutes porte ouverte. Il fait bien ça ?

— C'est un vrai cheesecake new-yorkais, Monsieur, s'offensa la serveuse.

— Alors va pour un cheesecake. Double.

Donelli avait prévu de remonter à l'appartement du Mongol après son gâteau, mais Pfiffelmann vint le rejoindre avant qu'il ait fini.

— Tu en veux un peu ?

— Ils cuisent le fromage ?

— Évidemment !

— Alors j'en veux pas. Un cheesecake, c'est pâte cuite fromage cru. Juste fouetté en incorporant de la crème. Ça c'est du cheesecake.

— Tant pis pour toi, admit Donelli en avalant la dernière bouchée sans chercher le débat cheesecakien. Du nouveau ?

— Toutes les vidéos de l'agresseur. Ce type-là n'a pas cherché à se cacher. Je t'ai fait une capture d'écran, dit-il en montrant son smartphone.

Donelli observa avec attention le visage de l'inconnu. Jeune, athlétique, et Mongol.

— Mongol contre Mongol, ça change un peu les choses. Tu crois que le type aurait pu voler tout ce pognon là-bas, et que quelqu'un serait venu le lui reprendre ?

— Ce type n'a même pas piqué un cendrier, et pourtant, vu la déco, ça doit être des cendriers à cent plaques.

— Une punition alors…

— Pourquoi pas ? On s'intéresse à l'argent, on remonte les banques et les comptes et on cherche à savoir qui était ce type avant son grand rêve américain ?

— D'accord, approuva Donelli. Et pour le type de la photo aussi. Tu fais circuler. Rien d'autre ?

— Si, ça. Sur le mur du salon. On dirait une empreinte.

— Une empreinte de quoi ?

— Une empreinte de loup.

25

… elle savait y faire !

Yanchep n'était pas le meilleur spot d'Australie pour ce type de surfeur. Le longboard n'était pas la meilleure planche non plus. Mais l'homme surfait facilement l'océan ourlé de vagues malgré le soleil qui s'affaissait déjà mollement sur l'horizon. Il allait bientôt regagner la plage. Ils le regardèrent hésiter pour une dernière vague, céder à la tentation, puis glisser jusqu'au tapis d'écume pour s'échouer sur le sable. Il avait dû les repérer depuis longtemps lui aussi du haut des houles avant de glisser à l'avant des rouleaux. Il prit sa lourde planche sous un bras et marcha vers ses vêtements, posés sur le sable à quelques mètres d'eux. La cinquantaine passée, bien foutu, plutôt balèze.

— Salut, dit l'homme.

— Salut, répondit le garçon. Belle planche. On dirait une Walden.

— C'en est une, répondit le surfeur, une putain de Magic. Tu t'y connais ?

— Chez moi, en longboard, j'ai une Infinity Cluster.

— Pas mal non plus.

Le surfeur regarda le garçon. Il l'avait pris pour un Chinois. Peut-être un Chinois d'Hawaï s'il était surfeur.

— Tu surfes ? Il reste une bonne demi-heure de soleil si tu veux tenter quelques vagues.

— Non merci, je suis un peu cassé. Ma copine et moi on vient de faire beaucoup de route. On va dormir.

Le surfeur regarda la jeune fille. Asiatique elle aussi.

— Sur la plage ?

— Pourquoi pas ?

— Peut-être à cause des putains d'araignées et des serpents de merde dans les herbes là-haut, entre la route et la plage. On trouve même par ici des saloperies de *red bellied*, des serpents noirs. Recordmen du monde de production de venin, mec. Vous avez le numéro du centre antipoison du coin sur vous ?

— Vous cherchez à nous foutre la trouille ?

— Non, si je voulais vous foutre la trouille, je vous parlerais de ces junkies défoncés à la mords-moi le nœud en maraude toute la nuit ou de ces foutues hordes de chiens sauvages. De toute façon, les rangers viendront vous déloger à peine endormis.

Il prenait un peu de plaisir à les inquiéter tout en s'essuyant avec un drap de bain imprimé à l'effigie d'un joueur de rugby de la Perth Western Force. La fille apprécia à nouveau sa musculature de quinqua sportif et entretenu. Elle le fit savoir à son compagnon d'un regard furtif qui n'échappa pas au surfeur. Mais il commit l'erreur d'y voir de l'admiration pour son corps d'athlète bronzé et sculpté d'abdos. D'un regard en retour, le garçon fit comprendre à la fille que ça ne serait pas un problème.

— Vous venez d'où ? demanda le surfeur en s'adressant à elle.

— Mongolie, répondit-elle. Oulan-Bator.

— Mongolie ? J'y suis déjà allé plusieurs fois pour mon boulot. J'avais mon quartier général dans ce Grand Khaan Irish Pub, vous connaissez ?

— Tout le monde connaît, répondit le garçon, c'est le rendez-vous des expats, des nouveaux riches et des voyous.

— En fait j'étais plus souvent dans votre *fucking* Gobi. Je travaille dans l'industrie minière. Pour la Colorado, vous connaissez ?

— Vaguement, mentit le garçon. Vous exploitez des gisements du côté d'Oyou Tolgoï, c'est ça ?

— Entre autres, oui, mais nous avons plusieurs *bloody* concessions là-bas. Nous sommes le *fucking* plus grand groupe minier de cette *fucking* planète…

Le couple de jeunes Mongols laissa croire au surfeur que le long silence qui suivit était admiratif. Puis les regards du trio se perdirent sur l'horizon. L'océan Indien déroulait ses rouleaux translucides sur une dizaine de kilomètres dans la lumière rasante du couchant. L'écume s'échouait en mousse bleutée qui bruissait sur le sable chauffé par le soleil.

— Putain de beau pays, non ? murmura le surfeur.

Ils ne répondirent pas. Ils avaient l'esprit ailleurs. À ce qu'ils allaient devoir faire maintenant. Et ça ne dépendait plus que de lui. Que du surfeur.

— Vous avez de la chance, dit la fille. Vous habitez sur la plage ?

— Une sacrée chance, tu peux le dire. J'habite cette belle baraque là-bas au bord de la 71. Je travaille à Perth, à cinquante-sept bornes d'ici, mais je vis sur cette plage et pour rien au monde j'irais vivre ailleurs !

— Bon, dit le jeune Mongol, il faut qu'on profite du jour qui reste pour ramasser du bois et faire un feu. Ça caille sur les plages de votre beau pays la nuit.

— Vous allez vraiment dormir à la belle étoile ?

— On le fait souvent. On est un peu raides côté dollars. S'il fait trop frisquet, on ira dormir dans la voiture. Je l'ai garée derrière la dune.

— Ou alors on se serrera très fort, ajouta la jeune fille en le regardant soudain droit dans les yeux, histoire de partager notre chaleur humaine…

Merde, cette môme l'allumait ou quoi ? Il l'examina de la tête aux pieds. Plutôt bien fichue pour une Asiate. Assez grande avec une belle paire de poumons. Sportive, à en croire ses longues cuisses bien moulées dans son foutu tout petit short en jean. Il avait de bons souvenirs des filles d'Oulan-Bator auxquelles avaient droit les cadres en goguette de la Colorado. Cette double soumission, de prostituée d'abord, et d'Asiate ensuite. Est-ce que cette petite allumeuse de Mongole serait prête à se laisser faire avec son copain à côté ? Ils n'étaient quand même pas en train de lui proposer un plan à trois ! Avec ces Jaunes, il fallait toujours se méfier. La Colorado leur apprenait ça avant de les envoyer en Asie. Il valait peut-être mieux se faire une raison et laisser tomber.

— En tout cas faites gaffe aux serpents en allant chercher votre bois. Mettez des chaussures et vérifiez que ce que vous empoignez est bien *mort* et *dur*, pas un truc qui gigote la gueule grande ouverte avec des crocs comme des seringues à venin, dit-il en s'éloignant, sa planche sous le bras, les abdos contractés et les reins bien cambrés.

— Et vous, faites bien attention aux araignées en traversant les herbes, lui lança le garçon.

— Attendez, il y a vraiment autant de serpents et d'araignées partout ? geignit la fille en bondissant sur ses pieds, les bras croisés sous sa poitrine qui doubla de volume.

Belle môme, merde, il ne pouvait pas laisser passer une telle occasion.

— C'est pas vrai ! soupira faussement le surfeur en bandant ses abdos. Allez, suivez-moi, vous pourrez pieuter chez moi. C'est petit, mais on se serrera, comme tu l'as dit.

La nuit était presque tombée maintenant. Au-delà des franges d'écume phosphorescentes sur la plage, l'océan derrière avait disparu. Ce n'était plus qu'une masse invisible, immense et menaçante.

— Bon, magnez-vous quand même le cul, les mômes, s'impatienta le surfeur, je ne vais pas attendre cent ans non plus !

Ils se levèrent et le rejoignirent, la fille en premier, sautillant comme pour éviter de vilaines bestioles un peu partout par terre avec des petits cris effarouchés, le garçon derrière, silencieux, le regard planté dans le dos du surfeur que la fille rattrapait. Elle se colla contre lui, les poings joints en prière sous le menton, les épaules rentrées et les genoux serrés.

— Les serpents et les araignées, c'est tout ce qui me fout la trouille, se plaignit-elle d'une voix de gamine qui le fit aussitôt bander. Vous n'avez pas peur, vous ?

— Reste tout contre moi, dit-il en lui enlaçant la taille pour la plaquer contre sa hanche, et tu n'auras rien à craindre.

Elle passa un bras dans son dos pour se blottir contre lui et posa même la tête contre son épaule. Le surfeur n'osa pas se retourner vers le garçon pour ne pas se donner l'air coupable, mais chercha quand même à se prévenir contre tout accès de jalousie.

— Ça va derrière ? Tu veux que je te prenne par le bras toi aussi ?

— Ça va aller ! répondit la voix du garçon à bonne distance pour rassurer le surfeur.

— À propos, qu'est-ce que tu fous au milieu de ta steppe, là-bas, avec un longboard ? Il n'y a aucun océan dans votre bled.

Mais la fille frissonna et se serra contre lui. Il oublia d'attendre la réponse et se concentra de tout son corps sur les frôlements du corsage gonflé par le sein contre sa peau nue.

Derrière, le jeune Mongol dut admettre qu'elle savait y faire !

26

... même pour un dingo !

Darryl Matthews habitait à Perth, au sud de Wilson, la dernière maison de Bywater Way avant la Canning River, à hauteur des petits rapides, de l'autre côté du parc national. Il était passé prendre sa partenaire chez elle.

— Fait chier merde, ce matin j'en avais encore une grosse comme ma main dans la salle de bain !

Karin Mickelberg ne le plaignit pas tout de suite, trop occupée à déguster du bout des doigts son petit déjeuner bio light qu'elle picorait par pincées dans un Tupperware. De toute façon elle ne pouvait pas plaindre un flic qui avait réussi à s'endetter pour une petite maison entourée d'eau vive et de verdure dans une ville sous le soleil pratiquement toute l'année.

— Quoi comme araignée ?

— Une grosse et pas belle. Tu sais que l'autre jour, j'en ai vu une sur les berges de la Canning qui bouffait un poisson qu'elle avait chopé dans l'eau, tu te rends compte, Karin ? Un petit vairon de cinq centimètres !

— Et alors ?

— Et alors c'est terrifiant. Jusqu'ici les araignées étaient connues pour ne bouffer que des invertébrés, tu piges ? Mais si maintenant elles se mettent aussi à becqueter des vertébrés...

— Encore une fois, et alors ?

— Et alors ? Merde, Karin, nous sommes des foutus vertébrés nous aussi. C'est comme si ces putains d'araignées venaient de nous inscrire à leur menu !

— De toute façon près de la rivière, c'est bingo pour toutes les bestioles, dit sa partenaire en croquant des pétales de son et de blé complet sans lait.

Darryl était passé la prendre dès qu'il avait reçu l'appel. Elle l'attendait devant sa petite maison plate en briques rouges au coin de George et Dyson à Kensington. Le contraire de chez lui. Trottoirs secs et brûlés par le soleil tout autour, poussière partout, pelouses désespérément roussies.

— Tu sais ce qu'on va faire là-bas ?

— Kidnapping, je crois. Ou disparition, je n'ai pas très bien compris.

Elle piocha délicatement des petits cubes de salade de fruits maison du bout de ses ongles manucurés mais sans vernis. Ananas, kiwi, cerise, raisin, banane, pamplemousse, orange, poire, prune, pêche, fraise. Un morceau de chaque fruit. Pas plus. Calibré.

— Hey, ils ne peuvent pas tous être de saison, se moqua Darryl.

— Je les congèle par saison. Je les prépare le soir et je les laisse décongeler au frigo.

— Hum, pas écolo-écolo le frigo ! Moi la salade de fruits, je la préfère à la Pavlova, bien engluée sur une meringue nappée de crème fouettée.

— Ça se voit, lâcha Karin en glissant un œil sur le ventre de Darryl.

— Ça m'étonnerait. Quinze heures de gym par semaine, vingt bornes tous les dimanches plus le surf !

— Je suis sûre que tu petit-déjeunes avec des banana cakes à la Vegemite !

— C'est délicieux.

— Merde, de la pâte à tartiner salée à la levure de bière avec un banana cake, comment peux-tu ? Ne me dis pas que tu t'en passes aussi derrière les oreilles pour éloigner les ours tombeurs !

Darryl ne répondit pas, affichant un sourire gêné qui suffoqua Karin.

— Non, c'est pas vrai, fais voir ? dit-elle en se penchant pour vérifier derrière l'oreille de son partenaire.

— Seulement quand je vais courir en forêt, admit-il.

— Darryl, l'ours qui tombe des arbres pour manger le cerveau des promeneurs, c'est une légende urbaine. Et en plus, pour le craindre, il faut déjà en avoir un, de cerveau. Pas la peine de te tartiner l'arrière du pavillon.

Il bouda deux secondes puis, par réflexe, remonta vers l'ouest jusqu'à la 30 qu'il prit en direction du nord pour passer devant le quartier général de la police. Il aimait emprunter le Causeway et ses deux vieux ponts qui enjambaient la Swan River de chaque côté de Heirisson Island. Les petites grèves de sable blanc et les kangourous domestiqués avachis dans la poussière odorante, à l'ombre maigre des eucalyptus en lambeaux. Les poteaux dans la rivière dont on ne savait plus exactement à quoi ils servaient, sinon aujourd'hui de perchoirs à de rares pélicans ou à des oiseaux-serpents surveillés depuis la berge par des hérons blancs suspicieux, immobiles et les pieds dans l'eau. Darryl adorait ces visions furtives et collatérales saisies en plein trafic.

Après le deuxième pont, il laissa le quartier général sur sa gauche et remonta Adelaïde Terrace sur quelques centaines de mètres, puis deux rues plus au nord par Goderich, histoire de passer devant Saint Mary's. Chaque fois qu'ils partaient vers le nord, il faisait le coup à Karin.

— C'est quoi ta fascination pour cette cathédrale ? Tu es croyant, toi ?

— Je crois que je crois, c'est déjà pas si mal.

— Sans déconner ? insista Karin en sirotant un jus de cranberries.

— Ma mère est morte juste en face, au Royal Hospital. J'avais huit ans à peine. Va savoir pourquoi je me suis réfugié dans cette foutue cathédrale pour chialer toutes mes larmes ce jour-là. Depuis j'aime bien passer par là.

Ils continuèrent longtemps en silence puis il monta d'un bloc vers le nord pour prendre Wellington et récupérer la Mitchell Freeway à hauteur d'Elder. Ils furent aussitôt aspirés par le trafic de l'autoroute et ils passaient déjà à l'est de la réserve d'eau de Lake Monger quand Darryl l'aperçut.

— La Holden là-bas, la Commodore, tu la reconnais ? C'est une caisse du Tactical Response Group.

— L'antiterrorisme ? Comment tu sais ça ?

— Je connais leurs plaques. Le mec qui la conduit en général c'est Andrew Rayney. On a fait l'école ensemble.

— Et alors ?

— Alors rien. Il est devant nous...

La Commodore resta devant eux, roulant vite, mais sans abuser de sa potentielle autorité. À Joondalup, vingt kilomètres plus au nord, l'autoroute se terminait brusquement en s'écartelant sur un gigantesque chantier et un bouquet de déviations. Quand la Commodore prit vers l'ouest sur la 87 pour aussitôt enfiler la 71 vers le nord, Darryl acquit la certitude que Rayney se rendait à Yanchep lui aussi. Probablement sur la même scène de crime. Et là, ça commença à l'intéresser bigrement, parce que le TRG ne se déplaçait jamais pour des broutilles.

Quand ils longèrent Eglinton, quelques kilomètres avant Yanchep, Darryl baissa sa vitre et un vent chaud s'engouffra dans la voiture. Il brancha le gyrophare, l'aimanta sur le toit et doubla la Commodore en se rabattant brusquement pour la forcer à se garer dans un dérapage de poussière jaune.

— Qu'est-ce que tu fais ?

Sans répondre, Darryl descendit et se dirigea vers la Commodore en marchant comme un héron, les genoux haut levés et le pied projeté loin devant lui à chaque pas en ondulant du cou. Un homme jeune et plutôt bien foutu, en costume gris sans cravate, descendit de la Commodore et se dirigea vers Darryl en marchant fléchi un pas sur deux, l'autre sur la pointe des pieds, la tête à l'équerre du corps. Karin sortit de la voiture, intriguée par leur étrange et ridicule ballet, et le soleil grilla aussitôt sa peau. Puis les deux hommes tombèrent dans les bras l'un de l'autre en riant et vinrent la rejoindre.

— C'est quoi ce cirque ?

— Quoi, tu n'es pas au courant ? Dans ce bled, là, juste à côté, il y a un endroit nommé Ministry of Silly Walks.

— Et... ?

— « The Ministry of Silly Walks », le sketch des Monty Python, ne me dis pas que tu ne connais pas ?

Karin avoua son ignorance et les deux autres repartirent, hilares, de leur démarche déglinguée tout autour de la voiture.

— Hey, on va rester à se griller au soleil à vous regarder faire les pitres ?

— La vache, c'est boulot-boulot ta partenaire, se moqua Andrew Rayney. Bon, vous allez à Yanchep, je suppose ?

— Oui, toi aussi ? C'est si grave que ça ?

— Aucune idée. Juste un type porté disparu, mais un ponte de la Colorado a réveillé tout le monde dans la nuit, jusqu'au commissaire. Le type serait une pointure de leur service informatique.

— Une idée de ce qui a pu se passer ?

— Non. Apparemment le type a fait du surf en fin de journée, mais il est rentré. Son longboard et sa serviette étaient là quand les flics de Yanchep sont arrivés. Maison ouverte, pas de grabuge. Sa caisse est dans le garage. Des traces de pneus partout. Peut-être des traces de pas aussi, mais impossible de savoir de quand elles datent.

— En bordure d'océan, avec le petit Freemantle Doctor qui souffle, les traces ne peuvent pas être si vieilles, réfléchit Darryl.

— Hey, ça carbure toujours aussi fort là-haut, hein ? J'en déduis que l'ours tombeur ne t'a pas encore bouffé le cerveau. Il se tartine toujours l'arrière des oreilles à la Vegemite au petit déj' ? demanda-t-il en s'adressant à Karin.

— On ne petit-déjeune pas ensemble, répliqua-t-elle, un peu vexée par la suffisance de cet Andrew.

— Sans blague, une partenaire canon comme ça, Darryl, ça serait bien la première fois !

— Sans déc', pourquoi le TRG s'intéresse à ce mec ?

— Je te l'ai dit, une pointure en informatique. Il supervise un programme, une sorte de système d'automatisation des mines de la Colorado. Ils disent que c'est très stratégique pour eux. Il ne s'est pas connecté avec leurs bureaux de Perth hier à vingt-deux heures comme d'habitude et leur état-major est sur les dents.

— Et il n'y a aucun indice là-bas ?

— On pourra le savoir si tu me laisses y aller…

— Mais ils ne t'ont rien dit ? Il en faut quand même un peu plus pour bouger le TRG d'habitude.

— Rien, sinon une empreinte de chien.

— Rien d'étonnant, chien sauvage sûrement, nous sommes du mauvais côté de la grande barrière anti-dingos.

— À un mètre soixante-dix.

— Quoi un mètre soixante-dix ?

— L'empreinte. À un mètre soixante-dix de haut, l'empreinte. Et gravée dans le mur.

— Ah quand même, reconnut Darryl en faisant signe à Karin qu'ils reprenaient la route. Ça fait costaud, même pour un dingo !

… l'empreinte d'un loup.

— Ils disent que le Wagyl a créé ce lac. Le Wagyl
a créé tout ce qui se rapporte à l'eau sur ordre du
Serpent arc-en-ciel. À l'époque du Temps du Rêve. En
rampant il a creusé le lit des rivières et en se lovant il
a formé les lacs. C'est ce que dit la légende, expliqua
le garçon en regardant flotter le corps nu de l'homme,
à l'envers, le nez dans l'eau et les fesses au soleil.

— On t'aurait tué pour ça, à l'époque du grand
Khan. On ne jette rien dans l'eau. On ne la souille
pas. Il a fait exécuter des généraux simplement parce
qu'ils avaient pissé dans un fleuve.

— Cette eau-là n'est pas la nôtre. Et ce n'est pas
moi qui la souille, c'est lui.

Le corps flottait dans un mètre d'eau translucide au
fond tapissé de cailloux roux, filtrée par un invisible
courant à travers les herbes et les touffes de plantes
aquatiques. De courtes tiges grêles et velues alourdies
de fleurs tubulaires et laineuses, fauves ou orangées.
Il nota avec tristesse devant tant de beauté sauvage
qu'elles se terminaient souvent en forme de patte
de kangourou. Chaque terre se façonne d'abord à sa

propre image, pensa-t-il, avant que l'homme ne la souille et qu'elle se mette à lui ressembler.

Il alluma les brindilles sous les brassées d'herbes que la fille avait amassées et regarda les lourdes volutes se tordre vers le ciel comme un dragon blanc et jaune torturé. Puis ils regagnèrent leur voiture. Alertés par ce départ de feu en bordure du parc national, les rangers n'allaient pas tarder à rappliquer et découvrir le corps.

À quelques mètres d'eux, un long et fin serpent orangé au corps carrelé de minuscules écailles, inquiété par la chaleur soudaine du feu naissant et le crépitement des herbes sèches, glissa hors des herbes pâles pour onduler dans l'eau transparente jusque sous le cadavre. Ils se demandèrent ce que ses yeux ronds et sans expression voyaient de cet homme qu'ils venaient de punir. Son sexe mou dans l'eau, comme une dérive inutile. Ses yeux grands ouverts qui ne voyaient plus. Ou, sur son front, l'empreinte d'un loup.

28

Qu'est-ce que je fais, il se réveille !

Karin n'en revenait pas d'avoir cet Andrew dans son lit. La veille au soir il l'avait rappelée, juste après que Darryl l'avait déposée devant sa petite maison de Kensington.

— Karin, c'est Andrew. J'ai appris des trucs sur l'affaire de Yanchep, ça t'intéresse ?

— Maintenant ?

— Pourquoi pas, on peut en parler devant un verre.

— C'est une invite ?

— Oui. En tout bien tout honneur, évidemment…

— Andrew, les mecs australiens ne font jamais rien en tout bien tout honneur.

— Prends-le comme un plan drague alors. Je passe te chercher ?

— Quand ?

— Je suis devant chez toi.

Elle avait regardé à travers les stores et il était là, garé le long de sa pelouse roussie, dans sa Commodore lustrée de frais.

Ce salopard savait y faire, et il était beau gosse en plus. Il était descendu lui ouvrir la portière et l'avait refermée sans la claquer. Prévenant. Avenant. Méfie-toi, ma fille. Prends garde à toi. Il avait conduit avec souplesse jusqu'à Apple Cross, où ils avaient traversé la Canning River à son confluent avec la Swan, puis jusqu'à Freemantle. Il va te la jouer surfeur bourgeois, ma fille, avec escale au Run Amuk et ses hot-dogs joufflus à douze dollars cinquante gratinés et zébrés de sauces de toutes les couleurs. Et il allait se la jouer longboarder du dimanche en commandant un shooner de Red Back, histoire de siffler son demi-litre de bière locale en te laissant t'extasier devant les centaines de petites voitures miniatures collées aux murs en guise de déco. À se moquer de l'option « Big Vego » du menu pour les brouteurs de salade, et à te rassurer aussitôt sur le pain « gluten free » pour se rattraper de sa bourde. Méfie-toi, ma fille, la seule vague que ce type va se trouver, c'est une vague de bière qui va l'échouer ivre mort sur la banquette arrière de sa belle Commodore de service pour te surfer les reins. Et sois heureuse s'il ne te vomit pas dessus.

Mais Andrew ne poussa pas jusqu'au petit bar à hot-dogs de South Terrace privé de soleil couchant par un parking à bateaux et des hangars entre sa terrasse et l'océan. Il prit au contraire au nord par la 5 qu'il quitta aussitôt pour rejoindre une petite route qui remontait la rive gauche de la Swan. Ils passèrent des parcs et des jardins, des marinas hérissées de voiliers blancs en épis, des quartiers résidentiels verdoyants malgré la canicule, un golf de velours tendre irisé d'arrosages automatiques sur l'autre berge. Un peu après Bay View Park, il quitta la corniche pour descendre jusqu'à la rivière par Johnson Parade. Et c'était déjà trop tard, ma fille. Tu étais restée trop longtemps silencieuse dans sa belle limousine à regarder le soir descendre sur la rive, le coude à la portière, dans l'air tiède qui sentait l'écorce bleutée des eucalyptus et la fraîcheur de la rivière calme comme un lac.

Il l'invita chez Mosman, un restaurant de bois blanc profitant d'un petit promontoire pour s'élancer sur pilotis les pieds dans l'eau. Table réservée face à la Swan qui s'enflait comme une baie à régates avant de reprendre son lit et de se tordre, tel un gros ruisseau sinueux jusqu'à l'océan. Baie vitrée grande ouverte sur la douceur du soir. Devant eux, un long deck rectiligne en bois gris patiné par le temps courait jusqu'à une petite marina privée. Cinq grands yachts paresseux s'y dodelinaient avec nonchalance. Tu es bonne, ma fille. Juste un peu de vin et tu es bonne, tu le sais déjà !

Deux verres de sauvignon blanc Arimia 2009 de la Margaret River plus tard et te voilà un peu *tipsy*, comme disait ton grand-père allemand. Complètement *pompette*, aurait dit ta grand-mère angevine. C'est toi qui avais proposé de marcher un peu et de prendre le dessert ailleurs pour reprendre tes esprits. Il t'avait embrassé les pieds dans l'eau, vos souliers à la main, sous les charmilles odorantes des marukas fleuris. Ton dessert ce fut lui, dans ta chambre éteinte et silencieuse, la fenêtre ouverte sur les frémissements de la nuit et le chuintement des voitures tardives sur l'asphalte encore mou de la journée torride.

— Darryl, j'ai fait une connerie.

— Quoi, si tôt que ça ?

— J'ai Andrew dans mon lit...

— Andrew ? Andrew Rayney ? *Mon* Andrew Rayney ?

— Oui. Merde Darryl, je me suis fait avoir, qu'est-ce que je pouvais faire ?

— M'y mettre avant.

— Quoi ?

— Dans ton lit, tu aurais dû m'y mettre avant lui. Je ne l'aurais jamais laissé me prendre la place.

— Arrête, Darryl, je ne déconne pas.

— Moi non plus.

— …

— Bon, tu veux que je vienne pour le jeter dehors ?

— Non, non, laisse tomber, je vais gérer ça.

— Pourquoi tu m'appelles alors ?

— Le type de Yanchep, ils l'ont retrouvé noyé dans un marais près du parc national.

— Accident ?

— Tout nu avec une empreinte de dingo géant sur le front et les mains liées dans le dos, ça m'étonnerait.

— Des indices ?

— Des empreintes de pas tout autour. Un homme et une femme, si on se base sur les pointures.

— Ils l'ont retrouvé comment ?

— Un départ de feu a attiré l'attention des rangers.

— Un campement ?

— Non. Un feu d'herbes fraîchement coupées. On aurait voulu guider les rangers jusqu'au corps qu'on ne s'y serait pas pris autrement.

— Rien d'autre ?

— Si, les débris d'une chaise calcinée dans les cendres. Elle venait de chez la victime. On a retrouvé les marques des quatre pieds dans la terre. Ils pensent qu'on y a assis la victime.

— Pour quoi faire ? Un interrogatoire, des traces de torture ?

— Non, pour la filmer.

— …

— Ou la photographier.

— Comment peuvent-ils affirmer ça ?

— En face des quatre trous des pieds de la chaise, ils ont relevé trois autres marques en triangle. Ils pensent à un trépied de photographe.

— Tu veux dire qu'un couple a enlevé ce type pour lui faire avouer des choses devant une caméra et l'a éliminé en prenant bien soin qu'on repère le corps nu au plus vite grâce à un départ de feu ?

— C'est bien résumé.

— Ils ont pensé à des détraqués sexuels ? Ce type, on a abusé de lui ?

— Non. Mis à part qu'il s'est fait mordre la bite dans l'eau par un serpent orange-naped, mais d'après les premières constatations du légiste, c'était post mortem et ça n'a pas pu causer la mort. De toute façon l'orange-naped n'est pas si venimeux que ça.

— À cet endroit, permets-moi d'en douter. Qu'est-ce qu'ils en savent, les légistes ?

— C'est leur job.

— Rien d'autre ?

— Si. Qu'est-ce que je fais, il se réveille !

29

Il est vraiment homo, le légiste ?

— Piétiné par un loup ?

— C'est ce qu'il dit.

— Qu'est-ce qu'il y connaît en loups, le légiste ?

— Son mec a un chien.

— Son mec ? Le légiste est gay ?

— Oui, et son mec aussi, et à eux deux ils ont un chien. Loup.

— Loup, ils ont appelé leur chien Loup ?

— Non, un chien-loup. C'est la race.

— Et alors… ?

— Alors, pour savoir pourquoi leur chien était un chien-loup, ils se sont intéressés aux loups.

Donelli allait croquer dans son Reuben à pleines dents. Il suspendit son geste, regarda son sandwich et resta immobile, bouche ouverte, assez longtemps pour faire comprendre à Pfiffelmann qu'il attendait la suite. Une suite détaillée et explicative de préférence. Quelque chose d'assez consistant pour justifier de retarder d'autant la dégustation de son Reuben.

— Il y a vraiment du raifort là-dedans ? demanda Pfiffelmann.

— C'est un Reuben, s'impatienta Donelli. Un Reuben : pain de seigle, corned-beef, choucroute, fromage suisse et sauce russe. Et dans la sauce russe, il y a du raifort !

— Mais pas de dinde.

— Pas de dinde.

— Donc ce n'est pas un vrai Reuben. Le vrai a été composé en 1914 par Arnold Reuben pour la starlette Annette Seelos qui gloussait pour Chaplin et il était à base de dinde.

— Le Reuben n'a jamais été inventé pour cette dinde, répliqua Donelli, catégorique. Il a été improvisé au cours d'une partie de poker organisée par un Reuben Kulakofsky dans un hôtel d'Omaha bien après la guerre. Et avec du corned-beef. Pas de la dinde.

— N'empêche qu'Arnold Reuben Junior, le fils de…

— Putain de bordel de merde, Pfiffelmann, explosa Donelli en rejetant son sandwich dans son assiette, tu me fais chier avec la famille Reuben et compagnie. C'est du chien dont je veux que tu me parles. Pas de beef, pas de dinde. Du chien. Que du chien. Et du loup !

Toutes les tables et tous les néons publicitaires de chez Eisenberg, le petit delicatessen de la Cinquième, avaient tressauté, les puddings et les gelées multicolores avaient blobloté dans les saladiers réfrigérés, et tous les Arnold Palmer, les Lime Rickey et les Egg Cream avaient tremblé dans les verres et les coupes. Les petits bourgeois perchés sur leurs tabourets le long du long comptoir en enfilade s'étaient retournés vers la petite table de deux, contre le mur derrière eux. Sous les portraits encadrés dans lesquels le patron fanfaronnait avec tout ce que New York comptait de stars abyssalement décolletées, de starlettes globuleusement siliconées, de demi-sels lustrement gominés, de poivrots joyeusement cuivrés, de sportifs musculeusement testostéronés, et de politiciens orthodontisquement optimistes, Pfiffelmann essaya le même sourire hypocrite que celui affiché sur toutes les photos et haussa les épaules, bras écartés paumes en l'air, pour bien signifier que ce n'était pas lui.

— Quoi ! aboya Donelli en s'adressant au patron qui lui faisait les gros yeux derrière le comptoir.

Tout le monde replongea le nez dans son pastrami tiède, son thé glacé ou son cheesecake de légende et Donelli fit signe d'un haussement des sourcils que Pfiffelmann pouvait reprendre. Avec prudence, et sur les chiens. Et les loups uniquement.

— Il est digitigrade, avoua Pfiffelmann à voix basse en se penchant par-dessus la table.

— Qui ça ?

— Le loup.

— Le loup est digitigrade ?

— Oui. Et le chien aussi.

— Et ça veut dire quoi ?

— Qu'ils marchent tous les deux sur la pointe des pieds sans poser le talon au sol.

— Et alors ?

— Et alors rien, ça laisse le même type d'empreinte...

— Mais ?

— Mais celle du loup est plus large, plus empâtée, même si la marque des coussinets semble plus petite que celle laissée par les chiens.

— Et ?

— Et notamment les deux coussinets de devant qui sont plutôt écartés avec les griffes réparties sur le pourtour alors que ceux du chien sont rentrants avec les griffes dans l'axe.

— Donc ?

— Donc la marque sur le front du défenestré des steppes est bel et bien une empreinte de loup, comme celle laissée sur le mur de son appart.

Après chaque question, Donelli croquait dans son Reuben et profitait des courtes réponses de Pfiffelmann pour avaler goulûment en évitant les coulées de sauce russe.

— Donc nous avons ramassé un voltigeur mongol fracasseur de canasson sans nous apercevoir qu'il avait été piétiné par un loup.

— Ça s'explique. Le légiste parle de lividités, d'écoulements en zone basse, et d'autres trucs de dépeceur du genre à te faire régurgiter ton Reuben, et tout ça pour dire que la marque sur le front s'est révélée à l'autopsie, après un nettoyage de peau et une séance d'UV post mortem et en conclure que le piétinement était *ante*.

— *Ante* ?

— *Ante mortem*. Ce mec a vu le loup avant de mourir.

— Quoi, il aurait été balancé du vingt-septième étage par un coup de loup ? Il parle de quoi, là, ton légiste, de loup ninja, d'un Chuck Wolf Norris, d'un Bruce Loup ?

— Pire que ça : il parle d'un genre loup-garou avec au moins une patte en argent massif.

Donelli suspendit sa mastication et, derrière son comptoir, inquiet, le patron l'observa en stabilisant la pile d'assiettes qu'il venait d'y poser.

— Argent 925. Bijouterie, précisa Pfiffelmann en guettant la moindre contraction de la mâchoire immobile de Donelli. Le légiste est catégorique. Il a récupéré des traces dans les abrasures de la peau.

— Qu'est-ce que c'est que ce bordel ! marmonna Donelli en engloutissant tout ce qui lui restait de Reuben en deux bouchées. Puis il s'essuya la bouche et les mains dans une ridicule serviette en papier blanc qui se troua aussitôt, se lécha les doigts, claqua un dix dollars sur le comptoir entre deux clients, et sortit en tirant par la manche Pfiffelmann qui voulait attendre la monnaie.

— On va où ?

— Il est vraiment homo, le légiste ?

30

Faites-le !

De Vilgruy redoutait le pire. Avec Zarzavadjian il redoutait toujours le pire, mais on lui avait demandé un homme de confiance. Le Premier ministre en personne. Par l'intermédiaire du conseiller, bien sûr.

Le maître républicain de ces lieux princiers les avait guidés jusqu'au jardin, de courbettes de gens de maison en garde-à-vous militaires d'apparat. Ils déambulaient à présent dans le parc comme quatre amis. Une sorte de *Cœur des hommes* en costume-cravate, sauf bien entendu pour Zarza qui n'avait pas trouvé le temps d'en nouer une.

— Celui-ci, c'est le cornouiller des pagodes de François Fillon, dit le Premier ministre en désignant d'un geste large de la main un arbre à l'écorce grise et zébrée sous un ramage d'un vert tendre brodé de blanc.

— C'est bien la première fois qu'il démontra en avoir, glissa le Premier ministre en confidence.

— De quoi ? demanda de Vilgruy en se jetant dans le piège où il ne pouvait que tomber.

— Des cornouilles ! savoura le chef du gouvernement.

Le conseiller éclata de rire en encourageant Zarza du regard à s'esbaudir lui aussi à gorge déployée.

De Vilgruy l'avait prévenu. Lui seul jouerait le petit jeu traditionnel des jardins de Matignon. Chaque maître des lieux, c'était la tradition depuis Pierre Mauroy, plantait un arbre de son choix dans le jardin de la rue de Varenne.

— Sauf Chirac, précisa le Premier ministre d'un œil complice.

— Ah oui ? Et pourquoi ? se sacrifia de Vilgruy.

— Parce que lui préférait planter ses soubrettes et ses visiteuses plutôt que des arbres ! s'esclaffa le Premier ministre en claquant le dos de Vilgruy.

Ils continuèrent quelques instants la visite et les bons mots. L'orme de Jospin, bois préféré des fils d'Hypnos, dieu du sommeil et de Thanatos, dieu de la mort. *Ça explique sa joie de vivre et son côté boute-en-train de parpaillot coincé du cul !* L'érable argenté, *très argenté*, de Balladur. Le ginkgo biloba d'Édith Cresson, uniquement mâle et donc stérile sans spécimen femelle à proximité. Le plus vieil arbre du monde que les dinosaures broutaient déjà. *Un peu comme elle, qui a connu Mitterrand, ah ! ah ! ah !*

Le Premier ministre ayant planté un chêne, comme Mauroy et Fabius (et Villepin aussi. *Mais lui c'était une espèce de pédonculé, ah ! ah ! ah !*), Zarza s'apprêtait à lui demander s'il ne craignait pas des allusions à son gland dans sa cupule, mais de Vilgruy lui broya le bras d'une poigne sans appel.

Par chance, le Premier ministre décida soudain d'en venir au sujet pour lequel il les avait convoqués. Il remonta la perspective des cent onze tilleuls taillés en marquise jusqu'à la statue de Pomona versant l'abondance de sa corne.

— De Vilgruy, je vous ai fait venir pour cette affaire sensible dont nous avons parlé et sur laquelle mon conseiller a attiré mon attention.

— Ce que veut dire le Premier ministre, intervint le conseiller, c'est que l'affaire est vraiment sensible.

— Vous m'assurez, de Vilgruy, que monsieur est bien l'homme de la situation ? demanda le chef du gouvernement en désignant Zarza de la main, sans quitter de Vilgruy du regard.

— Il l'est, monsieur.

— Ce que veut dire le Premier ministre, c'est qu'il faut qu'il le soit vraiment.

— Il l'est vraiment, répéta de Vilgruy.

— Un homme de nos services est mort en Mongolie. Un contractuel. Assassiné. Officiellement, ce sera au cours d'une rixe entre nomades et mineurs. Il paraît que c'est courant dans ce pays-là. Officieusement, il ne fait aucun doute qu'il a été assassiné.

— Ce que le Premier ministre veut dire, c'est qu'il a été *volontairement* assassiné.

— J'avais bien compris, répondit poliment Zarza. Il est d'ailleurs très rare d'être *involontairement* assassiné.

Pour la première fois, les deux politiques le regardèrent vraiment, dubitatifs et un instant silencieux. Puis le Premier ministre reprit :

— Le service qui gérait cet homme gérera sa mort. Ce n'est pas notre problème. Notre problème c'est de savoir qui l'a tué alors que sa présence n'était supposée éveiller aucun soupçon, et pourquoi.

— Ce que veut dire le Premier ministre, c'est qu'il veut savoir comment il a été démasqué et pourquoi il a été éliminé.

— C'est tout à fait ça. Pourquoi et comment.

— Et quelle était sa mission ? s'enquit de Vilgruy.

— Il enquêtait sur des recherches géologiques menées par des organisations universitaires non gouvernementales qui ont éveillé notre curiosité.

— Ce que le Premier ministre veut dire, c'est que nous avons des soupçons sur l'activité réelle de ces ONG.

— C'est ça. Sur leur activité réelle.

— Donc vous voulez que nous enquêtions sur ces ONG, résuma de Vilgruy.

— C'est un peu plus compliqué, reprit le Premier ministre. Il est advenu depuis la mort de notre agent deux autres événements de nature à justifier nos soupçons.

— Ce que veut dire le Premier ministre, c'est que nous avons maintenant des raisons supplémentaires d'être inquiets.

— C'est ça. D'être inquiets. D'une part, à New York, un ressortissant mongol, ancien président de la Commission d'attribution des concessions minières, a été défenestré. Et par ailleurs, un cadre important d'une société minière australienne très implantée en Mongolie a été retrouvé mort en Australie-Occidentale, du côté de Perth, je crois.

— Tout à fait, confirma le conseiller, du côté de Perth, monsieur le Premier ministre.

— Le plus surprenant, c'est que d'après des recoupements d'informations de certains de nos services, à sept mille kilomètres de distance, les deux corps semblent avoir été marqués au front par une empreinte de loup.

— Votre homme aussi ?

— Non, mais les cadavres de quatre hommes, des sortes de miliciens mongols, ont été retrouvés dans la même zone que lui, marqués par la même empreinte. Et nous pensons que tout cela pourrait être lié.

— Comment ? osa de Vilgruy.

— Nous ne vous avons pas encore confié l'affaire, éluda le Premier ministre.

— Ce que le Premier ministre veut dire, c'est qu'il reste encore des éléments confidentiels.

— C'est ça, confidentiels pour l'instant. Alors, ces corps marqués par une empreinte de loup, qu'en pensez-vous ?

— Ce que le Premier ministre veut savoir, c'est ce que vous pensez personnellement de ça. Il paraît que vous avez déjà opéré en Mongolie.

De Vilgruy se tourna vers Zarza pour entendre ce qu'il voulait entendre et qu'ils avaient répété avant d'être reçus par le Premier ministre. Un discours poli et respectueux, neutre, obéissant, sans engagement, permettant de récupérer ce qui serait sans aucun doute un bâton merdeux en se salissant le moins possible les mains et la réputation. Tous les regards se concentrèrent sur Zarza qui sortit une poignée de pépites de tournesol séchées de sa poche et en proposa à la ronde. Ils ne trahirent leur stupéfaction que par un très mince écarquillement des yeux qui n'empêcha pas Zarza de fendre une des petites graines salées entre ses incisives.

— Alors, qu'en pensez-vous ? Des cadavres marqués d'une empreinte de loup ?

— Difficile à dire, répondit Zarza. Une machination du Petit Chaperon rouge peut-être. Un Wolf Gang, une secte de mélomanes sataniques, allez savoir !

Dans le même silence, sidération du Premier ministre, résignation de Vilgruy, et exaspération du conseiller.

— De Vilgruy, vous persistez à prétendre que cet homme est celui de la situation ?

Sans attendre la réponse de son patron, Zarza sortit son portable et composa un long numéro, bloquant tour à tour du regard toute velléité de protestation des autres. Mais lui-même marqua un temps d'hésitation avant de parler en russe.

— Allô… Yeruldelgger n'est pas là ?

— Non. Qui le demande ?

— En quelle langue parle-t-il ? s'inquiéta le Premier ministre.

— Ce que le Premier ministre veut dire c'est : est-ce bien du russe ?

— C'en est, confirma de Vilgruy avant que Zarza ne leur impose le silence d'un geste sans appel.

— Mais c'est bien le numéro de Yeruldelgger, n'est-ce pas ?

— Oui. Qui le demande ?

— Solongo ?

— Zarza ?

— Oui. Pourquoi réponds-tu sur le portable de Yeruldelgger ?

— Il n'est pas là. Je prends ses appels au cas où…

— Il revient quand ?

— Pour l'instant il ne revient pas. Il est parti pour une sorte de retraite spirituelle. Quelque part dans le Sud. Sans contact et sans téléphone, sur l'ordre du Nerguii.

— Il va bien ?

— Je n'en sais rien.

— Et toi ?

— Je n'en sais rien non plus.

Puis Zarza parla et écouta longtemps, exaspérant le conseiller, sidérant le Premier ministre, et anéantissant de Vilgruy. Quand il rabattit le clapet de son téléphone, les trois hommes sursautèrent comme s'il les sortait d'une hypnose collective.

— Mon contact à Oulan-Bator est parti jouer les babas cool dans les sables d'un des gobis du Sud. Mais dans notre malheur, nous avons de la chance. Sa compagne est légiste et elle a un petit cadeau pour vous. Les quatre cadavres écrabouillés avec l'empreinte de loup sur le front sont passés entre ses mains, même s'ils ont disparu depuis, et il y a de fortes chances qu'elle récupère celui de votre homme.

Le Premier ministre et son conseiller ne pouvaient quitter Zarza des yeux. De Vilgruy sirotait du petit-lait.

— Il est l'homme de la situation, confirma-t-il tout en fierté retenue.

— Alors vous savez ce qu'il vous reste à faire. Faites-le !

31

Oui, on peut dire ça comme ça.

— Alors, où est la merde, mon oncle ?

— Arrête avec ce surnom ridicule.

— Tu ne voudrais tout de même pas que je t'appelle beau-papa sous prétexte que tu as épousé ma veuve de mère en secondes noces.

— Patron suffirait, répliqua de Vilgruy, puisque c'est tout ce que tu tolères que je sois pour toi.

— Bon, alors, où est la merde, patron ? redemanda Zarza.

— Tout autour, plein le bâton.

— C'est bien ce que je pensais. De quel autre service parle-t-on ?

— Aujourd'hui on dit « Enquêtes économiques extérieures » et, curieusement, ça dépend du Quai d'Orsay. Espionnage industriel sous couverture diplomatique, pour parler comme au bon vieux temps. Ils emploient n'importe qui. Des civils vacataires la plupart du temps. Les honorables correspondants d'antan. Le type en question surveillait les géologues d'une ONG baptisée Terra Nostra liée à l'Université du Québec à Montréal. Apparemment ils établissent des relevés géologiques pour un département de la Mongolian University of Science and Technology. Va savoir ce qu'il aura dégoté !

— Et notre client, c'était quoi sa couverture ?

— Sismologue pour le Bureau de recherches géologiques et minières. Il étudiait les risques de séismes majeurs dans la région.

— Ça bouge là-bas ?

— Quatre séismes supérieurs à 8 en un demi-siècle. Mais avec une densité inférieure à deux habitants au kilomètre carré et sous des yourtes en feutre, ça n'a pas vraiment marqué les esprits en dehors des sismologues.

— Est-ce qu'on pourrait l'avoir tué pour ça, plutôt que pour ce qu'il aurait trouvé en surveillant les autres ?

— Possible. Si un séisme majeur détruit Oulan-Bator, le pays est mort. Et si ça secoue des régions minières ça sera terrible aussi. Il est possible que des politiciens ou des spéculateurs n'aient pas envie de voir étaler au grand jour des alertes de risque majeur.

— Mais « la France » n'y croit pas, n'est-ce pas ?

— Non. Tout ce qu'aurait pu établir ce Léautaud côté sismique a déjà fait l'objet de diverses études plus ou moins confidentielles. Ce pays va se faire secouer un de ces jours par un tremblement de terre majeur. Tout le monde le sait et nous pensons que Léautaud n'est pas mort pour ça. Nous nous inquiétons plutôt de ce qu'il aurait pu mettre au jour des activités de cette ONG.

— Pourquoi, que mijote-t-elle selon nous ?

— Ça, c'est justement ce qu'il faut que tu ailles voir.

— Oh non, pas moi ! Tu penses vraiment que je vais retourner là-bas après ce que je leur ai fait ?

— Tu as déjà opéré en Mongolie et tu as les contacts. Tu viens de le prouver chez le Premier ministre.

— Des contacts ? Je viens d'apprendre que mon principal client a tout lâché pour aller se la jouer Shaolin en mode *into the wild* dans le Gobi !

— Il te reste la fille. Celle qui t'a parlé des quatre cadavres. Tu dois aller là-bas et tirer cette affaire au clair. De toute façon, ce sont les ordres...

— Et depuis quand le Premier ministre reçoit, même en toute discrétion, un simple agent de terrain comme moi ? C'est quoi l'autre côté de l'affaire ?

— C'est l'autre bout du bâton merdeux. Tout le monde nous a pris de vitesse en Mongolie. La France s'est fait courir sur le dos. Chinois, Russes, Coréens, Australiens, Canadiens et même les Allemands se partagent le gâteau. Nous avons à peine réussi à mettre la main sur un peu d'uranium et notre dernier succès commercial, c'est de leur avoir refourgué un millier de vaches de Salers pour une ferme modèle. Alors on met les bouchées doubles et je suppose que le Premier ministre a quelques amis privés qui sont prêts à jouer des coudes pourvu qu'on leur dégage le terrain.

— C'est ça. Je vais jouer les dégageurs, soupira Zarza.

— Oui, on peut dire ça comme ça.

32

... ne pas le faire savoir.

— Et merde ! lâcha Bekter en contemplant le chaos boueux à flanc de colline.

Ils étaient dans le bidonville d'un quartier de yourtes au nord du dix-neuvième district. Depuis longtemps ils avaient quitté l'asphalte défoncé par les hivers et les orages pour des rues en terre creusées d'ornières. La misère de ces quartiers le mettait toujours mal à l'aise. Les flaques d'eaux usées dans les fossés, les ordures éparpillées dans les ravines, et toutes ces palissades de pin mal équarri noircies par les intempéries comme un sinistre labyrinthe. Et maintenant, au-delà de la ruelle, ce n'était plus qu'une venelle trop étroite pour leur voiture.

— Il va falloir salir tes beaux souliers, chef, se moqua Fifty.

— Tu es sûre qu'il est là au moins ?

— Il est obligé d'être là. Il ne peut plus marcher, répondit-elle en serrant le frein à main.

Ils descendirent et Bekter s'étonna de voir la jeune flic contourner la voiture par l'arrière en sautillant entre les flaques et les trous. Elle ouvrit le coffre et en tira une paire de bottes en plastique jaune. Elle ôta ses tennis et passa les bottes, sous l'œil impassible de son chef.

— Si tu salis tes mocassins, je connais un cireur bouriate en face du Blue Sky, on s'y arrêtera au retour, lança-t-elle en s'engageant dans le chemin.

Il la suivit entre les murs de planches aveugles dont il savait bien qu'elles masquaient la détresse et la honte de tout un petit peuple autrefois si fier. Ces traîne-misère étaient devenus propriétaires de leurs enclos et ne savaient qu'en faire. L'État leur avait fait payer très cher en paperasse et en démarches la gratuité d'une terre que jamais dans leur vie ils n'auraient eu l'idée d'acheter.

— Il faut maudire celui qui a eu cette idée folle, maugréa Bekter en pataugeant dans la boue visqueuse, déjà résigné à y laisser ses souliers.

— Quelle idée ? demanda Fifty, qui coupait bravement à travers les flaques et les trous.

— Celle d'accorder gratuitement ces lopins de terre pour attirer les nomades dans ces quartiers de misère.

— Quoi, tu crois que c'était un plan ?

— Bien évidemment. Tu as déjà entendu parler du point de masse critique ?

— J'espère que ce n'est pas une allusion à mes rondeurs, sinon je cours à la voiture et je te laisse rentrer à pied.

— Je n'ai pas mes yeux sur toi, Fifty, je suis bien trop occupé à regarder où je pose les pieds. La masse critique est un concept qui veut que toute chose prenne une autre nature au-delà d'une certaine masse. Une manifestation par exemple a une masse critique. En

Europe, c'est au-delà d'un million de participants. Ce nombre fait basculer la simple contestation vers un état pré-insurrectionnel. En finance il existe aussi un point de masse critique du capital qui fait basculer les sociétés dans la galaxie des multinationales.

— Quoi, tu penses qu'on a délibérément attiré les nomades à Oulan-Bator pour en grossir la population ?

— J'en suis persuadé, dit Bekter en se rattrapant de justesse à une palissade pour ne pas tomber. Les nomades représentaient quatre-vingts pour cent de la population dans les années 1980. Ils ne sont plus que trente pour cent aujourd'hui, et la quasi-totalité a été fixée ici grâce à la fameuse gratuité de leurs sept cents mètres carrés de khashaa. Il ne peut s'agir que d'une volonté calculée. Aujourd'hui, soixante pour cent de la population de la capitale vit sous une yourte. Et merde !

Le mocassin de Bekter venait de glisser dans une ornière et la boue grise l'avait aspiré quand il avait retiré son pied trempé d'un trop brusque mouvement. Fifty revint en arrière pour l'aider à remettre sa chaussure.

— Je ne vois pas l'avantage d'accroître la population grâce à des bataillons de gueux.

— Tu es trop jeune pour être suffisamment cynique. Il y a des milliers de raisons. Centraliser le pays, atteindre une dimension mondiale, écraser les velléités régionales, éviter le développement artificiel de villes inféodées aux sociétés minières ou aux pays frontaliers, s'accaparer l'essentiel des budgets proportionnels, obtenir des aides internationales et surtout, surtout, en finir une bonne fois pour toutes avec les nomades.

— C'est pour ça qu'on leur a donné ces enclos, tu le crois vraiment ? Je croyais que c'était pour faire passer la pilule des concessions minières accordées aux firmes étrangères la même année.

— Ce n'était pas pour faire passer la pilule. Le plan était plus cohérent et plus cynique que ça. Oulan-Bator conforte son pouvoir sur le pays en aspirant en ville tous ces nomades qui perturbaient l'expansion minière des investisseurs étrangers. Comme on dit en business, c'était du gagnant-gagnant.

— Qu'est-ce que ces pauvres bougres y ont gagné ?

— Eux ? Rien. C'était gagnant-gagnant pour le pouvoir et les multinationales, pas pour eux. Bon, on y arrive ou je te fais l'historique de l'altération du nomadisme sous le régime soviétique ?

— C'est là, de l'autre côté, sur la pente.

— Comment tu es remontée jusqu'à ce type ?

— Intuition féminine. Je me suis dit que cette femme devait être une belle emmerdeuse arrogante et que si, comme tu le supposais, elle voyageait souvent et en première, elle avait dû faire chier tous les services de l'aéroport avec ses caprices de nouvelle riche. J'ai cuisiné un peu tout le monde, mais personne n'a rien voulu dire. Tous morts de peur. Puis un type m'a dit qu'il ne voulait pas finir comme le mec des bagages. Alors je suis allée fouiller de ce côté et c'est là que j'ai appris l'histoire de ce type. Pour son nom, j'ai eu accès au registre du personnel, j'ai cherché qui avait perdu son job à cette époque, et c'était lui.

— C'est quand même un peu gros pour un caprice de bourgeoise, non ?

— C'est la raison pour laquelle j'ai tenu à ce que tu m'accompagnes. Ça y est, c'est là.

De tous ces enclos de planches noires, seules les portes importaient pour ces anciens nomades, dernier reste du respect d'une tradition qui fait des lieux de passage des endroits inspirés privilégiés et surveillés par les esprits. L'homme chez qui ils se rendaient avait réussi à sculpter les deux poteaux du portail de quelques grossiers motifs à la hache ou à la serpe. Le panneau de la porte, lui, était décoré en frises du signe de l'infini et de losanges entrecroisés, symboles de l'éternité de la steppe d'une part et de la force du mariage d'autre part. Triste ironie pour cet homme meurtri qui vivait seul et loin des horizons immenses.

Bekter poussa le portail et l'homme les attendait, appuyé sur ses béquilles en bois, comme savent attendre les nomades, à toujours avoir un temps d'avance sur leurs visiteurs. Pour rattraper la pente du terrain et poser sa yourte à plat, il avait retenu la terre d'une terrasse de fortune en montant un muret de vieux pneus empilés. Il en manquait quelques-uns sur un côté et la terre s'était éboulée en creusant une ravine qui remontait jusque sous le feutre de la yourte.

— Ils m'en ont volé trois cet hiver. En plein jour sans se gêner. Ils savent que je ne peux pas leur courir après.

— Qu'est-ce qu'ils peuvent faire avec ces vieux pneus, grand-père ? s'étonna Fifty.

— Ils les découpent et les brûlent dans leur poêle, que veux-tu qu'ils fassent ?

— Tu savais ça, toi, Bekter ?

— Et alors, d'où crois-tu que nous viennent ce mauvais smog chaque hiver et ce triste classement de ville la plus polluée du monde ? Bon, on peut entrer ? demanda Bekter.

— Depuis quand on demande la permission pour entrer dans une yourte ? répliqua l'homme.

— Depuis qu'on la cache derrière une palissade en bois fermée par un portail.

— Alors c'est au portail qu'il fallait demander la permission, pas à la porte de la yourte.

— D'accord, excuse-nous, grand-père. Je suis l'inspecteur Bekter, et voici l'inspectrice Meredith.

L'homme regarda Fifty avant de les précéder dans la yourte.

— Meredith, comme dans *Le Barbare des Highlands* ? demanda-t-il en se retournant, un sourire tranchant son visage émacié.

— Pardon ?

— *Le Barbare des Highlands*, avec le démoniaque Gareth MacKenzie. Collection « Les Historiques », chez Harlequin !

— Ah non, non, répondit Fifty, un peu désarçonnée. Meredith comme James Meredith, qui… ou Meredith Grey, dans *Grey's Anatomy*, si vous préférez.

Ce fut au tour de l'homme de rester interdit quelques secondes avant que la déception n'effondre les coins de son sourire.

Ils entrèrent et Bekter remarqua aussitôt qu'il ne restait plus que quelques vestiges de l'ordonnancement traditionnel d'une yourte. L'infirme avait organisé tout un bric-à-brac de façon à avoir tout plus ou moins à portée de main. Il devait survivre de troc, ou de revente. Fifty supposa que des gosses venaient lui fourguer toutes sortes d'objets récupérés ou volés, vu qu'il ne pouvait plus bouger. Toute la partie droite de la yourte s'encombrait de ferraille, de batteries de voiture, d'outils, de portables, de bibelots de toutes sortes. L'homme avait dû être chasseur aussi. Quelques trophées décoraient dans l'ombre le feutre de sa yourte. Une tête de saïga, des marmottes empaillées, des poissons naturalisés. Deux plâtres ouverts en deux aussi, près d'un petit autel dédié à un bouddha en plastique translucide rose illuminé d'une petite guirlande lumineuse jaune, des photos de ce qui avait été une famille, et, dans un cadre doré à la chinoise, le tableau fluo sur feutre synthétique noir d'une yourte dans la steppe immense au soleil couchant. Et des piles de bouquins défraîchis. Des Harlequin, la collection complète. Seul le poêle, par la force des choses, avait gardé sa place ancestrale. Le vieil homme les accueillit dans la partie gauche, probablement plus par réflexe que par respect des règles d'hospitalité. Bekter vérifia d'un coup d'œil les ombres dans la yourte et nota que la porte n'était même pas orientée au sud.

— Ça ne sert à rien ici, expliqua l'homme sur ses béquilles en devinant ses pensées. Ici, il faut être tourné vers la rue. Ce n'est pas un campement, c'est une ville.

— Je comprends, dit Bekter.

— Tu ne comprends rien. Tu me juges déjà, toi qui n'as sûrement jamais été nomade, n'est-ce pas ?

— Tu as raison, je suis né en ville, dans un appartement, mais je ne te juge pas. Chacun sa vie. Tu veux que nous préparions le thé ?

— Décidément, tu sais comment offenser tes hôtes, toi !

— Attends, je ne voulais pas t'offenser. C'est juste que…

— Que quoi ? Que je suis infirme ? Ils m'ont brisé les jambes, pas les mains, je sais encore préparer le thé !

Ils le laissèrent faire, même quand il s'empêtra dans ses béquilles. Une fois le thé servi, il les laissa tomber à côté de lui et s'assit face à eux.

— Vous êtes venus me parler d'eux, je suppose, dit-il en montrant ses jambes d'un geste du menton.

— Oui.

— Et vous savez déjà tout, n'est-ce pas ?

— Que tu t'es fait tabasser par trois types qui t'ont brisé les deux jambes, oui.

— Alors vous savez tout.

— En fait nous en savons même un peu plus, intervint Fifty. Tes anciens collègues de l'aéroport sont plutôt bavards. Ils racontent qu'on t'a brisé les jambes pour te punir d'avoir volé des bagages.

— Je n'ai rien volé, s'emporta l'infirme. Elle a retrouvé ses foutus bagages deux jours après que j'ai perdu mes jambes, et il n'y manquait rien.

— Elle ? Qui ça, elle ?

Bekter devina aussitôt dans le regard de l'homme cette morne lueur des nomades qui savent si bien se perdre tout au bout de longs silences obstinés.

— Tu parles de cette emmerdeuse arrogante qui terrorise tout le service des douanes et de la police des frontières à chaque voyage ? insinua Bekter.

— …

— Cette femme habillée comme une mère maquerelle occidentale à qui rien ne peut être refusé ? ajouta Fifty.

— …

208

— Cette femme insupportable et redoutable avec ses caprices de milliardaire à la chinoise ?

— …

— Cette femme aux semelles rouges comme un drapeau de Mao ?

— …

— Écoute, tout le monde raconte que c'est elle qui t'a fait casser les jambes.

— Tout le monde sue la trouille et se pisse dessus dès qu'on évoque cette femme, et après ce qui t'est arrivé, nous pouvons comprendre…

— … mais cette fois elle a menacé quelqu'un de nos services et nous voulons la faire tomber.

— Alors vous devriez courir protéger votre collègue, s'emporta-t-il soudain, parce que ceux qu'elle menace n'échappent jamais à ses colères.

— Mais nous, nous sommes la police, et elle ne nous impressionne pas.

Il les regarda tour à tour, puis la brève étincelle de colère dans ses yeux se ternit de peur. À nouveau il perdit son regard quelque part au loin, à travers le feutre de sa yourte misérable, à travers la palissade de bois mal équarri, au-delà de toute la puanteur de son district sale et boueux et peut-être bien jusqu'aux steppes d'herbes bleues de son enfance où il ne pourrait plus jamais ni courir ni galoper.

— La police, elle la tient entre ses cuisses. Les députés et le gouvernement aussi. Tout ce que cette ville compte d'hommes de pouvoir vient s'abreuver à sa chatte de louve en chaleur. Elle obtient ce qu'elle veut. Personne ne lui refuse quoi que ce soit. Aucun caprice. Aucune folie. Les loups qui m'ont fait ça, je les connais. Ils vivent au bout du district et je les croise souvent.

— Pourquoi ils ne sont pas en taule ?

— Je les connaissais de vue, mais je ne savais pas qui ils étaient. À l'époque je les ai dénoncés à la police. Il lui a fallu un mois pour mettre la main sur eux alors que je les croisais tous les jours. On a été convoqués tous ensemble, dans la même pièce, moi avec mes guiboles en vrac et eux avec leurs têtes de tueurs. Puis un de mes agresseurs a tendu à l'inspecteur un bout de papier avec un numéro de téléphone qu'il a appelé. Il est devenu tout pâle, il s'est raidi, n'a rien dit d'autre que oui, oui, oui, et il les a libérés. En sortant, les autres m'ont menacé en rigolant. Ils ont signé mon plâtre en me recommandant de bien faire attention à mes bras si je voulais pouvoir tenir mes béquilles.

— L'inspecteur n'a pas réagi ? s'étonna Fifty.

— Il a rigolé lui aussi, puis il m'a recommandé d'oublier tout ça. Il m'a même proposé d'arranger l'affaire en accident de la route au cas où j'aurais été couvert par une assurance. Je lui ai dit que je ne voulais pas d'un accident mais que je voulais que cette femme paye. Alors il a sorti son arme de service et l'a posée devant moi, sur la table, en disant que si je voulais m'en prendre à elle, autant me flinguer tout de suite.

— Je vais dire deux mots à cet inspecteur, c'est quoi son nom ?

— Chuluum, mais il est mort. Tué par un autre flic, je crois. C'est dangereux, votre métier.

— Et ces loups, comme tu dis, tu peux m'écrire leurs noms ? demanda Bekter en tendant à l'infirme son carnet et un stylo.

210

L'homme prit le carnet, hésita, puis reposa le stylo et poussa le carnet vers Bekter.

— J'ai tout oublié et vous aussi il faut m'oublier. Rien ne me rendra mes jambes.

— Écoute, avec ou sans toi, nous allons faire tomber cette femme. Nous avons juste besoin du nom d'un de ses hommes de main pour la relier à ton affaire. Le reste, nous nous en occupons.

— Vous serez morts ou brisés avant. Et moi je vais y perdre mes bras. Je ne veux rien avoir à faire avec ça.

— Écoute, grand-père…, commença Bekter.

— Laisse tomber, coupa Fifty, allons-nous-en !

Bekter se figea, interdit, et regarda Fifty se diriger vers la porte. Il se leva avec colère et tendit la main au vieil infirme pour l'aider à se relever. L'homme la lui serra sans bouger.

— Je ne vous raccompagne pas.

Ils traversèrent l'enclos en silence, laissant derrière eux la porte ouverte de la yourte. Mais aussitôt passé le portail, Bekter retint Fifty par le bras d'un geste si brusque qu'il faillit glisser dans la boue.

— Ça veut dire quoi, ça, laisse tomber ? C'est toi qui mènes les enquêtes maintenant ?

— Ça veut dire que le vieux ne t'aurait jamais lâché ces noms que nous n'avons plus besoin de chercher.

— Ah oui ? Tu m'expliques ?

— Les plâtres.

— Quoi les plâtres ?

— Au-dessus de l'autel de Bouddha, dans le fond de la yourte. Les plâtres de ses deux jambes cassées. Tu te souviens que ses agresseurs les ont dédicacés ?

— Tu veux dire que...

— « Sang Mongol », « Loups Gris » et « Hüttler Khan ».

— Fifty, tu es géniale. Les Loups Gris, c'est un groupuscule du mouvement Sang Mongol. Des ultra-nationalistes qui passent le plus clair de leur temps à casser du Chinois. Hüttler Khan par contre, ça ressemble plus à un nom de guerre. On retrouve ce type, on le fait parler, et on rattache cette femme à une affaire criminelle, histoire de lui mettre la pression.

— Sauf si elle le fait libérer dès qu'elle sait que nous l'avons.

— Dans ce cas, prenons soin de ne pas le faire savoir.

33

... le grand-père de Hitler.

La porte du container était ouverte. Devant, un vieux nomade édenté souriait en patientant sur une chaise. Deux jeunes en jean regardaient avec condescendance son vieux deel élimé de la même couleur rouille que le métal du local et son chapeau rond à pointe. Eux portaient des T-shirts sous leur chemisette à manches courtes. Mickael Jackson « HIStory World Tour 1997 » pour le premier et « Campbell's Soup » d'après Warhol pour le second. L'intérieur du container faisait office de salon de coiffure pour hommes. Dans le fond, un antique fauteuil de dentiste soviétique reconverti en siège de barbier face à un miroir piqueté d'humidité. Le coiffeur, sec comme un coup de peigne et sanglé dans une blouse blanche d'apprenti quincaillier, se hissait sur la pointe des pieds pour raser un crâne déjà ras. Des posters prétentieux perdaient leur jaune délavé sous la lumière froide et hésitante d'un long néon blanc. Schwarzkopf Men Perfect. L'Oréal Homme Cover 5. John Masters Organics Scalp.

Bekter se dirigea droit vers le crâne à moitié couvert de crème à raser. Il prit le petit coiffeur surpris par les épaules et l'écarta, lui intimant d'un signe de tête l'ordre de s'éloigner. Puis il lui confisqua son rasoir et posa la lame du coupe-chou sur la gorge de Hüttler Khan, qui lisait une édition russe de Hulk.

— Tu bouges, je te fais la barbe jusqu'aux amygdales, susurra Bekter à son oreille.

Les deux jeunes firent mine d'entrer voir ce qui se passait mais Fifty les en dissuada en braquant son arme sur eux. Bekter sortit la sienne et la planta dans les côtes de Hüttler pour le forcer à se lever et à le suivre.

— Personne ne nous suit, et personne ne prévient la police. C'est une affaire entre nous, dit Fifty en tenant tout le monde en respect pour ouvrir le passage à Bekter et son prisonnier.

Quand ils sortirent du container, le petit vieux se tordit sur place sans se lever de sa chaise pour pencher sa tête toute souriante à l'intérieur et voir ce qui s'était passé.

— Oui, c'est ton tour, grand-père, confirma Fifty qui avait rangé son arme. Tu peux y aller.

Ils sortirent du marché des containers, jetèrent Hüttler à l'arrière de leur Toyota et s'engagèrent aussitôt sur Narnii Road vers l'est. Dix minutes plus tard, à hauteur du Bosa Trade Center, Bekter engagea la voiture sur la gauche à travers un grand parking défoncé, sauta par-dessus une voie ferrée rouillée, et pénétra dans la vaste zone de l'ancienne gare de triage du dixième district, derrière l'usine d'embouteillage Coca-Cola. Un immense chaos immobile de containers abandonnés, de chapelets de wagons-bonbonnes de produits chimiques alignés sur des voies de garage, et des hangars fermés dispersés n'importe comment entre les voies courues d'herbes folles qui s'éparpillaient en éventail. Tout au nord, juste avant l'immense décharge d'un ferrailleur, Bekter fila le long du dernier embranchement au bout des rails, jusqu'à un wagon isolé derrière un poste d'aiguillage désaffecté.

— Je ne veux même pas savoir où nous sommes, lâcha Fifty en descendant pour ouvrir à Hüttler, et je n'aime pas ça.

— Lui non plus ne va pas aimer ça, répliqua Bekter en poussant le colosse vers le wagon.

— Ça ne fait pas un peu film d'espionnage, ta mise en scène ?

— *C'est* de l'espionnage. Ce wagon nous sert de salle d'interrogatoire discrète loin des micros et des téléphones pour des clients un peu particuliers.

— C'est qui « nous » ?

— Nous, les Affaires spéciales.

— Ah bon, on donne dans l'illégal nous aussi, première nouvelle. Je croyais que nous étions là pour nous opposer à ça justement.

— Que veux-tu, dans Affaires spéciales, il y a « affaires » et il y a « spéciales ». Ça veut tout dire, non ? Maintenant si tu veux, tu peux rester dans la voiture.

— Pour rien au monde, répondit Fifty, va pour le spécial.

Bekter avait dit vrai. L'intérieur du wagon était sommairement aménagé comme une salle d'interrogatoire. Une table, une chaise d'un côté, deux chaises de l'autre. La chaise seule était soudée au sol en acier du wagon à un mètre de la table. Pas d'électricité. La lumière du jour stria l'espace à travers les aérations dès qu'ils eurent refermé la porte coulissante. Des torches électriques étaient suspendues à des crochets.

Bekter poussa Hüttler sur la chaise et le menotta au dossier.

— Bon, alors voilà la situation. Je t'arrête pour le tabassage d'un pauvre type à qui tu as brisé les deux jambes il y a plus d'un an, mais tu as déjà compris que tu n'étais pas encore vraiment officiellement arrêté, n'est-ce pas ?

— C'est quoi encore cette connerie ?

Depuis son arrestation dans le container du coiffeur, l'homme n'avait pas lâché un mot et s'était montré plutôt docile. Mais pas comme un suspect qui meurt de trouille. Plutôt comme quelqu'un qui n'en a rien à foutre parce qu'il sait qu'il va s'en sortir.

— Ça veut dire que personne ne sait où tu es, ni qui nous sommes, ni ce que nous allons faire. Les témoins chez le coiffeur ignorent que nous sommes flics et pour la police ton arrestation n'est signalée nulle part. D'ailleurs, toi-même tu n'existes plus pour personne, et encore moins pour ceux qui pourraient te sortir de là. Ou devrais-je dire : pour celle ?

— Putain, vous êtes morts tous les deux. On vous retrouvera un jour dépecés dans le cimetière de l'est. Si on vous retrouve. Elle va vous faire jeter aux chiens. Et vivants j'espère, une balle dans chaque genou.

— Holà, holà, calme-toi, mon gars. Je te l'ai dit : personne ne sait où tu es, et tu n'appelleras personne, alors gagnons du temps. Je veux que tu dises dans ce petit magnéto qui t'a donné l'ordre de tabasser le vieil homme. Le nom de cette femme.

— Tu peux te brosser. Si je le dis, je suis mort et vous aussi. Elle ne tombera jamais. Elle vous fera tous tomber avant.

— Je comprends, mais toi tu dois aussi comprendre ce qui se passe. Si tu ne dis rien, je t'arrête officiellement, je t'embarque dans nos locaux, je t'interroge, puis je vais interpeller cette femme et je lui dis qu'on l'a arrêtée sur dénonciation. Bien entendu, avec ses appuis elle est libérée dans l'heure et moi je te libère aussitôt. Et c'est toi qui finis dans le cimetière aux chiens.

— Ou alors, enchaîne Fifty, tu nous dis tout et nous on ne dit rien. Tu n'as jamais été arrêté, tu n'as jamais été interrogé, tu n'as jamais rien dit. Nous nous occupons d'elle, et toi tu fais ce que tu veux. Tu restes ou tu disparais.

— Putain, alors vous ne savez même pas qui c'est ! Vous n'avez même pas son nom ! C'est que du bluff.

— Qui c'est, on va bientôt le savoir, et je te garantis que nous allons la coffrer. Ton problème, c'est de savoir si on la coffre grâce à toi, ou avec toi.

— De toute façon, c'est ta seule option. Même si tu nous parles et que tu cherches à la prévenir ensuite, elle te fera éliminer.

Ça ne faisait que trois hypothèses à gérer, mais c'était déjà beaucoup pour un ultranationaliste membre du Sang Mongol. Bekter et Fifty devinaient sur le front buté de la brute les mouvements de la mécanique interne des rouages de son cerveau. Pas de matière grise. Que des engrenages, des bielles et des crémaillères. Même pas de soupapes. Quand tout s'enclencha dans le cliquetis de l'alignement des goupilles d'une serrure à barillet, ils connaissaient sa décision avant même qu'il ne l'ait prise.

Il leur dit tout ce qu'ils voulaient savoir et ils le ramenèrent en ville en remontant Narnii Road jusqu'au parc d'attractions et son château à la Disney version béton fantaisie à la soviétique.

— C'est plein de familles et de touristes là-dedans. Trouve-toi un café, bois des bières, reste longtemps et fais-toi remarquer. Nous, on ne t'a pas vu, mais la prochaine fois que tu tabasses quelqu'un, c'est moi qui viens te casser le dos.

— Et je lui donnerai un coup de main, promit Fifty en éjectant Hüttler de la voiture.

Ils repartirent aussitôt, surveillant le type dans les rétroviseurs.

— Merde alors, plus bas de plafond que lui, c'est carrément abyssal. C'est quoi, Hüttler, comme nom ? demanda Fifty.

— C'est allemand. Johann Hiedler, ou Hüttler, le grand-père de Hitler.

34

Il est revenu !

Ils la laissèrent faire et elle demanda une blanquette de veau. Puis elle leur recommanda le pot-au-feu ou une viande bleue accompagnée du fameux gratin dauphinois du chef, et choisit le vin. Un volnay 2007 premier cru, domaine Pouilleau père et fils.

— Excellent choix, Madame Sue, comme toujours.

Elle avait ses habitudes au Bistrot français sur Surguulii. Sa table de cinq réservée dans la salle intérieure, au fond, dans une petite alcôve surélevée derrière un lourd rideau rouge. La salle, souvent pleine, pouvait bruisser des conversations des expats et du Tout-Oulan-Bator, les dîners de Madame Sue bénéficiaient toujours de l'attention particulière du patron et de la discrétion absolue du personnel. Elle portait un tailleur Chanel très classique en tweed gansé à l'ancienne. Veste droite et carrée sur une jupe stricte aux genoux, mais pas de chemisier en accord avec sa doublure sous la veste. Et son déboutonné négligé laissait entrevoir le galbe généreux de ses seins fermement refaits. Chacun de ses invités connaissait les rumeurs. Son corps nu sous le tailleur. Pas de culotte sous sa jupe, disait-on. Certains le savaient pour en avoir été surpris. D'autres ne faisaient que l'imaginer. Et Madame Sue jouait de tous ces regards entendus glissés sur son corps convoité pendant que les bouches avides engloutissaient les délices du Bistrot pour donner le change.

Ce soir pourtant, un de ses invités cherchait plus ses yeux que ses seins. Un Australien. Le représentant de la Colorado. Amant occasionnel depuis deux ans. Juste avant de signer un accord confidentiel pour la rétrocession illégale de concessions minières, dans une suite suspendue à mi-hauteur du Blue Sky. Elle l'avait pris avec une telle violence que le pauvre rouquin avait dû demander grâce. Rien de tel qu'un homme bousculé dans sa virilité pour signer un bon contrat. Il était encore nu quand elle avait augmenté son pourcentage d'un demi-point sans qu'il ose protester. L'équivalent d'un million de dollars sur cinq ans. Un an plus tard, à l'occasion d'un voyage à Melbourne, elle avait fait mine de se laisser surprendre cette fois par ce qu'il croyait être la violence qu'elle attendait. Elle avait feint de lutter toute la première heure, puis s'était abandonnée comme on succombe à un insoutenable plaisir. Il lui avait accordé comme prime à ses faveurs, trop fier de ses ardeurs pour négocier, le contrat qu'elle était venue chercher. Le monopole de la sécurité de toutes les mines de la Colorado sur le territoire mongol pour sa toute nouvelle société, la Mongolian Guard Security.

— Madame Sue, dit l'homme en se penchant vers elle, j'ai entendu de mauvaises rumeurs sur la mort de quatre de vos hommes dans le Sud.

— Riley, répondit-elle tout sourire, toutes les rumeurs sont mauvaises, parce que ce sont des rumeurs, justement. Moi j'ai des informations, pas des rumeurs : quatre hommes de la MGS ont trouvé la mort dans un accident de la route provoqué par l'explosion d'un camion-citerne.

Elle avait répondu en l'appelant par son prénom, prenant du regard les autres convives à témoin pour montrer qu'elle n'avait rien à cacher, une main posée haut sur sa cuisse, le buste penché vers lui, pour mieux échancrer sous ses yeux le décolleté de son tailleur.

— Pourtant on dit que…

— *On* dit ce qu'on veut. Moi *je* vous dis ce qui est. Vous préférez croire qui : *on* ou *moi* ? Riley ?

Elle se tourna vers les autres et leur offrit son décolleté pour détourner leurs regards de sa main sous la nappe qui empoignait le rouquin australien par les testicules.

— Ils ont un moelleux au chocolat gorgé d'un cœur liquide qui ne demande qu'à vous fondre dans la bouche. À mourir de plaisir, je vous assure.

Puis elle prétexta un dernier rendez-vous pour les quitter trop tôt et prendre congé. Son garde du corps abandonna les croûtons de sa soupe à l'oignon et la précéda jusqu'à la porte qu'il garda grande ouverte tout le temps qu'elle papota avec le patron avant de sortir sans payer. Madame Sue ne payait jamais.

Une BMW Série 7 bronze l'attendait sur le trottoir. Le chauffeur descendit lui ouvrir la portière arrière et laissa le garde du corps s'installer à l'avant.

— Au Metropolis.

La berline se glissa dans le trafic épars pour prendre sur la gauche dans Sambuu Street à hauteur des colonnades théâtrales du grand carrefour de l'université. Puis le chauffeur enfila l'avenue froide et sombre jusqu'à apercevoir sur la droite la masse illuminée de l'hôtel Chinggis Khaan comme un tanker naufragé dans une rade ensablée de parkings mal éclairés. Il piqua sur la droite dans Tokyo Street et contourna le bloc de vitres et de béton, massif assemblage de Lego bleus et bruns, jusqu'à l'entrée du night-club à l'arrière. Si on considérait le Chinggis comme une pyramide inachevée d'énormes pierres traversée d'un imposant parallélépipède de verre bleuté, le Sky Shopping Center derrière ressemblait à un colossal amas des pierres abandonnées qui auraient dû servir à terminer la pyramide. Et dans ce chaos minéral, à gauche de l'entrée du shopping center, le Metropolis s'affichait dans les mêmes néons rouges et brillants que le nom éteint, à cette heure de la nuit, du Sky Department Store voisin. Le chauffeur glissa la Série 7 jusqu'aux portes de la boîte et descendit ouvrir à Madame Sue. Le garde du corps la précéda sur les quelques mètres qui les séparaient du videur qu'il salua poing contre poing et ils disparurent à l'intérieur dans le fracas stroboscopé d'une techno déstructurée.

Toute la boîte cognait au rythme binaire de ce que Madame Sue se forçait à considérer comme de la musique pour rester jeune. La masse compacte des danseurs pulsait à l'unisson des centaines de projecteurs de couleur dans le vacarme des baffles, sous l'enchevêtrement des structures d'acier de l'éclairage et de la sono.

Le garde du corps lui ouvrit un passage jusqu'au grand bar à l'ambiance sous-marine, tout en verre sablé rétroéclairé de vert et de bleu et que prolongeait un petit promontoire dans la foule. Sans s'arrêter, Madame Sue commanda d'un regard son champagne auprès d'une jolie barmaid longue et souple comme un peuplier, et gagna le balcon du VIP Lounge que tout le monde appelait « *The Voyeur Terrace* ». De là, les expatriés et les étrangers d'Oulan-Bator venaient regarder danser une jeunesse dorée locale grisée par la vie et l'argent faciles. Les vieux cons aux cocktails compliqués y voyaient avec condescendance la génération perdue d'un peuple qui se vautrait dans le mimétisme d'un Occident décadent. Les jeunes qui s'abreuvaient de bière sur le dance floor savaient bien, eux, qu'ils étaient la relève, les tenants d'un monde nouveau et conquérant qui dansait sur le dos de ces vieux cons déjà à terre.

Madame Sue jouissait au Metropolis du privilège d'une table réservée sur la Voyeur Terrace. Le garde du corps fit dégager d'un geste deux golden boys allemands qui avaient cru pouvoir s'y asseoir pour mater les danseuses. Le plus ivre des deux essaya de protester mais le garde du corps l'en dissuada en posant juste ses deux poings lourds comme des enclumes sur la table de chaque côté de sa bière.

À peine Madame Sue assise, la jeune barmaid posa sur la table un seau à glace Roederer où trempait une bouteille de Cristal Rosé 2009. Et deux coupes, au cas où. Elle connaissait les goûts de cette femme puissante et terrifiante : le Cristal parce que c'était le plus cher de la carte, et rosé pour l'allusion à la technique de vinification dite de « la saignée ».

« Saigne tes ennemis, et fais-les macérer dans leur sang comme le raisin dans son jus », avait-elle confié à la jeune serveuse, une nuit où son garde du corps avait laissé pour mort un touriste ivre qui avait importuné celle-ci.

En échange de quoi elle avait exigé de la barmaid qu'elle lui fasse l'amour dans un petit salon très privé de la boîte, son corps abandonné aux émois terrifiés de la gamine pour qui c'était une première fois. Parce que si Madame Sue baisait les hommes avec arrogance, violente et vulgaire à la fois, elle s'alanguissait à l'amour des femmes. La gamine, tremblante, s'était montrée douce et appliquée et Madame Sue avait su la récompenser en faisant de la petite serveuse une barmaid confirmée dont le salaire avait doublé. Bien sûr, de temps en temps, pas très souvent, de façon inattendue, Madame Sue exigeait d'elle d'autres amours audacieuses qu'elle ne pouvait lui refuser.

La jeune barmaid servit une coupe de Cristal, reposa la bouteille dans les glaçons, enveloppa le col dans une serviette blanche, et guetta dans le regard de la femme un ordre qu'elle fut soulagée de ne pas recevoir. En redescendant du salon VIP, elle croisa dans les escaliers le chef de la sécurité et baissa les yeux. Elle n'aimait pas être prisonnière des désirs de Madame Sue, mais elle redoutait plus encore les fornications de soudards que les types de la sécurité exigeaient du personnel féminin. Même si la protection de Madame Sue la mettait à l'abri de tout ce que lui racontait en pleurs chaque nouvelle recrue, la jeune barmaid préférait ne pas croiser le regard de ces hommes-là.

L'homme s'approcha de la table de Madame Sue. Il salua le garde du corps et lui fit signe de la tête d'aller voir ailleurs. Une clameur accueillit l'intro d'un tube planétaire aussitôt repris en chœur sur le dance floor. Une jeunesse si compacte qu'elle ne pouvait danser qu'en sautant sur place. Madame Sue fit signe au chef de la sécurité de s'asseoir en prenant bien soin de ne rien lui offrir à boire.

— Qu'est-ce que c'est que ce bordel ! attaqua-t-elle d'emblée dans le fracas bondissant des décibels.

— C'est *Animals* de Martin Garrix.

— Ne te fous pas de moi, Buya, hurla Madame Sue en l'agrippant par le col pour l'attirer à elle et bien se faire comprendre. Je parle de ce qui se passe dans le Sud avec nos hommes, pas de cette musique de négros de Chicago ou de Detroit.

— Garrix est blanc, madame. Il est néerlandais…

Elle n'avait pas lâché le col de l'homme. De sa main libre elle saisit la coupe vide et la lui plaqua sur le visage, entourant son œil gauche du liseré fragile du verre en cristal.

— Ça pourrait être très difficile de rester chef de la sécurité avec un œil en moins, tu sais ? Quatre de nos hommes ont été écrasés à l'ancienne et ces connards de la Colorado s'en inquiètent au point de me gâcher mon dîner au Bistrot. Tu crois vraiment que ça me met d'humeur à plaisanter ? Alors pour la dernière fois : c'est quoi ce bordel ?

— C'est lui, madame. Il est revenu !

35

Sauver la Mongolie.

Du haut de la crête, il regardait son pays. L'autre crête. De l'autre côté. Où il avait observé les quatre hurluberlus crapahuter dans leur vieil UAZ bleu jusqu'au corps de Qasar. Son anda. Son frère de sang, qu'il avait tué de ses propres mains en pleurant face au ciel. Au-delà de la crête, il savait la plaine saccagée par les ninjas et le campement du gosse avec ses ossements difformes, et plus loin encore, cet étranger mort qu'il n'avait pas tué et qui tissait des amours nomades avec plusieurs femmes depuis longtemps. Plus à l'ouest, la longue estafilade de la route qui balafrait la steppe, jusqu'à l'intersection avec la piste ancestrale, à hauteur du pont, sur la rivière lente comme une couleuvre, où il avait tué ses quatre autres anciens compagnons. Et vers l'est, les gouffres béants des mines de la Colorado qu'il fallait détruire. La seule chose qu'il ne comprenait pas encore très bien, c'était cet homme que tout le monde semblait vouloir accompagner, et quel était le but de la petite caravane que formaient ses suiveurs. Il avait remarqué, à travers ses jumelles, comment Yeruldelgger avait tenu tête aux miliciens de la MGS. Comment le pas de son cheval le menait de crime en crime aussi sûrement qu'un renard des neiges à sa proie invisible sous la croûte glacée. Comment, par son seul déplacement, il liait déjà entre eux tous ces morts comme s'il tissait sans s'en donner l'air un filet autour de lui. Mais comment, aussi, il semblait s'en désintéresser aussitôt pour continuer son chemin. Cet homme le dérangeait depuis longtemps. Il ne parvenait pas à décider s'il devait s'en faire un allié ou un ennemi. Ce qu'il savait en revanche, c'était que cet homme-là cachait en lui une violence qu'il mettait beaucoup de force à maîtriser. Djebe recadra le profil de Yeruldelgger dans le viseur de son Dragunov. Peut-être devrait-il l'abattre maintenant pour conjurer la sourde peur qu'il lui inspirait et qui lui enserrait la poitrine. Quelque chose lui disait que s'il ne le tuait pas aujourd'hui, ils étaient destinés à se rencontrer. Et l'idée de l'affronter l'inquiétait.

Mais il s'était fait le serment des cinq étoiles. Celui de leur maître à tous, le grand Gengis Khan, à la veille de traverser le fleuve Jaune pour attaquer la ville tangoute de Lingzhou. Il avait vu s'aligner dans le ciel du dernier bivouac cinq astres célestes et avait pris ce signe pour un avertissement. Pour conjurer ce mauvais sort annoncé, il avait alors fait une promesse aux esprits. Ne plus tuer aveuglément et n'ôter la vie qu'à ceux qui prendraient les armes contre lui. Djebe s'était fait la même promesse et il s'y tiendrait, même avec cet homme en qui il devinait pourtant une menace. Parce qu'il s'était donné le même destin que celui du grand Khan. Sauver la Mongolie.

36

Un jeu, je suppose, ou un avertissement...

Tsetseg poussa son cheval jusqu'à celui de Yeruldelgger, qui chevauchait en tête de leur petite caravane en compagnie de Ganbold.

— Je sais, dit Yeruldelgger avant même qu'elle ne parle.

— Ah bon, je m'inquiétais. Depuis quand ?

— Depuis le pont. C'est lui qui a tiré sur la citerne.

— J'ai aussi senti sa présence au campement de Ganbold et à celui du mort français.

— Et au campement des quatre crayonneux quand ils ont découvert le corps sur le rocher, je sais.

— De qui vous parlez, demanda Ganbold, du trappeur solitaire qui nous suit à la trace depuis l'autre crête ?

Yeruldelgger retint son cheval et Tsetseg l'imita, laissant Ganbold continuer son chemin.

— Tu le savais ? demanda Yeruldelgger en haussant la voix.

— Bien sûr, se vanta Ganbold sans se retourner.

— Et comment sais-tu que c'est un trappeur ?

— Parce que je le connais, répondit-il. Il est mieux équipé qu'un simple chasseur. Il a toujours des vivres pour tenir longtemps et deux grands fusils dans des étuis.

Yeruldelgger et Tsetseg poussèrent leur cheval du talon pour rattraper Ganbold.

— Tu l'as déjà rencontré ?

— Oui. Il rôde un peu partout dans les vallées aux alentours. Il n'aime pas les ninjas. Il ne nous fait pas de mal, mais quand tu croises son regard, tu comprends vite qu'il n'est pas notre ami.

— À quoi ressemble-t-il ?

— Il est beaucoup plus jeune que vous deux, il a l'air aussi fort que toi, et à mon avis avec les armes qu'il a, il doit savoir faire mouche d'une crête à l'autre de la vallée, c'est tout ce que je sais. Sauf qu'au poste commercial, j'ai entendu un jour quelqu'un parler de lui en disant « l'Africain ».

— L'Africain ?

— Que se passe-t-il ? demanda Guerleï.

La femme flic s'était portée à leur hauteur dans la voiture de la géologue québécoise. Yeruldelgger regarda la bande se déployer en l'encerclant comme pour prendre des ordres ou installer un bivouac.

— L'Africain, ça te dit quelque chose ?

— Non, admit Guerleï.

— Un solitaire qui se balade dans la région avec des fusils pour faire peur aux ninjas.

— Qui t'a parlé de lui ?

— Ganbold. Il a entendu ce nom au poste commercial.

— Alors nous verrons quand nous serons là-bas, dit Guerleï en redémarrant pour prendre la tête du groupe.

— Sans moi, cria Yeruldelgger, nos chemins se séparent ici. Je vais à mon naadam, tu as oublié ?

— Va au diable si tu veux. Sans toi, je suppose que nous croiserons moins de morts et d'emmerdements.

La femme flic fit un signe de la main par la vitre ouverte. Fous le camp ou bonne route, Yeruldelgger pouvait le prendre comme bon lui semblait. L'UAZ des artistes se mit dans sa roue en cahotant, suivi d'Odval et Ganbold sur leurs chevaux, et de la famille des ninjas, derrière, à pied. Tsetseg hésita.

— Suis-la, lança Yeruldelgger, tu apprendras plus de choses sur ta fille au poste commercial qu'avec moi.

Mais la vieille femme poussa son cheval à prendre le chemin de Yeruldelgger.

— Qui t'aidera à enfiler ton petit moule-couilles en satin et ton gracieux boléro de lutteur, sinon ?

— Je ne lutte pas, précisa Yeruldelgger, je suis archer.

— Le tir à l'arc ? Mais tu as entendu Ganbold, c'est un art de femme, ça !

— Ah oui ? Montre-moi, dit-il sans se retourner en lançant dans le ciel la gourde qui pendait à sa selle.

Elle retomba loin devant lui, emportée par la force de la flèche qui l'avait transpercée. Il arrêta son cheval pour regarder Tsetseg, une vingtaine de mètres derrière lui, l'arc encore à bout de bras, le buste droit et la tête haute. Vieille amazone. Guerrière. Sûre d'elle. Puis elle débanda les muscles de son dos et redevint cavalière, fière du bon tour qu'elle venait de lui jouer. Yeruldelgger sourit et mit pied à terre pour aller récupérer sa gourde.

— Tu t'entraînes ?

— Tous les jours.

— Je ne t'ai pas vue le faire depuis que nous nous connaissons.

— Parce que tu ne te lèves pas assez tôt.

— Ne me dis pas que tu t'entraînes dans la pénombre, comme un Shaolin ?

— D'après toi ?

Il la regarda pour deviner si elle se vantait, puis l'ombre d'un nuage détourna son attention, mais quand il leva les yeux au ciel, celui-ci était immensément bleu et sans le moindre moutonnement. Il comprit aussitôt que le nuage était passé en lui, et que la menace ne venait pas du ciel. Troublé, il marcha jusqu'à la gourde que signalait l'empennage jaune et vert de la flèche de Tsetseg. La balle éclata les cailloux et projeta la gourde six mètres plus loin une seconde avant qu'ils n'entendent la détonation. Tsetseg sauta à terre et coucha son cheval pour s'abriter derrière. Yeruldelgger ne bougea pas. Il regarda fixement la crête, de l'autre côté de la vallée, comme s'il pouvait voir le tireur. Puis, sans quitter des yeux un point invisible à l'horizon, il se dirigea vers son cheval, sortit d'une des sacoches une paire de jumelles et fouetta la croupe de l'animal pour qu'il s'éloigne au galop de la zone de danger.

— Qu'est-ce que tu fais ? s'inquiéta Tsetseg. Viens te coucher près de moi.

— Nous l'avons déjà fait, répondit calmement Yeruldelgger.

— Tu crois vraiment que c'est le moment de plaisanter ?

Yeruldelgger ne répondit pas et régla ses jumelles sur un point de la crête qui aimantait toute son intuition. L'homme était là-bas, qui ne se cachait pas vraiment, allongé sur une roche plate, le canon de son fusil posé sur un trépied de visée. Nul doute qu'il regardait Yeruldelgger l'observer à travers sa lunette. Puis il décala son visage sur le côté, comme pour bien se montrer, avant d'aligner à nouveau son œil sur la lunette.

Dans la vallée, Yeruldelgger baissa ses jumelles et tourna le dos à la crête pour aller ramasser sa gourde. Un mètre avant qu'il ne l'atteigne, une autre détonation. À nouveau la balle envoya dinguer la gourde plus loin. Yeruldelgger ne se retourna même pas vers l'autre côté de la vallée. Il attendit quelques secondes, pour laisser au tireur le temps de recharger son arme et de recaler sa visée, puis se dirigea à nouveau vers ce qui restait de la gourde. Cette fois la balle la déchiqueta et Yeruldelgger se retourna vers la crête en sifflant son cheval. L'animal prit tout son temps pour revenir vers lui au pas. Quand il fut tout contre lui, à se frotter les naseaux contre son épaule, Yeruldelgger le prit par la bride, sortit une autre gourde de sa sacoche, et but lentement face à la crête. Puis il rangea la gourde, remonta en selle, et vint rejoindre Tsetseg pour l'aider d'une main à se remettre debout. Elle refusa son aide et quand son cheval se releva, elle le chevauchait déjà.

— On peut y aller, dit Yeruldelgger d'une voix calme. Il n'y a plus rien à craindre, mais chevauche devant moi quand même, au cas où.

— C'était quoi, ça ?

— Un jeu, je suppose, ou un avertissement...

37

… Delgger Khan !

— Qui t'a appris tout ça ?

— Quoi ?

— Tirer à l'arc, remonter en selle de ton cheval couché…

— La vie.

— La vie nous apprend beaucoup de choses, mais pas ça.

— Ah oui, tu es professeur de vie, toi, maintenant ? Je croyais que tu n'étais qu'un ex-flic violent mis au rencart.

— J'ai été assez flic pour reconnaître quelqu'un qui s'entraîne à des choses qui exigent beaucoup de discipline et d'obstination. En fait je me demande pourquoi tu es venue dans mon lit me demander de punir ceux qui ont enlevé ta fille. Tu m'as l'air tout à fait capable de le faire toi-même.

— Je suis venue dans ton lit parce que tu n'avais pas fait l'amour depuis quatre mois. Je savais que tu n'y résisterais pas et qu'à mon âge ce serait toujours ça de pris. Pour ma vengeance, je n'ai jamais dit que je voulais que tu les punisses à ma place. Je t'ai demandé de m'aider à les punir. Quoi qu'ils aient fait à Yuna, je veux les voir souffrir, et je m'en chargerai.

— Tu sais que ce n'est plus comme ça que je vis. Si je suis là quand tu leur mets la main dessus, je t'empêcherai de perdre ton âme en les torturant.

— Mais qui te dit que j'ai encore une âme à perdre, grand-père ? Tu n'aurais jamais dû venir dans le Gobi, c'est bien une idée bono, ça. La rédemption par la méditation ! Tu aurais dû rester dans les égouts d'Oulan-Bator à te coltiner la lie de l'humanité. Qu'est-ce que tu crois, que la steppe est plus paisible ? Qu'elle est moins violente ? Que tu peux faire face sans peur à un tireur d'élite qui te tire dessus à un kilomètre de distance sans raison ? Ce qui est fou dans ce que nous venons de vivre, ce n'est pas ton effrayant courage pour lui faire face, mais c'est que ce tireur puisse exister. Que nous puissions accepter l'idée même qu'il existe. Les psychopathes snipers, c'est bon pour les campus américains et *Esprits criminels*. Que vient faire celui-là dans nos steppes ? Que viennent faire ceux qui enlèvent nos filles ? Et que vient faire celui-là, là-bas ?

Leurs chevaux se suivaient et Yeruldelgger écoutait parler Tsetseg devant lui. Il se déhancha pour voir ce qui lui avait fait relever la tête et armer discrètement son arc. Loin devant, un cavalier galopait droit vers eux à toute allure. Il devina que ce n'était qu'un gamin à sa tunique de satin bleu. Dans les naadams, qui réunissent des provinces ou des villages autour de trois jeux virils traditionnels, la lutte est réservée aux hommes, le tir à l'arc souvent aux femmes, et la course à cheval aux enfants. Celui-là avait à peine six ans et galopait à bride abattue, son petit corps fluet flottant dans sa casaque gonflée par le vent.

— Que le ciel le protège et écrase sa mère, murmura Tsetseg qui s'était arrêtée et que Yeruldelgger avait rejointe.

— Il ne craint rien, répondit Yeruldelgger, étonné par la colère contenue de la vieille femme, il semble un excellent cavalier.

— Regarde-le, il monte sans selle et sans étriers.

— C'est souvent le cas. Ces mômes sont d'une habileté remarquable et c'est pour ça qu'on les admire.

— Personne n'admire ces petits cavaliers, à part ces imbéciles de touristes qui mitraillent ces mignons et s'intéressent aussitôt à la photo qu'ils viennent de prendre plutôt qu'à ces pauvres gamins. Tu sais au moins pourquoi celui-là galope sans selle et sans étriers ?

— Parce que c'est la tradition, admit Yeruldelgger.

— La tradition ça ne veut rien dire. C'est juste un masque de feutre sur le treillis de la yourte. Ce qui importe, c'est ce qu'elle cache, ta tradition. Ce qu'elle perpétue.

— Et que cache celle de la course, alors ? s'énerva Yeruldelgger qui n'aimait pas qu'on s'en prenne aux rites des anciens.

— Pauvre imbécile, tu fais donc partie de ceux qui ne veulent rien voir. Il monte sans selle et sans étriers pour être plus léger. Il a six ans parce qu'il est le moins lourd. Il ne porte qu'une simple casaque pour ne pas faire supporter le moindre poids supplémentaire au cheval. Parce qu'il n'y a que le cheval qui compte. C'est lui qui gagne la course. Jamais le petit cavalier.

Yeruldelgger admit dans sa tête qu'il y avait quelque chose de vrai dans les mots de Tsetseg. À l'arrivée de ces galops vertigineux, les premiers jockeys étaient bien aspergés de lait de jument fermenté qu'ils étaient trop jeunes pour boire, mais très vite les compliments et les flatteries revenaient au cheval et à son entraîneur. C'est le travail de ce dernier qui était loué. Ses mois à entraîner la monture à l'endurance, le choix du cavalier, et surtout celui du harnachement.

— Tu sais pourquoi on fête aussi le dernier de la course ? demanda Tsetseg d'un ton sec sans quitter des yeux le petit cavalier qui se rapprochait.

— Pour le consoler parce que la course n'est qu'un jeu.

— Tu as de la chance de rester encore un amant honorable pour ton âge, se moqua la vieille, sinon tu ne serais plus qu'un grand-père bourru bon à jeter aux loups. On fête le dernier de la course avec autant de louanges et d'aïrag que le premier pour l'encourager à faire mieux lors de la prochaine course.

— C'est bien ce que je disais.

— Bourru, têtu, et idiot ! C'est un encouragement à faire mieux parce que c'est lui qui n'a pas bien fait. Lui et lui seul. Celui qui a failli, ce n'est jamais le cheval. Jamais ! Arrête de regarder la course comme un homme, et regarde-la comme une femme. Comme une mère, et plus comme un père-éleveur. L'enfant n'est rien dans ces courses. Si les hommes étaient sûrs que les chevaux pouvaient se dispenser de cavaliers pour parcourir les quinze ou trente-cinq kilomètres de course seuls, ils se passeraient du plus fluet des jockeys qui ne fait qu'alourdir le beau cheval dont ils sont si fiers.

Yeruldelgger la regarda longuement. Quel malheur avait blessé cette femme pour qu'elle s'évertue à ce point à dénigrer les coutumes qui font la joie des nomades et tissent les liens qui les tiennent entre eux ?

— Qu'est-ce que tu as contre la tradition ?

— Les traditions des uns sont toujours le carcan de l'oppression des autres, répliqua Tsetseg d'un ton qui coupa court à leur discussion.

Yeruldelgger comprit qu'il ne fallait pas chercher à répondre et regarda le gamin arrêter son cheval dans un nuage de bave blanche et de poussière jaune. La bête avait l'écume aux mors et il se surprit à chercher aussitôt les traces de sueur sur l'encolure de l'animal. Celles que, tout gamin, son père le laissait racler sur le cheval gagnant à l'aide du bâton de sueur en forme de sabre en bois. On en imbibait un linge que l'on pendait à l'intérieur de la yourte pour la protéger et apporter du bonheur. Quel mal y avait-il à croire en ça ?

— Tu es l'archer ? demanda le gamin même pas essoufflé.

— Je suis Yeruldelgger.

— C'est bien toi le vieux policier qui tire à l'arc avec les femmes ?

Le môme n'avait pas six ans et une voix fluette de classe maternelle.

— Je ne suis plus flic, je ne suis pas si vieux et je tire quarante flèches dans une cible à soixante-quinze mètres. Pas vingt à soixante mètres comme les femmes.

— N'empêche que tu étais le seul archer inscrit, grand-père.

— Parce que les autres ont peur de m'affronter, plaisanta Yeruldelgger.

— Attends, coupa Tsetseg. Pourquoi dis-tu qu'il *était* inscrit ? Le naadam n'aura pas lieu ?

— Il est annulé.

— Il s'est passé quelque chose ?

— C'est ce que je suis venu te demander. Les autres veulent savoir.

— Savoir quoi ?

— Ce que tu viens faire.

— Je viens participer au naadam comme archer, que veulent-ils que je sois venu faire d'autre ?

— On dit que tu marches à la tête d'une petite troupe vers le poste commercial pour régler son compte à la milice de la Colorado.

— Moi ? s'écria Yeruldelgger. Qui raconte de telles balivernes ?

— Tout le monde le dit. Tous les éleveurs et les nomades. Ils en ont marre de la Colorado et des ninjas, et ils sont tous avec toi. Ils sont prêts à te suivre pour reprendre leurs terres.

— Qu'est-ce que c'est que ces conneries ! marmonna Yeruldelgger en malaxant son visage de ses grosses mains pour essayer de calmer la colère qui sourdait déjà derrière sa stupéfaction. Écoute, petit frère, tu vas retourner là-bas au galop et leur dire que je viens juste essayer de remporter le concours de tir à l'arc du naadam. Rien de plus. Qu'il n'y a pas de petite troupe, que je suis juste accompagné de Tsetseg, comme tu peux le voir, et que je n'ai aucune intention de partir en croisade contre qui que ce soit, Colorado ou pas.

— C'est trop tard, Delgger Khan, ils sont tous partis.

— Tous qui ? Et partis où ?

— Les lutteurs, les entraîneurs, les spectateurs, tous. Même les archères. Au moins deux cents, avec leurs voitures ou à cheval. Ils transportent même des yourtes pour s'installer.

— Mais où ?

— Au poste commercial. Ils passent par la piste de l'autre vallée et même si tu coupes par la crête, ils y seront avant toi. Mais quelques-uns me suivent pour te protéger.

— Me protéger ? Mais de quoi ?

— Un guetteur attendait ton arrivée. Il a entendu les coups de feu et il est venu nous prévenir qu'ils avaient essayé de te tuer dans la vallée. Il a raconté à tout le monde comment tu as fait face sans avoir peur et ils se sont décidés à te suivre avant même que tu ne le leur demandes, Delgger Khan.

— Mais je n'ai jamais eu l'intention de demander à quiconque de me suivre ! Qu'est-ce que c'est que cette histoire de fous, jura-t-il en prenant Tsetseg à témoin.

— Qui sème la tradition…, se moqua Tsetseg.

— Récolte quoi ? s'emporta Yeruldelgger.

— La connerie et les emmerdes, sourit la vieille femme. De toute façon, tu n'as pas d'arc. Je me demande bien ce que tu allais faire à ce naadam.

— Tirer le dernier avec l'arc et les flèches de celui qui aurait marqué le moins de points. L'honneur des Shaolin.

— Honneur à la con, se moqua Tsetseg en riant.

— Allez, coupa le gamin, il faut y aller, Delgger Khan.

— Et toi, pour l'amour du ciel, arrête de m'appeler comme ça !

— Mais c'est le nom qu'ils te donnent tous !

— Je ne suis pas Delgger Khan ! hurla Yeruldelgger en perdant tout contrôle. Je ne suis pas Delgger Khan !

… pour que quelques crimes
les enflamment ?

Il aurait dû le tuer. Il le tenait dans le viseur de son Dragunov, à mille mètres à peine. À cette distance les snipers serbes qui chérissaient cette arme savaient éclater le genou d'un homme pour ensuite viser la tête de tous ceux qui se risquaient à ramper le secourir. Il avait déjà tué des hommes à cette distance. Il appartenait au détachement envoyé par la Mongolie dans le cadre de l'opération de maintien de la paix au Tchad et au Sud-Soudan. Huit cent quarante-neuf soldats et un membre des forces spéciales. Lui. À la demande expresse des forces françaises de l'opération Épervier dont un gradé l'avait vu à l'œuvre dans la défense du camp Eggers à Kaboul, puis dans la formation des tireurs d'élite de la nouvelle armée afghane. En Afrique, il partait en binôme avec un sniper français, en totale autonomie. Tchad ou Soudan, quel que soit le pays, de n'importe quel côté de la frontière, il désorganisait les bandes armées en éliminant leurs petits chefs tyranniques et sanguinaires par des tirs à deux mille mètres de distance. Depuis l'Afghanistan, le record de tir du sergent des Marines Hathcock au

Vietnam en 1967 qui semblait imbattable, à 2 286 mètres de sa victime avec un vieux Browning, avait été plusieurs fois pulvérisé. Chaque année désormais, chaque mois même, les scores des donneurs de mort s'amélioraient. Quand il avait quitté l'armée en 2012, le record à battre était de 2 815 mètres, réalisé par un sniper australien. En fonction de son arme, Djebe savait pouvoir donner la mort jusqu'à 2 310 mètres. Alors, tuer ce vieil arrogant qui le narguait avec sa gourde aurait été un jeu d'enfant.

Mais il s'était fait cette nouvelle promesse de tuer utile seulement. Il rangea son arme et chevaucha jusqu'à son campement, à une heure de galop de l'autre côté d'une autre vallée. Une yourte anonyme à l'abri des regards dans un maigre bois de saxauls tordus par la sécheresse.

Un homme l'occupait en permanence et l'intérieur ressemblait à un centre de commandement.

— Je l'ai, dit l'homme qui contrôlait des écrans, ils nous l'ont envoyé.

Il tendit un casque à Djebe et lança l'enregistrement. Sur l'écran apparut le visage d'un homme en plan serré. Malgré le cadrage, il semblait torse nu et on devinait que ses mains étaient entravées dans son dos. Il avait dû être en colère de s'être fait piéger et en gardait encore quelque chose dans la contraction de sa mâchoire et de sa lèvre supérieure. Mais son regard trahissait déjà un certain renoncement et la peur qui s'insinuait en lui. Les réponses qu'il donnait à la voix de femme qui l'interrogeait étaient exactement celles que Djebe attendait. Un secret de Polichinelle pour le monde de la finance et des mines, mais un coup de massue pour les mineurs de Mongolie.

« *Vous êtes Ryan Walker ?* demandait la voix d'une jeune femme hors cadre.

— *Oui, je suis Ryan Walker, et vous, vous êtes quel genre de mabouls ?*

— *Vous êtes l'ingénieur en chef chargé des opérations d'automatisation à la Colorado, n'est-ce pas ?* »

— C'est bon, dit Djebe en retirant son casque. Monte ça comme on a dit. Ne montre que la violence nécessaire. Ils l'ont tué ?

— Oui.

— Ils l'ont filmé ?

— Oui.

— Ne montre pas le type mort. Des nouvelles de New York ?

— Il l'a fait. Il me l'a confirmé par texto, mais rien n'apparaît encore, ni sur le Net, ni dans les médias.

— Tiens-moi au courant dès que ça bouge. Dis à Perth et à New York qu'ils doivent tenir encore quelques jours. Qu'ils restent planqués et attendent mon signal.

Il sortit de la yourte et alla s'asseoir sous un saxaul, se laissant imprégner par le silence et l'immensité des lieux, comme au temps de ses missions en Afrique. Par la fragilité et la violence du destin aussi, du sien surtout, aujourd'hui encore plus qu'à l'époque. Rien n'existe qui ne meure, et peut-être le temps était-il venu que l'empire meure à son tour. Mais l'empire ne pouvait disparaître sans combattre et dans ce cas il en serait le bras armé. À moins que son plan ne fonctionne. Que leur sacrifice, à Perth ou à New York et jusque dans le Gobi, ne réveille la fureur meurtrière de ce peuple de guerriers devenus de dociles moutons et des ouvriers résignés. Mais restait-il encore assez de colère aux Mongols pour que quelques crimes les enflamment ?

39

À vif !

Une foule joyeuse et bruyante avait envahi la terrasse ensoleillée de l'auberge de Knowlton pour le « Killer Martini Quiz » de ses Printemps Meurtriers. L'ironie d'un festival du polar, là où Zarza s'apprêtait peut-être à commettre un crime !

Par chance, le professeur Bouthillette n'aimait pas les foules qu'il ne maîtrisait pas, et ce groupe d'auteurs débarquait avec bien trop d'ego pour qu'il cherche à profiter de l'aubaine. Il y avait pourtant, parmi les hommes qui parlaient fort et les jeunes femmes qui riaient plus fort encore, quelques beaux spécimens qu'il aurait pris plaisir à taquiner à la mouche. Deux ou trois œillades comme appât et il aurait aisément pu ferrer ce gars de Montréal encore tout timide en dedans de se savoir auteur de polar pour de vrai. Mais il avait déjà de belles prises chez lui dans ses filets. Il repoussa son verre de Saint-Pépin sans le terminer, quitta sa table, fendit la foule sans ménagement en bousculant quelques Martini killers, et sortit en traversant la salle de l'auberge décorée de canards de toutes sortes.

Zarza le laissa sortir sans le suivre. Il le regarda payer au comptoir puis regagner sa voiture sur le parking, et s'assura juste du regard qu'après Lakeside, il prenait bien à l'est sur Victoria. Le reste il pouvait l'imaginer, depuis trois jours qu'il l'espionnait.

Les gars du service avaient eu vite fait de le débusquer. De vrais *ratkers* : tenaces comme des ratiers, tordus comme des hackers. Sans bouger de leurs écrans, rien qu'en naviguant sur ce qui était accessible à tous, ils avaient remonté le lien entre MUST, l'université d'Oulan-Bator, et Terra Nostra, l'ONG de Montréal. Puis ils avaient fouillé les dossiers administratifs de l'ONG, résultante d'un incroyable embrouillamini de fondations, d'associations et de mécénats. C'est en tirant le fil du financement qu'ils avaient trouvé le lien entre Terra Nostra et une association à but humanitaire dépendant du département des sciences de la Terre de l'université de Vancouver pour qui l'ONG collectait les données transmises par des géologues en Mongolie. Le nom de Bouthillette apparaissait partout dès qu'on atteignait la troisième strate des empilements administratifs. Président fondateur de Terra Nostra, professeur honoraire associé de la MUST, professeur en titre à l'UQAM, professeur associé à l'université de Vancouver, consultant auprès de l'association humanitaire. L'examen de ses comptes officiels ou cachés et de son train de vie avait fait le reste et l'avait désigné comme une cible confirmée pour Zarzavadjian.

L'agent français quitta l'auberge, glissa sa voiture sur la petite route toute propre et bien balisée de Lakeside qu'il continua au lieu de prendre à gauche sur Victoria s'il avait voulu suivre Bouthillette. Il passa le petit bar ombragé en contrebas au bord du ruisseau Cold, là où il s'échappait de l'étang du Moulin par un petit barrage en pente de l'autre côté de la route. Bouthillette y avait dîné la veille au soir avec l'étudiante un peu ronde qu'il malmenait la nuit. Zarza continua jusqu'au lac pour le contourner par l'ouest. Le paysage n'était qu'un patchwork de pelouses et de jardins cousus de bordures fleuries. Au-delà des parcs boisés, on devinait des propriétés côtelées de vignes blondes. N'en déplaise aux Québécois, Knowlton affichait ouvertement, avec suffisance, son côté très british. Les vastes demeures de bois blanc à la coloniale, serties de vérandas sur des tapis de gazon ras, les petits édifices historiques meringués et sculptés de colonnades et de frontispices comme des gâteaux de mariage, les terrains de tennis en terre battue derrière les hauts grillages sous l'ombre dense des érables, les piscines sans plongeoirs hérissées de transats blancs impeccables, et les hangars à canots ou à avirons surmontant les pontons privés. Seuls dénotaient les vieux motards en cuir qui passaient lentement avec leurs motardes. Ils faisaient ronfler le moteur à explosion de leur Harley entre les belles maisons, prenant bien garde, méprisants et sévères, de ne pas s'extasier, avant d'aller jouer les rebelles en commandant des bières aux terrasses fleuries des restaurants devant lesquels ils alignaient leurs motos rutilantes. Knowlton, comme beaucoup des plus beaux villages du monde, devenait une petite ville où de vieux cons sur leurs motos démodées venaient jalouser de vieux cons dans leurs maisons manucurées.

Zarza logeait au Motel Cyprès plus au nord sur Lakeside, mais il avait loué une barque qu'il avait amarrée tout au bout de Pointe Fisher, une presqu'île diamétralement opposée à la belle demeure du professeur de l'autre côté du lac, sur la baie Robinson. Bouthillette s'était révélé très casanier et cousu de petites habitudes. Une heure avant le lever du soleil, il partait pêcher. Le reste du temps, il profitait sexuellement des élèves qu'il invitait. Étudiantes ou étudiants. Sans préférence. Le sexe et les leurres rythmaient ses longs week-ends de quatre jours dans sa maison sur le lac à cinquante ans de salaire.

En rentrant au motel pour se préparer, Zarza se dit qu'il n'avait pas vraiment envie de ferrer Bouthillette. Il allait le harponner. Comme un carnassier. À vif !

40

... je te ramène à ton lupanar.

Il allait bientôt le voir venir sur lui dans la brume mauve qui transpirait de l'eau noire. L'apercevoir. Puis le surveiller d'un œil. Et s'inquiéter. Ne pas y croire. Cet idiot qui rame, de dos, et glisse sa grosse barque contre la sienne. Jurer. Paniquer. Remonter sa ligne avant d'écarter sa barque, ou démarrer le moteur et perdre sa ligne. Il hésite. Trop tard.

— Hey !

Zarza ne répondit pas. Au dernier moment, d'un coup d'aviron, il fit pivoter sa barque qui vira et accosta brutalement celle de Bouthillette bord contre bord en la faisant tanguer.

— Crisse d'épais, fais attention...

Mais Zarza sortit son arme équipée d'un silencieux et les mots s'étranglèrent dans la gorge du professeur.

— Qu'est c'est...

— Alors client, tu pêches la ouananiche ?

— Hein ? Quoi ?

— La ouananiche, le saumon prisonnier, client, c'est ça que tu pêches ?

— Non, il n'y a pas de ouananiche dans ce lac, répondit le professeur, le regard aimanté par l'arme de Zarza. Il y en a dans le Memphrémagog, à dix kilomètres d'ici, mais...

— Tu es sûr ? Pas de ouananiche ici ?

— Non, je vous jure que..., bredouilla Bouthillette en se levant dans sa barque.

— *Landlocked salmon*, tu te rends compte, client ? Saumon piégé, sacré nom pour un poisson, non ? Vraiment, tu es sûr qu'il n'en reste pas quelques-uns dans ce lac ?

— Non, écoutez, je vous jure. Qu'est-ce que vous voulez ? Je n'ai jamais vu personne en sortir depuis que je pêche ici.

— Tu veux dire depuis que tu as ta belle maison sur la baie Robinson ?

— Vous... Vous savez où j'habite ?

— Et comment, client, et où est ta bite aussi quand tu t'envoies en l'air avec tes élèves. Tu es un sacré funambule des testicules, toi, hein ?

— Vous êtes un parent, hein, vous êtes un parent, c'est ça ? Écoutez, si c'est ça, ils sont tous consentants, je le jure, je ne force personne. Et ils sont tous adultes aussi...

— Masculin ou féminin ?

Zarza retenait les barques ensemble d'une main, et pointait toujours son arme sur Bouthillette de l'autre. Le professeur reprit un peu d'assurance, comme si négocier ses dérives sexuelles rentrait dans le cadre de ses compétences et de ses talents.

— Ils sont tous consentants, je vous le jure, garçons ou filles !

— Non, non, client : ouananiche, c'est masculin ou féminin ?

— Ah, ouananiche ? Féminin, c'est féminin, on dit une ouananiche !

— Et tu es sûr qu'il n'y a pas la moindre petite ouananiche dans ce lac ?

— Je vous le jure. On trouve des achigans à petite bouche, des dorés, des perchaudes ou des brochets maillés mais pas de ouananiches.

— Moi je crois qu'il y en a quand même, client. Je suis sûr qu'il y en a. Il n'y a aucune raison pour qu'à la fonte de la dernière période glaciaire ces saumons d'Atlantique se soient fait piéger dans le lac d'à côté et pas dans celui-ci.

— D'accord, d'accord ! gémit Bouthillette. Il y en a peut-être. Si vous le dites, il y en a, je vous crois, je vous crois !

— D'un autre côté, client, tu as peut-être raison, peut-être qu'il n'y en a pas. Le mieux, ça serait que tu ailles voir.

— Que j'aille voir quoi ?

— Que tu ailles voir s'il y en a.

— Des ouananiches ?

— Des ouananiches.

— Comment ça, aller voir ? Aller voir où ?

— Au fond...

— Au fond, mais comment...

Zarza tira six coups. Six coups feutrés qui firent sursauter Bouthillette dont la barque faillit chavirer. Six balles qui percèrent sans problème le fond plat en aluminium d'où jaillirent aussitôt six petits geysers ronds et bulbeux d'écume blanche et froide.

— Qu'est c'est...

La barque tangua à nouveau, un peu plus lourdement déjà, quand Zarza repoussa son plat-bord pour en éloigner la sienne.

— Qu'est c'est qu'tu fais, sacrement !

La brume feutrait ses gémissements qui s'étouffaient aussitôt sans résonner. Déjà Zarza n'était plus qu'une silhouette filandreuse dans la ouate. Bouthillette eut vite de l'eau jusqu'aux chevilles et sa glacière se mit à flotter dans la barque. La panique lui érailla la gorge, et ce qu'il avait voulu comme un cri de détresse, un appel guttural à l'aide, ne fut qu'un long couinement aigu et enfantin. Quand l'eau fut à ses genoux, la barque disparut mollement sous ses pieds. L'eau glacée lui enserra la poitrine et la nuque. Il comprit qu'il était trop habillé pour essayer de nager. Il gesticula pour se défaire, s'emmêla dans sa ligne, et l'hameçon lui déchira la joue. Le fond du lac Brome l'aspira une première fois et il s'étrangla en voulant supplier Zarza. Il réussit à sortir la tête de l'eau, les yeux au ras de la surface contre ses petites boîtes de triples et de Black Nickel, de supratresse, de plombs à agrafe, tyroliens ou à palette. En remontant in extremis d'une deuxième noyade, il aperçut dans l'eau brune ses leurres, ses cuillers, ses émerillons, ses lignes tressées, ses poissons nageurs et autres rapalas dont certains nageaient en surface, alors que d'autres plongeaient vers le fond avec lui.

La corde lui érafla la pommette et il s'y cramponna par réflexe. Zarza était revenu à deux mètres de lui, l'autre bout de la corde noué à l'arrière de sa barque. Quand il tira sur les avirons, elle se tendit sur quatre mètres, maintenant le professeur à la surface.

— Voilà l'histoire, client, dit Zarza d'une voix si calme qu'elle paniqua encore plus Bouthillette. Tant que je rame, la vitesse te maintient à flot. Si j'arrête, tu coules. Alors tu réponds à tout ce que je te demande et tu le fais vite. L'eau doit être à dix degrés. Ça te laisse une heure de survie avant le collapsus. Mais je vais sûrement me fatiguer de ramer. Ou le froid va t'engourdir les mains et tu vas lâcher la corde.

Bouthillette chercha à crier, à appeler à l'aide, mais Zarza tirait fort sur les rames, et le remous sur son menton qui faisait proue s'engouffra dans la gorge du professeur. Le froid lui crispait déjà le ventre et le sexe mais il sentit sur sa cuisse un filet d'urine chaude quand il se pissa dessus dans l'eau glacée.

— Je te fais un lot pour les questions, comme ça tu peux répondre en vrac. Je veux connaître tes liens avec Terra Nostra, le lien avec Vancouver, ce que foutent vos géologues en Mongolie, comment circule l'argent, à quoi il sert à part te payer un joli baisodrome sur le lac, et je veux avoir accès aux données qui transitent par toi entre l'université d'Oulan-Bator et celle de Vancouver. Tu vois, ce n'est pas compliqué. Tu réponds vite et dare-dare je te ramène à ton lupanar.

41

… il hurlait sur son lit.

Ils abordèrent le ponton dans le flamboiement du matin. Le soleil, découpé par la cime des sapins et des bouleaux qui bordaient l'échancrure de la baie, glissa ses longs doigts chaleureux sur leurs corps crampés par le froid. Zarza amarra la barque, sauta sur le petit débarcadère, et tira le professeur sur les planches grises déjà tiédies par le soleil.

— Allez, à poil, client, ce n'est pas encore le moment de mourir.

Bouthillette gisait à moitié inconscient. Zarza vérifia la contraction de ses pupilles et le rythme ralenti de son cœur. Hypothermie grave. Il avait vingt minutes devant lui avant que l'état du professeur ne bascule dans le pire. Il défit un à un tous ses vêtements et le laissa nu comme un ver avant de l'aider à se relever. Bouthillette sentit aussitôt la chaleur du soleil fondre sur son corps tétanisé et retrouva quelques forces. Zarza l'aida à marcher jusqu'à la grande façade vitrée, un peu en retrait entre les arbres, de sorte que la maison ne souffrait d'aucun vis-à-vis. Tout le rez-de-chaussée et l'étage donnaient sur le lac grâce à d'immenses baies panoramiques.

Zarza jeta un coup d'œil à l'intérieur. Un grand loft moderne et froid, traversé d'un escalier en béton brut qui montait à l'étage. Meubles design et tableaux contemporains. Il fit coulisser la vitre et entra, soutenant par l'épaule le professeur hébété. Ils n'avaient pas fait deux pas que la fille apparut en haut de l'escalier, nue dans une chemise d'homme ouverte.

— Professeur ?

Pas très jolie. Un peu boulotte. Mais pulpeuse d'une certaine façon. En apercevant Zarza, elle se pencha et tira à deux mains sur la chemise pour cacher son sexe. Son mouvement fit bouler hors du tissu ses seins lourds et blancs aréolés de brun.

— Qu'est-ce qui est arrivé ? demanda-t-elle, paniquée.

— J'ai essayé de le noyer, répondit Zarza d'un ton détaché.

— Il va mourir ?

— Possible, dit Zarza, étonné par la question, dans les minutes qui suivent si on ne le réchauffe pas.

— Alors laissez-moi faire, dit-elle en dévalant l'escalier sans plus rougir de sa nudité.

Elle se précipita sur Bouthillette et, avant que Zarza puisse réagir, elle le saisit par les épaules, l'attira à elle d'un geste sec, et planta plusieurs fois un genou rageur dans ses testicules déjà pétrifiés par le froid. La douleur sortit le professeur de son coma et lui fit vomir un fin filet aigre de bile.

— Hostie d'Mongol, j'vas t'arracher les gosses !

Zarza lâcha Bouthillette qui tomba recroquevillé comme un fœtus, et tenta de calmer la furie.

— Hostie de câlice de tabarnak ! hurlait-elle en martelant chaque juron d'un coup de pied.

Zarza essaya de la maîtriser sans trop savoir où poser ses mains tant son corps nu s'agitait sans pudeur dans tous les sens. Alors il l'envoya dinguer d'une gifle mesurée jusque dans un sofa. Elle y bascula cul par-dessus tête à la renverse dans une chute d'abord obscène, puis se recroquevilla dans la même position de survie et de douleur que Bouthillette et éclata en sanglots. Il en profita pour relever le professeur, le charger sur son épaule et monter à l'étage où il supposait que se trouvaient les chambres. Il n'y en avait qu'une. Grande. Entièrement vitrée sur le lac qui luisait comme un miroir mordoré maintenant que la brume s'était dissipée. Le lit en fer forgé était immense et se reflétait dans les murs couverts de miroirs. Même au plafond. La chambre donnait sur une immense salle de bain ouverte face au lit. Il remarqua quelques vêtements soigneusement pliés sur une chaise et des sextoys sur les tables de nuit. Il hésita quelques instants, le professeur gémissant sur son épaule. La vue des cordons de rideaux attachés à la tête et aux pieds du lit suffirent à le décider. Il jeta Bouthillette sans ménagement à plat dos sur le matelas et attacha ses poignets et ses chevilles aux montants du lit avec les cordons.

— Désolée si j'ai pété une coche…

Zarza se retourna. La fille était là, dans l'encadrement de la porte, toute nue et les yeux rougis. Elle passa devant lui, prit les vêtements sur la chaise et se dirigea vers la salle de bain.

— Non, dit Zarza. S'il y a un peignoir passe-le, mais ne te rhabille pas.

Elle hésita sans vraiment chercher à comprendre, se sangla dans une sortie de bain blanche, et s'assit sur un petit tabouret.

— On le fait pour pas couler nos cours, murmura-t-elle, les mains sagement jointes entre ses genoux, honteuse, tête baissée. Ce moron n'est qu'un maudit crosseur. Il abuse de son poste. On a tous de la misère avec lui, mais si tu lui suces pas la graine, t'es mal pris avec tes notes en fin de l'année.

— Quoi, c'est promotion canapé, c'est ça ? Il faut passer à la casserole pour se faire diplômer ?

— C'est en plein ça. C'est juste ce qu'il te dit dans l'oreille quand il te demande de venir jaser dans son bureau en glissant ses mains entre tes cuisses : « Tes notes c'est pas fort, pas fort pantoute, mais si tu veux te faire diplômer, t'es bienvenue chez nous. » Il peut vraiment mourir comme ça ?

Zarza suivit le regard de la fille.

— Non, plus maintenant. Il est en hypothermie, mais le meilleur moyen de le sauver c'est de laisser son corps se réchauffer lentement à température ambiante. Dans une heure ou deux on le mettra dans un bain tiède.

— Pourquoi t'as essayé de le noyer ?

— J'avais besoin de réponses à des questions.

— Des réponses qui peuvent le mettre dans le trouble ?

— Oui.

— Ben dans c'cas-là, j'vas t'aider. Je connais pas mal de ses crosses. Non seulement il nous baise, mais en plus il nous exploite et nous fait travailler pour lui. Tout son secrétariat.

— Terra Nostra, les opérations en Mongolie, ses liens avec Vancouver, il m'a parlé de beaucoup de choses que je dois vérifier.

— J'ai entendu parler de tout ça. J'ai vu passer des choses.

— Tu as accès à ses ordinateurs ?

— En partie, oui, mais pour les fouiller, il faudrait demander à Richard.

— Richard ? Qui est Richard ?

— C'est un bolé en informatique, un autre étudiant de ce câlice de gros colon qui aime bien nous baiser en triplette. Garçon-fille de préférence.

— Et on peut le joindre où, ce geek ?

La fille lui fit un signe de la tête et Zarza sortit aussitôt son arme en se dirigeant vers une porte, sur le côté de la salle de bain. Fermée de l'intérieur.

— Richard ? Richard, ouvre s'il te plaît…

— …

— J'ai un gros flingue dans la main, client. Si tu me forces à tirer dans la serrure pour ouvrir, tu risques de t'en prendre une mal placée…

— …

— Richard, si ce sont les toilettes derrière cette porte, tu ne vas pas avoir beaucoup de place pour éviter les pruneaux.

— Richard, arrête de faire ta moumoune, criss de tarla, ordonna la fille à voix haute. Ouvre donc, complique pas les affaires.

Zarza entendit cliquer le loquet et pointa son arme sur la porte qui s'entrebâillait. Un grand blond, tout nu lui aussi, avec une tête de gamin et des lunettes cerclées, l'ouvrait du bout du pied, les mains déjà en l'air, penché de côté pour voir dans la chambre avant de s'exposer. Zarza lui jeta un drap de bain que le môme passa aussitôt en pagne.

— Qu'est-ce que tu fous ici, client ?

— Il est arrivé cette nuit, répondit la fille.

— Majeurs et consentants, hein ? Mais ce n'est plus le même jeu, clients, d'accord ? Celui qui cherche à me baiser, moi, il est mort, compris ?

Ils travaillèrent toute la matinée à fouiller les dossiers et les ordinateurs du professeur. Richard s'y connaissait. Il établit des connexions avec les ordinateurs de l'université à Montréal et pilla toutes les mémoires auxquelles il trouva accès. Puis il força le pare-feu de Terra Nostra et eut accès aux données que l'ONG transmettait quotidiennement à Bouthillette. La fille récupérait et classait les informations, et les basculait sur une clé USB destinée à Zarza. Relevés cartographiques, mouvements de fonds, comptes bancaires, noms, contacts. Vers treize heures, Zarza jugea qu'il avait beaucoup plus que ce qu'il était venu chercher. Le professeur avait repris quelques forces et les insultait de temps en temps, les menaçant de représailles de la part de gens dont ils ne soupçonnaient pas la puissance et la cruauté.

Sans prévenir, Zarza empocha la clé et sortit son arme en la pointant sur Richard et la fille.

— Désolé, les enfants, mais vous êtes quand même de drôles de clients. De fieffés petits salauds prêts à coucher pour obtenir un diplôme, alors prudence oblige. Tout le monde à poil et vous lui montez dessus, dit-il en désignant Bouthillette du canon de son arme.

— Comment ça… ? bredouilla Richard.

— À poil et sur lui, répéta Zarza en sortant son smartphone pour brancher l'application caméra. Vous faites comme vous voulez, semblant ou pour de vrai, je m'en fous, mais vous vous activez comme si je n'étais pas là.

La fille comprit la première. Elle dénoua son peignoir et grimpa à genoux se cramponner à la tête du lit, les cuisses ouvertes au-dessus du visage de Bouthillette. Richard laissa tomber son drap de bain sans trop savoir quoi faire. Zarza l'encouragea du canon et il finit par grimper sur le professeur à son tour, dos à la fille.

— Je le… ?

— Tu le si tu veux, client, mais magne-toi !

Il les filma quelques minutes puis sonna la fin de la récréation en rendant à chacun son peignoir ou sa serviette.

— Le deal est simple, clients. Personne ne parle à personne de ce qui s'est passé ici. Ni de moi, ni de ce que j'ai demandé, ni de ce que vous avez trouvé pour moi. Sinon votre petite vidéo va faire du buzz en millions de vues à travers le monde et surtout à l'université et chez papa-maman, c'est compris ? Et c'est valable pour toi aussi, Bouthillette, tu alertes quelqu'un et je te sacre star de la Toile, client. Nous sommes bien d'accord ?

— D'accord ! dirent aussitôt les gamins.

Bouthillette ne répondit pas.

Zarza dit alors aux deux étudiants de s'habiller et de disparaître. La fille était venue avec le professeur, mais Richard avait sa voiture et pouvait la ramener à Montréal.

— Merci, lâcha le garçon.

— Ne me remercie pas, client. Vous n'êtes tous les deux que des lèche-culs au sens propre du terme et je ne vous aime pas. Dégagez.

Il les regarda décamper sans demander leur reste, puis chercha les clés de la Mercedes de Bouthillette et sortit pour rentrer sur Montréal en abandonnant le professeur. Quand il claqua la porte, il hurlait sur son lit.

42

… Chagdarsüren Djügderdemidiin Bilegt.

— Ouate de phoque ? s'étonna de Vilgruy.

— Ouate de phoque ! confirma Zarza, pour « *What the fuck!* » C'est du De Niro en québécois.

— De Niro n'a jamais dit « *What the fuck* ». Sa phrase culte c'est « *You fuck my wife* ».

— Même dans *Raging Bull* ?

— « *You fuck my wife* », c'est dans *Raging Bull*.

— Même pas dans *Taxi Driver* ?

— Dans *Taxi Driver* c'est « *You talkin' to me?* ».

— Merde, dommage, ça sonne vraiment deniresque « Ouate de phoque », se consola Zarza en regardant son T-shirt.

À l'écran, de Vilgruy s'impatientait. Ils étaient reliés en visioconférence sur un réseau sécurisé depuis le bureau d'import-export qui servait de couverture locale au Service, rue Notre-Dame, dans le quartier de Ville-Marie à Montréal. Zarza avait trouvé le T-shirt chez le dépanneur du rez-de-chaussée qui donnait aussi dans l'arnaque à touristes. Indien des Indes comme la plupart des dépanneurs. Les seuls Indiens en ville, vu que les autres, les natifs, se parquaient maintenant dans leurs réserves à casinos bien à l'écart.

— Alors ? demanda Zarza comme si c'était lui qui attendait.

— Beaucoup d'infos intéressantes dans ce que tu as envoyé. Deux surtout. Les données que transmet Terra Nostra ne sont que des données de confirmation. D'après un contact au BRGM, il semblerait que quelqu'un, quelque part, travaille à une modélisation et que Terra Nostra ne fasse que des vérifications d'appoint.

— Quel genre de modélisation ?

— C'est un peu tôt pour le dire. Nous exploitons toujours tes données. Apparemment les donneurs d'ordres s'intéressent aux bassins et aux dépressions. Nous aurons une idée plus claire dans quelques jours.

— Et sur les donneurs d'ordres ?

— Tout au bout de la chaîne des financements officiels ou occultes, on tombe toujours sur des intérêts liés de près ou de loin à Durward Mining. En d'autres termes, Durward mène de très sérieuses mais très discrètes recherches sur les bassins de sédimentation en Mongolie. La question est de comprendre pourquoi ça méritait l'élimination d'un de nos correspondants.

— Prospection ?

— Il n'y a pas de logique prospective apparente dans leurs travaux. Et de nombreuses zones sur lesquelles ils travaillent ont déjà été prospectées par le passé. Par leurs propres soins ou ceux de la Colorado.

— Pourquoi on parle de la Colorado ?

— Parce que en Mongolie, la Colorado australienne et la Durward canadienne, c'est cul et chemise. Ça fait vingt ans qu'ils s'entendent comme larrons en foire pour piller le sous-sol mongol.

— C'était ça la deuxième info intéressante ?

— Non. L'autre info, c'est un nom. Chagdarsüren Djügderdemidiin Bilegt.

— Pardon ?

— Chagdarsüren Djügderdemidiin Bilegt. Apparemment, c'est le nom d'une femme d'affaires qui apparaît souvent comme intermédiaire. Si j'en crois les premiers dépouillements des courriels que tu as piratés chez Bouthillette, on la retrouve mentionnée un peu partout. Son nom est lié à la Colorado, à Terra Nostra, à différentes organisations mongoles et même au gouvernement. Ça serait la Bouthillette locale mais en plus blindé d'après certains indices qui laissent penser qu'elle touche de tous les côtés. Et avec un peu plus de caractère que ton pêcheur de ouananiche, à en croire la façon dont les autres en parlent. Ou celle dont elle les traite.

— Et qu'est-ce que je fais maintenant ?

— Tu es réservé sur l'Air France 349 de 22 h 40 pour Paris et dans la foulée sur le 1744 pour Moscou. Tu arriveras à Oulan-Bator demain à 7 heures du mat' par l'Aéroflot 330. Je te vois à l'escale de Charles-de-Gaulle demain matin en zone de transit.

— Pour quoi faire ?

— Te porter une valise avec du linge et des T-shirts moins débiles que ce *Ouate de phoque*.

— Et ma mission là-bas ?

— Voir qui est cette Chagdarsüren Djügderdemidiin Bilegt.

43

... le regard apaisé du tueur.

— Chagdarsüren Djügderdemidiin Bilegt ?

— Comme je te le dis : Chagdarsüren Djügderdemidiin Bilegt.

— C'est quoi, ça, Chagdarsüren Djügderdemidiin
Bilegt ? s'étonna Donelli.

— Un nom de femme version mongole, répondit
Pfiffelmann, tu te rends compte ? Ils ne peuvent pas
s'appeler Pfiffelmann ou Ehrenzweig comme tout le
monde ?

— Et il sort d'où, ce nom ?

— D'un peu partout dans le dossier du volplaneur de
la Cinquième. Comptes en banque, titres de propriété
et tout le toutim, elle est signataire ou cosignataire
partout, et quand elle ne l'est pas, elle a procuration.
Apparemment le défenestré était son mari, mais avec
leur système de noms à la con, ça demande encore
vérification.

— Et il s'appelle comment le défenestré ?

— À toi de voir, dit Pfiffelmann en retournant son
calepin vers Donelli, moi je n'arrive même pas à le
lire. Tsakhigiyn quelque chose. Notre trapéziste sans

filet faisait dans la voltige financière après une belle carrière de trampoline politique chez lui. Il aurait été sous-ministre dans plusieurs gouvernements avant de présider différentes commissions, notamment celle qui accorde les concessions minières.

— Comment tu as appris tout ça aussi vite ?

— Il faudra un jour que tu laisses tomber ton Underwood à ruban pour passer au MacAir, Donelli. Tu rentres le nom sur Google et tu as 237 000 pages sur ce type.

— Avec un nom pareil ?

— Tu tapes « Donelli » et tu as bien 461 000 résultats.

— 461 000 ! Avec mon nom ?

— Bienvenue à Googleworld. Tu y trouveras de très beaux nus réalistes de DiMaria Donelli, du vin d'Emilia Romagna Donelli, des tractopelles de l'Ohio Donelli, un étalon allemand de Hanovre Donelli et plein de Ritals Donelli en tout genre. Tu ajoutes un « n » et tu en as 74 300 de plus, et avec un « y » à la fin, tu atteins les 24 millions.

— Vingt-quatre millions de Donnelly !

— Ouais, et qui s'affichent en 0,43 seconde. Donc il m'a fallu moins d'une seconde pour afficher une tonne d'infos sur notre plongeur. Et ça pue le fric et la corruption à plein nez, si tu veux mon avis.

— Je n'en ai pas besoin.

— Eh bien tu l'as quand même. Parce que ton Icare de Manhattan, il s'est installé dans son appart à trois blindes un mois à peine après avoir démissionné de la présidence de sa commission.

— Poussé dehors ?

— Raisons de santé.

— Quand on voit dans quel état il est aujourd'hui, ça peut se comprendre. On dit « fly-out » pour quelqu'un qui se balance du vingt-septième après un burn-out ?

— Non. On dit pas.

— Tu penses que quelqu'un pourrait essayer de nous y faire croire ?

— À quoi ?

— À un fly-out ?

— Aucune chance. Le balanceur de notre voltigeur n'a rien d'un maquilleur. Regarde, dit Pfiffelmann en sortant de sa poche une série de clichés, il s'est même appliqué à poser pleine face devant chaque caméra de sécurité de chaque magasin, de chaque banque et de chaque carrefour jusqu'à la station de métro de la 53e. Là il a pris la direction Middle Village et on l'a perdu. Il peut être descendu n'importe où dans South Manhattan ou dans Brooklyn. J'ai fait balancer le portrait à toutes les patrouilles au cas où.

— Ça ne servira pas à grand-chose, réfléchit Donelli. Si ce type s'est affiché comme ça, c'est qu'il est sûr de pouvoir se planquer. La question, c'est de savoir pourquoi il se planque après s'être affiché de la sorte.

— Pour nous narguer.

— Il n'y a que les psychopathes américains pour s'amuser avec leur police. Ce n'est pas le profil d'un étranger. Et puis il n'y a aucune fanfaronnerie dans ces photos. Aucune provoc. J'ai l'impression qu'il a juste envie de nous faire savoir que c'est lui et qu'il ne s'en cache pas.

— Alors ça n'a pas de sens.

— Pour lui si, sûrement. Pas pour nous. Pas encore.

Donelli regarda à nouveau toutes les photos une à une. Un homme jeune, plutôt sportif apparemment. Entraîné sûrement. Décidé. Avec un regard droit, franc, et surtout très doux. Pas le regard de traviole, fourbe, allumé, déglingué de tous ces tordus shootés ou dépravés qui provoquent les flics pour tomber quelques heures à peine après s'être pris pour des Einstein du crime. Ce regard-là était différent et Donelli s'en voulait de ne pas savoir dire pourquoi. Parce que cette différence-là, il le sentait, pouvait tout expliquer.

— Tu as déjà mangé mongol ? demanda Pfiffelmann à brûle-pourpoint.

Donelli sortit de sa réflexion comme on sort mal réveillé d'une trop longue douche.

— Tu dis quoi ?

— Mongol, tu as déjà mangé ? Tu savais ça, toi, que c'est ragoût de queue de mouton et tête de chèvre bouillie ? Ragoût de queue de mouton, non mais tu te rends compte ? T'as déjà vu une queue de mouton ? C'est encore plus petit que la mienne. Rien à becqueter là-dedans !

— Et alors, il suffit qu'ils en mettent plusieurs et puis c'est tout.

— Quoi, ils vont tuer quatre moutons pour une assiette de ragoût ?

— Tu connais la pluma de cochon ? Un tout petit muscle à la pointe de l'échine. Il n'y en a que deux par bête. Très rare. Tout persillé. Très bon.

— Comment veux-tu que je connaisse, c'est du cochon kasher peut-être ?

— Et ton Classic Chicago de chez Bill's Bar l'autre jour, il était kasher peut-être ?

— Parfaitement. Option du delicatessen, la frankfurter est kasher !

De la frankfurter kasher, et pourquoi pas de la bolognaise végétarienne ? Ce monde virait à la dinguerie consumériste et il ne voyait malheureusement rien d'autre à faire face à cette dérive que de s'y résigner.

C'est à cet instant précis qu'il comprit le regard apaisé du tueur.

44

… qu'est-ce que ça veut dire ?

Cette nuit-là, deux hommes perdirent la vie à Oulan-Bator. Un vieil infirme en béquilles, noyé dans un méandre mort de la Selbe, au pied des transformateurs de l'antique centrale électrique postindustrielle du douzième district. Loin de chez lui. Au beau milieu d'un terrain vague tourmenté comme un champ de bataille après un tir de barrage au mortier. Accident. Glissé. Tombé dans l'eau stagnante d'un bourbier. Incapable de se relever. Noyé dans vingt centimètres d'eau.

L'autre tombé aussi, mais de Peace Bridge sur Narnii Road. Sous les roues d'un semi-remorque qui ne s'était pas arrêté. Les dix véhicules suivants non plus d'ailleurs. Accident encore. Un ivrogne qui bascule par-dessus le parapet. Il ne restait pas grand-chose de la tête quand les premiers flics étaient arrivés. Et du corps rien qu'un amas mou de chairs concassées à l'intérieur d'une peau marquée de tatouages à la gloire du grand Khan, à la gloire de la Nation Mongole, à la gloire des Loups Gris et à celle autoproclamée du pauvre malheureux, un certain Hüttler Khan.

Quelqu'un avait doctement constaté qu'il restait à la victime plus d'alcool que de sang dans son corps vidé de ses tripes.

Bekter était furieux. Il avait mis une alerte sur le nom de Hüttler Khan et on ne l'avait prévenu qu'au petit matin. Il avait aussitôt téléphoné à Fifty pour qu'elle le rejoigne au bureau. Deux témoins à charge contre la femme aux Louboutin qui meurent dans la même nuit, c'était clair comme message. Fais pas chier. Touche pas la femme. Laisse faire.

— C'est de ma faute, dit Fifty dès qu'elle eut poussé la porte du bureau de Bekter. J'y ai pensé dans la voiture : quand je suis allée à l'aéroport poser des questions sur le tabassage du vieil homme, quelqu'un a dû s'arranger pour qu'elle soit prévenue. Je vais y retourner dans la journée et trouver ce mouchard. Il ne pourra plus moucher beaucoup quand je lui aurai pété le nez.

— Tu n'y es pour rien, et tu feras du nettoyage à l'aéroport plus tard. Dis-moi qu'on sait qui elle est maintenant, et c'est moi qui vais aller faire du nettoyage chez elle.

— Chagdarsüren Djügderdemidiin Bilegt, alias, tu ne vas pas me croire, Sue Ellen, alias Madame Sue. Mais il va falloir prendre tes plus beaux gants, Bekter, en soie blanche, parce que tu vas aller taper dans du beau linge, mais doublés latex parce que tu vas mettre les mains dans la merde. Cette femme, elle est de toutes les corruptions, de toutes les arnaques, de tous les coups tordus et elle a couché avec pratiquement tous les gouvernements successifs au grand complet depuis la chute du Régime d'Avant et peut-être bien avec une bonne partie du Parlement aussi. Elle bosse comme intermédiaire en n'importe quoi pour les Français d'Areva, les Canadiens de la Durward, et les Australiens de la Colorado et toutes les autres concessions minières. Elle est à la tête d'une demi-douzaine de sociétés, dont la Mongolian Guard Security qui fournit service d'ordre et baston à qui veut bien la payer très cher pour ça. D'ailleurs sa milice a embrigadé tous les ultranationalistes tendance facho et assure la sécurité des plus grandes mines du Gobi comme celle des plus petites boîtes à putes d'Oulan-Bator. Cette bonne femme, Bekter, elle bouge le petit doigt et t'es plus flic. Elle claque de l'autre et je me prends un camion en traversant.

— Et alors, ça te fait peur ? N'importe qui peut mourir n'importe quand en traversant n'importe quelle rue à Oulan-Bator.

— Peur, tu plaisantes ! J'ai rappliqué vite fait parce que je sais que tu vas vouloir la serrer et que je ne voudrais manquer ça pour rien au monde.

— Alors tu passes ta journée à la suivre et à la loger et nous la serrons quand nous sommes prêts. Ne mets personne d'autre sur le coup et occupe-toi de ça toute seule.

Bekter s'enferma dans son bureau, les tripes tordues par une colère qu'il s'efforça de maîtriser. Que les apparatchiks du Régime d'Avant se soient réparti le gâteau en passant au libéralisme économique, passe encore. Il y allait de leur survie, ça pouvait se comprendre, et il suffisait d'attendre que ces mastodontes croulent d'eux-mêmes sous les excès de leur corruption endémique et de l'âge combinés. Mais ce qu'il ne supportait pas, c'était cette nouvelle perversion décomplexée faite de violence et d'arrogance qui mettait en coupe réglée la fragile économie du pays. Ceux qui s'y adonnaient n'avaient aucune autre excuse que leur seule cupidité. Et ce qui l'exaspérait plus encore, c'était de tomber au hasard d'une enquête sur un de ces corrupteurs comme cette Madame Sue et de savoir qu'il en existait d'autres. Beaucoup d'autres, manœuvrant dans l'ombre des pouvoirs incapables qui les protégeaient, et que pendant qu'il luttait sans fin et sans espoir contre le crime qui gagnait, eux dépeçaient en toute impunité le peu de gras qu'il restait sur la bête.

Il tenta d'oublier Madame Sue en se plongeant dans d'autres dossiers. Il savait Fifty sur l'affaire avec autant de colère et de hargne d'en finir que lui. C'est plus tard dans l'après-midi qu'il reçut le coup de fil de Nambaryn, le type de l'Immigration.

— Qu'est-ce que tu veux ?

— Éponger ma dette, répondit Nambaryn.

— Trop lourde.

— Oui mais cette fois, j'ai une grosse éponge.

— … Dis toujours.

— Madame Sue.

Bekter dut faire un effort colossal pour ne pas bondir de surprise et marqua un long silence avant de répondre.

— Je t'écoute.

— J'ai entendu parler du vieux en béquilles dans la Selbe et de l'autre taré de tatoué sur Narnii Road.

— Et alors ?

— Alors je ne veux pas finir comme eux.

— Et pour quelle raison elle s'en prendrait à toi ?

— …

— Nambaryn ?

— … Parce que c'est moi qui l'ai prévenue que tu en avais après elle, lâcha-t-il d'une voix qui demandait déjà pardon.

À nouveau Bekter prit son temps avant de parler, histoire d'intégrer l'information et toutes ses conséquences.

— Dans ce cas, c'est de moi que tu devrais avoir peur…

— Bekter, quand cette folle fait le ménage, elle n'y va pas au plumeau. Elle y va au chalumeau. Au lance-flammes ! Je suis un lien entre elle et ces crimes, Bekter, et je dois déjà être sur sa liste.

— Ça me va comme ça, répondit Bekter, tu vas avoir ce que tu mérites. Il ne fallait pas balancer mes deux témoins.

— Bekter, cette folle me tient par où ça fait mal, et avec une poigne de fer et des ongles crochus en plus. Je ne pouvais pas faire autrement.

— On peut toujours faire autrement, Nambaryn, la preuve, c'est que tu me parles maintenant.

— Je te parle parce que la seule façon de sauver mes burnes c'est de la faire tomber et que tu sembles bien décidé à le faire. C'est pour ça que je viens de t'avouer ce que j'ai fait pour elle.

— Et en quoi cette confession macabre épongerait ta dette ?

— La confession, c'était juste pour te prouver que je joue franc jeu. Par contre j'ai une info que je suis seul à connaître pour l'instant et qui pourrait t'aider.

— J'écoute...

— Tu m'aideras ?

— J'écoute...

— Un type de mes services m'a fait remonter une demande d'information. Un appel en anglais, de New York, au sujet d'un certain Tsakhigiyn.

— Nambaryn, je t'en prie...

— Tsakhigiyn, c'est le mari de Madame Sue. Enfin, c'était, parce que quelqu'un vient de le balancer du vingt-septième étage d'un immeuble de Manhattan où il venait de s'offrir cash un appartement avec trois millions de dollars d'argent sale.

— Et en quoi ça m'aide, moi ?

— Personne ne le sait encore ici, mais ça ne va pas tarder. C'est une info qui peut la déstabiliser. Ça peut te servir contre elle. Ce serait bien la première fois que tu aurais une longueur d'avance sur ce dossier, non ?

— Qui te dit que ce n'est pas juste un crime crapuleux ou un cambriolage qui a mal tourné ?

— Parce que l'Américain a demandé si cela avait un sens pour nous que l'homme ait une empreinte de loup sur le front.

— Et cela en a un ?

— Putain, Bekter, laisse les Affaires spéciales et sors un peu traquer les vrais voyous dans la rue. C'est Oulan-Bator ici. C'est la Mongolie. Le loup, c'est la signature des ultranationalistes, des identitaires, de tous ces fêlés tatoués à croix gammée qui ratonnent les Chinois.

— Tsakhigiyn était chinois ?

— Chinois ? Mais tu es con ou quoi, Bekter ? Ce type a été au gouvernement chez nous, comment veux-tu qu'il ait été chinois ?

272

— Je plaisantais, Nambaryn, je plaisantais. Ta panique m'amuse tellement.

— Ma panique t'amuse, ma panique t'amuse ! hurla l'homme de l'Immigration. Putain, je peux encore…

— Tu ne peux plus rien ! le coupa Bekter. Tu la fermes, tu ne parles à personne et tu restes loin d'elle. Tous ceux qui l'ont approchée vont tomber, alors fais-toi oublier. D'elle et de tout le monde. Et de moi surtout, compris ?

— Alors nous sommes quittes ?

— Quittes mon cul, Nambaryn, siffla Bekter. Ton ardoise vient de s'alourdir des cadavres de l'infirme et du tatoué.

Il raccrocha si fort que Fifty rappliqua aussitôt dans son bureau.

— Des emmerdes ?

— Non, sourit Bekter, rien que du bon. Demande à quelqu'un de me sortir une liste des groupuscules ultranationalistes et fais-la passer au filtre de mots-clés comme « loup », « empreinte », « Madame Sue » et le vrai nom de cette salope.

— Ça m'aiderait un peu de savoir ce qu'on cherche…

— Un groupuscule assez endoctriné pour envoyer un type déterminé à l'autre bout du monde défenestrer le mari corrompu de notre tordue, lâcha Bekter.

— D'où tu tiens ça ?

— Nambaryn, de l'Immigration.

— Si lui le sait, tout le monde le sait.

— Peut-être pas encore. J'ai cru comprendre que les flics de là-bas pataugent un peu. Je pense que nous avons quelques heures devant nous. On la serre ce soir.

— Qui s'en occupe ?

— Toi et moi et personne d'autre. Je ne veux prendre aucun risque de fuite. On y passe la nuit s'il le faut, mais on la ramène.

— Alors là, ne t'avance pas trop, Bekter.

— Pourquoi ?

— Parce que d'après mes infos, la Sue passe ses nuits dans des endroits où j'ai du mal à t'imaginer.

— Je suis prêt à aller n'importe où pour alpaguer cette femme.

— Et tout ça parce qu'elle a menacé ta jolie légiste ? lâcha Fifty en quittant le bureau.

— Qu'est-ce que ça veut dire ? Fifty, reviens ici, qu'est-ce que ça veut dire ?

... rêver au bazar de l'Australien ?

Le Chenggis Mob méritait sa réputation. Décoration brutale et mauvaise musique de bikers. Il fallait pour le rejoindre rouler jusqu'à la friche industrielle, à l'ouest de la ville, là où deux mauvais murs en béton canalisaient les eaux de la Selbe pour la forcer à rejoindre en oblique celles de la Tuul. Du centre-ville, il suffisait de prendre la route qui longeait la rivière en suivant les pipelines qui couraient en longs créneaux articulés jusqu'aux quatre tours de refroidissement enfumées de la sinistre centrale thermique n° 4.

Une salle principale comme un garage à l'abandon avec de vieilles Harley suspendues aux poutrelles métalliques de la structure de l'ancien hangar et les carcasses fracassées de motos d'autres marques scellées dans le béton brut des murs. À l'étage, des coursives en bastingage pour que les mâles matent de haut des filles vulgaires. Et des alcôves plus sombres où les filles montaient finir leurs danses entre les mains des mateurs qui ne touchaient pas qu'avec leurs yeux. Le Mob était le night-club des bad boys. Les faux, les Mongols, ceux qui se la jouaient Anges du Diable. Et les vrais : les expats, les durs, les tatoués à Angela et Cheryl, à la vie à la mort, à leur fucking maman, ou à la *bloody death*. Cette mort qu'ils venaient frôler au Mob dans des bastons mémorables. De celles qu'on se raconte à la bière sur tous les chantiers du monde. Des Néo-Zélandais charpentés comme des poutres, des Australiens butés comme des rocs, des Anglais secs et nerveux comme des matraques. Les autres, les Latins romantiques et les Scandinaves flegmatiques, restaient en dehors des bagarres s'ils le pouvaient. C'était déjà une prouesse d'avoir survécu à ce que tout le monde appelait des *smash mobs*. Et puis il fallait bien des chauffeurs pour ramener les amochés.

Au sous-sol, le billard. La salle la plus dangereuse, où un pauvre mec allait mériter, sans le savoir, le droit d'entrer dans la légende.

Le chauffeur quitta la route déjà mal éclairée juste après la bifurcation de la Selbe et bascula le 4 × 4 BMW dans le bas-côté. Un chemin de terre plongeait sous les canalisations géantes surélevées à cet endroit, seul passage à peine éclairé vers la zone d'entrepôts et de ferrailleurs qui occupait la friche. Il suivit la piste qui traversait en longueur un sombre terrain vague troué de loin en loin par la lumière crue de projecteurs de miradors. Il roula en évitant les ornières, entre les pipelines sur sa droite et les entrepôts déserts claque-murés derrière leurs murs en béton préfabriqué. Seul dépassait de temps en temps le toono d'une yourte sale où se terrait un gardien. Il connaissait le chemin et roulait vite comme on l'exigeait de lui, surveillant d'un œil craintif dans son rétroviseur le confort de Madame Sue. Passé le dernier hangar au toit bleu, il bifurqua sur la gauche et repiqua droit vers le canal de la Selbe. Le Mob était le dernier entrepôt, sans enseigne, sans éclairage, et donnait directement sur la rivière.

Quelqu'un semblait attendre le X6 et se précipita pour ouvrir la portière à Madame Sue. Elle descendit sans le voir et entra dans le Mob. Pour une fois la musique n'était pas si mauvaise. *Wrong Side of Heaven* des Five Finger Death Punch. L'atmosphère lui fripa aussitôt le ventre. Les riffs et les spots, la sueur et la bière, la violence abrutie des hommes costauds. Elle descendit directement au sous-sol en émasculant du regard ceux qui s'aventuraient à caresser des yeux son corps de vieille femme bien refaite dans son Chanel classique.

Un Australien gagnait au billard avec deux gars de la MGS qu'elle connaissait. Maintenant qu'elle était là, il allait perdre à s'en mordre pas seulement les doigts.

Elle s'assit à la table où trois bikers l'attendaient.

— Il est revenu.

— On sait, madame. On l'a appris par…

— Vous savez ? Il a déjà tué quatre d'entre vous, vous le savez et vous êtes encore là à vous regarder la queue ? Où est Qasar, qu'est-ce qu'il fout ? Pourquoi n'a-t-il pas lâché la meute après lui ?

— Qasar est mort, madame.

— Quoi, Quasar est mort ?

— Oui madame. Djebe l'a tué lui aussi.

— Djebe a tué Quasar ! Il a tué son anda, son frère de sang, et vous restez là à bander pour des pouf-fiasses en rotant de la bière, abrutis par votre musique de monolobés ? Mais vous savez ce que ça veut dire, la mort de Qasar ? Vous le savez ?

— Oui madame. Ça veut dire la guerre.

— La guerre, parfaitement, c'est exactement ce que ça veut dire : la guerre. Et la guerre pour Djebe, ça veut dire votre mort à vous, à vous tous, vous comprenez, bande de décérébrés ?

— On va s'en occuper, madame.

— Mais vous occuper de quoi ? D'aller faire la guerre à Djebe ? Avec vos bécanes de tarlouzes ? Avec vos bides à bière par-dessus vos bites molles ?

Elle balaya d'un geste rageur les huit bouteilles de Chinggis et la bouteille de vodka qui se fracassèrent contre le mur en brique.

— Dégagez ! Foutez le camp ! hurla-t-elle.

Autour de la table de billard, l'Australien avait suspendu son geste. Il n'avait plus que la huit à rentrer. Deux bandes. Il allait même la mettre en trois. Pour le fun. Pour la tête d'abruti qui le surplombait de son mètre quatre-vingt-dix en pensant que son quintal ferait la différence en cas de baston. Celui-là, il bougeait, il le séchait d'un swing de sa queue en pleine tête. Sauf qu'il ne bougea pas. Qu'il resta tétanisé par la colère de la femme à qui l'Australien s'obstinait à sourire.

Lorsqu'il sortit de son fantasme hypnotique, l'autre joueur et son compagnon avaient disparu sur un claquement de doigts de la femme qui venait droit sur lui. Il garda son sourire, même quand sans prévenir elle le poussa des deux mains pour l'allonger sur le billard en lui défouraillant la braguette. Même quand elle grimpa à genoux sur la table pour le chevaucher. Même quand elle releva jusqu'aux hanches la jupe de son tailleur chic et qu'elle se laissa retomber sur lui. Mais lorsque soudain elle lui écrasa les joues d'une main pour mordre au sang ses lèvres en cul-de-poule, qu'elle se redressa en cambrant les reins pour prendre son élan et le gifler de toutes ses forces, que son autre main le chopa à la gorge pour lui coincer le sang dans les carotides, qu'elle lui lacéra le torse de ses ongles affûtés comme les griffes de Freddy Krueger, alors il perdit son sourire, chercha désespérément son souffle, et tenta de se dégager de cette furie hystérique qui le chevauchait dans les éclats affolés de la lampe qui fauchait l'ombre à chaque fois qu'elle s'y cognait la tête.

— Vas-y, défends-toi, lopette, tantouze, allez, cogne si tu oses. C'est tout ce que tu as comme violence en réserve, petite fiente ? Tu as intérêt à être à la hauteur, foutrailleur de merde, parce que maintenant que tu m'as sur toi, il va falloir me mériter pour que je te jette...

Elle avait arraché une de ses chaussures à semelle rouge dont elle allait planter le talon dans le crâne de l'Australien paniqué quand elle devina dans ses yeux quelque chose comme un appel au secours. Elle suspendit son geste et se retourna pour voir qui avait osé.

— Ne vous dérangez pas pour nous, dit Bekter à mi-chemin de l'escalier raide qui descendait de la salle. Après tout il n'y a pas d'offense et nous n'avons pas à vous juger. Il n'y a même plus d'adultère, n'est-ce pas, maintenant que vous êtes veuve.

— Qu'est-ce que vous dites ? siffla la femme hargneuse sans baisser le bras.

— Je dis que même les toutes nouvelles veuves peuvent s'envoyer en l'air, répondit Bekter en s'approchant, suivi de Fifty.

— Qui êtes-vous ? Qu'est-ce que c'est que cette histoire ? Mon mari est mort ?

— Dans le désordre : il est mort, ce n'est pas une histoire, et je vous arrête.

— Il est mort ?

Bekter enleva la chaussure de la main qui la brandissait et prit la femme par le bras pour la forcer à descendre de la table de billard et libérer l'Australien. Mais l'homme n'osa pas bouger tout de suite, exposant son sexe de cow-boy à l'admiration de Fifty.

— Je vous arrête pour avoir commandité le meurtre d'un vieil homme en béquilles et d'un jeune con à tatouages.

Très vite Madame Sue se ressaisit. Elle avait déjà intégré l'idée de la mort de son mari, trié les priorités, et cherchait à se redonner la contenance de la femme forte qu'elle était pour reprendre la situation en main. Mais Bekter veillait au grain. Il lui passa les bracelets dans le dos, l'empêchant de réajuster son bustier et de cacher ses seins défaits. Elle avait retroussé la jupe de son tailleur en la roulant à l'intérieur jusqu'au-dessus des hanches, et maintenant elle ne retombait pas entièrement, dévoilant ses cuisses et le pli de ses fesses. Il tendit à Fifty la Louboutin qu'il avait confisquée à la femme et força Madame Sue avilie et dépoitraillée à monter l'escalier en claudiquant. Puis il lui fit traverser la salle confite dans un silence terrifié que même le *Painkiller* de Judas Priest ne parvenait pas à couvrir.

Furieuse, Madame Sue balança d'un pied rageur la Louboutin qui lui restait dans la figure d'un biker qui la regardait, puis exigea de lui qu'il appelle qui il savait. Bekter fit aussitôt signe à Fifty d'embarquer le biker.

— Nous l'appellerons ensemble, ironisa-t-il.

Le biker tenta d'opposer l'inertie de son poids à Fifty qui n'attendait que ça pour s'en servir à son tour et lui bloquer le bras dans le dos, main remontée paume tordue jusqu'au milieu des omoplates.

— Qu'est-ce que vous croyez, qu'il est le seul à savoir qui appeler ? Toi et ta fliquette, vous allez perdre beaucoup plus que votre job.

— C'est ce qu'on dit, mais en attendant, tout ce que vous nous faites perdre, c'est notre temps.

Ils poussèrent Madame Sue et le biker à l'arrière de leur voiture, verrouillèrent les portières et démarrèrent calmement en surveillant dans les rétros la petite foule immobile qui s'amassait à la sortie du Mob. Aussitôt passé le dernier hangar, Bekter piqua sur la droite et accéléra pour retraverser le terrain vague de la friche industrielle jusqu'à la sortie sous les pipelines. Fifty garda les yeux fixés sur le rétroviseur extérieur, mais personne ne les suivait. Ils regagnèrent les bureaux sans encombre et conduisirent Madame Sue et le biker dans deux bureaux différents.

La nuit était déjà bien avancée. Il ne restait plus grand monde dans le service en dehors du personnel d'astreinte. Fifty retrouva Bekter dans son bureau.

— Non, mais tu as vu cette furie ?

— Arrête, Fifty, tu ne regardais que le bazar de l'Australien !

— La vache, ça c'est vrai aussi, tu avais déjà vu un bazar pareil ?

— Je ne suis pas particulièrement expert en bazars, tu sais…

— Oui mais quand même. Il n'était pas dans les normes, celui-là, si ?

— Fifty, épargne-moi ce genre de discussion, tu veux ? Tout ce que j'ai vu ce soir, moi, c'est que nous avons coffré cette femme.

— Et maintenant ?

— Et maintenant on leur signifie leur garde à vue, on les isole chacun dans une cellule. On fait la paperasse et on les interroge demain matin aux aurores quand ils auront passé une nuit de merde. Tu t'en occupes personnellement, d'accord ? Tu la désapes entièrement, fouille au corps, et tu lui confisques tout. Aucun contact extérieur, aucun coup de fil. Compris ?

— Tu ne crois pas qu'on devrait l'interroger maintenant ?

— Non. Maintenant j'ai mieux à faire.

— Mieux à faire que ça ? Quoi, aller dormir ?

— Ça ne te regarde pas, Fifty.

— Oh, ça sent le rencard, ça !

— Est-ce que je te demande, moi, si tu vas rêver au bazar de l'Australien ?

46

Bien sûr que je veux !

— Écoute, dit-il en posant sa main sur la sienne.

— Je sais, répondit-elle sans enlever sa main.

Elle savait, et lui aussi. Ils en avaient envie. Lui d'évidence, comme une conquête, elle par abandon, comme une pause bienheureuse. Il l'avait invitée au Namaste, le restaurant indien au premier étage de l'aile ouest du Flower Hotel, dans le micro-district numéro douze. Une enseigne lumineuse comme une réclame à la chinoise, en lettres Power Flower néo-hippies jaunes sur fond rouge. Une façade post-soviétique aux contours soulignés par des lignes de néons verts. Elle avait souri et il avait compris. Ils ressemblaient à un couple illégitime et ça l'amusait. Par chance l'entrée du restaurant, à gauche du hall à l'extérieur, les dispensait de pénétrer dans l'hôtel, mais Solongo ne put s'empêcher de penser que Bekter avait peut-être déjà retenu une de ces chambres faussement luxueuses dont les publicités vantaient l'élégance.

Ils gravirent les deux volées de marches bordées par la rampe en inox d'un escalier qui, dans d'autres pays, aurait ressemblé à celui de service d'une clinique ou d'une administration. Mais une fois passée la porte en PVC blanc du Namaste, sur le palier du premier étage, Solongo apprécia l'atmosphère de l'endroit. La moquette à motifs géométriques noirs et blancs, les banquettes de velours rouge et les chaises à dossier habillées du même tissu, les gros coussins finement brodés ton sur ton, et les lustres dorés et un peu prétentieux qui baignaient la pièce d'une lumière chaleureuse. Bekter avait réservé une table pour deux en estrade un peu à l'écart au fond du restaurant, contre le rouge cardinal du mur orné des lettres en or du Namaste. Et c'était très bien ainsi. Le parfum des épices et des currys, celui des cheese naans, le froissement du sari de la jeune femme qui les guida jusqu'à leur table, le parfum de la rose et du santal. Solongo ferma les yeux un court instant et se laissa glisser vers un abandon gourmand et lointain. Elle n'avait jamais mangé indien et laissa Bekter lui expliquer la carte. Il commanda des samoussas, des papadums et des beignets paneer tikka en entrée, et Solongo proposa de partager ensuite un curry végétarien de butternut et patate douce. Elle refusa la bière et le vin et préféra essayer le lassi salé. Autant par goût que pour garder l'esprit clair.

— Est-ce juste pour me séduire, ou est-ce que tu fêtes quelque chose de spécial ce soir ?

Bekter lâcha sa main pour croiser les siennes devant son assiette, comme s'il réfléchissait à ce qu'il fallait répondre. Puis il releva la tête et la regarda droit dans les yeux.

— Ce soir j'ai arrêté Madame Sue, la femme qui t'a menacée.

— Raconte-moi…

Il lui résuma l'enquête de Fifty, le dossier qu'ils avaient monté, l'information sur le défenestré de New York, la friche industrielle sur la Selbe, le Mob et sa clientèle, et comment ils avaient surpris la femme en Louboutin le tailleur Chanel retroussé sur le ventre à violer un grand gaillard d'Australien sur la table de billard. Il se rendit compte un peu trop tard que ce qu'il disait pouvait être très allusif, et il chercha instinctivement dans les yeux de Solongo l'émoi qu'auraient pu provoquer ses propos. Mais c'est lui qui reçut en retour la gêne et le trouble.

— Parle-moi d'elle. Qu'est-ce que tu sais de son enfance ?

— Rien encore. Elle est juste en garde à vue. Nous commencerons les interrogatoires demain.

— Tu verras qu'elle aura grandi dans une famille de nomades et qu'elle aura été mère très jeune. Qu'avant de suivre un homme de passage jusqu'à la ville, elle aura vécu dans une yourte un peu à l'écart des autres. Juste assez loin de sa famille pour en être éloignée, mais pas assez loin pour être exclue.

— De quoi parles-tu ?

— Cette femme a sans doute été une mère des steppes, dit Solongo avec beaucoup de douceur et de tolérance dans la voix.

— Qu'est-ce que c'est que cette histoire ? J'ai entendu parler de filles des steppes, mais jamais de mères des steppes.

— Ce sont les mêmes, filles faciles pour les hommes, mères honteuses pour leur famille.

— Quoi, les filles des steppes, ce ne sont pas juste des femmes qui se livrent à une sorte de petite prostitution occasionnelle, nomade et domestique ?

— Petite prostitution ? Tu crois qu'il y a une petite et une grande prostitution de nature différente ?

— Je voulais dire, choisie ou subie...

— C'est encore un autre débat. Une autre dichotomie masculine. T'es-tu jamais posé la question de savoir pourquoi cette prostitution existait un peu partout dans la steppe, d'un bout à l'autre du pays ?

— Le plaisir sans doute, l'occasion, l'argent facile, la survie...

— Se prostituer pour le plaisir, encore un argument d'homme. L'occasion peut-être, mais pourquoi ces filles-là justement ? Quant à l'argent, il n'existe pas dans la steppe, et pour la survie, mieux vaut un cheptel tous les jours qu'un client de temps en temps.

— Quoi alors ?

— La cause, c'est généralement un jeune idiot. Il peut avoir douze ans comme il peut en avoir vingt. Il voit cette gamine grandir pas loin de lui et quand son corps s'y prête, petit à petit, il la désire. Son corps la réclame, c'est ce que lui murmurent les vieux. Dans le campement, tout le monde le remarque et en rit sous cape, jusqu'à la nuit où il relève le feutre de la yourte pour se rouler à l'intérieur. Dans le silence et l'obscurité il se glisse sous la couverture de la gamine qui n'ose rien dire de peur de faire honte à ses parents. Alors elle se laisse faire sans rien comprendre et il la prend maladroitement, comme dans un jeu interdit qui le surprend. Quelquefois la gamine se surprend à aimer. Souvent elle a mal et pleure en silence. Puis il remballe son attirail, sans adieu, sans un mot, et roule sous le feutre pour rejoindre dehors dans la nuit des aînés qui l'attendent, le congratulent et l'emmènent boire à l'écart. À l'intérieur, la gamine ne dort plus et les parents non plus, mais personne ne parle. Par honte. Parce que si c'est douloureux pour le corps de la gamine comme pour le cœur des parents, c'est toléré par la tradition pour la fierté des garçons. Et quand par hasard un enfant naît, la honte est toujours là et la tradition veut que la gamine, devenue femme malgré elle et à cause des autres, aille vivre dans sa propre yourte un peu isolée du campement. Au plus loin du point d'eau, sur les pentes les plus pierreuses, à regarder son gamin grandir en espérant qu'il ne se glissera pas sous le feutre d'une yourte lui aussi. Ou en l'encourageant à le faire, au contraire. Par vengeance. Mais si l'enfant est une fille, malheur à celui qui essayera de se glisser dans la yourte. Les mères des steppes ne dorment jamais, pour ne pas laisser leurs filles en pleurs.

— Je ne savais pas, murmura Bekter, ému, mais ça confirme tout ce que je pense de la tradition. Tu as connu ça, vraiment ?

Solongo avait parlé avec une telle émotion qu'il ne pouvait en douter, mais lui qui désirait son corps à chaque seconde un peu plus voulait savoir. Et il se troubla à l'idée que la réponse qu'il attendait puisse la rendre encore plus désirable.

— Oui, dit-elle en penchant légèrement la tête de côté. Mais je n'ai pas eu d'enfant et le clan m'a gardée près de lui. Ma meilleure amie, par contre, n'a pas eu cette chance et je l'ai perdue pour ça.

— Mais pourquoi se vendent-elles aux hommes, alors ?

— Parce que la tradition leur désigne ces femmes dont elle isole les yourtes. Peut-être aussi qu'elles se vengent à leur manière. Que ce sont elles, en fait, qui prennent et jettent ces hommes de passage. Ou parce que la tradition les prive d'une vie sexuelle matrimoniale. Peu importe ce qu'elles font. Ce que tu ne dois pas oublier, c'est ce qui les a faites ainsi.

— Et tu crois que Madame Sue a été une mère des steppes ?

— Je n'en serais pas surprise. Il faudra que tu cherches dans cette direction.

— Je le ferai, mais ça ne changera rien à ce qu'elle a fait à ce gamin livreur de pizzas ou à ce qu'elle voulait te faire.

— Tout ce qui permet de comprendre les gens permet de comprendre leurs actes.

Bekter lui sourit. Elle était magnifique. Femme jusque dans le moindre mot.

— Tu dis ça pour nous ? Nous comprendre pour mieux comprendre ce que nous allons faire ?

— Toi et moi savons ce que nous allons faire, Bekter. Nous allons céder à une tentation déraisonnable.

— Si ce n'est pas raisonnable, pourquoi céder ?

— Parce que les tentations sont faites pour ça. Y résister le plus longtemps possible pour mieux y succomber, n'est-ce pas ?

Il la regarda en souriant, sans oser répondre.

— Est-ce que tu veux…, commença-t-il en écartant la main vers la fenêtre.

La vue du Namaste donnait sur le lobby du Flower Hotel. Il suspendit son geste et elle prit doucement sa main dans les siennes pour la reposer sur la nappe blanche.

— Non. Pas ici. Pas dans un hôtel. Ce n'est pas ce dont nous avons envie. Tu n'avais pas réservé, j'espère ?

— Non, sourit-il en baissant la tête. Je n'ai pas osé. Je ne savais pas si…

— Chez moi, dit-elle, raccompagne-moi.

Ils abandonnèrent leurs kulfis à la cardamome et à la rose en s'excusant auprès de la serveuse en sari qui s'inquiétait et la félicitèrent pour la qualité du dîner, puis rejoignirent en silence la voiture de Bekter sur le parking de l'hôtel. Il savait où elle habitait et s'engagea dans le trafic clairsemé de la nuit sans rien lui demander. C'est Solongo qui rompit le silence.

— Bekter, ça n'arrivera que deux fois.

— Quoi ?

— Nous.

— Pourquoi ? demanda-t-il comme un enfant puni.

— Parce que toi et moi avons dans nos vies des gens que nous aimons et que nous ne voulons pas faire souffrir. Nous n'allons rien commencer qui nécessite de nous cacher et de leur mentir.

— Moi je n'ai pas grand monde, tu sais…

— Moi j'ai quelqu'un, répondit-elle.

— Alors pourquoi ? Et pourquoi deux fois ?

Solongo posa la tête sur son épaule et prit une de ses mains dans les siennes, le laissant conduire de l'autre.

— Parce que la première fois, c'est toujours magnifique. On se met à nu au propre comme au figuré devant une personne encore inconnue. On découvre son corps, le goût de sa bouche, le sel de sa peau. On le surprend à gémir, on cherche ses cris, on bascule dans ses abandons. Mais la première fois c'est quelquefois si intense qu'on oublie d'oser, qu'on prend plaisir trop vite, alors il y a la deuxième fois. Celle où on sait à quoi s'attendre à nouveau, celle où on se retrouve pour se reprendre. Celle où on ose enfin ce qu'on a retenu la première fois. Demander, hurler, pleurer, gémir, sans retenue. Et si cette deuxième fois est aussi la dernière, alors on jouit de tout ce dont on sait qu'on ne profitera plus jamais.

Bekter conduisait sans oser la regarder. Il bandait déjà de tout ce qu'elle venait de dire et de tout son désir d'elle depuis le début de la soirée, mais sa tête, elle, bouillonnait de savoir que rien ne durerait.

— Mais à quoi ça sert alors, Solongo ?

— À nous être aimés deux fois, dit-elle comme une douce évidence. À nous être connus nus, peau contre peau. À avoir joui ensemble de nos caresses. Et à nous en souvenir chaque fois que nous nous reverrons.

— Je ne comprends pas très bien...

— Alors dis-toi que c'est une version à nous de l'amour nomade. Mais je comprendrais très bien si tu...

— Bien sûr que si. Bien sûr que je veux !

… l'odeur de sa pisse.

Elle sursauta dans son lit et se redressa, nue, sa poitrine offerte aux quatre hommes cagoulés, tous armés de fusils d'assaut, qui braquaient sur ses seins le pointeur rouge de leur laser de visée. Une main gantée de cuir noir jaillit de l'ombre et la saisit par le bras, l'arracha du lit et l'envoya dinguer en panique à l'autre bout de la yourte. Le bruit de son corps désarticulé qui se cogna et rebondit contre les meubles réveilla Bekter au moment où un des commandos le clouait sur le lit, un genou planté entre ses omoplates et le canon de son fusil d'assaut dans la nuque.

Dès cet instant tous les hommes masqués se mirent à hurler des ordres. Ne pas bouger, sortir du lit, s'allonger sur le sol, les mains sur la tête. Un soldat tira Bekter du lit et le jeta au sol en lui tordant les bras dans le dos. Une botte lui écrasa le visage sur le plancher et il aperçut Solongo, terrorisée, plaquée au sol par une autre botte, ses seins écrasés, ses cuisses écartelées par deux autres bottes qui l'empêchaient de les refermer, et ses jolis yeux ravagés par la peur. Il essaya de la rassurer du regard et de lui faire comprendre qu'elle ne devait opposer aucune résistance. Puis il se concentra sur ce qui se passait autour de lui. C'était une opération de police. Une opération spéciale. Lui aussi avait déjà procédé de cette façon brutale quand il redoutait une réaction du suspect. Mais il nota qu'il n'y avait que quatre hommes. Une toute petite équipe. Inhabituel pour ce genre d'interpellation. Aucun civil, que des commandos en tenue d'intervention. Ils allaient les laisser à terre le temps de bien marquer leur domination, de sécuriser l'endroit, et de préparer l'exfiltration. Routine. Bekter s'y résolut, ne cherchant qu'à apaiser la peur de Solongo. Quand il jugea que la nervosité des quatre commandos était un peu retombée, il décida de tenter de s'expliquer.

— Est-ce que je peux…

La botte lui écrasa la joue, l'empêchant d'articuler sa question.

— Tu ne peux rien et tu la fermes.

Celui qui le maîtrisait était le chef de l'opération. Il se mit à distribuer des ordres.

— Vous avez son arme ?

— Affirmatif.

— Emportez ses vêtements.

— Il ne se rhabille pas ?

— Non.

— Et elle ?

— Elle ne vient pas.

— Tu es sûr ?

— C'est ce que je viens de dire. Lui seulement.

— Alors c'est bon, nous sommes prêts.

— Okay, on se prépare à bouger…

Il sentit la pression de la botte sur son visage se relâcher, et des mains le saisir sous les bras. Il devina qu'on arrachait un drap du lit et vit le tissu tomber en étole sur Solongo.

— Couvrez-vous. Vous serez convoquée demain pour témoigner.

Solongo tira le tissu sur elle et se redressa à genoux.

— Où l'emmenez-vous ?

— Vous le saurez demain. Restez où vous êtes et ne bougez pas jusqu'à notre départ.

— Pourquoi l'arrêtez-vous ?

— Vous n'avez pas à le savoir.

— Mais c'est un flic !

— Raison de plus. Allez, on bouge ! ordonna-t-il aux autres commandos.

Les deux hommes qui maintenaient Bekter à terre l'empoignèrent pour le relever et le poussèrent vers la porte de la yourte. Un troisième fermait la marche en vérifiant que Solongo ne bougeait pas. Le chef du commando fit marquer un temps d'arrêt à ses hommes, puis poussa le battant grand ouvert et s'effaça pour les laisser sortir. Dès que Bekter apparut, nu, tête baissée pour ne pas se cogner au chambranle, la lumière crue d'un projecteur l'aveugla et le força à la grimace. Une équipe de télé le filmait sans gêne, prisonnier entre deux commandos masqués qui marquèrent un autre temps d'arrêt sur un geste de leur chef. Bekter comprit la manœuvre et réagit comme il put. Il se redressa, oubliant sa nudité, et fixa l'objectif de la caméra.

« Bekter ! Bekter ! Avez-vous vraiment séquestré des suspects pour des interrogatoires illégaux ? »

« Votre service dispose-t-il vraiment d'une salle de torture aménagée dans un wagon de marchandises dans une gare désaffectée de l'est de la ville ? »

« L'homme qui se faisait appeler Hüttler Khan est-il mort dans ce wagon au cours d'un interrogatoire ? »

« Avez-vous donné l'ordre de se débarrasser du corps de Hüttler Khan en faisant croire à une chute d'ivrogne depuis le Peace Bridge sur Narnii Road ? »

Maintenant il était fixé. La manipulation, l'humiliation, ce pays était habitué à ce genre d'exactions depuis longtemps. Après tout, n'avait-on pas dernièrement, en pleine campagne présidentielle, arrêté un ancien président de la République favori des sondages, dès potron-minet, pour l'exhiber en chaussettes et en pyjama devant les caméras complaisamment prévenues ? L'important, c'est qu'il savait maintenant autour de quelles accusations tournait la manipulation. Quant à l'humiliation, c'était déjà une erreur de la part de ses maniganceurs. Elle prouverait, le moment venu, la volonté de nuire et la partialité du procédé. Et même si l'épisode présidentiel avait démontré la servilité d'une grande partie du système judiciaire, un certain nombre de magistrats gardaient en travers de la gorge ces pratiques policières mafieuses. Cette application à l'humilier lui servirait un jour. Il allait se satisfaire de ces quelques réflexions quand les deux commandos le poussèrent vers les caméras, mais au lieu de l'aveugler plus encore, la lumière blanche des leds glissa derrière lui, le plongeant soudain dans l'ombre de la nuit. Il redouta aussitôt ce que la précipitation du caméraman signifiait. En se tordant l'épaule et le cou malgré la poigne de fer de ceux qui le poussaient, il aperçut par-dessus son épaule le visage défait de Solongo que le dernier commando maintenait debout sur le pas de la porte, terrifiée, à moitié nue, le drap chiffonné entre ses poings serrés sur sa poitrine.

« Madame, madame, depuis combien de temps êtes-vous la maîtresse de Bekter ? N'étiez-vous pas la maîtresse d'un autre flic avant ? Ce flic n'a-t-il pas été renvoyé de la police pour des pratiques violentes ? Madame, pourquoi n'aimez-vous que des flics voyous ? Pourquoi cherchez-vous la violence dans votre vie intime ? »

Bekter fit mine de vouloir se dégager, puis surprit les deux commandos qui le retenaient en se jetant en arrière. Il les entraîna dans son déséquilibre et ils bousculèrent le caméraman qui tomba à son tour, lâchant sa caméra. Bekter en profita aussitôt pour pivoter sur sa hanche et balancer son pied dans le projecteur pour l'éteindre. Dans la nuit soudaine, un premier coup dans les reins lui irradia le corps de douleur. Au-dessus de lui, la voix du chef du commando essayait de remettre de l'ordre dans cette pagaille.

— Faites-la rentrer ! Faites-la rentrer ! J'avais dit pas elle !

— Mais c'est elle qui…

— Elle qui quoi, elle qui s'est précipitée face aux caméras ?

— Non elle, l'autre, la femme dehors qui m'a fait signe.

— Merde, fais-la rentrer et ferme cette putain de porte. C'est moi qui donne les ordres ici !

Le second coup à la base du crâne priva Bekter de la suite. Puis il devina qu'on le traînait par les bras vers une voiture. Le dessus de ses orteils s'écorchait aux graviers. On le souleva, les mains toujours menottées dans le dos, à lui en déboîter les épaules. Avant qu'on le jette à même le sol en métal d'un van, il eut le temps d'apercevoir les semelles rouges d'une paire de Louboutin immobiles à travers l'agitation des pieds des équipes de télé qui se repliaient en panique. Puis quelqu'un fit coulisser avec violence la porte du van et il sentit l'odeur et la tiédeur de la peur le prendre à la gorge. Alors il s'évanouit dans l'odeur de sa pisse.

48

... moi je n'y retourne pas.

Ça bruissait dans les couloirs depuis quelques jours. Fifty souriait à l'idée que Bekter s'envoyait en l'air avec la belle légiste. Pas de chance pour elle qui en pinçait un peu pour son chef. Solongo était très belle, à ce qu'on disait. Pas moyen de lutter.

Elle attendait son tour au Mongolian Grill. Elle avait choisi du porc en lamelles, du bœuf émincé et quelques crevettes, puis du chou, de l'oignon, des champignons, de l'ananas et de la coriandre pour les légumes. Quand un des trois cuisiniers lui fit signe, elle lui tendit ses deux bols et lui expliqua la cuisson qu'elle souhaitait pour chaque viande et comment elle voulait les légumes. Le cuisinier jeta le tout sur la grande plaque de cuisson ronde autour de laquelle tournaient déjà les deux autres cuistots. Puis, avec de longues spatules qu'il maniait en les faisant tournoyer comme des baguettes de batteur rock, il répartit les viandes et les légumes à différents endroits de la plaque pour les griller, les éclaboussant d'eau et d'huile à l'occasion, dans un ballet gourmand dont elle ne se lassait pas. Fifty admira la dextérité des trois garçons en sueur qui dansaient autour du gril, récupérant d'un côté ce qu'ils avaient réservé de l'autre, glissant de leurs baguettes agiles une viande grésillante vers un point moins chaud, allant chercher sur le côté tel légume pour le mélanger à telle viande, puis tel autre à telle autre viande, jusqu'à finir par tout rassembler dans un joli triangle pointe vers le centre et d'un geste expert tout glisser dans une large assiette. Fifty adorait le barbecue mongol. Elle commença à piocher la viande brûlante du bout des doigts et des lèvres, trouva une table pour s'asseoir, et but sa bière au goulot.

— On peut ?

Fifty dévisagea la fille qui se tenait debout, son plateau dans les mains. Une petite trentaine à peine, plutôt grande dans un slim déchiré aux genoux, cheveux au carré, un fin T-shirt *Mongols do it on the gril* sous une petite veste en jean. Deux garçons l'accompagnaient, un peu en retrait. Deux Justin Bieber à la mongole avec coup de vent des steppes dans la coiffure savamment gominée et avant-bras gentiment tatoués pour que ça se voie.

— Si c'est un plan drague, ce n'est pas vraiment le bon soir.

— Non, c'est juste que c'est la seule table où il reste trois places, s'excusa la fille.

Fifty opina de la tête en soupirant et le trio s'installa à sa table.

— Alors, dure journée ?

— Hey ! coupa Fifty en regardant le garçon qui lui souriait. Je suis juste là pour manger un bout tranquille après le boulot, alors pour la conversation, ça ne va pas le faire, d'accord ?

298

— Excuse-les, plaida la fille. Ils sont lourdingues. Moi aussi ils me gavent un peu. Qu'est-ce que tu veux, ce sont des garçons. Je t'offre une bière ?

— Écoute, je…

— Juste une bière, parce que tu as été sympa de nous laisser la place. Altan Gobi ou Chinggis ?

— Altan Gobi, céda Fifty.

La fille se leva et Fifty resta seule avec les deux garçons qui la regardaient en silence. Elle se demanda si leur grand sourire niais avec le regard écarquillé faisait aussi partie de la panoplie de Bieber, ou si elle était tombée sur des idiots du village. L'idée lui arracha un léger sourire qui élargit d'une oreille à l'autre celui des deux imbéciles.

— Tiens, dit la fille en posant deux Altan Gobi décapsulées sur la table. Je vois que vous avez fait connaissance. Toi aussi tu as cédé à leur sourire irrésistible, n'est-ce pas ?

Fifty pouffa en éclaboussant la mousse de sa bière un peu partout. Les trois autres éclatèrent de rire à leur tour puis ils levèrent leurs canettes pour trinquer avec elle.

— Tu sais que ce barbecue n'a rien de mongol en fait, expliqua soudain la fille en attaquant son assiette.

— Tu es sûre ? Je croyais que c'était une tradition des guerriers de Temudjin. Ils ne cuisaient pas la viande à la plancha sur leurs boucliers en métal posés sur les braises des feux de camp ?

— Foutaises et légendes, rigola la fille. On ne parle de ça que depuis les années 1950. Tu sais où est apparu le premier Gengis Khan Mongolian BBQ ? À downtown Taipei, en Chine nationaliste. Chez nous, c'est juste un piège à touristes qui date des années 1990. Il y en avait dans l'Arkansas avant qu'il y en ait un à Oulan-Bator !

Ils attaquèrent leurs plats avec gourmandise, sauf Fifty dont l'appétit semblait avoir soudain disparu. Comme si la fatigue de cette journée agitée la rattrapait. Sans compter la chaleur en provenance de la fournaise du gril.

— Tu ne manges pas ?

— Un petit coup de mou. La journée a été mouvementée. Le contrecoup sans doute. Et puis il fait vraiment très chaud là-dedans.

Fifty vida sa bière d'un trait pour se rafraîchir et la fille lui proposa d'aller lui en chercher une autre.

— Non laisse, c'est gentil, protesta Fifty, mais j'ai plus faim. Je vais y aller.

Elle chercha à se lever, mais ses jambes se dérobèrent sous elle et elle retomba sur la table. Son assiette se fracassa sur le sol. Tous les clients se retournèrent pour la regarder tituber en essayant de se redresser. La fille se précipita pour l'aider et glissa un bras sous le sien pour la soutenir.

— Chagrin d'amour, expliqua-t-elle à la cantonade. Elle a un peu trop bu. Elle vient de se faire larguer !

Elle fit signe aux deux Bieber de venir l'aider et ils quittèrent le Grill, Fifty titubant au milieu d'eux.

— T'as dit quoi… ?

Elle ne parvenait plus à articuler. Le décalage s'aggravait entre ce qu'elle voulait faire et ce qu'elle pouvait. Son cerveau se liquéfiait. Tout devenait poisseux et épais en elle, sa volonté autant que ses muscles. Elle s'efforça de comprendre ce qui lui arrivait.

— Merde, c'est pas deux…, bredouilla-t-elle.

Elle s'affaissa dans leurs bras et faillit faire trébucher le groupe. Ils la redressèrent en catastrophe. Elle s'effondra à nouveau, se retenant à la veste de la fille.

Une fois dehors, parmi toutes celles qui la retenaient, elle sentit une main se glisser dans son dos, fouiller autour de ses hanches, et trouver son arme sur le côté.

— Non… pas ça…

— Je l'ai, dit la voix trop calme d'un des deux garçons.

— Dans ton mouchoir ?

— Bien sûr, pour qui tu me prends.

— Alors on y va, dit la fille.

Ils accélérèrent le pas, traînant Fifty qui n'était plus capable de marcher. Son cerveau décalquait en retard le peu qu'elle devinait. Le décalage l'étourdissait. Ils rejoignirent un van garé à quelques mètres. Une porte coulissa et on la poussa à l'intérieur. Elle aperçut en contre-plongée la fille qui l'avait abordée. Elle montait avec elle. Un des garçons prit le volant. L'autre disparut en riant.

— C'est pas deux…

— C'est pas deux quoi ?

— … deux bières…

— C'est pas deux bières qui t'ont mise pourrave comme ça, c'est ça que tu veux dire ? Eh bien tu as raison, pauvre conne, c'est plutôt ce que j'ai mis dedans !

— Pourquoi… ?

— Ta gueule ! ordonna la fille en changeant de registre.

— Appelle-la, il faut la prévenir, dit le chauffeur par-dessus son épaule.

— J'ai froid ! gémit Fifty en enfonçant ses poings dans les poches de son pantalon.

— Merde, j'ai plus mon phone. J'ai dû le perdre au Grill en relevant cette pétasse !

— Froid…, bégaya Fifty.

— Ta gueule ! s'énerva la fille en la giflant.

— Tu l'as ?

— Non…

— Je te préviens, je ne retourne pas là-bas tant qu'on ne s'est pas débarrassés d'elle. Tu as vu le cirque qu'on a foutu là-dedans.

— Et alors ? On était là pour ça, non, pauvre tache.

— La tache, c'est celle qui paume son phone. Prends le mien et appelle-la, dit-il en tendant par-derrière son smartphone à la fille, moi je n'y retourne pas.

49

Sa sœur des steppes.

Il soupira en devinant de loin l'agitation autour du poste commercial. D'ordinaire, une dizaine de baraques alignées, bariolées de panneaux de réclames, séparées de la route par un large terrain vague poussiéreux qui servait de parking sauvage. Dix fois le même commerce, à la fois comptoir général, bar et garage, les façades des petites baraques en fronton, façon Far West. Les mêmes congélateurs à sodas à l'extérieur, pleins de bières, et aussi les mêmes billards, le feutre brûlé par le soleil ou l'hiver, et tailladés par les coups de queue hasardeux de joueurs trop ivres. Au temps du Régime d'Avant, les Soviétiques avaient interdit les jeux dans les établissements publics. Mais comme à cette époque tout établissement était public par nature, les habitués avaient tiré les billards dehors pour respecter la consigne du parti et continuer à jouer. Le régime avait renoncé à leur rappeler que la rue aussi était publique. La force de l'inertie nomade.

Devant les bicoques, on trouvait d'habitude des vans et des 4 × 4 ; quelques improbables bagnoles russes le capot grand ouvert pour laisser respirer les moteurs

suffoqués de poussière ; des camions à remorque surchargés sur trois fois leur hauteur de ballots de laine
sale, étranglés de cordages. Quelquefois une moto,
une Planeta 5 IZH la plupart du temps, avec la famille
complète en brochette dessus.

Souvent un montreur d'aigle, un faux chasseur,
traînait un peu à l'écart et se vendait en selfie aux
touristes pour un billet, sous le regard moqueur des
camionneurs. En dehors des réclames, son deel de
vieux satin pourpre ou bleu pour la photo apportait la
seule touche de couleur à ce paysage jauni par le soleil
et la poudre de terre. Mais cette fois, Yeruldelgger
devina les couleurs chatoyantes des casaques des
petits jockeys, les boléros des lutteurs, les longs
manteaux brodés des archers au milieu d'une foule
désordonnée. Des véhicules de toutes sortes garés
n'importe où, au milieu des treillis qu'on dépliait et
qui se hérissaient de perches orange pour monter des
yourtes.

— C'est quoi ce barnum ? grommela Yeruldelgger
en retenant son cheval.

— D'autres emmerdements, je suppose, jugea
Tsetseg en le rejoignant, intriguée elle aussi.

Elle resta à ses côtés pour observer cette promesse
de tourments, laissant le petit jockey les dépasser
en lâchant le galop de son cheval. Trop fier et trop
heureux d'aller annoncer l'arrivée de Delgger Khan.

— Bon, je crois qu'il faut que tu y ailles, dit-elle
sans le regarder, on t'attend là-bas pour sauver le
monde nomade, semble-t-il.

— Tu ne m'accompagnes pas ?

— Non. Je vais d'abord passer voir la femme qui habite là-bas, à l'écart, dit Tsetseg en se dressant sur ses étriers pour observer une yourte isolée.

— Qui est-ce ?

— Je ne la connais pas encore.

— Alors pourquoi dois-tu passer la voir ?

— Parce que je pense que nous sommes sœurs.

— Tu as de la famille par ici ? s'étonna Yeruldelgger.

— Non. Je voulais dire sœurs à la mode des sœurs des steppes…

Il voulut lui demander ce que cela signifiait, mais Tsetseg avait déjà poussé son cheval au galop. Il la regarda filer vers la yourte, le dos droit malgré l'âge, coudes écartés avec assurance, l'arc fier en bandoulière, et se dit qu'il aurait bien aimé qu'elle l'accompagne un peu jusqu'à ses prochaines emmerdes. Il se résigna à aller les affronter seul, et laissa sa monture l'y mener au pas.

De loin, il chercha à comprendre la dynamique de la foule. Beaucoup trop d'hommes à cheval pour des petits coureurs de naadam. Des éleveurs probablement, une centaine peut-être, qui essayaient de garder au calme leurs troupeaux trop nerveux. De temps en temps un cheval partait au galop sur quelques mètres et l'homme le stoppait net dans la panique des autres. À l'écart, il devina des dizaines de silhouettes accroupies, prostrées et apeurées. Des ninjas sûrement, immobiles face à l'agitation des bêtes qui piétinaient la terre et puaient la sueur. Une vingtaine d'uniformes aussi. Noirs. Regroupés devant le petit rempart de cinq véhicules noirs militairement alignés. Des Hummer de la MGS, identiques à ceux que pilotaient les hommes venus dépouiller le campement de Ganbold. Et au-dessus de cette foule improbable, agités par des bras invisibles, de plus en plus de petits étendards carrés, rouges, jaunes, verts ou bleus, frappés d'un emblème qu'il ne distinguait pas encore. Il se demandait comment l'assemblage disparate de cette foule improbable n'avait pas encore dégénéré en émeute quand il entendit le premier coup de feu. Il aperçut alors, au-dessus des cavaliers, la petite silhouette ronde de Guerleï, le bras en l'air l'arme à la main. Elle était grimpée sur le toit du van bleu des quatre artistes fous.

Savoir la lieutenant toujours aussi déterminée à maintenir l'ordre l'amusa sans vraiment le rassurer. Il poussa son cheval au trot, un sourire inquiet aux lèvres, surtout quand il vit qu'un groupe de cavaliers se ruait à sa rencontre, leurs étendards de toutes les couleurs claquant dans le vent de leur galop. Lorsqu'ils furent plus près, il reconnut à leur tête l'ogre Zorig, le chauffeur du van bleu, dont les pieds frôlaient le sol tant il était grand sur un cheval trop court sur pattes.

— *Ave, Delgger, morituri te salutant !* hurla-t-il joyeusement en tordant le mors de sa monture pour l'arrêter net.

Yeruldelgger regarda la troupe l'encercler en brandissant ses bannières et son cœur pulsa dans sa nuque aussitôt raidie par une bouffée de colère.

— Qu'est-ce que c'est que ça ? gronda-t-il en pointant un drapeau.

— C'est Naaran, répondit fièrement Zorig.

— Ça, Naaran, tu te moques de moi ?

— Non, je veux dire que c'est Naaran qui l'a fait, mais ça, c'est toi, évidemment, tout le monde te reconnaît.

Autour d'eux, les yeux rieurs des nomades, fléchés de rides en coin et fendus entre les paupières, couraient des bannières au visage de Yeruldelgger avec admiration. C'était bien lui. C'était Delgger Khan.

Il n'y avait rien à faire. La ferveur guerrière de la troupe était telle qu'il ne pouvait rien dire. Il fulmina en silence et jeta un regard mauvais vers le poste commercial au loin, et tous les cavaliers prirent sa colère sourde pour une détermination héroïque. Il donna du talon tout en retenant les rênes, pour galvaniser l'impatience de son cheval, puis lâcha la bride et partit dans un galop ventre à terre. La troupe en pagaille se remit aussitôt en ordre et se lança à sa suite en hurlant, fière d'un chef aussi rageur.

En arrivant au poste, la foule se fendit d'une haie d'honneur qui le conduisit jusqu'au van bleu sur lequel la lieutenant l'attendait, les poings sur les hanches et l'œil mauvais.

— Tu crois vraiment que j'avais besoin de ça ? gronda-t-elle en désignant d'un large geste de la main tout le bordel ambiant.

— Je n'y suis pour rien, s'emporta Yeruldelgger. Je voulais juste participer au naadam !

— Ah oui ? Où ont-ils pêché qu'un Delgger Khan qui a ta tronche allait sauver le pays des étrangers et des concessions, alors ?

— Je n'en sais rien, Guerleï, tu peux me croire. Je me fous de leur révolte comme je me fous de tes enquêtes. Je suis juste un vieil ex-flic qui cherche à se ressourcer en s'isolant dans une retraite spirituelle, putain de bordel de merde, c'est quand même pas si difficile à comprendre, ça !

Il avait martelé ses jurons en se cognant le front de son poing serré à s'en blanchir les articulations.

— Et ça, qu'est-ce que c'est ?

Il se retourna pour voir ce qu'elle désignait du haut de son van, et se malaxa lourdement le visage dans ses mains : il crut rêver. Al et Naaran épinglaient à sécher sur une corde des affiches que l'artiste français réalisait à la chaîne et que les nomades attendaient comme des cadeaux. Yeruldelgger fit demi-tour et poussa son cheval jusqu'à eux. Les affiches étaient dessinées et écrites à la main, d'une seule couleur, sur du papier grossier.

« Sous les dunes, la mort », disait la première, qui affichait le crâne monstrueux d'une chèvre cyclope. « Concessions, pièges à cons », proclamait une autre montrant une yourte enfermée au centre de barbelés circulaires. « Interdit d'interdire », avec en gros plan une brèche dans des barbelés. « Ne me libère pas, je m'en charge », avec un nomade au galop brandissant un fusil. « Nous sommes tous des nomades mongols », « Occupons les déserts ». Une autre se lisait comme un poème :

Je nomadise
Tu nomadises
Il nomadise
Nous nomadisons
Vous nomadisez
Ils profitent.

Mais la plus demandée était tout simplement marquée « Delgger Khan » sous le portrait au trait de Yeruldelgger façon Che Guevara.

Les trois artistes étaient en transe, sous le regard fasciné de la foule. Le Français expliquait en charabia des slogans que les deux autres traduisaient et dessinaient aussitôt sur une toile de moustiquaire montée sur un cadre de bois.

— C'est de la sérigraphie, expliqua Erwan en français, apercevant Yeruldelgger. J'ai trouvé dans les différentes boutiques tout ce qu'il fallait pour bricoler cet atelier de fortune.

De la foule qui regardait Yeruldelgger avec respect monta aussitôt un murmure d'admiration pour ce héros qui parlait aussi la langue mystérieuse de l'artiste. Yeruldelgger sentit à nouveau la colère lui congestionner l'aorte et fit un ultime effort pour maîtriser des pulsions de plus en plus meurtrières.

— Tu me fous tout ça à la poubelle et tu arrêtes tes conneries. Je ne veux plus voir une seule bannière ni une seule affiche avec mon portrait. Je ne suis pas Delgger Khan, je ne sais pas ce qui se trame ici et je ne veux pas le savoir. Je rentre chez moi dès que vous aurez détruit ces affiches.

Yeruldelgger se retourna. La lieutenant était toujours debout sur son van bleu que plus personne n'entourait. Il força son passage au pas parmi la foule et remonta jusqu'à elle.

— Alors ? demanda-t-il.

— Alors quoi ? grogna Guerleï.

— C'est quoi tout ce bordel ?

La lieutenant hésita une seconde entre la rage et la colère, puis se laissa tomber assise sur le toit du van, les pieds ballants.

— Je n'en sais rien. Tu les connais, eux, là-bas ? demanda-t-elle en désignant de la tête les hommes en uniforme noir près des Hummer.

— Des vigiles de la MGS, non ?

— Non, tout le contraire. Ils appartiennent à l'Armée des Mille Rivières. Des écolos nationalistes dissidents de la Nation Mongole. Avant ils tabassaient des Chinois dans les rues d'Oulan-Bator, mais ils se sont recyclés dans la lutte contre les concessions minières qui sont toutes entre les mains de compagnies étrangères.

— Ne me dis pas que…

— Si. Quelqu'un a enrôlé la Nation Mongole dans la MGS qui a le monopole de la sécurité privée dans le pays, et entre autres des concessions minières. Une trahison impardonnable pour les dissidents.

— Alors on peut penser que…

— Tu cogites encore pas mal pour un vieil ex-flic. Oui, on peut penser que l'Armée des Mille Rivières a puni les quatre types du pont et celui de la crête pour trahison en appliquant sa tradition d'honneur à la con façon Gengis Khan.

— Ça explique peut-être ces deux crimes, mais ça n'explique pas tout ce bordel.

— Depuis qu'elle existe, l'Armée des Mille Rivières a décidé d'aller vérifier manu militari l'application de la loi.

— Quelle loi ?

— Ne me dis pas que tu n'as jamais entendu parler de la loi au Grand Nom !

— Mais si, bien sûr. Je connais les lois, j'ai été flic, je te le rappelle. La loi pour l'interdiction des explorations et des opérations minières près des sources de rivières, des zones protégées, des réserves d'eau et des zones boisées. Elle date de 2009. Elle a même été votée sous la pression des grandes manifestations d'activistes écolo, alors que veulent-ils encore ?

— Le problème c'est que depuis 2009, des textes en rabotent l'efficacité au profit des compagnies minières qui s'en moquent comme de leur première pelleteuse et achètent des dérogations à grandes bennes de pots-de-vin. Et le passage de la Nation Mongole dans le service d'ordre des concessions a changé la donne. Les compagnies minières craignent de moins en moins les coups de main des activistes. l'AMR a donc décidé de changer de stratégie et de s'attaquer directement aux grandes compagnies avec des moyens quasi militaires.

— Et c'est ce qu'ils s'apprêtent à faire ?

— Si j'en crois la rumeur, oui, ils vont s'en prendre à une concession de la Colorado.

— Et tous les autres ?

— Les nomades sont là parce que les concessions privent leur bétail de pâturages, et que ceux qui bordent les routes sont empoisonnés. Les ninjas sont là parce que la Colorado étend ses concessions et les rejette chaque jour plus loin des filons. Les autres sont là pour toi, parce qu'on leur a raconté que tu voulais en découdre et que tu montais une armée contre la Colorado.

— Mais je n'ai jamais dit ça ! Je me fous de la Colorado. Où sont-ils allés chercher ça ?

— Même s'ils ne demandaient qu'à y croire, il a bien fallu que quelqu'un le leur dise.

— Eh bien amène-le-moi et je n'aurai pas besoin d'un atelier de sérigraphie pour imprimer son visage sur le premier rocher venu.

— Bon, qu'est-ce qu'on fait alors ?

— Comment ça qu'est-ce qu'on fait ? Mais tu n'as toujours pas compris ? Je ne fais rien, moi. Je prends mon cheval et je rentre chez moi !

— Et tu me laisses avec tout ça ?

— Tu es flic, pas moi, c'est ton problème. Tu viens pratiquement de résoudre les meurtres du pont et de la crête, ce n'est déjà pas si mal !

— Je ne parle pas de ça. Tu ne comprends donc pas ce qui se prépare ?

— Je m'en moque.

— La Colorado va envoyer les mercenaires de la MGS.

— Rien à faire.

— Et puis derrière ils enverront les mineurs. Ils sont dix mille.

— Pas mon problème.

— Si les autorités s'y prennent à temps, la police ou l'armée va débarquer pour faire tampon.

— Je m'en contrefous.

— Yeruldelgger, on va au massacre. Deux milices de monolobés, des compagnies minières sans scrupules, une police dépassée, une armée qui va réagir comme une armée et des politiciens dont on ne sait que trop qu'ils préfèrent attendre l'incident pour mieux l'exploiter médiatiquement à leur profit. Merde, Yeruldelgger, c'est ton pays quand même !

— Honnêtement, lieutenant, honnêtement, tu vois, je me le demande. Tu t'y reconnais, toi, dans ce pays-là ?

— Parce que tu crois que j'ai le droit de me poser la question ? Je suis le seul flic ici, tu ne t'en es pas encore rendu compte ? Le seul flic au milieu de quatre cents abrutis presque tous armés et prêts à en découdre avec un ou deux milliers d'autres aussi abrutis tout aussi armés qui ne vont pas tarder à débarquer. Le seul flic, Yeruldelgger, tu m'entends ?

— Je compatis, lieutenant, mais encore une fois, moi je ne le suis plus. Et puis dans ce merdier, un flic ou deux, où est la différence ? Si tout doit partir en vrille, tu n'y pourras rien et moi non plus. Alors laisse tomber et fais comme moi. Rentre chez toi.

Il lui tendit la main pour l'aider à descendre du toit du van, mais elle refusa.

— Va te faire foutre, Yeruldelgger, tu n'es plus qu'un vieillard sans honneur.

— L'honneur ? Voilà que tu fais appel aux valeurs de la tradition, toi, maintenant ! se moqua-t-il.

Il poussa son cheval au pas entre les badauds, et dès qu'il eut un peu d'espace, il le lança au trot vers la yourte isolée où Tsetseg rendait visite à sa sœur. Sa sœur des steppes.

50

Une très, très grosse bêtise.

— Je veux voir le ministre.

— C'est un peu prétentieux comme demande, tu ne crois pas, de la part d'un homme nu et menotté à une table d'interrogatoire ?

— Quand je lui aurai parlé, nous verrons bien qui sera le plus à poil dans cette histoire.

— Quoi, c'est une menace ?

— C'est un avertissement. Pour toi et tous ceux qui veulent continuer cette mascarade.

— La salle de torture dans le wagon et le macchabée en bas du pont, tu appelles ça une mascarade ?

— C'est une manipulation. Le wagon figure officiellement à l'inventaire des locaux affectés aux Affaires spéciales au titre de salle d'interrogatoire. Et si j'ai bonne mémoire, c'est ce même ministre qui a débloqué les premiers fonds secrets en 2013 à la suite des émeutes écologistes. Pour le mort du Peace Bridge, j'ai un alibi.

— Alors tu n'as rien à craindre et pas besoin de déranger le ministre. Nous allons tranquillement procéder à l'enquête. Aussi méticuleusement que le font les Affaires spéciales quand elles s'acharnent des mois et des mois sur nos copains des différents services. Tu vas voir ce que c'est que de se retrouver de l'autre côté.

— C'est toi qui seras de l'autre côté quand j'aurai apporté la preuve de ta mise en scène.

— Tu veux parler de la télé ? Je n'y suis pour rien. Ce sont des pros, tu sais, ils connaissent leur métier.

— Ils obéissent surtout à leur patron.

— Ah oui ? Tu connais leur patron, toi ?

— Bien sûr, et toi aussi, c'est l'homme qui couche avec la femme aux semelles rouges. Celle qui était discrètement là ce soir, celle qui a fait venir la télévision, celle à qui tu obéis et qui te paye. À moins qu'elle ne te tienne par les couilles.

L'homme accusa discrètement le coup. L'allusion à Madame Sue le déstabilisa quelques secondes et Bekter en profita.

— C'est sûr que tu as intérêt à réfléchir vite maintenant. Moi je suis le patron des Affaires spéciales. Elle c'est la maîtresse des affaires tordues. Elle veut me faire tomber avant que moi je ne la fasse tomber. Si elle se mouille au point de faire accuser de meurtre le patron des Affaires spéciales, c'est qu'elle doit avoir une sacrée trouille de ce que j'ai contre elle, tu ne crois pas ? Sauf qu'en fait, elle ne se mouille pas vraiment, elle. C'est toi qu'elle mouille. Et ça ne te laisse pas beaucoup de choix.

— Tu parles beaucoup pour un type à qui on n'a pas encore posé de questions.

— C'est que je ne suis pas sûr que tu aies reçu l'ordre de m'en poser, alors je prends les devants. Tu saisis les options qu'il te reste, maintenant ?

— La tienne, l'unique, c'est de la fermer, dit-il en se levant, menaçant.

— Bien sûr, le plus radical, ce serait qu'il m'arrive quelque chose. Un accident. Une chute mortelle. Mais après le ramdam que tu as organisé avec la télé, ça va être difficile de m'arranger une mort discrète. Tu peux aussi essayer de la jouer boulot-boulot. Enquête, paperasse, dossiers, histoire de faire durer et de voir qui sortira vainqueur d'elle ou de moi avant d'ouvrir les parapluies. Sauf que si c'est elle, tu es mort parce qu'elle a rarement laissé de témoins de ses turpitudes. À propos, j'espère que tu ne savais pas que le cadavre du pont c'était celui d'un type qui s'apprêtait à témoigner contre cette femme dans une affaire criminelle, parce que sinon, ça pourrait faire jaser dans le genre police complice.

— Tu as des preuves de ce que tu avances ? Si c'est vrai, je te jure que je ne le savais pas.

— Des preuves, j'en ai, mais tout nu menotté à une table, c'est difficile de les présenter. De toute façon, ça ne règle pas le problème.

— Quel problème ?

— Le tien. Celui d'essayer de te tirer de la merde dans laquelle elle t'a mis.

— Essaye déjà de te tirer de la tienne. Tu sais de qui tu parles ? Il lui a suffi d'un coup de fil, un seul, et ne me demande même pas qui a pu le passer pour elle, pour que je reçoive l'ordre de te coffrer, et tu sais d'où venait cet ordre ?

— Du ministre, je suppose…

— Parfaitement. Ce même ministre que tu demandes à voir. Et tu crois vraiment qu'il va accepter de t'écouter ?

— J'en suis persuadé. J'en suis même certain. Parce que s'il a accédé à sa demande, c'est que lui aussi elle le tient par les couilles. Or ce que je prépare, moi, c'est le grand lâcher de couilles, justement. Celui qui va libérer tout le monde du chantage de cette dame. Et là, le ministre, et les juges, et les flics vont se montrer très intéressés, je te le garantis. La question est : es-tu prêt, toi aussi, pour le grand lâcher de couilles, ou préfères-tu qu'elle s'agrippe aux tiennes pour t'entraîner dans sa chute ?

— Tu parles trop et tu bluffes. Tu n'as rien sur elle, sinon elle n'aurait pas pris ce risque. Moi en tout cas je n'en prends pas. C'est elle qui tient les rênes. Tu vas tomber pour meurtre et ça me va comme ça.

— Et moi je vais la faire tomber pour cinq meurtres, preuves à l'appui. Choisis bien ton côté, camarade.

L'homme le jaugea du regard un long moment, puis quitta la pièce.

— Qu'on lui donne une combinaison de prisonnier, qu'il se rhabille, et que personne ne le touche, ordonna-t-il au planton, on ne sait jamais.

— Si tu pouvais prévenir ma partenaire aussi, je saurais peut-être m'en souvenir.

— Ah ça, ça ne va pas être possible, répondit l'homme sans se retourner.

— Qu'est-ce que ça veut dire ?

— Ça veut dire qu'elle est en taule, elle aussi.

— En taule, et pourquoi ?

— Pour une grosse bêtise qui ne va pas te faire plaisir. Une très, très grosse bêtise.

... qui tripotent les filles malgré elles...

— Tu n'es pas le bienvenu, dit-elle.

— Je suis venu te dire que je m'en vais...

— Alors pars au vent mauvais et laisse-nous, dit l'autre femme.

L'intérieur de la yourte était sombre et pauvrement meublé. Face à Tsetseg, assise à même le sol, une femme plus jeune, maigre et mal vêtue, le regardait avec haine. Elles partageaient un thé salé et quelques carrés de biscuits au lait aigre.

— Qui es-tu ? demanda Yeruldelgger à la jeune femme.

— Tu n'es pas le bienvenu, répéta Tsetseg.

— Quoi, tu as envie de moi ? dit la femme en se redressant, agressive et arrogante, ses deux poings osseux prêts à dégrafer son deel élimé aux couleurs passées.

— Ne fais pas ça, petite sœur, intercéda Tsetseg, ce n'est pas un mauvais homme.

— Ils le sont tous.

— Pas tous. Pas lui.

— Je veux qu'il parte !

— Que se passe-t-il ici ? insista Yeruldelgger en se tournant vers Tsetseg. Qui est cette femme ?

— Je suis une fille des steppes, aboya la jeune femme, ça te va comme ça ?

— Ça me va comme ça, dit Yeruldelgger. Donc toi aussi, Tsetseg ?

— Oui, moi aussi. Je pensais que tu l'avais deviné.

— J'aurais dû ?

— Il paraît qu'on nous reconnaît à notre façon de faire l'amour.

— Tu as cédé à cet homme ? s'indigna la jeune femme.

— C'est moi qui ai cédé, précisa Yeruldelgger, mais ce n'était pas ce que tu penses. C'était un amour nomade.

— Foutaises de mec, tu l'as baisée, et c'est tout !

— Non, coupa doucement Tsetseg. C'était vraiment un amour nomade.

— Je veux quand même qu'il sorte de chez moi.

— Dis-moi d'abord ce qui se passe, insista-t-il.

— Les filles des steppes sont les mieux placées pour savoir ce qui arrive aux jeunes filles qui disparaissent. C'est d'elle que parlait ta lieutenant. La personne qui a vu la fille de la photo au poste commercial. Elle a cherché à s'échapper d'un gros 4 × 4 noir pendant que les gardes descendaient acheter des bières.

— Une des filles disparues a été embarquée dans un 4 × 4 noir ? Tu peux le décrire ? demanda-t-il en se tournant vers la jeune femme.

— C'est facile. C'est un de ceux qui sont garés devant le poste en ce moment.

— Un Hummer de l'Armée des Mille Rivières ?

— Elle ment, dit une voix en dehors de la yourte.

Une ombre se profila d'abord, puis un homme apparut dans l'encadrement de la porte. Encore jeune, les cheveux plutôt longs tenus par un bandana bleu, il était vêtu d'un deel bleu ciel et court brodé de motifs traditionnels. Un guerrier, pensa aussitôt Yeruldelgger, aux couleurs bleues de la sincérité, de l'honnêteté et de la bravoure. Sûr de sa force, solide au sol sur ses pieds, et maître de ses émotions. Quand il enjamba le pas de la porte en respectant la tradition, Tsetseg profita de sa position pour se saisir de son arc, l'armer d'une flèche, et le bander sur lui.

— Personne ne t'a dit d'entrer.

— Tradition oblige, non ? Je n'ai pas vu d'urga plantée devant ta porte malgré la présence chez toi de l'homme qui aime toutes les femmes.

— Je transperce ton cœur si tu fais un autre pas, menaça Tsetseg sans laisser à Yeruldelgger le temps de répondre.

— Mon cœur est déjà mort, sourit l'inconnu, tu ne lui feras pas grand mal.

— Il y a peut-être d'autres parties de toi qui pourraient te faire souffrir autant, répondit Tsetseg en abaissant son arc pour viser l'entrejambe.

Yeruldelgger se pencha légèrement pour apercevoir le cheval, derrière l'homme, à l'extérieur de la yourte. Glissé dans un étui accroché à la selle, il aperçut le fusil.

— C'est un Dragunov, n'est-ce pas ?

— Oui, mon arme préférée.

— L'arme des lâches. Ceux qui tuent planqués à deux kilomètres de leurs victimes.

— Deux mille trois cent dix mètres très exactement pour moi, mais avec un McMillan, au Sud-Soudan.

— Alors c'est toi l'Africain, en conclut Yeruldelgger, celui qui gaspille ses munitions au tir à la gourde.

— C'est moi. Tu comprends maintenant pourquoi, si j'avais voulu vous tuer, vous seriez déjà morts, et que par conséquent vous ne craignez rien.

— Peut-être que sans fusil, au corps à corps, tu ferais un peu moins le fier, dit Yeruldelgger en se levant.

— Ça reste à prouver, grand-père, même si à t'entraîner deux heures par jour depuis des mois tu pourrais me donner plus de fil à retordre que d'autres.

— Que les quatre du pont, par exemple ?

— Ça se pourrait.

— Et que l'homme sur la crête ?

— Ne parle pas de lui, ça risque de m'énerver.

Yeruldelgger devina la détermination de Tsetseg en même temps que l'homme dont il admira les réflexes. Elle décocha sa flèche qui traversa un pan du deel de l'intrus et se ficha profondément dans le bois de la porte. Un court instant elle offrit à Yeruldelgger l'avantage, mais au même moment l'autre femme se saisit d'un couteau à dépecer et se jeta sur l'étranger. Le temps que Yeruldelgger la bloque et lui fasse lâcher son arme, l'homme avait brisé la flèche pour se dégager.

— Si nous parlions plutôt, proposa-t-il.

— De quoi ? demanda Yeruldelgger en faisant signe à Tsetseg de maîtriser la jeune femme.

— De celle que vous cherchez, pour commencer.

— Tu sais où est ma fille ? s'inquiéta aussitôt Tsetseg en faisant volte-face.

— D'après toi, dit-il en s'accroupissant, où finissent les jeunes filles qui disparaissent, en général ?

— Ne joue pas à ce petit jeu cynique des devinettes, menaça Yeruldelgger, ma patience a des limites que l'insolence raccourcit très vite. Et tu parles de la fille de mon amie.

— De ton amour nomade, tu veux dire.

— Comment sais-tu ça, tu m'épies ? Depuis longtemps ?

— Depuis que je me sers de toi.

— Personne ne se sert de moi.

— Allons donc, je t'ai fait Khan malgré toi, ne l'oublie pas !

— Quoi, cette mascarade vient de toi ?

— Ce n'est pas une mascarade, tu pourrais vraiment devenir le grand libérateur de notre pays, même si je n'ai pas écrit ton rôle pour ça.

— Tu commences à m'insupporter…

— Toi aussi tu m'as insupporté. Je t'ai même haï avant de t'admirer. Tu ne te souviens pas de moi ? Nous nous sommes croisés dans le bar de cet imbécile de néonazi que tu appelais Adolf, il y a deux ans, et dont tu as fait jeter toute la bande en prison.

— Tu en étais ?

— J'en étais. J'étais aussi de la bande de motards qui ont violé ta partenaire de l'époque. Comment s'appelait-elle déjà ?

— Tu prononces son nom et je t'arrache la langue !

— Oh, je sais que tu en es capable, mais tu ne le feras pas. Tu as déjà compris que j'ai trop de choses à t'apprendre, n'est-ce pas ?

— Tu as raison. Dis-nous ce que tu sais de Yuna, la fille de Tsetseg. Pour ce que tu as fait à Oyun, je te tuerai plus tard, le moment venu.

— Tu seras mort avant, crois-moi, fauché par un tir dont tu n'auras même pas entendu la détonation. Et je te promets de tout faire pour t'abattre sur le coup sans te laisser estropié, mourant et gisant à deux kilomètres de moi.

— Tu n'auras jamais cette occasion, promit Yeruldelgger en butant son regard contre le sourire de l'homme.

— Vous avez fini votre combat de coqs ? aboya Tsetseg. Où est Yuna ?

L'homme changea soudain d'attitude, perdant toute arrogance pour se tourner vers Tsetseg avec compassion.

— Écoute, grand-mère, je m'appelle Djebe, et ce que je vais te dire va te plaire et te déplaire à la fois : ta fille est vivante, mais elle est entre de mauvaises mains.

— Quel genre de mains ? demanda Tsetseg en le défiant du regard.

— Du genre sales, qui tripotent les filles malgré elles…

52

À mon avis, ils regardent la télé.

— Elle a bientôt mille mètres de profondeur. Dans vingt ans, quand ils auront épuisé le filon, tu pourras y enfouir notre plus haute montagne, le Kujten Uul et ses deux mille trois cents mètres de culminance.

— Je n'arrive pas à y croire, murmura Yeruldelgger en contemplant la plaie creuse de la mine.

Du haut de la crête où ils s'étaient tapis, il découvrait pour la première fois cet ulcère béant de plusieurs kilomètres carrés qui perçait la terre jusqu'à ses entrailles. Et toute la steppe nécrosée autour.

— En Afrique du Sud, ils en ont creusé une jusqu'à quatre kilomètres de profondeur. Aux États-Unis, dans les Appalaches, cinquante ans d'exploitation minière ont rasé quatre cents montagnes, comblé autant de vallées, et enseveli mille rivières. Et celles qui coulent encore ont une eau plus acide que du Coca-Cola.

— Comment peuvent-ils combler des vallées en creusant une mine ? s'étonna Tsetseg qui redoutait déjà la réponse.

— Et où crois-tu que va la terre qu'ils creusent ? Regarde à l'est la chenille de camions, où vont-ils d'après toi ? À quelques dizaines de kilomètres de là déverser leur chargement dans une nouvelle vallée après en avoir déjà comblé des dizaines d'autres.

Yeruldelgger ne parvenait pas à articuler sa colère. Il n'arrivait même pas à comprendre comment on pouvait creuser une telle mine. On commençait par un petit trou et on élargissait au fur et à mesure qu'on descendait. On creusait petit à petit plusieurs kilomètres carrés à la fois. Comment construire les routes le long des parois ? Devait-on les reconstruire chaque fois qu'on agrandissait la mine ? Mais l'image qui lui déchirait le cœur, c'était celle des bulldozers qui raclaient et arrachaient la mince couche de terre arable avant de laisser les excavatrices et les foreuses creuser la roche. Cette fine couche de terre dont les nomades avaient préservé le fragile équilibre pendant des siècles, acceptant de se déplacer avec maison et famille deux ou trois fois par an pour ne pas l'épuiser. Et voilà que des hommes venus d'ailleurs rasaient tout pour de l'or qui ne resterait même pas chez eux.

— Et Yuna ? s'impatienta Tsetseg.

— Là-bas, tout à fait au nord, à l'écart du quartier des mineurs, cette sorte de quartier de baraquements avec les quatre yourtes au milieu.

— Qu'est-ce que c'est ? s'inquiéta-t-elle.

— Le bordel, lâcha Djebe.

Et il laissa un long moment le silence planter ce mot cruel dans l'esprit de Tsetseg.

— Ne me dis pas que…

— Désolé, grand-mère, mais si ta fille est vivante, elle est là-bas.

— Mais…

— Six mille hommes travaillent ici, grand-mère. Des hommes que leur contrat de travail prive de la présence de leur famille. Que veux-tu, il faut bien que le corps exulte, et il se trouve toujours de mauvais esprits pour profiter des mauvais instincts. La prostitution autour des mines est certainement le plus gros business avant la drogue.

— Comment sais-tu ça ? coupa Yeruldelgger.

— J'ai travaillé pour celle qui l'organise, répondit Djebe. Je te l'ai dit, je suis un nationaliste et j'ai fait de mauvais choix avant de fonder l'Armée des Mille Rivières. J'ai fait partie de la Mongolian Guard Security. Dans la sécurisation des concessions d'abord, puis dans la sécurisation de leurs approvisionnements. De tous leurs approvisionnements. Femmes comprises.

— Je vais tous les châtrer, un par un, siffla Tsetseg entre ses dents, et je te châtrerai toi en dernier.

— Où est Yuna, selon toi ? demanda Yeruldelgger pour détourner la colère de Tsetseg.

— Pour le prolétariat des mineurs mongols, les filles sont dans les dix baraquements de chaque côté des yourtes. Quatre servent de dortoirs pour une dizaine de filles chacun et quatre de baisodromes aménagés en quatre alcôves. Quatre-vingts filles en tout pour huit alcôves. Dix minutes la passe, vingt-quatre heures sur vingt-quatre comme la mine. Un millier de passes par jour. Un orgasme par semaine pour les braves travailleurs. À dix dollars le coup, c'est du dix mille dollars par jour, du trois cent mille par mois, du presque quatre millions par an. Désolé de te dire ça comme ça, grand-mère, mais on est dans un vrai business mafieux.

— Yuna est là-dedans ?

— Non. Si Yuna est là, elle n'est pas dans ces baraquements.

— Tu en es sûr ?

— Pour les Mongols, les filles sont chinoises. Le sexe est un défouloir pour les mineurs, un exutoire à leurs frustrations. Ces types sentent bien qu'ils se font baiser par le système de leur propre pays, alors ils veulent baiser triomphant pendant leurs quelques petites minutes de puissance. Et pour déverser leur haine et leur rage, quoi de mieux que d'humilier une Chinoise ? Les filles viennent de Macao par rotations. La mère maquerelle a des intérêts là-bas dans deux ou trois institutions. Pour les filles qui tapinent mal, la mine est une punition. Mais c'est chez les expats sur notes de frais qu'il faut chercher les filles mongoles. Eux veulent du local, pas du *made in China*. C'est pour eux que la MGS a commencé à recruter des filles d'abord, puis à en enlever. C'est très organisé, la mère maquerelle a pensé à tout. C'est mille dollars pour une fille acceptée. Une par mois, pas plus, pour assurer la nouveauté. Pour les cadres, c'est cinquante dollars la passe d'une demi-heure, dans une des quatre yourtes. Pour eux c'est champagne russe, jacuzzi, et tout est permis. Les filles mongoles sont logées à part, dans les quatre baraquements au nord des yourtes.

— Dix par baraquement, comme les autres ?

— Oui.

— Dans ce cas, avec douze nouvelles par an, que deviennent celles qui sont en trop ?

— La mère maquerelle les envoie dans son réseau de Macao. Et en cas de problème, elle les revend aux

Russes ou aux Serbes. Le plus loin possible pour qu'elles ne reviennent jamais.

— Et celles qui sont enlevées mais pas acceptées ? murmura Tsetseg.

— Celles-là disparaissent pour de bon, répondit Djebe sans détour.

Yeruldelgger comprenait ce qui se passait dans la tête de Tsetseg. Elle en était à souhaiter que Yuna ait été jugée assez belle pour être asservie sexuellement.

— Quand nous aurons retrouvé et libéré Yuna, avant que nous réglions nos comptes, je veux que tu me laisses le temps de punir ceux qui l'ont enlevée.

— Je m'en suis occupé pour toi. Ce sont les quatre types du pont. Je leur avais demandé d'abandonner ces pratiques et de rejoindre les Mille Rivières. Je les ai punis à la façon des traîtres pour ça.

— Tu es certain que c'étaient eux ?

— Absolument. Une seule équipe par an est autorisée à chasser de nouvelles filles. C'est la règle à la MGS.

— Est-ce que le crâne retrouvé dans les anciens puits de ninjas est celui d'une fille qui a été refusée ? demanda Yeruldelgger en redoutant l'horreur de son intuition.

— Probablement. Il y a plusieurs mois un vieux nomade est venu déposer à l'entrée de la mine des carcasses dénaturées. Il assurait que les scories qui s'échappaient des camions de minerai et l'eau contaminée par l'exploitation de la mine avaient provoqué ces mutations génétiques horribles. Nous avons reçu l'ordre de nous débarrasser du vieillard et des carcasses. Je me souviens que, ce jour-là, Qasar a ajouté de ne pas oublier « l'autre dénaturée ».

— Qasar, c'est l'homme sur la crête ?

— Oui. C'était mon anda.

— C'est toi qui l'as tué, à la manière de Djamuka ?

— Oui. Il a trahi la cause. Il ne défendait plus son pays. Il devait mourir.

Yeruldelgger le regarda longtemps dans les yeux, cherchant à savoir s'il devait haïr la folie de cet homme pour ce qu'il avait été, ou l'admirer pour ce qu'il essayait de devenir. Mais il ne trouva aucune réponse dans son regard perdu.

— Par le ciel, murmura-t-il, que sommes-nous devenus !

— Alors, demanda Tsetseg, que fait-on ?

— On attend ça, dit Djebe en pointant la mine au fond de la vallée.

Quelque chose avait changé, même si le manège des énormes camions jaunes hauts comme cinq hommes continuait à flanc de carrière. En haut, au milieu des bâtiments, vers l'entrée principale, une petite foule s'organisait autour d'une dizaine de Hummer auxquels s'ajoutaient d'autres véhicules. Des pick-up ou des camions dans lesquels grimpaient des hommes armés de pelles, de barres à mine et de pioches, des 4 × 4 par dizaines et même une demi-douzaine de bulldozers qui s'alignèrent sur deux rangs pour prendre la tête d'un belliqueux cortège. Avant même de passer le portail gardé, les voitures se hérissèrent de drapeaux mongols et de bannières rouges frappées d'un émeu doré.

— C'est quoi, ce drapeau ? demanda Yeruldelgger en ajustant ses jumelles.

— L'emblème de la Colorado. Un émeu en or sur fond rouge.

— Un émeu ?

— Oui, l'oiseau marcheur, l'autre emblème de l'Australie avec le kangourou, et tu sais pourquoi ? Parce qu'on dit que l'émeu, comme le kangourou d'ailleurs, est un animal qui ne recule jamais.

— Et ils vont où comme ça ? Pas au poste commercial, j'espère.

— Si, justement, et c'est bien ce que j'attendais.

— Mais la petite foule du poste commercial va se faire massacrer. Ce ne sont que des nomades et des ninjas. Dis-moi qu'ils sont prévenus ! Qu'ils se préparent !

— Non. À mon avis, ils regardent la télé.

53

Fox News !

— Pfiffelmann ?

— Bien sûr, qui veux-tu que ce soit ? Il est une heure du mat' et tu appelles chez moi !

— J'ai compris, Pfiffelmann.

— Tu as compris quoi, qu'il est une heure du mat' et qu'il faut laisser les pauvres petits juifs roupiller tranquilles ? Tu sais quel jour on est au moins ?

— Vendredi, non ?

— *Alter trombenick*, non. Samedi déjà, *prostak*, et c'est shabbat, macaroni, je ne suis même pas supposé toucher à ce téléphone. Alors shalom et lâche-moi si tu ne veux pas me voir très arrabiata, *tsutshepenish* !

— C'est parce qu'il prépare quelque chose, Pfiffelmann.

— *Gey in bod arayn*, moi aussi je prépare quelque chose, putain, genre pogrom de Rital à la bolognaise, ça te parle ?

— Son regard, sur les vidéos, c'est parce qu'il prépare quelque chose. Son regard, c'est de la résignation. Ce type est résigné à commettre quelque chose qu'il assume. C'est ça son regard !

— Quoi, tu parles de ce foutu défenestreur ? *Lig in dr'erd un bak beygl*, Donelli !

— Pfiffelmann ?

— Oui ?

— Pfiffelmann, en quoi tu parles, là ?

— En yiddish, Donelli, en yiddish parce qu'on est en plein shabbat et qu'en plein shabbat j'aime bien parler yiddish, surtout avec les casse-couilles de *kadokhes*, de *kelev*, de *khazer*, de...

— Okay, okay, Pfiffelmann, je comprends, je comprends, excuse-moi. Désolé de t'avoir dérangé en plein shabbat. Enfin je veux dire en pleine nuit. Je veux dire en pleine nuit de shabbat. Désolé. Je raccroche. Bonne nuit.

Une heure plus tard, le téléphone sonnait chez Donelli.

— Donelli ! dit-il en décrochant.

— Mais je sais bien que c'est toi, *nudnik*, soupira Pfiffelmann, qui veux-tu que ce soit, il est deux heures du mat' et j'appelle chez toi !

— Pfiffelmann ?

— Non, c'est le *Rattenfänger von Hameln*, ducon.

— Oh je t'en prie, arrête avec ton yiddish.

— C'est plus du yiddish, c'est de l'allemand.

— Ouais, eh bien à deux heures du mat' en plein sommeil, ça sonne pareil. T'es plus shabbat ?

— Non, imagine-toi qu'un *shtik drek* m'a torpillé mon jour de repos hors du temps et des contingences matérielles.

— Tu es réveillé alors ?

— Tu dois être enquêteur à la police de New York, toi : bien sûr que je suis réveillé depuis ton coup de fil à une heure du mat', qu'est-ce que tu crois ? Qu'on se rendort comme Moïse marmot quand on a l'âge de Mathusalem ? Qu'il suffit de compter des moutons kasher ou de relire Irène Némirovsky et Isaac Bashevis Singer pour retrouver le sommeil ? De se bourrer de makrouds et de roses des sables au praliné ?

— Mais pourquoi tu m'appelles alors ?

— Pour t'empêcher de dormir à ton tour, *kadokhes*, et ensuite parce que ton défenestreur, je sais ce qu'il prépare.

— Ah oui ? Et il prépare quoi ?

— Il ne prépare plus rien. Il vient de le faire. Allume ta télé. Fox News !

54

… un crépitement de flashs.

« Je m'appelle Dorjnam Elbegdorj, je suis citoyen de la République de Mongolie et membre de l'Armée des Mille Rivières. C'est au nom du peuple mongol que j'ai défenestré celui que nous appelons Tsakhigiyn en punition de tout ce qu'il a volé à la nation. J'ai jeté Tsakhigiyn par la fenêtre d'un appartement de trois millions de dollars qu'il venait d'acquérir sur la Cinquième Avenue avec une partie des commissions illégales et des fonds détournés accumulés lors de l'attribution truquée de dizaines de concessions minières dans mon pays. Le patrimoine acquis frauduleusement par Tsakhigiyn et sa femme est estimé à dix millions de dollars. Ces pratiques de voyou sont généralisées dans mon pays, où sept des dix plus grandes fortunes sont détenues par des élus ou des hauts fonctionnaires, et Tsakhigiyn a agi avec la complicité tacite ou active de tous les acteurs politiques et à tous les niveaux de l'État. L'Armée des Mille Rivières estime que le pays n'appartient plus ni à son peuple, ni à ses représentants, mais bel et bien aux puissances minières comme la Colorado ou la Durward qui l'exploitent ou le pourrissent sans vergogne et qui seront elles aussi punies bientôt pour leurs crimes contre l'économie et l'environnement. J'invite tous les défenseurs de l'environnement et de la démocratie à rester attentifs à la prochaine déclaration d'un autre membre de notre armée.

— Monsieur Elbegdorj, allez-vous vous constituer prisonnier auprès de la police ?

— Bien évidemment. Je suis ici, dans vos studios du 1211 Avenue of the Americas, et la police peut m'y attendre à la sortie. Je suis prêt à payer pour cette exécution que je revendique avec fierté au nom de l'Armée des Mille Rivières.

— Monsieur Elbegdorj, pourquoi avoir choisi de vous dénoncer d'abord sur les antennes de la Fox ?

— Parce que si la Mongolie est loin d'ici, la puissance et les moyens des compagnies minières comme la Colorado ou la Durward me portent à croire que rien de ce que j'aurais pu avouer à la police ne devienne public. Désormais, il peut encore arriver malheur à ma personne, mais plus à ma cause. Le public sait.

— Monsieur Elbegdorj, vous avez spécifiquement menacé deux compagnies minières de représailles. Doit-on craindre de la part de ce que vous appelez l'Armée des Mille Rivières des attentats ou d'autres exécutions ?

— Tous ceux qui participent au pillage de la Mongolie aux dépens de son peuple doivent s'attendre à rendre des comptes. Mais il existe aujourd'hui bien des manières de se venger. Le sang n'est plus le seul à pouvoir couler.

— C'est un peu obscur, vous pouvez préciser ? Quoi d'autre pourrait couler ?

— L'argent. L'argent peut couler à flots. Comme il a coulé à flots pour engraisser les spéculateurs et les profiteurs, il pourrait couler à flots dans l'autre sens.

— Et les tuer économiquement par hémorragie financière ?

— Exactement.

— Monsieur Elbegdorj, on me dit dans l'oreillette que des inspecteurs sont déjà dans notre immeuble et se dirigent vers ce studio pour vous arrêter. Avez-vous autre chose à ajouter avant qu'ils n'interviennent ?

— Rien d'autre que ce que j'ai déjà dit. Un autre groupe de l'Armée des Mille Rivières va faire une déclaration dans l'heure qui suit et j'invite tous les Mongols et tous les travailleurs des mines à travers le monde à écouter très attentivement ce qu'ils vont leur révéler et à se connecter sur amr.com. »

Puis le réalisateur bascula sur une autre caméra portée à l'épaule dont l'image tanguait en direct. Le caméraman suivait en marchant vite deux hommes qui s'engouffrèrent dans un ascenseur. L'image tangua à nouveau quand Donelli joua un peu des coudes pour se faire de la place.

— Notre quart d'heure Warhol ! se moqua Pfiffelmann. À nos amours, gloires et beautés !

— Quand c'est shabbat, vous n'êtes pas obligés de la fermer aussi ?

— Pas du tout !

— Dommage.

— Et voici en direct les deux inspecteurs venus arrêter M. Elbegdorj. Il s'agit de l'inspecteur Nathan Isaac Pfiffelmann et de l'inspecteur Michael Benito Donelli.

— Benito ! hurla Pfiffelmann, Benito ! Ton deuxième prénom est un putain de prénom fasciste et tu ne m'as jamais rien dit ! Merde, Mike, Isaac et Benito, tu te rends compte !

Ils aperçurent le jeune Mongol à travers la baie vitrée d'un studio. Une femme en sortit, caricature de la working girl option média populaire.

— Je suis Laureen…

— Je sais qui vous êtes, grommela Donelli. Et vous êtes plus petite et moins fraîche qu'à l'écran…

Il entra dans le studio, suivi de Pfiffelmann qui s'excusait en riant auprès de la présentatrice, lui assurant qu'elle était par contre beaucoup plus 3D en vrai que sur un écran plat. Ils se dirigèrent droit vers l'homme qui venait d'avouer son crime et l'arrêtèrent en respectant toutes les procédures devant trois caméras et au milieu d'un crépitement de flashs.

55

… l'Africain vous tient en ligne de mire.

Les hommes des Mille Rivières avaient obligé les propriétaires des trois baraques équipées d'un récepteur à se brancher sur Fox News. Debout sur le capot de leurs Hummer, ils traduisaient plus ou moins bien à la foule ce qui désormais passait en boucle sur les écrans. Mais très vite, à mesure qu'ils parlaient, les visages se fermaient et les regards se durcissaient.

— Qu'est-ce que c'est encore que ça ! soupira la lieutenant à qui plus personne ne prêtait attention.

À quoi jouaient ces illuminés, à rendre la foule hystérique ? Et ces quatre artistes de pacotille qui continuaient à imprimer leurs affiches révolutionnaires et leurs bannières à la gloire de Delgger Khan ! Elle réfléchit à ce qu'elle pourrait faire pour endiguer toute la folie qui se préparait, et décida que la première chose était de se rappeler à leur attention. Elle grimpa à nouveau sur le van bleu de Zorig et sortit son arme pour tirer en l'air. C'est dans cette position, avant d'appuyer sur la détente, qu'elle aperçut la colonne de poussière qui poudrait l'horizon dans la direction de la mine. Elle siffla un des hommes en combinaison noire et lui demanda par gestes une paire de jumelles. Le type, jeune et plutôt beau gosse, plongea dans un des Hummer par la vitre ouverte et en ressortit avec un étui qu'il lui porta en deux sauts agiles. Il repéra aussitôt la poussière lui aussi et sortit de leur étui les jumelles que Guerleï lui arracha d'un geste autoritaire qui le fit sourire. Elle ne souriait pas. Grossie par les verres et écrasée par la perspective, une colonne de véhicules hérissés de drapeaux se dirigeait vers le poste. Et qu'ils soient précédés par six bulldozers qui avançaient en ligne n'augurait pas d'une intention cordiale.

— Et merde ! se résigna la lieutenant.

— Ne t'en fais pas, répondit l'homme derrière elle. Djebe a prévu ça aussi.

Elle jeta un dernier coup d'œil à la troupe qui venait vers eux, estima le temps qu'elle mettrait à leur tomber dessus, puis sauta du van, aussitôt suivie du garçon.

— C'est quoi cette histoire de prévu ?

— Djebe a dit que dès qu'ils seraient en vue, il faudrait se brancher sur ABC Australie ou sur amr. com.

— C'est qui ce Djebe, le fils caché de Murdoch ?

— Qui est Murdoch ?

— Un magnat de la presse australien, propriétaire de Fox News et peut-être même d'ABC d'une façon ou d'une autre.

— Connais pas !

— Connais pas grand-chose. Pas le genre de type à m'aider à arrêter cette armée de guignols. Donne-moi les clés d'un des Hummer.

— Je vais avec toi.

— Non, je suis une grande fille et en plus je suis flic.

— Je ne te laisserai pas y aller seule, c'est trop dangereux. Personne ne te donnera les clés d'un de nos Hummer.

— Pas grave, répondit-elle en le repoussant du pied pour monter dans le vieil UAZ bleu.

Elle plongea sous le tableau de bord rudimentaire derrière lequel on apercevait la transmission à nu, arracha une poignée de fils, et en connecta deux entre eux pour lancer le démarreur. Le bruit du moteur et les appels du garçon alertèrent deux petits jockeys sur leur cheval qui aperçurent le nuage de poussière au-delà du van et prévinrent aussitôt les autres. Guerleï n'avait pas encore enclenché la première que, malgré le miroir fêlé de son rétroviseur, rond et petit comme un poudrier de sac à main, elle aperçut la foule derrière elle se mettre en ordre de bataille façon cavalerie américaine. Quand elle embraya pour aller à la rencontre des mineurs, ils étaient disposés sur trois lignes étirées face à l'ennemi qui progressait. Avant que la poussière soulevée par le van ne les masque à sa vue, elle aperçut les Hummer se positionner en première ligne.

Soudain la portière côté passager s'ouvrit en rebondissant contre la carrosserie et le garçon en uniforme noir s'agrippa au rétroviseur pour monter en marche. Guerleï démarra en trombe et le type s'accrocha aux tubulures sous le siège pour se hisser à bord, cherchant un appui sur le capot en métal déjà chaud qui recouvrait le moteur entre les deux sièges. Elle lui écrasa les doigts d'un coup de coude pour lui faire lâcher prise, mais il tint bon, réussissant à s'asseoir malgré les soubresauts du van dans les ornières cuites par le soleil et les trous profonds des marmottes. Quand il se pencha dangereusement à l'extérieur pour refermer la portière, cramponné d'une main à l'armature de son siège, elle essaya encore une fois de l'éjecter d'un violent coup de pied dans les fesses. Puis, comme il claquait la portière et s'installait contre le dossier en lui souriant, elle abandonna et l'oublia pour jeter un coup d'œil dans le rétroviseur.

— J'y crois pas. Ces abrutis vont nous rejouer la charge héroïque ou quoi ?

— Moi je dirais plutôt la charge de la brigade légère, vu le massacre que tu nous prépares.

— Quoi, c'est moi qui prépare un massacre ? Et tous ces idiots, ils sont alignés pour un steppe-dance, peut-être !

— Laisse-moi parler aux mineurs, je sais ce qu'il faut leur dire.

— Tu te crois flic parce que tu portes un uniforme ? Tu n'es que le milicien imbécile d'un groupuscule d'ultranationalistes tarés. Alors laisse-moi faire mon boulot.

— Toute seule dans un van UAZ bleu ciel déglingué avec un pistolet à six coups ?

— Huit, c'est un Tokarev TT 33. Même ça tu ne sais pas !

— Par contre je sais qu'il ne t'en reste sûrement pas huit, avec tout ce que tu as tiré en l'air depuis ton arrivée au poste…

— D'accord, il m'en reste cinq. Ou trois, peut-être même. Mais je te garantis que ça me suffira pour arrêter cette horde d'imbéciles s'ils refusent de parlementer.

— Et comment sont-ils supposés savoir que tu veux parlementer alors que tu leur fonces droit dessus ? Je suis sûr que la calandre du van a la même tronche butée et belliqueuse que toi tellement tu le conduis méchamment !

— Merde, tu n'as rien de blanc sur toi ?

— Non, chez nous l'uniforme est noir.

— C'est pas vrai !

Elle lâcha le volant d'une main et se tortilla pour enlever sa veste d'uniforme.

— Mais aide-moi, idiot !

Il l'aida à tirer ses bras hors de sa veste puis à glisser celle-ci dans son dos. Dessous elle portait un T-shirt blanc qui moulait ses seins et elle sentit aussitôt son regard s'appesantir sur eux.

— Tiens le volant et regarde droit devant !

Il se pencha et saisit le volant à deux mains par-dessus le capot intérieur du moteur pendant qu'elle ôtait son T-shirt. Mais quand elle voulut remettre sa veste, les bulldozers des mineurs n'étaient plus qu'à quelques centaines de mètres. Elle passa aussitôt son T-shirt blanc par la vitre ouverte et l'agita d'une main urgente et diplomatique. Puis elle ressaisit le volant d'un geste trop brusque au moment où l'UAZ s'embardait dans une ornière. Ils partirent en dérapage et elle contre-braqua comme elle put. Le van glissa sur le côté dans un tourbillon de poussière ocre, envoyant valdinguer le milicien contre la portière qui céda. Un dernier soubresaut l'éjecta et il disparut de la vue de la lieutenant. Quand le nuage se dissipa, elle devina avec horreur la ligne jaune des bulldozers qui crapahutaient toujours vers elle à quelques dizaines de mètres à peine. Elle écrasa le frein à deux pieds, ouvrit la portière, s'agrippa au rebord du toit, et se hissa sur le van en brandissant son T-shirt de moins en moins blanc.

Un court instant, elle crut à l'efficacité de son drapeau blanc de fortune et mit la pagaille, dans laquelle finit par se disloquer et s'arrêter la ligne de front des bulldozers sur le compte de la stupeur. Mais très vite, elle nota deux choses qui rabotèrent sa fierté de femme et de flic. L'angle que prenaient petit à petit les soixante-quinze tonnes d'un des CAT 844K qui plongeait sérieusement du nez sur l'avant gauche d'une part, et d'autre part les regards de tous les hommes descendus en catastrophe de leurs véhicules et regroupés à droite de ces derniers. Aucun ne s'intéressait à elle. Tous regardaient loin sur leur gauche vers le même horizon. Que Guerleï, elle aussi, finit par scruter.

Dans l'action et le rugissement des moteurs, personne n'avait entendu le premier coup de feu dont la balle avait déchiqueté comme une pastèque la roue avant gauche du bulldozer pourtant haute comme un homme. Le van s'affaissa à son tour sur ses deux roues droites avant même qu'on entende les deux autres coups de feu, loin sur la crête de l'autre côté de la vallée. Le choc déséquilibra Guerleï qui sauta en panique et roula dans la poussière le plus loin possible du van qui basculait sur le flanc. Tous les vaillants guerriers de l'armée des mines, miliciens de la MGS compris, s'étaient déjà tassés derrière les véhicules, courant se mettre à l'abri des bulldozers. Seul le milicien qui accompagnait Guerleï s'était relevé et faisait face à la montagne au loin, à découvert. Il tenait à la main la veste de la lieutenant et la lui tendit en l'invitant à se relever.

— Tous ces types ont tellement eu la trouille qu'ils risquent de vouloir se refaire une virilité. Si tu ne veux pas que ce soit à tes dépens, petite sœur, reblinde-toi dans ton uniforme. Par contre j'ai besoin de ton T-shirt.

Il le lui prit des mains, se campa face à la crête d'où étaient partis les coups de feu, et agita le T-shirt à son tour sous les yeux ahuris de ceux qui osaient regarder. Quelques secondes plus tard, tout le monde distingua deux détonations à l'horizon, sans qu'aucun impact ne les ait précédés.

Alors il se dirigea vers le premier type en uniforme de la MGS qu'il reconnut et s'adressa à lui de loin en forçant la voix.

— Tu as compris, j'espère.

— C'est l'Africain ?

— C'est lui. C'est Djebe. Et il peut exploser la tête de n'importe lequel d'entre vous depuis cette crête là-bas avant même que vous n'entendiez la détonation.

— C'est qui, ce négro ? demanda un contremaître de la mine en retrouvant un peu d'arrogance dans ce qu'il devinait être une sorte d'armistice.

— Le meilleur tireur d'élite de l'armée. Deux missions en Afghanistan et une en Afrique. Dix-sept cibles neutralisées à plus de deux kilomètres. Tu veux qu'il perde patience ?

— Qu'est-ce qu'il a à voir dans notre conflit avec les nomades ?

— Il est de leur côté. Il a créé l'Armée des Mille Rivières pour s'opposer aux compagnies minières.

— De quoi se mêle-t-il, ce pauvre con ? Tous autant que nous sommes ici, nous avons un bon job grâce aux mines, et nous ne sommes pas prêts à le perdre pour permettre à trois grands-pères de continuer à faire brouter leurs biques puantes. C'est le XXIᵉ siècle, va l'expliquer à ton moricaud.

— Mon moricaud, c'est la vie qu'il va t'expliquer. La vraie vie. Celle du XXIᵉ siècle, comme tu dis. Celle où les grandes gueules comme toi se font mettre aussi profond que leurs mines, et il va t'en donner la preuve. Je veux deux Hummer. La lieutenant et moi, nous allons emmener dix d'entre vous au poste commercial. Je me porte garant de leur sécurité. Les autres, vous attendez leur retour ici. Et pas de conneries : l'Africain vous tient en ligne de mire.

56

Sur le coup.

— Darryl ? Au coin de Felder et Roya, dans les bureaux d'ABC, rejoins-nous là-bas au plus vite.

— Nous, qui ça nous ? Ne me dis pas que tu es encore avec Andrew ?

— Si, mais ce n'est pas le problème. Rapplique vite fait chez ABC, c'est du lourd !

— Que se passe-t-il ?

— L'assassin du surfeur de Yanchep, le type de la Colorado : il fait son show à la télé. Essaye de regarder ça en venant sans te planter. Ça tourne en boucle sur la chaîne info.

Darryl se précipita sous sa douche en branchant la télé, son poussé au maximum pour l'entendre depuis la salle de bain. Merde, Karin et Andrew ! De jalousie, il écrasa d'un poing rageur la petite araignée qui se foutait de sa dégaine de loser dans l'encoignure du carrelage.

« Ça fait maintenant vingt minutes que l'homme que vous voyez sur votre écran a grimpé sur le fronton de notre building et menace de se jeter dans le vide. Cet homme, qui s'est présenté dans nos bureaux du 30 Felder Street il y a trente-sept minutes, bientôt trente-huit maintenant, dit être ressortissant de la République de Mongolie et a clairement revendiqué l'enlèvement et l'assassinat de l'ingénieur informaticien de la Colorado, Ryan Walker. Ryan Walker avait disparu de sa maison de Yanchep il y a trois jours, et son corps nu avait été retrouvé le lendemain dans un marigot en bordure du parc national. »

Darryl sortit de la douche sans se sécher et passa un pantalon de toile et un T-shirt *Gone For a Duck*, tapant ses mocassins à l'envers pour en chasser n'importe quel foutu insecte ou arachnide opportuniste avant de les enfiler, au bord du déséquilibre. Karin et Andrew, fumiers de salauds !

« L'homme, qui n'a toujours pas donné son nom, se revendique, si nous avons bien compris, comme soldat d'une soi-disant Armée des Mille Rivières, c'est en tout cas ce que nous avons cru comprendre, et affirme avoir volontairement assassiné l'homme dont il prétend qu'il se préparait à assassiner plus de dix mille mineurs dans son pays. La Colorado exploite en effet d'importantes concessions en Mongolie, d'or et de cuivre notamment. »

Merde, Karin ! La plus grande audace qu'il se soit jamais autorisée avec elle, en dehors de fantasmer sur son corps, c'était cette allusion l'autre soir. Qu'elle aurait dû le mettre, lui, dans son lit, si elle avait vraiment voulu qu'Andrew ne s'y installe pas.

« L'homme, dont l'intention était apparemment de se rendre à la police, si elle arrive jusqu'à nos bureaux un jour (rappelons-leur quand même qu'ils se trouvent toujours au 30 Felder Street), l'homme, donc, a fini par tromper notre vigilance et réussi à grimper sur le toit de nos studios. Il prétend détenir la preuve filmée que Ryan Walker méritait la mort. Sa confession aurait été enregistrée sur une vidéo que la police, et plus exactement le commissaire du Tactical Response Group en personne, nous a interdit de diffuser avant son visionnage par ses équipes compétentes qui, rappelons-le, n'ont toujours pas su trouver le chemin de nos studios. À moins qu'ils ne la visionnent tranquillement dans leurs bureaux à partir du lien internet que nous a communiqué le présumé assassin, sans se préoccuper du destin de ce malheureux qui va finir par sauter, dans l'indifférence générale des autorités responsables. L'homme se vante en effet d'avoir mis dès ce matin sur la Toile cette vidéo dont le lien s'affiche en direct sur l'écran en ce moment même et qui a déjà été visionnée plus de huit cent mille fois en quelques heures. »

— Foutue enfant de salope ! jura Darryl à l'adresse de la journaliste l'Oréalisée parce qu'elle pensait sûrement qu'elle le valait bien.

Il faucha son iPhone et ses clés sur un coin de meuble et sortit en claquant la porte, pianotant du pouce sur le clavier pour se brancher sur la vidéo pendant que de l'autre pouce il déverrouillait à distance la portière de sa voiture.

« *Vous êtes Ryan Walker ?* demandait la voix d'une jeune femme hors cadre.

— *Oui, je suis Ryan Walker, et vous, vous êtes quel genre de mabouls ?* »

L'homme semblait nu, bien qu'on ne vît que son torse à l'écran. De toute évidence il était assis et les bras entravés derrière le dossier de la chaise, arrogant et en colère. Darryl connaissait bien cette réaction chez les suspects ou les prisonniers qui consistait à masquer la peur par de la hargne. Mais derrière sa colère, cet homme mourait de trouille.

« *Vous êtes l'ingénieur en chef chargé des opérations d'automatisation à la Colorado, n'est-ce pas ?*

— *Si vous le savez, pourquoi le demander, bande de bâtards ?*

— *Est-ce que ce système est déjà opérationnel ?*

— *Bien sûr que ce putain de système fonctionne. Vous pouvez trouver toutes ces infos sur n'importe quel site internet, merde !*

— *Donnez-nous un exemple.*

— *Notre mine de fer du Pilbara. Elle fonctionne déjà comme ça depuis huit ans. Les excavateurs sont automatisés, le minerai est transporté par des wagonnets automatisés, automatiquement déchargés dans des 930E Komatsu sans chauffeur qui remontent automatiquement en haut de cette mine et déchargent tout seuls leur fer dans des trains que nous sommes en train d'automatiser.*

— *Combien d'hommes participent à cette exploitation ?*

— *Aucun.*

— *Vous pouvez répéter ?*

— *Aucun mineur à Pilbara, je viens de vous le dire.*

— *Chauffeurs, convoyeurs, mécaniciens ?*

— *Aucun, bordel. Personne, que dalle !*

— *Comment cela fonctionne-t-il, alors ?*

— *Pour l'excavation et les chargements en fond de mine, c'est juste de la robotique basique avec des capteurs, de l'automatisation et de l'informatique. Pour le transport, cette putain de mine a été cartographiée par satellite et les Komatsu ont été équipés d'un système de pilotage par intelligence artificielle.*

— *Pas de chauffeur à bord ?*

— *Non. Plus besoin de chauffeur. Ça fonctionne avec un GPS, un guidage laser, des capteurs et des détecteurs d'obstacles.*

— *Un 903E, c'est bien un camion de huit mètres de haut transportant 300 tonnes de minerai, c'est ça ? Et ils roulent tout seuls ?*

— *Ouais, et mon système les fait rouler depuis huit ans jusqu'à cinquante kilomètres à l'heure sur des pentes à trente degrés avec des virages en épingle à cheveux vingt-quatre heures sur vingt-quatre sans aucun accident. Putain, tout le monde sait ça !*

— *Qui commande tout ça ?*

— *C'est une équipe d'informaticiens qui contrôle tout depuis notre centre opérationnel de Perth.*

— *Le centre opérationnel n'est pas sur place ?*

— *Je viens de vous le dire. Le centre opérationnel est à Perth, à 1 300 kilomètres de la mine.*

— *Donc tout fonctionne à distance.*

— *Comme un putain de jeu vidéo, vous pouvez le dire.*

— *À propos, quel est le salaire annuel d'un conducteur spécialisé de Komatsu à Pilbara ?*

— *... »*

Pour la première fois à l'image, le poing de la jeune femme apparut, armé d'un Tokarev dont elle appuya le canon sur le front de l'homme.

« *Le salaire ?*

— *Autour de cent mille dollars.*

— *Combien de Komatsu dans cette mine ?*

— *Cinq.*

— *La Colorado a donc économisé quatre millions de dollars sur le dos des convoyeurs en huit ans, c'est ça ?*

— *On peut dire ça comme ça...*

— *Est-ce que l'investissement a coûté plus que ça ?*

— *Bien sûr que ce système a coûté plus que ça, vous êtes barges ou quoi ? Beaucoup plus. Cent fois plus au moins, mais cette mine fonctionne aujourd'hui vingt-quatre heures sur vingt-quatre, trois cent soixante-cinq jours par an, et la production de minerai a bondi de deux cent vingt à trois cent cinquante millions de tonnes par an.*

— *Ça veut dire que l'investissement sera amorti grâce au développement de la production ?*

— *Évidemment. Ce système fonctionne déjà dans douze de nos mines dans le monde.*

— *En Mongolie aussi ?*

— *... »*

Le Tokarev refit son apparition à l'image et cette fois la fille l'appuya si fort sur son front que l'homme en garda une marque.

« *En Mongolie aussi ?*

— *Nous y avons déjà cartographié nos mines. Les capteurs sont en cours d'installation et les engins seront équipés et autonomes dans les deux ans qui viennent.*

— *Qui commandera tout ça, un centre opérationnel en Mongolie ?*

— *Non, vous n'avez pas la formation pour. Dans l'idéal tout sera commandé depuis Perth. Au pire depuis un centre en Corée.*

— *Et les dix mille mineurs ?*

— *... »*

Pour la première fois la femme le frappa d'un coup de crosse et le blessa au front. Un éclair de panique déchira le regard de l'homme.

« *Notre système leur évite un travail pénible et dangereux, qu'est-ce que vous croyez ?*

— *Votre système les prive de travail. Dix mille mineurs. Dix mille familles. Qu'allez-vous faire pour eux ? Ce système vous enrichit en détruisant des emplois par dizaines de milliers, n'est-ce pas ?*

— *Merde,* s'énerva l'homme comme s'il plaidait une juste cause, *nous avons donné à ces sauvages du boulot pendant presque dix ans. Ils crevaient comme des miséreux dans leurs putains de tentes en feutre à se chauffer avec la merde de leurs chevaux. Dix mille familles ont vécu dix ans grâce à nous.* »

Cette fois le coup de crosse lui fendit la pommette avant que la main de la jeune femme ne lui écrase les joues pour lui fourrer le canon de son arme dans la bouche.

« *Nous ne sommes pas des sauvages. Nous avions conquis deux tiers des terres habitées du globe que votre pays n'existait même pas encore. Vous n'étiez même pas encore ce ramassis de criminels et de bagnards, et vous n'aviez même pas encore essayé d'exterminer les nègres qui habitaient depuis plus de cinquante mille ans l'île que vous leur avez volée...* »

Un appel sur son kit mains libres le força à mettre la vidéo en pause.

— Merde, Darryl, tu te ramènes ou quoi ? s'impatientait Karin.

— J'arrive, mais ne te gêne pas, commence sans moi avec Andrew. Tu sais faire, non ?

— Tu fais chier, Darryl !

Elle raccrocha et il rétablit aussitôt la connexion en direct avec le site d'ABC sur son iPhone.

« L'homme n'a toujours pas sauté. Il est d'un si grand calme qu'on ne saurait dire si c'est une bonne ou une

352

mauvaise chose. Toutes nos équipes sont bien entendu prêtes à réagir. Nous avons une équipe sur le toit, à quelques mètres à peine de celui qu'on appelle déjà le Justicier mongol, une équipe au sol pour vous informer immédiatement s'il mettait sa tragique menace à exécution, et deux équipes en studio qui préparent déjà deux sujets, un sur les automatisations dans les mines de la Colorado, et l'autre sur les activités de cette compagnie dans le monde, et plus spécifiquement en Mongolie. »

Il arriva dans le parc industriel planté de platanes roussis par la chaleur et descendit Brown Street pour tourner à gauche et prendre Felder. Par-delà le cordon de sécurité tendu par la police en uniforme, il aperçut les pompiers au loin, devant le bâtiment des studios. Il s'identifia, passa le contrôle et se dirigea vers le building d'ABC. Une petite foule prenait un peu de recul jusqu'au trottoir d'en face et regardait en l'air, au-delà d'une zone libre dégagée par les pompiers au pied du frontispice. De loin, il reconnut Karin qui parlait avec les hommes de la sécurité des studios. Andrew n'était pas là. Quelque part dans les étages ou sur le toit, à jouer les héros, ou dans une voiture officielle à se faire remonter les bretelles par un supérieur aux ordres de la Colorado. Darryl marcha droit vers Karin en longeant les studios.

De loin, il vit les yeux étonnés de la jeune femme s'écarquiller d'effroi en l'apercevant. Il eut aussi le temps d'entrevoir Andrew. Il gesticulait à son intention dans les reflets du hall d'entrée où se reflétait l'image des pompiers et de la foule. Il se dirigeait vers lui quand ce con de Justicier mongol lui tomba dessus depuis le toit des studios et les tua tous les deux. Sur le coup.

57

… d'un seul coup de poing.

Plus personne n'osait rien dire devant les écrans du poste commercial. La foule des nomades autour des quelques mineurs restait silencieuse, assommée par ce qu'elle venait de voir et d'entendre. Même les petits jockeys, qui ne comprenaient pas grand-chose à ces histoires de grands, restaient muets sur leurs chevaux immobiles, troublés de voir les anciens de tous bords les larmes aux yeux. Les mineurs surtout. Ils avaient trahi un rêve ancestral pour un autre rêve plus contemporain et voilà que tous ces rêves disparaissaient en même temps et qu'il ne restait que la trahison. Ils se regardaient, cherchant dans les yeux des uns ou des autres le repentir ou le pardon. Puis ils regardèrent le contremaître qui les avait accompagnés jusqu'au poste commercial. Il écarta les bras, défait et impuissant. Il se leva et se dirigea vers l'homme des Mille Rivières, posa les mains sur ses épaules, le regarda longuement et, sans aucune pudeur, posa la tête contre sa poitrine pour pleurer. L'autre le serra dans ses bras, puis le repoussa lentement pour le redresser et lui redonner un peu de fierté.

— C'est pour ça que nous luttons, dit-il, c'est pour
ça qu'à New York un frère accepte la prison et qu'en
Australie un autre a donné sa vie. Pour que notre
pays nous revienne. Ce pays est à nous, à toi autant
qu'à moi. Les troupes que Djebe a levées ne sont pas
armées contre vous. Ni contre les mines. Elles sont
armées contre les étrangers qui ne font que passer pour
nous piller.

L'homme ne répondit rien. D'un signe de tête il
rassembla ses compagnons, et de la main refusa qu'on
les reconduise en Hummer. La foule des nomades
les regarda s'éloigner, le pas lourd et la tête basse,
silencieux, jusqu'à ce qu'ils rejoignent la ligne jaune
des bulldozers, quelques centaines de mètres plus loin,
imaginant leurs premiers mots et l'onde ravageuse et
muette de la déception qui allait secouer tous les autres.
Montée sur un Hummer, Guerleï les observa dans ses
jumelles. Elle devina un mouvement, une réaction,
puis une bagarre. Un homme se faisait bousculer. On
lui arracha son portable avec violence. Peut-être cher-
chait-il à avertir la mine que ses hommes ne revien-
draient ni en vainqueurs, ni en vaincus. Ces hommes
allaient passer la nuit autour de feux dans la steppe à
vomir leur rancœur et écouter monter leur colère. Les
nomades du poste commercial iraient leur porter de la
nourriture et de l'aïrag. Les femmes cuisineraient des
raviolis de mouton gras, des crêpes de viande frites, du
hooroog de mouton cuit avec des pierres brûlantes et de
la soupe de nouilles. Ils mangeraient à l'ancienne, hors
des réfectoires, dormiraient à la belle étoile hors des
dortoirs, écouteraient des gorges invisibles entonner
les chants mystérieux de la steppe loin des écrans et

des consoles, et pleureraient allongés sur le dos, face à l'immensité du ciel, sur tout ce qu'ils avaient détruit de leur pays et de leurs illusions et ne pourraient plus jamais reconstruire. Ceux qui rentreraient à la mine, le lendemain matin, seraient des mineurs désespérés. Puis des grévistes déterminés.

Le milicien des Mille Rivières rejoignit la lieutenant sur le toit du Hummer et lui rendit son T-shirt.

— Tu devrais remettre ça, lieutenant.

— Il est toujours là ? demanda Guerleï sans quitter des yeux la ligne de crête d'où étaient partis les tirs.

— L'Africain ? Non, il est probablement déjà en route vers la mine.

— Qu'est-ce qu'il va faire là-bas ?

— Continuer son plan pour faire tomber les compagnies minières et leurs complices du gouvernement.

— La grève qui se prépare ne lui suffit pas ?

— La grève n'est qu'un conflit du travail et les compagnies savent gérer ce genre de problèmes. Au pire ils feront venir des Chinois. Ils sont des millions à n'attendre que ça au sud de la frontière. Et puis ils feront venir de Boston, de Singapour ou de Paris des gestionnaires de crise qui leur expliqueront comment faire dégénérer le mouvement. C'est si simple : provocation, répression, récupération. Ils vont braquer les grévistes par leur intransigeance et leur morgue jusqu'à pousser les plus extrémistes d'entre eux à perdre patience. Et quand ces pauvres bougres auront brûlé quelques engins à plusieurs millions de dollars, ou qu'on leur fera endosser la mort, accidentelle ou pas, d'un pauvre gardien, l'opinion basculera.

— Notre monde est-il devenu aussi cynique que ça ?

— Souviens-toi de Munkhbayar, l'éco-warrior qui se battait pour l'application de la loi au Grand Nom. Il a reçu le prestigieux prix Goldman de l'Environnement pour ça en 2007. Il manifeste devant le siège du gouvernement avec une centaine de nomades à cheval et tire une flèche symbolique contre le bâtiment pendant qu'un flic en civil planqué dans un coin tire un coup de feu en l'air. Aujourd'hui il purge vingt ans de prison pour banditisme et atteinte à la sécurité de l'État. La seule lecture des minutes du procès démontre sans aucun doute possible toute une série de manipulations et de mensonges grossiers de la part du gouvernement. Mais qui lit les minutes des procès ? Par contre tout le monde regarde la télé et ses raccourcis tendancieux. L'opinion a basculé, et même les bonnes âmes du Goldman lui ont retiré son prix.

— C'est pour ça que l'Africain passe par la télé ?

— Djebe a compris ça. Ce n'est pas la grève qui va faire tomber les Minières et leurs laquais. La grève, c'est juste pour les déstabiliser et fragiliser leur capacité de réaction. Ce qui va les abattre, ce sont les scandales. On ne peut pas mobiliser le peuple et le monde de la finance ensemble sur des arguments économiques. Ce qui réunit à la fois l'indignation populaire et le principe de précaution bancaire, ce sont les scandales. Voilà ce que Djebe a compris, et il s'emploie à en faire éclater.

— En envoyant de jeunes militants à la mort ?

— En créant des héros.

— Foutaises, il a assassiné ses propres compagnons. Son propre frère de sang !

— Pour Qasar, il a fait comme le grand Khan. Il a puni sa trahison. Qasar était comme nous un ultranationaliste militant, mais il est passé à la tête de la MGS, qui s'est mise au service des Minières. Pour les quatre morts du pont, regarde la télé demain, et tu comprendras.

— Quoi, il va s'en prendre à la MGS ?

— Pire que ça, mais tu verras…

Elle s'assit sur le rebord du toit du Hummer, les pieds ballants, les mains posées sur le métal, de chaque côté. Il s'assit à sa gauche. Ils tournaient le dos au poste commercial. Devant eux la steppe courait jusqu'à la ligne jaune des bulldozers où s'allumaient quelques feux malgré le plein soleil. Puis la steppe continuait sa course folle jusqu'à l'horizon bleuté de quelques crêtes en dégradés. Elle se souvint des mots de la géologue. Du fracas millénaire des plaques tectoniques sous toute cette beauté infinie. De la dérive des continents sous cette immobilité éternelle. De ce chaos caché qui décidait de toute harmonie à la surface. Des vagues de collines dorées, dentelées et parallèles, des rivières argentées en équerre, des terrasses érodées d'herbe tendre, des effondrements ocre en triangle. Et voilà que toute cette sérénité sombrait à présent en surface dans le tumulte des passions et de l'avidité des hommes. Et qui était-elle, elle, pour prétendre maintenir un peu d'ordre dans ce fracas immobile et silencieux ?

Elle sauta à bas du Hummer et il fit de même.

— Comment ton Africain pouvait-il savoir que nous irions à la rencontre des mineurs ? Comment pouvait-il savoir où et quand ?

— Il vous observe depuis longtemps, toi et l'ancien flic. Il vous observe depuis bien avant la mise en scène des quatre meurtres du pont. Yeruldelgger depuis qu'il est venu par ici remettre un peu d'ordre dans sa vie, et toi depuis qu'il a appris que tu t'intéressais à la disparition des filles. Djebe ne laisse rien au hasard, et même quand le hasard le surprend, il sait comment le faire entrer dans ses plans.

— Est-ce qu'il sait que pour tous ces meurtres je le traînerai en prison ?

— Tu crois que ça lui fait peur ? Est-ce que nos frères de New York ou de Perth ne t'ont pas donné un aperçu de ce à quoi nous sommes prêts ? dit-il en la laissant pour rejoindre une table de billard où des spectateurs immobiles observaient des joueurs silencieux.

Elle le regarda s'éloigner sans rien dire. Pirouette de beau parleur ? Confession de condamné ? Regret de résigné ? Chacune des possibles réponses lui déchirait l'âme.

Un flot de découragement s'engouffra dans son cœur et submergea toute sa volonté. Elle retourna vers une des baraques équipées d'un écran et demanda à l'épicier de se déconnecter de Fox News qui s'était fait le relais d'ABC Australia en liant les affaires de New York et de Perth. Bien entendu, Fox News n'avait pas hésité à relayer l'enregistrement du pauvre Ryan Walker. L'image se brouilla une seconde avant de se stabiliser à nouveau sur une autre chaîne nationale. Une scène de nuit. Une bousculade devant une yourte. Un homme nu au milieu d'hommes masqués qui le poussaient devant eux. Elle cria à la foule de se taire et au boutiquier de monter le son.

« … arrêté cette nuit chez sa maîtresse. Le patron des Affaires spéciales est accusé de l'enlèvement et de la mort d'un homme qu'il aurait personnellement séquestré et torturé dans un wagon transformé en salle d'interrogatoire illégale sur une voie ferrée désaffectée dans les quartiers est. On voit ici les hommes cagoulés des services secrets emmener Bekter pour l'interroger sur ordre direct du ministre de la Justice qui dit devoir malheureusement se méfier pour l'instant des forces de police, dans la mesure où Bekter, de par ses fonctions aux Affaires spéciales, aurait pu faire pression sur elles. L'arrestation a eu lieu dans l'est du dix-septième district, dans la yourte luxueuse de sa maîtresse. »

La foule s'était à nouveau regroupée devant l'écran et buvait ces révélations comme du lait fermenté, mais la portée révolutionnaire et politique de ces images était bien loin de celle fantasmée par l'Africain et ses sbires des Mille Rivières. Les hommes, gênés, riaient trop fort, et les femmes gloussaient de fausse pudeur en se moquant de la nudité de Bekter. On pataugeait dans le fait divers sordide, pas dans la provocation révolutionnaire. Puis soudain apparut à l'écran la maîtresse du ripou et le cœur de la lieutenant trébucha dans sa poitrine. Cette femme perdue, nue derrière une couverture à laquelle elle se cramponnait, le visage défait par la peur et la surprise, poussée vers les caméras par un des hommes cagoulés, c'était la légiste descendue d'Oulan-Bator pour rapatrier les quatre corps du pont. Cette femme élégante et douce qui s'était enquise de Yeruldelgger. De toute évidence sa compagne, ou une belle personne qu'il avait aimée ou aimait encore, et qui lui avait poliment, avec respect, demandé de lui transmettre le bonjour.

Le sang de Guerleï ne fit qu'un tour. Elle se retourna, bousculant ceux qui s'étaient amassés derrière elle en ricanant, fendit cette foule d'imbéciles, et marcha droit jusqu'au milicien.

— La révolution par le scandale, hein ? Connard !

Et elle l'assomma d'un seul coup de poing.

58

… d'une centaine de filles
et de trente miliciens.

— Yuna ? Yuna…

En revenant de la yourte, Gova s'était glissée contre son amie. Yuna pleurait en silence sur son lit. Comme chaque jour depuis leur arrivée à Gobi Moon. L'endroit avait été baptisé d'après le Moon Hotel de Macao, près de Senado Square, où une trentaine de prostituées déambulent librement jour et nuit dans la luxueuse galerie marchande circulaire du rez-de-chaussée. Au bon plaisir des touristes qui n'ont qu'à les suivre dans les ascenseurs jusqu'à leurs chambres pour une poignée de dollars. Sauf qu'à Gobi Moon personne ne déambulait, encore moins librement, et que les dollars s'échangeaient hors de vue et de portée des filles.

— Yuna, il y a un truc bizarre…

Yuna était nue sur son drap, le corps en sueur dans le minuscule dortoir surchauffé. Les filles prenaient une douche glacée avant chaque client. C'était la règle. Pour les rafraîchir et les raffermir. Pour les réveiller aussi. Gova était restée habillée en se lovant contre son amie pour lui chuchoter à l'oreille. Les confidences entre filles étaient mal tolérées, et elles se méfiaient des mouchardes prêtes à les dénoncer pour un Coca supplémentaire.

— Quoi ? demanda Yuna, les yeux rougis par le désespoir.

— Dehors, il se passe quelque chose…

— Qu'est-ce que tu veux dire ?

— Ils ont annulé toutes les visites, murmura Gova qui se refusait à parler de passes ou de clients. Je suis allée à la yourte où j'étais convoquée, mais on m'a renvoyée.

— Pourquoi ? s'inquiéta aussitôt Yuna en se retournant vers son amie.

— Je n'en sais rien. Plus personne n'entre à Gobi Moon. Toutes les visites sont annulées jusqu'à nouvel ordre. Mais il y a plus étrange encore.

— Quoi ?

— Il ne reste qu'un seul garde…

— Hein ?

— Un seul, je te dis. Les cinq autres types de la MGS sont partis.

— Et dans les yourtes ?

— Une seule maîtresse.

— Qu'est-ce que ça veut dire ?

— Je n'en sais rien, mais c'est peut-être notre chance.

— …

— Yuna, un seul garde. L'occasion ne se représentera peut-être plus jamais.

— Tu crois ?

— Qu'est-ce que nous avons à perdre ? Dans quelques mois ils amèneront de nouvelles filles. Tu sais ce qu'on raconte. Les anciennes sont expédiées à

Macao, et elles finissent vendues à des réseaux russes ou pire encore. Il faut tenter notre chance, Yuna.

— Je ne suis pas prête, Gova, je ne m'en sens pas la force...

— Merde, tu vas te secouer et arrêter de pleurnicher ? Nous allons sortir d'ici, tu m'entends, et oublier ce cauchemar.

— Mais les autres ?

— Qu'elles se débrouillent. Nous laisserons la porte ouverte.

— Quoi, tu veux t'enfuir par la porte ?

— Bien sûr. Un seul garde, Yuna. On le tue et on s'enfuit.

— Tu veux tuer cet homme ?

— Et alors, il s'est gêné pour nous violer, lui ? C'est un milicien de la MGS. Tu te souviens de ceux qui se sont acharnés sur nous pour casser notre résistance ? Tu te souviens des quinze premiers jours entre leurs mains ? Des coups, des humiliations, des viols collectifs, de l'abattage ? Combien de fois tu m'as dit que tu voulais leur arracher les yeux, Yuna ?

— Je sais, Gova, je sais. Tu as peut-être raison. Tu as un plan ?

— Nous avons tes flèches et mon poignard, dit Gova en désignant son matelas d'un regard prudent.

— Je n'ai que deux flèches. Je n'ai pas terminé la pointe de la troisième.

L'idée était venue à Yuna quand elle avait remarqué que leurs matelas reposaient sur des cadres en bois. Au risque d'une punition sévère, elle avait provoqué un chahut deux mois plus tôt et brisé un sommier en sautant dessus. Toute la chambrée avait été punie et battue, et les autres filles lui en voulaient encore. Mais Yuna en avait profité pour dissimuler un éclat de bois long comme la main et pointu comme une dague. Un poignard pour un seul coup. Au cas où. Pour elle, ou pour l'homme de trop.

Un mois plus tard, avec Gova, elles fracassaient une chaise dans une fausse bagarre. Nouvelle punition, dans les mains des hommes de la MGS pendant une semaine cette fois, mais Yuna avait récupéré trois barreaux du dossier. Trois tiges d'un bois dur et dense, parfaitement rectilignes et longues de presque quarante centimètres. Un peu court, mais c'était déjà ça. C'est ce dont elle avait besoin pour y tailler des flèches, comme sa mère le lui avait appris, même si elle ne voyait pas comment se fabriquer un arc. Puis elle se souvint de ce touriste étrange de passage dans la yourte de Tsetseg. Un homme à la peau sombre, la moitié du visage et tout le corps décorés de fascinants tatouages ethniques. Français. D'une île inconnue d'elles, dans un océan tout aussi inconnu. Lui en parlait avec passion et regrets. Polynésie. Archipels. Tuamotu. Puka Puka où il habitait, dans les îles du Désappointement. Il n'avait jamais réussi à leur mimer le sens de ce nom curieux. Un homme puissant et attentionné qui ne parlait aucune autre langue que la sienne et qui avait beaucoup et bien aimé Tsetseg les quelques jours pendant lesquels il était resté avec elles. Sans un mot, tout en gestes et en regards, il avait appris à Yuna, encore petite, comment fabriquer ces flèches polynésiennes qu'on lance à la main à l'aide d'une cordelette, comme des harpons. Yuna savait les propulser à plusieurs dizaines de mètres. Mais jusqu'à dix mètres, elle savait utiliser la puissance de la corde pour ficher sa flèche avec précision dans une cible pas plus grosse qu'une tête.

Elles se glissèrent hors du dortoir après avoir menacé de tuer la première qui appellerait ou oserait les suivre, ne serait-ce que du regard. La terreur d'une punition entre les mains des sbires de la MGS suffit pour que les quelques filles réveillées enfouissent aussitôt leur tête dans l'oreiller. Puis elles s'étaient séparées. Dehors le soleil cognait dru. Toutes les filles, maîtresses comprises, s'étaient réfugiées dans les baraquements, nues devant les ventilateurs, la fenêtre masquée par un drap mouillé pour ne pas laisser entrer la chaleur. Gova se dirigea vers l'arrière de la yourte principale, roula silencieusement sous le feutre de la tente et se glissa jusque dans le dos de la maîtresse. C'était une volontaire de Macao. Les pires. Une fille même pas punie pour venir croupir dans la moiteur du sperme et du soleil au cœur du Gobi. Une fille venue là pour gagner des points. Une garde-chiourme vile et veule. Elle était assise, en culotte et seins nus, à la petite table qui faisait office de comptoir d'accueil. Elle lisait un magazine chinois posé devant elle en mettant du vernis sur les ongles de son pied ramené de côté sur la table. En s'approchant d'elle, Gova se surprit à remarquer qu'elle n'avait pas de fesses, que ses seins étaient déjà flasques, et qu'elle méritait ce qui allait lui arriver. Cette apprentie maquerelle était si conne qu'en apercevant Gova armée de son éclat de bois, sa seule réaction fut de noircir son regard de colère pour la menacer des pires représailles. Mais elle n'eut pas le temps de lui siffler la moindre insulte. Gova lui planta son arme de fortune dans le cou et le sang jaillit aussitôt en trois longues saccades jusque sur les murs de la yourte, surprenant Gova qui dut retourner vers elle le corps déjà inerte pour se faire éclabousser.

La Chinoise s'affaissa sur sa chaise puis glissa au sol, et Gova s'agenouilla près du corps pour plonger ses mains dans le flot de sang qui se tarissait et s'en barbouiller le visage, les épaules et le ventre. Quand elle se releva, son regard croisa celui, agonisant, de la fille et l'idée lui vint qu'elle avait peut-être été comme elle, prisonnière et soumise, obligée de jouer son rôle pour survivre. Sauver sa peau. Mais elle se força à la regarder mourir dans un dernier gargouillis pour se donner la force de continuer. Pourvu que Yuna tienne le coup. Elle avait toujours été la plus forte, la plus résistante des deux. La plus déterminée à vouloir s'en sortir, à provoquer le chahut pour se fabriquer une arme, à se battre pour récupérer de quoi faire des flèches. À une époque où Gova n'imaginait même pas comment ni pourquoi elles s'en serviraient. Mais la dernière punition avait eu raison de Yuna et l'avait brisée. Ces salauds avaient réussi à lui rentrer dans le crâne qu'elle ne s'en sortirait jamais. Pourtant elles y étaient, cette fois, et il fallait que Yuna tienne le coup.

Gova prit une longue respiration et essaya de se donner une force de guerrière en balançant un violent coup de pied dans le ventre de la fille morte, hurlant en silence, les poings crispés à hauteur des yeux. Puis elle lâcha son poignard et se dirigea vers la porte de la yourte. Tout dépendait de Yuna maintenant.

Quand elle sortit dans le soleil, maculée de sang, le garde ne la remarqua pas tout de suite. Puis il devina un mouvement à la frontière de son champ de vision, se tourna vers elle, et se figea en cherchant à comprendre. La fille était là, presque nue, immobile face à lui et tout ensanglantée, debout bras et jambes écartés. *Entre, putain,* dit Gova dans sa tête, *ouvre cette grille et approche-toi !* Le garde ne bougea pas. Deux fois au contraire, il regarda de l'autre côté derrière lui, loin vers la steppe, avant de tourner à nouveau la tête vers elle. *Mais qu'est-ce que tu fous, connard. Entre, entre, décadenasse cette porte et viens vers moi !* Il ne bougeait toujours pas, comme s'il ne comprenait pas ce qui se passait. Une fois encore il regarda loin derrière lui. Alors Gova se laissa tomber à genoux pour exciter sa curiosité ou provoquer sa compassion. Tout ce qu'elle éveilla chez lui fut une nouvelle inquiétude qui le poussa encore une fois à regarder par-dessus son épaule. *Mais qu'est-ce que tu crains, pauvre con ! Je suis en sang, à moitié à poil et sans arme, ouvre, merde, et approche-toi !* Elle n'osait pas vérifier si Yuna était bien là, comme prévu, en embuscade derrière le coin d'un baraquement. Elle ne voulait pas prendre le risque d'alerter le garde. Elle ne voulait pas parler non plus, pour ne pas attirer l'attention des autres filles qui risqueraient de semer la pagaille. *Viens, viens, viens ! Approche-toi, ne fais pas tout foirer, espèce d'abruti !* Mais c'était comme si le garde devinait la mort et ne voulait pas pénétrer sur son terrain. Gova s'affaissa alors sur ses talons, comme à bout de forces, les bras en supplique, et de l'autre côté de la grille le garde la regarda faire sans bouger. Elle resta ainsi un long moment, comme une martyre quémandant qu'on l'achève. *Pauvre con ! Tu vas venir, oui ? Tu vas ouvrir cette putain de grille ?*

Soudain elle se releva, courut dans la yourte, et ressortit en tirant dans la poussière le cadavre de la maîtresse par les cheveux. Cette fois le garde s'approcha de la grille pour mieux voir et Gova se laissa tomber sur le corps de l'autre femme comme si elle mourait à son tour. L'homme regarda derrière lui encore une fois, comme s'il attendait désespérément du renfort, puis déverrouilla en panique la grille et se précipita vers les corps des deux femmes. Quand il fut à une dizaine de mètres et qu'il aperçut le cou déchiré de la Chinoise, il s'arrêta brusquement et dégaina son arme, cherchant à deviner quel danger le guettait depuis l'intérieur de la yourte. La première flèche lui traversa la joue et les lèvres et il porta les mains à son visage sans pour autant lâcher son arme. Yuna jaillit alors de derrière un baraquement et fondit sur lui en hurlant pour se donner du courage. Sa main partit en avant de toute sa rage, tirant sur la ficelle coincée à l'arrière de la flèche par un nœud dans une encoche. Le trait traversa la gorge du garde et resta fiché dedans. Il tituba comme un taureau criblé de banderilles, le regard hébété. *Quoi, tu ne comprends pas que tu vas mourir ? Oh oui tu vas mourir, pauvre con. Non, ce n'est pas une erreur, pas la peine de nous faire ces yeux-là. Bien sûr que tu le mérites, toi comme tous les autres. Tous les hommes de la Terre, pauvre tache !*

Il tomba sur le dos, le corps agité de soubresauts. Yuna ne pouvait le quitter des yeux, pétrifiée d'horreur par son geste plus que par l'agonie hystérique de l'homme. Gova bondit sur ses pieds, attrapa Yuna par le bras et l'entraîna en courant vers la grille ouverte. Elles n'étaient pas encore tirées d'affaire. Gobi Moon n'était pas intégré aux dépendances de la mine, mais le bordel restait à l'intérieur des terres de la concession. Elles avaient décidé de le contourner pour s'enfuir à l'opposé de la mine jusqu'à atteindre le grillage qui délimitait la concession, à plus d'un kilomètre des baraquements. Mais comme elles s'élançaient, le soldat, agité d'ultimes convulsions, crispa son doigt sur la détente de son arme et Gova trébucha dans la poussière, la cuisse déchirée par une balle.

— Merde, jura Yuna, tu vas pouvoir marcher ?

— Ça fait mal, vas-y toi, sauve-toi et alerte quelqu'un.

— Pas question, nous avons encore l'effet de surprise pour nous. On tente notre chance toutes les deux.

— Même si nous arrivons jusqu'au grillage, je ne pourrai jamais l'escalader.

— On verra sur place. On se glissera par-dessous.

— Tu rêves…

— Je viens de tuer un type, Gova, et toi tu as égorgé une fille. Ça n'a rien d'un rêve. On sauve notre peau.

La blessure lui brûlait la jambe, mais Gova trouva dans la nouvelle détermination de Yuna la force de la suivre. Elle eut même la présence d'esprit de recadenasser la grille pour retarder ceux que le coup de feu n'allait pas manquer d'alerter.

— Et les autres filles ?

— Elles vont finir par sortir et les gardes vont prendre ça pour une rébellion. Avec la grille cadenassée, ils ne vont pas tout de suite penser à une évasion.

— Mais ils vont se venger sur elles, Gova.

— Si nous réussissons, les autorités ne pourront plus faire semblant d'ignorer Gobi Moon. Peut-être qu'elles arriveront à temps.

Elles avaient parcouru deux cents mètres bras dessus, bras dessous, en claudiquant, et elles apercevaient déjà la ligne du grillage quand elles devinèrent de l'agitation à l'entrée de Gobi Moon derrière elles. Comme Gova l'avait prévu, les filles étaient sorties des baraquements et un Hummer en provenance de la mine fonçait vers le portail. Le temps que les trois gardes cherchent à ouvrir puis finissent par fracasser le cadenas à coups de crosse, Yuna et Gova avaient parcouru encore deux cents mètres. Le temps que le moins idiot des trois fasse rentrer les filles dans leurs baraquements sous la menace de son arme et qu'il s'interroge sur la présence du garde mort à l'intérieur de Gobi Moon alors que la grille était cadenassée de l'extérieur, elles en avaient parcouru deux cents autres. Le temps qu'il tombe sur le poignard en bois, qu'il examine attentivement les deux flèches polynésiennes plantées dans son compagnon, et qu'il en déduise que ces armes de fortune avaient forcément été bricolées en secret par des pensionnaires, elles en avaient parcouru encore deux cents.

Il leur restait une centaine de mètres pour atteindre le grillage quand le garde les repéra et lança le Hummer à leur poursuite. Yuna traîna son amie jusqu'à la barrière et sauta pour s'agripper au treillis métallique, les yeux fixés sur la frise de barbelés qui le coiffait. Quand elle se retourna pour aider Gova à s'y hisser à son tour, elle la découvrit pétrifiée de terreur. Elle suivit son regard fuyant à travers le grillage. De l'autre côté, depuis la steppe, deux Hummer noirs fonçaient droit sur elles et les prenaient en tenaille. Elle regarda par-dessus son épaule. Le Hummer de Gobi Moon venait de s'arrêter en dérapant dans un nuage de poussière. De l'autre côté du grillage, dans la steppe, les deux autres Hummer pilaient eux aussi et deux hommes armés de fusils jaillirent d'un des véhicules. Sur l'autre Hummer, à l'intérieur de la concession, un tireur s'appuyait déjà sur le capot pour la mettre en joue. Elle sentit son sang bouillonner de rage. Elle se retrouvait écartelée à mi-hauteur du grillage, exposée comme une cible de foire, dans la ligne de mire des miliciens de chaque côté. Gova trouva la force de se cramponner au treillage à son tour et de s'y hisser à la force des bras.

— Autant se faire flinguer, murmura-t-elle, épuisée, les larmes aux yeux, en regardant Yuna au-dessus d'elle, je ne retournerai là-bas pour rien au monde.

Le coup de feu claqua, sec et net dans l'air vibrionnant de chaleur, et Yuna ferma les yeux. Lorsqu'elle les ouvrit à nouveau, les tireurs à l'extérieur étaient toujours en position. Mais par-dessus son épaule, le tireur de Gobi Moon gisait à deux mètres du capot, la tête déchiquetée par l'impact. Deux autres coups retentirent depuis la steppe. Par deux fois le Hummer de Gobi Moon s'affaissa quand ses pneus explosèrent. Toujours accrochée au grillage, Yuna vit alors les portières s'ouvrir très lentement et deux gardes sortir les mains en l'air. Contre toute attente, elle tourna vivement la tête pour voir si les tireurs de la steppe allaient les abattre à leur tour. Un homme était toujours en position, immobile, bien calé sur le capot, mais l'autre Hummer venait de redémarrer et fonçait droit sur la barrière. Il la pulvérisa à une trentaine de mètres au sud de l'endroit où Yuna et Gova, tétanisées, se cramponnaient encore malgré l'onde de choc dans le métal. Puis le Hummer partit en glissade dans la terre pour virer et foncer sur elles. Quand il stoppa à quelques mètres du grillage, Yuna lâcha prise et s'évanouit en voyant Tsetseg descendre de la voiture.

Elle ne fut pas témoin du reste. Les deux gardes de la MGS ficelés dans leur véhicule. Le signal aux trois pick-up chargés d'hommes des Mille Rivières qui jaillirent d'un repli de la steppe pour se précipiter contre la grille de Gobi Moon. Les dix hommes armés pour tenir en respect derrière les camions les hommes de la MGS désorganisés ou sous-armés. Les cinq autres à l'intérieur inspectant chaque baraquement pour regrouper les filles devant la yourte principale. Les deux caméramen qui filmaient tout sous les ordres précis du chef du commando, un homme jeune et décidé, tout habillé de bleu, un bandana dans les cheveux. La rage de Tsetseg, son arc et son carcan en bandoulière, qui s'était fait indiquer le gourbi qui faisait office d'infirmerie pour soigner Yuna et Gova. Et l'application calme et méthodique de Yeruldelgger pour éviter que tout ça ne dégénère. Il s'était d'abord adressé aux filles en mongol pour que toutes celles qui comprenaient cette langue se rangent à sa droite. Puis il demanda à l'une de celles qui semblaient le moins effrayées dans ce groupe de confirmer que toutes étaient bien mongoles. Il donna l'ordre à un des hommes de l'AMR de prendre leurs nom et prénom, ceux de leurs parents, l'endroit où elles vivaient avant de se retrouver à Gobi Moon, et la date, même approximative, à laquelle elles avaient été enlevées, si elles l'avaient été, et le lieu où le rapt avait eu lieu. Son expérience de vieux flic le poussait à recueillir ce genre de renseignements à chaud, avant que celles qui avaient peut-être cédé plus ou moins volontairement à la tentation de la prostitution ne prennent le temps de s'inventer un enlèvement. Même si les conséquences pour ces pauvres filles avaient été aussi tragiques, kidnappées ou volontaires, c'était juste une procédure, sans aucun jugement moral.

Puis il repéra une autre fille dans le groupe des Mongoles. Celle-là avait donné des renseignements précis sur son enlèvement et affichait plus de colère que de peur. Il lui demanda de le suivre jusqu'au groupe de celles qui n'étaient pas mongoles et de lui indiquer si, parmi elles, certaines avaient eu un rôle de responsable, d'une façon ou d'une autre. La fille alla chercher par les cheveux une des maîtresses et Yeruldelgger la rappela à l'ordre. Il suffisait qu'elle les désigne du doigt.

Il fit regrouper sous la garde d'un homme armé sept Chinoises de Macao qu'ils séparèrent des autres. Puis il demanda qui pouvait lui servir d'interprète, refusa l'aide d'une des sept, et accepta celle d'une Mongole. Accompagné du garde armé, il s'isola avec les sept Chinoises dans une des yourtes et se fit expliquer le fonctionnement de Gobi Moon et remettre tous les documents. Il identifia celle des maîtresses qui devait servir de courroie de transmission avec l'organisation qui gérait le bordel. Le métier lui avait appris le point faible de ces structures mafieuses : elles arrivaient à se croire si puissantes et si protégées par la corruption qu'elles finissaient par en perdre toute prudence. Quelque part, il existait toujours une trace écrite, à la façon des boutiquiers, qui justifiait la suspicion des uns et des autres quant au juste lucre de leur business et à la répartition des bénéfices. Il trouva les registres dans un bureau minuscule, au fond d'un baraquement qui servait d'intendance cadenassée et à laquelle seule cette maîtresse avait accès. Derrière des stocks de serviettes hygiéniques et de tampons, de papier-toilette, de préservatifs de toutes tailles, de lubrifiant et de gel hydroalcoolique, la porte du petit bureau lui avait ouvert l'accès aux archives du bordel. Un livre du personnel avec l'arrivée et le départ de chaque fille. Il y repéra vite une colonne qui semblait recenser les punitions, et une autre qui affichait ce qui ressemblait à une note globale. Probablement la « valeur » de chaque pensionnaire. Il mit surtout la main sur un registre des passes. Une sorte de long listing jour par jour avec, en regard du surnom de chaque fille, la nature de la passe, son prix, et surtout le nom ou le matricule du client. Yeruldelgger acquit aussitôt deux certitudes. L'identification des clients n'avait aucune logique ni aucun intérêt pour une prostitution d'abattage avec des ouvriers et des mineurs. Elle ne pouvait être utile qu'à la compagnie minière, comme moyen de pression ou de chantage sur son personnel. Yeruldelgger se dit que les enquêteurs allaient devoir explorer cette piste. La Colorado ne faisait pas que tolérer un bordel sur ses terres pour le bien-être de ses employés, comme ne manqueraient pas de l'ériger en ligne de défense ses avocats. Elle y trouvait bien d'autres intérêts. La seconde déduction de Yeruldelgger était que si le registre des passes servait à comptabiliser les profits de la prostitution, il devait être transmis à la mafia qui le gérait par des moyens plus modernes qu'un éphéméride en papier. À un moment donné, il fallait bien que l'ensemble des données soient compilées sur informatique, dans un tableau Excel codé par exemple. Et par expérience, Yeruldelgger savait que cette transcription représentait un entonnoir à magouilles avec des détournements et des commissions occultes qui serviraient aux enquêteurs à dresser les suspects les uns contre les autres. En commençant par le bas de l'échelle. Il ne lui fallut que quelques coups de poing sur la table, enfermé dans le placard avec la Chinoise terrorisée, pour se faire remettre l'équivalent d'un millier de dollars en liquide détournés à son tout petit niveau. Il fit tout cela devant la caméra d'un milicien qui ne le quitta pas une seconde jusqu'à ce qu'il aille remettre l'ensemble des documents à Djebe.

— Je préfère que tu les donnes directement au premier flic qui se présentera, dit l'Africain.

— Je n'y tiens pas, répondit-il, et je ne reste pas. Que comptes-tu faire maintenant ?

— Monter le film de notre action et le diffuser sur la Toile.

— Un scandale de plus ?

— Une pierre de moins dans le mur des Minières.

— Un montage. On t'y verra abattre le milicien de la MGS ?

— On verra mourir un traître qui s'apprêtait à achever deux gamines blessées et sans armes.

— C'est quand même un mort de plus…

— Ça ne devait pas se passer comme ça.

— Et comment c'était supposé se passer ? demanda Tsetseg dans son dos.

Elle les avait rejoints, accompagnée de Yuna et Gova dont la cuisse était bandée d'un épais pansement.

— Pas comme ça, répéta Djebe d'un air embarrassé.

— Tu te répètes. Qu'est-ce que ça veut dire ?

— Écoute, grande sœur, elles ne pouvaient pas savoir, ce n'est pas de leur faute, dit-il en évitant le regard de Yuna et Gova.

— Elles ne pouvaient pas savoir quoi ! s'énerva Tsetseg.

— Ce type de la MGS, à la grille du Gobi Moon, c'était un des nôtres. Une taupe chez eux. Il devait s'arranger pour rester seul de garde et nous ouvrir la grille sans dégâts ni violence. Il ne devait pas y avoir de morts. Pas lui en tout cas. Mais elles ne pouvaient pas le savoir…

Tsetseg prit les deux filles par les épaules et les serra contre elle, son regard noir planté dans celui de Djebe.

— Est-ce que ce type participait avec les autres quand vous étiez punies ? demanda-t-elle aux filles sans quitter Djebe des yeux.

— Quelquefois, murmura Yuna.

— Oui, dit Gova, les mâchoires crispées par une rage à peine contenue.

— Alors il méritait ce que vous lui avez fait, conclut Tsetseg. Maintenant, dites-moi laquelle c'est.

Yeruldelgger et Djebe partagèrent leur inquiétude le temps d'un regard.

— Elle, dirent les deux filles en même temps, pointant du doigt une des Chinoises qui se faisait petite et discrète derrière les autres.

— Toi, ordonna Tsetseg, avance !

Les autres s'écartèrent pour la laisser passer, et comme elle ne voulait pas avancer, elles la poussèrent hors de leur petit groupe pour marquer leur bonne volonté et l'acceptation de leur reddition.

Yeruldelgger comprit trop tard et tenta de s'interposer mais Tsetseg fut plus rapide. Elle arma son arc et décocha sa flèche sans que personne ait le temps de réagir. La Chinoise s'effondra encore surprise, dans un silence sidéré, le corps percé de part en part au niveau du cœur.

Yeruldelgger se précipita et arracha l'arc et le carquois des mains de Tsetseg qui se laissa faire sans résister.

— C'est elle qui était en charge des filles à leur arrivée. Elle qui les cassait et brisait leur volonté en les abandonnant au viol collectif des miliciens. Et c'est elle qui décidait des punitions qu'elle administrait elle-même ou auxquelles elle assistait toujours. Je n'ai aucun remords.

Yeruldelgger dévisagea Tsetseg, droite et fière, qui serrait à nouveau les deux filles dans ses bras. Puis il regarda longtemps le corps de la Chinoise.

— Aucun remords, approuva Djebe en s'approchant du corps.

Il le saisit d'une main par les cheveux, et de l'autre frappa le front déjà livide, y laissant la marque d'une empreinte de loup.

— Qu'est-ce que tu fais ? s'indigna Yeruldelgger.

— C'est la marque des traîtres et des ennemis de la Nation Mongole, répondit Djebe en ôtant l'arme de ses doigts pour la lancer dans les mains de Yeruldelgger.

C'était une sorte de poing américain en argent qui recouvrait les phalanges proximales d'une sorte d'emporte-pièce en forme d'empreinte de loup.

Yeruldelgger le passa par réflexe avant de le jeter avec dégoût aux pieds du caméraman qui le filmait.

Il y eut un moment de flottement pendant lequel il aurait suffi d'une étincelle pour que tout dégénère dans la violence et la vengeance. La centaine de filles pouvaient se jeter sur les maîtresses survivantes pour leur arracher la langue et les yeux. Ou l'ensemble des Chinoises pouvaient se jeter sur les Mongoles pour venger les leurs. Yeruldelgger comprit que Djebe redoutait un débordement qui détruirait tout l'impact de son action.

— Okay. On fait sortir toutes les filles en dehors du périmètre de la concession. On éloigne les groupes d'une cinquantaine de mètres chacun. Trois hommes armés pour les filles mongoles, trois pour les autres et deux pour les maîtresses. Les voitures se mettent en protection face à la concession avec le reste des hommes en armes pour éviter toute tentative de contre-attaque. Hors de la concession, nous sommes clairement sous la juridiction de la police et de l'armée. Les ordres sont simples : tenir jusqu'à l'arrivée des autorités. Yeruldelgger reste ici. C'est un ancien flic, il vous dira comment vous comporter. Obéissez-lui comme à moi. J'ai besoin de cinq heures pour monter le film de notre action et le diffuser. Je vous rejoins aussitôt après, où que vous soyez. Bonne chance.

Il monta dans un des Hummer, accompagné des deux caméramen, et démarra en trombe, abandonnant Yeruldelgger au milieu d'une centaine de filles et de trente miliciens.

59

Pas étonnant que tu sois cocu !

— Comment un seul homme peut-il provoquer un tel chaos ? lâcha la lieutenant Guerleï, aussi admirative que sidérée.

Dans la steppe, trois transports de l'armée avaient déversé leurs troupes qui montaient un hôpital de campagne pendant que des jeeps cahotaient un peu partout à flanc de colline et que des hélicos légers vrombissaient en piquant du nez dans le ciel pour sécuriser le périmètre. La jungle en moins, c'était un tournage d'*Apocalypse Now*. Les filles en plus, ça ressemblait presque à une scène de *M.A.S.H.*, deux films qu'elle avait récemment vus en streaming sur son portable.

Un autre groupe de militaires bloquait l'entrée de la concession, et un troisième avait investi l'enceinte de Gobi Moon. Yeruldelgger se félicita d'avoir gardé les documents récupérés dans le placard du bordel comme le lui avait suggéré Djebe. Après le tsunami de l'inspection martiale, il n'allait plus rester grand-chose de ce qui constituait quand même des scènes de crimes multiples.

Pour ajouter au chaos, l'armée en désordre des mineurs révoltés par les révélations sur la Colorado avait rappliqué et s'était vu interdire l'accès à la mine. Ils menaçaient maintenant de forcer les barrages avec leurs engins pour aller en découdre avec les cadres et la direction, et la même armée se regroupait de l'autre côté des grillages, prête à défendre son gagne-pain contre les traîtres grévistes qui avaient fraternisé avec les nomades et les ninjas.

— Tu vas peut-être même les obliger à héliporter des chars d'assaut jusqu'ici ! souffla Guerleï, incrédule.

Yeruldelgger ne répondit rien, effaré qu'il était devant ce spectacle incroyable. La grande troupe des nomades du poste commercial avait suivi le repli des mineurs. Curieux, ils déambulaient entre les engins abandonnés et les militaires en patrouille. Des vieux cavaliers par deux ou trois, dans leurs deels de couleur, l'urga à la main, flegmatiques comme des lanciers du Bengale. Des ninjas en famille ou en clan, leur bassine en plastique sur le dos, qui plantaient leurs bivouacs sans pouvoir s'empêcher de tester aussitôt la terre sous leurs abris de bâches plastique bleues. Des lutteurs et des archers en tenue de naadam qui évitaient de se croiser par superstition. Et un peu partout des petits jockeys espiègles et rieurs en casaques de satin multicolores qui galopaient en file indienne pour faire peur aux enfants des ninjas.

— Est-ce que ce monde est sérieux ? balbutia Yeruldelgger avant de se frotter vigoureusement le visage de ses larges mains. Je n'ai jamais voulu ça, je te le jure, lieutenant. Je voulais juste participer à un naadam pour me changer les idées après quelques mois de retraite en solitaire.

— Eh bien question rupture de solitude, tu es servi, admit Guerleï. Jamais je n'aurais dû croiser ton chemin. Jamais. Ma vie entière je le regretterai. Tu n'es pas un mauvais homme, Yeruldelgger, bien au contraire, mais tu es le plus productif, le plus créatif, le plus prolifique fouteur de bordel que je connaisse !

— Crois bien que je suis le premier à en souffrir, lieutenant, souffla-t-il dans un long soupir.

— Le premier ? Non, mais tu te fous de moi ? Tu vois tout ce bazar, toute cette débâcle, cette anarchie, toute cette mêlée confuse autour de toi ? Eh bien dis-toi que grâce à toi je suis le seul flic dans tout ça. La seule représentante de l'autorité civile à devoir gérer cette scène de crime de plusieurs hectares avec quatre morts et plus d'une centaine de victimes sexuelles. En plus des six autres des jours précédents. Une scène de crime où quelques centaines de militaires qui n'ont aucun ordre à recevoir d'une civile comme moi passent leur temps à loucher sur le cul des victimes. Et à piétiner les preuves et les indices entre des grévistes chauffés à blanc par les vidéos malsaines d'un révolutionnaire geek et toute une bande de ninjas et de nomades attardés qui prennent ça pour un jeu de rôle. Tu te rends compte de ça ? Tu t'en rends bien compte, Yeruldelgger ?

— Comment pourrais-je ne pas m'en rendre compte, admit-il en écartant les bras pour avouer son impuissance. Tu as raison. Il vaut mieux que je me tienne à distance. Dans l'intérêt de tous. Dans le coffre de ce Hummer derrière nous, tu trouveras tous les documents qui impliquent les organisateurs de ce lupanar et probablement leurs complices dans les rangs des autorités et dans l'organigramme de la Colorado.

— Mais bien sûr ! aboya Guerleï, bien sûr ! Allez hop, au petit lieutenant l'enquête sur les mafieux, les puissants de ce monde, les corrompus du gouvernement, les ripous de la police ! Hein, c'est si facile ! Ce business n'a pas pu se monter sans que tous les pontes de ma hiérarchie soient venus s'y crever les yeux, histoire de pouvoir tremper leur petite nouille à l'œil, et c'est au petit lieutenant de monter au créneau, hein, c'est ça ? Tu veux quoi, Yeruldelgger, ma démission forcée ? ma mort accidentelle ? qu'on me retrouve pute d'abattage à Macao moi aussi ?

— Écoute, lieutenant, c'est toi le flic et pas moi, je te le répète et je te le redis depuis notre première rencontre. C'est dommage mais c'est comme ça et je n'y peux rien. Moi j'en ai marre et je rentre chez moi. Je trouve un cheval et je rentre. Prends bien soin de Tsetseg.

— Tsetseg ? C'est bien la seule pour qui on n'ait pas à s'inquiéter. Elle a des tripes, elle. Elle a du courage.

— Elle a bien de la chance, alors, accepta de reconnaître Yeruldelgger en s'éloignant.

— Elle ne fuit pas, elle ! cria Guerleï.

— Moi si ! admit Yeruldelgger.

Guerleï s'en voulut avant même de le dire, mais une rage plus forte qu'elle la fit hurler :

— Pas étonnant que tu sois cocu !

60

Occupe-toi d'elle. Si tu peux.

— Qu'est-ce que vous avez vu exactement ?

— Je n'ai pas vu grand-chose. Je préparais l'encre pour tes nouvelles bannières. Je me souviens juste qu'ils ont parlé d'un type des Affaires spéciales. Le mec était tout nu. Ils l'arrêtaient en pleine nuit, dit Naaran.

— Et ils ont parlé de Solongo ?

— Ce nom ne me dit rien, répondit Zorig. Ils ont dit qu'ils avaient arrêté le type chez sa maîtresse, c'est tout.

— C'est tout ?

— Oui. Et qu'elle était taxidermiste, je crois, précisa Al qui tendait un fin tamis sur un cadre de bois pour préparer d'autres sérigraphies.

— Ou zoologiste, peut-être, renchérit Naaran.

— Légiste ? risqua Yeruldelgger.

— Oui, c'est ça, légiste. Une des meilleures légistes, qu'ils ont dit.

Yeruldelgger encaissa le choc à nouveau. Dans le chaos de la mine, la lieutenant n'avait rien voulu lui dire de précis, mais elle l'avait soudain laissé partir comme un instituteur laisse sortir un gosse qu'une mauvaise nouvelle attend à la maison. Il avait récupéré son cheval et avait galopé jusqu'au poste commercial. Hormis les boutiquiers, il n'y avait retrouvé que les quatre artistes qui n'avaient pas pu suivre la foule, privés de leur van bleu. Et, tout occupés encore à leur atelier révolutionnaire, ils n'avaient regardé la télévision que d'un œil distrait.

Il aurait été malvenu d'en vouloir à Solongo, s'il s'agissait vraiment d'elle. Chacun avait droit à ses amours nomades. Il était bien placé pour l'admettre. Mais il s'inquiétait pour elle. On n'arrêtait pas le chef des Affaires spéciales en pleine nuit, nu devant les caméras, pour rien. Et on n'affichait pas pour rien le nom et le visage de celle qu'on présentait comme sa maîtresse. Il sentit un sombre nuage enfler sa poitrine. Tout le monde avait déserté le poste commercial. Le vieil UAZ bleu des artistes gisait sur le flanc plus loin dans la steppe.

Le découragement lui fracassa les épaules par surprise. Il s'assit sur un billard, sonné comme un boxeur surpris par un uppercut, puis se laissa lentement tomber à la renverse sur le tapis, sous le regard absent du boutiquier. Un sommeil lourd de chagrin noir l'envahit aussitôt et il quitta ce monde chaotique pour des cauchemars de plomb. Quand il se réveilla, la nuit était déjà là et le boutiquier n'avait pas bougé. D'une voix d'homme K-O, Yeruldelgger exigea son téléphone et composa le numéro du portable de Solongo.

— Solongo ?

— …

— Solongo ?

— Yeruldelgger ?

— ...

— C'est toi, client ? demanda une voix en russe.

— Zarza ? Qu'est-ce que tu fais en Mongolie ? Où est Solongo ? Pourquoi tu réponds sur son portable ?

— Solongo est morte, Yeruldelgger.

Le silence les assomma tous les deux. Zarza pour ce qu'il venait de dire, et Yeruldelgger pour ce qu'il venait d'entendre et qu'il essayait de comprendre.

— Qu'est-ce que tu racontes, c'est impossible. Que s'est-il passé ?

— On lui a tiré dessus pendant son sommeil. Elle ne s'est rendu compte de rien. Deux fois, à travers un coussin.

— Qui ? On le sait ?

— Non, j'ai juste aperçu une femme qui s'enfuyait...

— Tu as aperçu ? Tu étais là ?

— J'étais venu la voir. Je cherchais à te joindre. Je t'avais appelé depuis la France et j'étais tombé sur elle qui répondait sur ton portable. Ça m'avait inquiété.

— Jure-moi que tu n'y es pour rien, Zarza.

— Bien sûr que non, comment peux-tu imaginer ?...

— Que s'est-il passé ? Dis-le-moi, je t'en prie.

— Je n'en sais rien. Je vais essayer de savoir. Je te le promets.

— Où est-elle ? Je veux dire où est son...

— Elle est devant moi. Sur son lit, dans sa yourte. Tu vas venir ?

— ...

— Yeruldelgger, tu vas venir ? Je veux dire, pour Solongo, tu vas venir ?

— …

— Yeruldelgger ?

— Non.

— Comment ça, non ? C'est Solongo, Yeruldelgger, comment peux-tu ?

— Zarza, ne cherche pas à comprendre. Dis-moi plutôt ce que tu fais en Mongolie.

— Merde, Yerul, on parle de Solongo !

— Qu'est-ce que tu fais en Mongolie ?

— Une mission. Rien à voir avec toi. Un géologue français mort dans le Gobi.

— L'homme du Bureau de recherches géologiques ?

— Tu le connais ? s'étonna Zarza.

— C'est une longue histoire. J'ai découvert son corps.

— Yeruldelgger, qu'est-ce qui se passe ?

— Je n'en sais rien, Zarza, je n'en sais vraiment rien. C'est comme…

— Attends, il faut que je te laisse. J'entends les flics qui rappliquent, il ne faut pas qu'ils me trouvent ici. Garde ce téléphone, je te rappelle dès que j'ai du nouveau. Tu es vraiment sûr de ne pas vouloir venir ?

— Non. Occupe-toi d'elle. Si tu peux.

… le visage de la tueuse. La vraie.

« Rebondissement sordide dans l'affaire de l'arrestation du chef des Affaires spéciales. Sa maîtresse, la légiste chez qui il a été arrêté la nuit dernière, a été retrouvée morte à son domicile de la capitale, une yourte de luxe dans le dix-septième district. Selon un informateur de confiance, elle a été assassinée de deux balles, une dans le cœur et l'autre entre les deux yeux, par l'adjointe du chef des Affaires spéciales avec qui ce dernier entretenait très probablement une autre relation amoureuse concomitante. Les enquêteurs ont trouvé sur la scène de crime l'arme de service de l'adjointe sur laquelle ne figurent apparemment que ses propres empreintes. Selon notre informateur, l'adjointe du chef des Affaires spéciales a été arrêtée ce matin à son domicile dans un état proche du coma éthylique. On suppose qu'elle a découvert la double liaison de son amant en voyant les images de son arrestation à la télévision et, par la même occasion, l'existence et le visage de sa rivale. La jalousie serait donc à l'origine de ce qui ne serait qu'un sordide épisode passionnel à l'intérieur du dossier d'accusation pour séquestration, torture et meurtre qui vise celui qui n'est plus aujourd'hui que l'ancien chef des Affaires spéciales. »

Zarzavadjian n'avait pas eu besoin de comprendre le commentaire. Les images parlaient d'elles-mêmes. Le replay de l'arrestation de Bekter, le zoom sur le visage inquiet de Solongo cette nuit-là, le gros plan sur la housse plastique évacuée de sa yourte sur une civière, le plan fixe sur le visage hébété de l'adjointe. Mais il n'avait surtout pas besoin de comprendre parce qu'il savait. Le mensonge, la manipulation, il savait, parce que cette nuit-là, il était sur les lieux du crime.

Il s'était d'abord enregistré comme prévu au Kempinski Khan Palace, tout à fait à l'est de Peace Avenue, comme le voulaient sa couverture d'homme d'affaires et ses vrais faux documents fournis par de Vilgruy. Après s'être installé, il était ressorti pour se faire déposer en taxi au Blue Sky pour un rendez-vous professionnel, face au palais du Gouvernement, avec un certain Alain Larroque, nom d'emprunt qu'il avait lui-même utilisé pour réserver une autre chambre dans cet hôtel, mais pour deux jours plus tard seulement. Il était ressorti en laissant le soin au concierge de faire passer le message à Larroque de le joindre au Kempinski dès son arrivée, histoire de consolider sa couverture. En sortant du Blue Sky, il avait remonté Peace Avenue loin vers l'ouest. Juste après avoir traversé Baruun Selbe, il était entré dans le vilain building à la chinoise du State Department Store pour y acheter une valise, un petit sac à dos et n'importe quels vêtements. Avec sa nouvelle dégaine de touriste perdu dans la débâcle bruyante d'Oulan-Bator, sac à l'épaule et valise à la main, il avait descendu Peace Avenue encore plus loin vers l'ouest jusqu'à trouver l'hôtel Toto. Le nom lui avait plu. L'emplacement aussi, à des kilomètres du Kempinski mais sur la même avenue. Un petit immeuble post-soviétique bunkérisé sur quatre étages d'une façade peinte du même crépi caca d'oie que les barres d'immeubles de l'autre côté de l'avenue. Un karaoké au rez-de-chaussée, un autre dans le bunker d'à côté, en dessous d'un Stadium Restaurant branché sur des chaînes américaines de sport en continu, et un peu partout autour, entre les immeubles, de petites maisons basses vestiges d'une architecture presque coloniale d'avant le chaos.

Il s'était enregistré avec un faux passeport allemand personnel inconnu des services de Vilgruy. Il était Herr Stefan Remmler. *Was ist los mit dir mein Schatz, aha ?... Da, da da !* Hommage au chanteur de Trio. Et puis les Allemands adoraient ce genre d'hôtel glauque en périphérie de ville et sa gueule de ratagne arménien passait très bien pour une bonne tête de Turc germanisé. Aussitôt installé, il avait repris sa dégaine de touriste paumé mais content d'être arrivé, avide de découvrir la ville avec son sac sur l'épaule, et avait demandé dans son plus mauvais anglais l'arrêt de bus le plus proche pour la place la plus touristique possible. Il était monté dans un engin déglingué jaune et bondé cent mètres plus haut devant l'hôtel Luna, laid et froid comme un bâtiment soviétique moderne en béton, mais n'était pas descendu devant le fameux square Gengis-Khan. La mémoire visuelle de Zarza frôlait les records de l'hypermnésie. Dopée par le souvenir de sa précédente mission en Mongolie, elle lui avait permis de mémoriser le plan de la ville et de ses transports anarchiques. Il avait changé une première fois à hauteur du grand monument à la gloire de l'escadrille de chasse des frères soviétiques et de ses trois Lavochkin peinturlurés en doré à la verticale au bout de perches d'acier monumentales. Puis il avait changé à nouveau plus au nord au milieu d'une zone urbaine de terrains vagues bricolés en zones de stockage de tout et n'importe quoi d'où jaillissaient les infrastructures squelettiques de futurs hôtels improbables. Même les passagers les plus abrutis de fatigue et de chaleur avaient regardé descendre avec condescendance et incompréhension ce touriste égaré qui mériterait bien ce qui pourrait lui arriver. Il était allé chercher un dernier bus cent mètres plus loin et s'était laissé conduire cette fois jusqu'aux grands parkings encombrés de margoulins, de maquignons et de baratineurs du marché aux voitures. Là, il avait acheté pour une poignée de dollars une Nissan Micra bleu modèle 1997 en la négociant mal en mauvais russe de circonstance avec un Kazakh peu regardant.

Puis il était redescendu vers le Kempinski et avait garé sa Micra au parking pour monter dans sa chambre se reposer un peu et prendre quelques vêtements à rapatrier plus tard au Toto. Au passage, comme le proposait l'hôtel, il s'était fait prêter un portable local à la réception. Au cas où. C'est depuis un bain moussant à l'extrait tonifiant de saxaul du Dorno Gobi qu'il avait allumé le grand écran plat de la télé. Il avait jailli de la mousse en découvrant le visage apeuré d'une Solongo défaite, poussée dans la lumière crue des projecteurs pendant l'arrestation de Bekter. Il avait prévu de lui rendre visite le lendemain et de lui demander des nouvelles de Yeruldelgger. Il avait aussitôt changé ses plans et décidé d'y aller plus tard dans la nuit pour voir s'il pouvait l'aider en quoi que ce soit.

Il était passé une première fois devant l'entrée de la palissade qui isolait la yourte et c'est là qu'il avait aperçu la voiture. Un 4 × 4 BMW bronze. Trop luxueux pour rester garé dans la ruelle. Trop dans l'ombre des branches d'un arbre pleureur qui débordait du jardin. Plaques illisibles judicieusement maculées de boue malgré la terre dure et poudreuse. Tous ses instincts en alerte, il était passé sans changer d'allure ni tourner la tête, devinant dans sa vision périphérique la silhouette d'un homme attentif derrière le volant.

Il savait que l'homme l'observait. Son œil suspicieux qui suivait l'éclat terne de ses vieux feux arrière dans le rétroviseur. La vitre électrique qui descendait en silence. L'oreille aux aguets pour l'entendre s'éloigner et disparaître…

Il avait abandonné sa Micra deux cents mètres plus loin, s'arrêtant au frein moteur et au frein à main pour ne pas illuminer la nuit de la lueur de ses stops dans ce quartier sans lumière. Puis il était revenu vers la yourte comme un chat en maraude, par une ruelle parallèle longeant l'autre côté du jardin. Il s'était repéré à la sil-houette des grands arbres dont les branches creusaient sur la ruelle un tunnel encore plus noir que la nuit. Il avait sauté par-dessus la palissade juste avant qu'une bande de chiens errants en patrouille ne le surprenne. Il s'était tapi derrière le buisson touffu d'une rangée de myrtilliers pour ne pas alerter les chiens qui passaient en haletant derrière la palissade quand il avait deviné les coups de feu. Arme de poing. À l'intérieur. Deux coups. Étouffés.

Il s'était précipité sans bruit à travers le jardin, contournant la tente pour en rejoindre la porte. Il n'avait pas d'arme sur lui. Il allait risquer une tête prudente par l'ouverture quand il avait deviné un mouvement à l'intérieur. Il s'était aussitôt accroupi derrière un buisson juste avant qu'une femme sorte d'un pas pressé. Elle aussi avait dû sentir sa présence, mais dans son mouvement de panique pour scruter l'obscurité du jardin, son pied l'avait trahie et elle avait trébuché, sa chute la laissant dans une position obscène. Une ombre avait alors surgi de la rue. L'homme que Zarza avait vu au volant de la BMW cachée sous les arbres. L'arme au poing, il avait balayé tout le jardin d'un mouvement théâtral avant de tendre l'autre main en silence pour aider la femme à se relever. Elle avait fusillé son sauveur du regard et s'était relevée en refusant son aide. Puis elle l'avait précédé jusque dans la ruelle et quelques secondes plus tard, il avait entendu le 4 × 4 partir en souplesse. Pas de lueurs. Tous feux éteints.

Il avait attendu quelques secondes avant d'oser se glisser dans la yourte, redoutant ce qu'il était déjà certain d'y découvrir. Il avait laissé ses yeux s'habituer à l'ombre dense de l'intérieur, puis il avait deviné le lit. Une forme y était allongée, longue et pâle dans une tunique de nuit. Il l'avait reconnue sans même s'en approcher. Elle avait sur le cœur une tache noire pas plus grande qu'une fleur de pavot. Zarza avait déjà compris qu'à la lumière, elle en aurait également la couleur. Un autre trou perçait le beau visage de Solongo à hauteur du front.

Il ne toucha à rien mais nota tout. Avec la fonction lampe de son smartphone, il avait inspecté les lieux. L'absence de désordre. Le coussin à terre, déchiré par deux trous roussis, l'arme posée sur le lit. Avec le portable prêté par le Kempinski, il avait photographié chaque détail dans la lueur blanche de son autre appareil pour ne pas utiliser le flash. Il avait travaillé vite, oubliant qui était la victime, et était allé jusque dans le jardin photographier l'endroit où la femme avait trébuché. Juste une petite plaque de boue. Solongo avait dû arroser son jardin pour se changer les idées avant de rentrer se coucher. Dans la terre mouillée, deux petits trous profonds et une empreinte en triangle pointu. Il allait s'y intéresser de plus près quand il avait entendu un téléphone sonner dans la yourte. Il avait couru à l'intérieur et avait aussitôt aperçu la lueur de l'appareil. Il avait décroché et avait vite reconnu la voix de Yeruldelgger qui s'inquiétait de Solongo.

Mais maintenant les choses se compliquaient. La jeune femme que les forces de sécurité cagoulées exhibaient fièrement devant les caméras n'était pas celle qu'il avait vue sortir de la yourte. Pourtant son arme et la balistique semblaient l'accuser sans doute possible, à en croire les photos comparatives sur lesquelles le présentateur s'attardait. Sachant ce qu'il savait du crime, la manipulation était évidente. La femme de la yourte, ou celle ou celui pour qui elle travaillait si elle n'était qu'une tueuse à gages, allait faire porter le chapeau à cette gamine. Un commanditaire assez puissant pour manipuler les médias aussi vite et aussi bien. La première arrestation en direct, la seconde presque aussi rapide avec déjà la photo des indices et des preuves à la disposition des rédactions. Tout ça sentait l'embrouille. Et une tueuse qui assourdit le bruit des détonations en tirant à travers un coussin pour ne pas se faire prendre ne fuit pas en abandonnant son arme de service sur place. Rien ne tenait debout et il n'avait pas besoin de s'en convaincre puisqu'il avait vu, lui, la véritable tueuse s'enfuir. Sauf qu'il n'était pas en position d'intervenir puisqu'il était en mission et ne pouvait exposer sa couverture. Même pour Solongo. Et même pour Yeruldelgger.

Les images changèrent et Zarza, préoccupé, regarda, plus par réflexe que par curiosité, la suite des actualités. Des problèmes entre mineurs et nomades d'après ce qu'il comprit. Des grèves ou des protestations. Puis des images d'ailleurs, d'Australie apparemment. Un homme que Zarza devina nu et attaché à une chaise en plein marécage et qui semblait avouer quelque chose. Son attention se resserra sur la télé quand il aperçut une main de femme armée d'un Tokarev frapper l'homme au visage. Mais l'image changeait déjà pour autre chose. Le corps de deux hommes dans une mare de sang. L'un semblait asiatique, l'autre pas. En sous-titre, il devina le nom de la ville de Perth en Australie. Puis après un bref retour en plateau, gros plan sur la photo officielle d'un autre homme, mongol apparemment, puis sur son cadavre à côté de celui d'un cheval dans une rue de New York. Aux mouvements de caméra le long de la façade d'un immeuble, il devina que l'homme était tombé de là-haut. Même s'il ne comprenait rien à la traduction simultanée de l'interview de deux flics, il corrigea son interprétation des faits. Pas tombé. Défenestré. Décidément, il ne faisait pas bon être mongol ces temps-ci. Le pays des steppes infinies et immobiles lui apparut soudain agité de soubresauts bien macabres. Il allait se résoudre à se remobiliser sur la mission que lui avait assignée de Vilgruy quand un autre visage s'afficha à l'écran. Cette fois il bondit vers la télévision pour essayer de comprendre de quoi il s'agissait. Parce que en plein écran, avant de disparaître pour laisser place à une succession d'images de bâtiments, de plaques de sociétés et de gardes en uniforme devant des mines ou des boîtes de nuit, venait de s'afficher le visage de la tueuse. La vraie.

62

Même pour éliminer Yeruldelgger ?

— Zarza ?

— Oui, mon oncle, répondit-il en reconnaissant la voix de Vilgruy.

— Tu rentres.

— Déjà ?

— Demain. Correspondance par Séoul. Et en attendant, tu ne fais plus rien.

— Je n'ai encore rien fait.

— Alors tant mieux. Fais du tourisme, va manger un barbecue à l'Altaï sur Tokyo ou une blanquette au Bistrot français et rentre.

— Je peux savoir pourquoi ?

— L'analyse des documents que tu as récupérés au Québec est terminée. Nous savons ce que nous voulions savoir.

— Plus besoin de confirmation sur place ?

— Plus besoin.

— Et qu'est-ce que ça dit ?

— Zarza, tu es un homme de main, pas un analyste.

— Pardon ?

— Un dégageur, tu te souviens ? Tu as bien dégagé alors tu rentres. Pas besoin de savoir ni pourquoi, ni comment.

— Quoi, le Premier ministre me fait son cirque en personne, je me cogne tous ses mauvais jeux de mots sur les arbres de Matignon, je me coltine Knowlton-Oulan-Bator via Moscou pour que dalle et tu me renvoies dans mes pénates sans explication. Je peux savoir pourquoi ?

— Parce que je suis le chef de ce service et que j'obéis. Moi.

— Alors dans ce cas, désolé, mon oncle, mais je vais prendre quelques jours de congé sur place.

— N'y compte même pas.

— J'y suis déjà.

— Que tu crois.

— Qu'est-ce que ça veut dire ?

— Ouvre ta porte et tu le sauras.

Zarza s'en voulut d'avoir le réflexe idiot de regarder son téléphone. Puis il fixa quelques secondes la porte de sa chambre avant d'aller ouvrir. De Vilgruy était là, une méchante valise à la main et son téléphone dans l'autre.

— Je t'ai rapporté tes affaires de l'hôtel Toto. Ça t'évitera de faire le détour en allant à l'aéroport.

Zarza soupira et le laissa entrer d'un geste résigné de la main.

— Que se passe-t-il ?

— Trop de complications. Tu suis les actualités ?

— Oui. C'est justement pour ça que je vais rester un peu.

— Hors de question. Si tu penses à aider ton ami Yeruldelgger, oublie ça tout de suite.

— On vient d'assassiner sa compagne.

— Je sais. Nous suivons l'affaire d'assez près, imagine-toi.

— Pas d'aussi près que moi. J'étais sur la scène de crime. J'y ai assisté.

Ce fut au tour de Vilgruy d'être pris au dépourvu. Il fixa Zarza, puis se laissa tomber dans un des profonds fauteuils club de la chambre.

— Raconte-moi…

— Toi d'abord.

— Fais gaffe, Zarza, ne te trompe pas de rôle. C'est moi le patron, d'accord ?

— Écoute, mon oncle, ne me la fais pas à l'envers, tu veux bien ? Sauf si vous avez poussé le luxe jusqu'à sonoriser cette chambre, il n'y a que nous deux ici. Nous n'avons aucune raison de nous la jouer. Je ne suis peut-être qu'un dégageur, mais un dégageur qui va risquer sa peau aux quatre coins du monde pour vos costards croisés des ministères. Alors entre quatre yeux, les nôtres, je pense que tu peux m'affranchir un peu si tu veux que je te parle à mon tour.

— Très bien, soupira de Vilgruy. L'analyse des données que tu as récupérées aboutit à une seule et même conclusion : la Mongolie étudie la possibilité de détourner les rivières du Nord pour créer un lac intérieur dans les provinces du Sud.

— Qu'est-ce que c'est que ces élucubrations ? Conneries de propagande !

— Que tu dis. Nazarbaïev, le président du Kazakhstan, vient juste de remettre au goût du jour un vieux projet soviétique du temps de la guerre froide : détourner quelques grands fleuves du nord de la Sibérie pour former une mer intérieure dans le Sud. Idée que l'ancien maire de Moscou, Loujkov, avait déjà soutenue en justifiant de l'intérêt économique d'une rente en millions de dollars. Il envisageait de vendre dix pour cent du débit de l'Ob sibérien aux agriculteurs et aux industriels d'Asie centrale.

— Fanfaronnades de mégalos ! trancha Zarza.

— C'est pour ça que tu n'es que dégageur, mon garçon. La privatisation et la maîtrise de l'approvisionnement en eau sont déjà les seuls vrais combats cruels du beau siècle radieux qui s'annonce.

— Personne ne pourrait souscrire à des projets aussi suicidaires, protesta Zarza, piqué au vif par le ton de Vilgruy.

— Ah oui ? Comment crois-tu qu'ils ont asséché la mer d'Aral ? En détournant les cours de l'Amou-Daria et du Syr-Daria juste pour irriguer les champs de coton d'Ouzbékistan, quand ce pays n'était qu'une de leurs républiques soviétiques.

— C'était il y a un demi-siècle, dans des temps obscurs !

— Eh bien pas plus tard que l'an dernier, la Chine a terminé une étape essentielle de son Grand Détournement. Transférer dix milliards de mètres cubes de l'eau du fleuve Jaune au sud vers le cours du fleuve Bleu au nord pour sauver Pékin et sa région de la désertification. Le sous-sol de leur capitale est devenu plus sec que celui de l'Algérie. Plusieurs centaines de kilomètres de canaux, en partie souterrains, à travers des chaînes de montagnes, et un jeu d'écluses monumentales pour faire franchir au fleuve la ligne de partage des eaux. Et devant ces résultats, l'Inde vient de se lancer dans un projet d'interconnexion de tous ses fleuves et rivières.

— Et qu'est-ce que nous venons faire là-dedans, nous, mon oncle ?

— De la prospective en stabilité régionale. Enfin moi, surtout, parce que toi tu ne fais rien qu'obéir. Tu veux savoir pourquoi la France et l'Occident en général n'ont que mollement protesté face aux pharaoniques travaux chinois qui risquent de déstabiliser la climatologie mondiale ? Pour observer grandeur nature des expériences que personne chez nous n'aurait osé imaginer et encore moins tester. Et aussi pour éviter que cette région ne s'embrase alors que nous n'y sommes pas prêts. La Chine, c'est bientôt un quart de la population mondiale avec seulement sept pour cent des eaux de source. La région de Pékin est devenue si sèche qu'il était prévu que les sables du Gobi l'ensevelissent dans vingt ans à peine. Et l'Occident n'a pas besoin d'une guerre civile Nord-Sud en Chine. Pas maintenant. Pas tant que la Chine est notre atelier principal. Quand elle sera devenue notre concurrent, peut-être, mais pas maintenant.

— Alors que fait-on avec la Mongolie ?

— Rien. Toi, surtout rien. Et moi, je nettoie le dossier et l'opération n'aura jamais existé. Le Premier ministre est très content de notre boulot. Il confirme d'autres sources et ça va lui permettre d'affûter sa stratégie dans la région.

— Qu'est-ce que ça signifie ? Quelle stratégie ? Nous sommes où dans ces projets ? Ça peut vraiment les aider à stopper la désertification ?

— Mais qui te parle de désertification ? Tout le monde s'en fout de la désertification. Dans quel monde de Barbapapa tu te crois ? Si les Australiens de la Colorado et les Canadiens de la Durward sont derrière ce projet, c'est pour une raison bien simple : dans la région du Sud-Gobi où ils exploitent l'or et le cuivre, le besoin en eau des troupeaux est de 32 000 mètres cubes par jour et celui des nomades de 10 000 mètres cubes. 42 000 en tout. Or le besoin des mines est de 190 000 mètres cubes par jour à lui tout seul. Manquent des dizaines de milliers de mètres cubes d'eau par jour qu'ils puisent déjà dans les nappes phréatiques qu'ils auront asséchées dans moins de huit ans à ce rythme. Mais l'exploitation des mines est prévue pour être rentable sur quarante ans. Alors les solutions sont simples. Soit on réduit le besoin d'eau des nomades et de leur bétail en les expulsant du Gobi, soit on fait venir de l'eau d'ailleurs. Les Minières et le gouvernement mongol ont jugé plus prudent de travailler sur les deux options à la fois.

— Mais nous, la France… ?

— Nous, nous travaillons à plus long terme, avec nos propres armes. Grâce au nucléaire, nous allons laisser tout le monde tirer les marrons du feu pour nous.

— Le nucléaire ?

— Quand les Australiens et les Canadiens jugeront que les filons ne sont plus assez productifs, ce qui est prévu au mieux pour dans quarante ans, que crois-tu qu'il restera de tout ça ? De ces mines profondes d'un à deux kilomètres au beau milieu du trou du cul du monde ? Ajoute à ça un gouvernement avide de trouver de nouvelles sources de revenus. Alors nous leur avons proposé notre exceptionnel savoir-faire en matière de recyclage de déchets nucléaires. Nous sommes les champions du monde toutes catégories de cette merde que peu de pays nous disputent, d'ailleurs. On se moque de notre ministre des Affaires étrangères qui est allé inaugurer une ferme expérimentale franco-mongole en offrant mille vaches du Cantal au nouveau modèle d'élevage sédentaire ? On oublie qu'en coulisse il a signé des conventions de rachat des concessions minières quand les contrats des Australiens et des Canadiens seront parvenus à leur terme.

— Ne me dis pas que nous allons recycler nos déchets là-bas ? À l'autre bout du monde ?

— Bien sûr que non. Là-bas, comme tu dis, oublie la Chine et la Russie qui se démerderont toutes seules. Restent deux géants nucléaires au territoire trop petit et trop instable pour gérer leurs déchets chez eux. La Corée et le Japon, qui ont déjà signé des accords de principe. Sans compter la Corée du Nord qui basculera un jour du bon côté de la Force et qu'il faudra bien dénucléariser également.

— Quel acheminement ?

— Avion. Une des mines de la Colorado possède déjà en plein Gobi une piste d'atterrissage pour gros-porteurs, plus longue et plus large que celle de l'aéroport international d'Oulan-Bator.

— En survolant la Chine et la Russie, impossible !

— Oublie la Russie, trop instable pour l'instant, mais qui y viendra. Le détournement des fleuves du nord de la Mongolie va sérieusement contrarier l'équilibre de leur lac Baïkal, alors ils vont traîner des pieds. La Chine, par contre, a tout intérêt à voir une nouvelle irrigation des déserts au nord de ses frontières participer à ses efforts pour sauver Pékin. Un corridor aérien est donc en négociation, en échange d'un droit de passage, bien entendu.

— Putain de monde ! jura Zarza entre ses dents.

— De la part de quelqu'un qui exerce un des métiers les plus putassiers du monde, c'est désarmant de naïveté.

— Donc nous allons laisser faire ce projet fou. Est-ce qu'on en connaît seulement l'impact sur l'environnement ?

— Beaucoup ont émis des hypothèses. L'existence d'une petite mer intérieure ou même d'un grand lac, dont la masse d'eau se refroidit ou se réchauffe à contretemps de l'air ambiant, pourrait par exemple amplifier la force des vents et accélérer l'avancée du Gobi vers l'est au lieu de la freiner. L'infiltration d'une grande masse d'eau dans un terrain fragilisé par les mines et un important réseau de failles pourrait provoquer de terribles et multiples micro-séismes localisés. Masse d'eau qui pourrait, par un effet contraire, modifier, voire détruire le réseau des nappes phréatiques existantes. Tout comme il faut envisager l'hypothèse que l'eau ne parvienne jusqu'au bassin de rétention qu'après avoir lessivé la steppe et s'être saturée en sel et en minéraux, voire en scories de métaux lourds dispersés par quarante ans d'exploitation minière, la rendant impropre à toute consommation. Tu veux d'autres réponses tragiques ?

— Une seule, coupa Zarza, soudain en colère. Si tout le monde avait déjà étudié tout ça, à quoi ça servait de m'envoyer au Québec récupérer ces données de Polichinelle ?

— Un peu à nous tenir au courant de l'avancée du projet. Beaucoup à faire savoir à tous les services du monde que la France s'y intéresse sérieusement. À faire monter la pression sur les Australiens et les Canadiens. À donner une preuve d'engagement à Oulan-Bator. À sonder Pékin et Moscou. Autant de bonnes raisons pour lesquelles la patrie t'est reconnaissante et te demande maintenant d'arrêter les frais et de rentrer à la maison.

— Et pourquoi demain seulement ?

— Parce que j'attends quelqu'un pour organiser une autre opération.

— Ici, en Mongolie ? Pourquoi ce n'est pas à moi qu'on la confie ? Je suis sur place et je connais le terrain.

— Parce que je ne te juge pas assez fiable pour cette opération-là.

— Quoi ? Qu'est-ce que c'est que cette histoire ? Est-ce que j'ai déjà failli à une seule des missions que tu m'as assignées ? se vexa Zarza.

— Non, mais tu pourrais faillir à celle-ci.

— Et pourquoi donc ?

— Parce que ce que nous ont demandé des amis à Oulan-Bator pourrait affecter ta détermination.

— Tu m'insultes, mon oncle. Le Service sait bien qu'il peut compter sur ma loyauté.

— Même pour éliminer Yeruldelgger ?

63

J'ai des choses à lui dire, moi aussi.

— Bekter, tu ne manques pas d'audace pour me faire venir jusqu'ici.

— Au moins vous savez où vous êtes, Sangajav. Moi je ne le sais pas.

— Au secret dans des locaux dépendant des services de sûreté. Pour quelqu'un qui a illégalement torturé un homme dans une salle d'interrogatoire secrète, ça ne devrait pas te changer beaucoup.

— Vous ne devriez pas me parler comme ça, Sangajav.

— Je te parle comme je l'entends. Je suis le ministre de la Justice de ce pays et tu es un tortionnaire qui fait honte à la police de son pays.

— Arrêtez votre cinéma. Je suis ici à la suite d'une machination, et vous, vous êtes le ministre de la Justice d'un pays classé cent vingt-deuxième sur cent quatre-vingt-treize en matière de corruption. Indice 2,7, en chute depuis dix ans. Au niveau de l'Iran ou du Mali, si je me souviens bien. Alors ravalez votre morgue, parce que si vous avez répondu au message que je vous ai fait transmettre, c'est que vous avez le cul de votre cheval bien merdeux vous aussi. Qu'est-il arrivé à ma partenaire ?

— Quoi, tu crois que je suis ici pour me faire insulter ou parler de tes histoires de cul ?

— Que lui est-il arrivé ? aboya Bekter.

— Elle est entre les mains de la police.

— Pour quelle raison ?

— Pour meurtre.

— Meurtre ?

— Oui, elle a assassiné ta maîtresse, tu ne le savais pas ? ironisa le ministre, trop heureux de pouvoir reprendre la main.

— Solongo est morte ?

— La jalousie des femmes…, fanfaronna le ministre. Elle n'aura pas supporté les images de tes frasques lors de ton arrestation.

Bekter se força à ne pas réagir. Il prit sur lui, bloqua une longue respiration, puis expira longuement pour maîtriser sa fureur. Il ne devait pas se laisser embarquer. Il devait reprendre les rênes de cette discussion.

— Très bien, dit-il, oublions ça, vous avez raison, nous ne sommes pas ici pour parler de moi.

— Ah oui ? brava le ministre, et de qui donc pourrions-nous bien parler, alors ?

— De la femme que je vais envoyer en prison et qui va entraîner la moitié du gouvernement avec elle.

— Pardon ? lâcha le ministre en se redressant sur sa chaise.

— Vous avez très bien entendu.

— Je ne vois pas de qui…

— De la femme aux semelles rouges qui hante vos antichambres sans culotte.

— Mais qui te permet de…

— Mon pauvre Sangajav, ne vous faites pas plus ridicule que vous n'êtes. Vous seriez bien le seul à ne pas avoir profité de ses petites galipettes en échange de vos grandes largesses.

L'homme se raidit, resta un long moment silencieux, puis céda brusquement.

— Que veux-tu ?

— Sortir d'ici, tout de suite. Être lavé de tout soupçon. Reprendre mon poste immédiatement et toutes les prérogatives qui vont avec.

— Je suis ministre de la Justice, je ne peux pas interférer dans une affaire de police.

— Continuez, et dans une heure vous ne serez plus ministre de rien. Je suis à l'isolement entre les mains des services secrets, pas dans celles de la police ou de la justice. Si j'ai pu y tomber sans aucune procédure, je peux en sortir de la même manière.

— Tu bluffes, Bekter. Tu bluffes et c'est bien essayé, mais c'est pathétique. Tu n'as rien. Ni contre moi, ni contre elle. Personne n'a jamais rien eu contre elle.

— Moi si, Sangajav.

— Quoi ?

— Un enregistrement. Elle y avoue avoir commandité le meurtre de quatre membres de la Mongolian Guard Security.

— Un enregistrement, tu plaisantes ? Ce n'est pas une preuve.

— Vous voulez que je vous rappelle combien d'opposants à la loi au Grand Nom vos juges ont envoyés en prison sur la base de simples ouï-dire ?

— Et c'est tout ?

— Un autre où elle reconnaît le meurtre d'un gamin, et encore un où elle menace de mort la femme que ma partenaire aurait assassinée. Sans parler d'autres dossiers qui la relient à la mort de deux hommes qui s'apprêtaient à témoigner contre elle.

Le ministre soupira et joignit les mains en prière de chaque côté de son nez, les pouces sous le menton, les index dans le coin de ses yeux clos. Puis il redressa la tête, et posa ses mains jointes sur la table.

— Tu as vraiment tout ça ?

— Oui, monsieur le ministre de la Justice.

— Putain de merde ! Tu sais ce que sa chute va provoquer ?

— Oui. La vôtre. Et celle de vos amis.

— Je ne peux rien décider tout seul. Je dois en parler au Premier ministre.

— Pas le temps, Sangajav. Je vous propose d'avoir une longueur d'avance sur les autres pour vous organiser.

— En échange de ce que tu as dit tout à l'heure ?

— Oui, et du nom de celui auprès de qui elle est intervenue pour être libérée après que je l'ai arrêtée. Je vous donne deux heures après ma libération pour me le communiquer.

— Pas la peine. C'était le Premier ministre en personne. Il m'a appelé pour me passer un savon. Officiellement c'est moi qui suis intervenu, mais sur son ordre.

— Alors donnez les ordres qu'il faut. Je veux sortir d'ici tout de suite et rentrer en ville avec vous. Dans votre voiture. Histoire de ne pas être descendu en route.

— Parce que tu crois que ça l'arrêterait ?

— Non. C'est pour ça qu'il faut la prendre de vitesse. C'est elle qui m'a dénoncé, je suppose ?

— Oui.

— Alors laissez-moi une heure après m'avoir déposé aux Affaires spéciales et faites une déclaration publique : après une enquête diligente des services du ministère de la Justice il est apparu que, et bla-bla-bla, et bla-bla-bla. Je vous fais confiance pour les mensonges. Une heure pour vous refaire une virginité de Monsieur Propre et pendant ce temps-là je l'arrête, elle.

— Judiciairement c'est jouable, mais politiquement...

— Politiquement c'est facile. Son mari s'est fait défenestrer à New York par un militant d'un groupuscule dissident de la Nation Mongole. La Nation Mongole constitue l'essentiel des troupes de la Mongolian Guard Security, et la MGS, c'est elle. Assassinat politique. C'est une bonne raison, non ?

— Tu crois vraiment ?

— Merde, Sangajav, vous allez vous décider ? De toute façon vous pouvez faire confiance à votre petite bande de potentats. Tout le monde ne rêve que de se débarrasser d'elle. Dès qu'elle tombera ça va virer à l'hallali. Vous savez bien que c'est écrit. Vous allez la faire tomber pour ses affaires de corruption, ses pots-de-vin, tous ses crimes de droit commun, et vous étoufferez ses compromissions politiques. Je pense même que si vous gérez bien la liste de ses galipettes ministérielles, vous avez de quoi gagner quelques places au gouvernement.

— Je veux les enregistrements ! tenta le ministre comme ultime exigence.

— Dès que je l'arrête je les verse au dossier.

— Non, je veux les enregistrements de tous ses interrogatoires à venir. Je veux l'intégralité de ce qu'elle te dira. Sinon tu ne sors pas.

— Je vous propose mieux encore. Une commission d'enquête gouvernementale du ministère de la Justice. Vous et deux sbires à vous. C'est facile à justifier. Elle détient des informations capitales relatives à des compagnies étrangères essentielles à la survie économique du pays, etc. Le temps de mettre la commission sur pied, vous me laissez vingt-quatre heures pour monter le dossier criminel contre elle. Après, elle est à vous.

— Garde ! hurla le ministre.

L'homme qui ouvrit la porte blindée de la salle d'interrogatoire n'était pas un simple garde. C'était le chef du commando qui avait arrêté Bekter et à qui il avait demandé de prévenir le ministre.

— Bekter est libre. Il rentre à Oulan-Bator avec moi. Qu'il me rejoigne dans ma voiture. Et je veux un garde supplémentaire. Armé. Et trouvez-lui des vêtements civils.

— Mais…, commença le commando.

— Faites pas chier, répliqua le ministre en quittant la salle, reprenant de sa superbe. Vous n'avez qu'à lui filer les vôtres !

Le chef du commando aboya un ordre pour qu'un sous-fifre se déshabille et tendit les vêtements à Bekter.

— Merci. Cette pièce est sonorisée, je suppose.

— C'est une salle d'interrogatoire.

— Alors j'espère que tu as profité de notre conversation.

— J'aurais préféré ne rien avoir entendu.

— Protège tes arrières, camarade, répondit Bekter en lui tapotant l'épaule. C'est toujours nous que ces faux culs veulent faire trinquer. Blinde tes enregistrements.

— Non, non, on écoute, mais on n'enregistre pas, se défendit le flic.

— Des services secrets qui n'enregistrent pas ?

— Pas quand un ministre est officiellement mêlé à l'interrogatoire.

— Je ne te parle pas d'un enregistrement officiel. Je te parle de ton stylo, dans la poche de ta veste.

— C'est…

— Je me fous de ce que c'est. Face à ces pourris, tu as raison de te couvrir. Je n'espère qu'une chose…

— Quoi ?

— C'est que tu n'espionnes pas pour elle, parce que vu ce qui se prépare, ce serait un très, très mauvais choix. Ta vie et l'avenir de ta famille dépendent de cette toute petite seconde, camarade !

L'homme hésita un instant, sondant du regard la détermination de Bekter.

— Je devais lui remettre un enregistrement de tous tes interrogatoires.

— Alors ne te donne pas cette peine. Remets-moi ton stylo et l'adresse, j'irai à ta place. J'ai des choses à lui dire, moi aussi.

64

… celui qu'on a tiré du lit de Solongo.

Il les voyait maintenant. Tout avait changé. Les crêtes n'étaient que des froissements de roche et les rivières des cicatrices. La steppe n'était plus qu'un effroyable fracas immobile. Une illusion née d'un chaos sous-jacent. Le doux vent d'antan plus qu'une râpe à limer l'horizon. Les nuages plus que des éboulements violents à l'enterrer vivant sous leurs orages pourpres, et le soleil plus qu'une torche qui brûlait son âme. La lune aussi, la nuit, rien qu'un astre mort. Un fantôme suspendu. Un caillou dans le vide. Un cadavre au-dessus de sa tête. Et le ciel usé d'étoiles, rien qu'un trou béant à l'envers et sans fond dans lequel il ne parvenait pas à tomber pour s'y perdre enfin.

Il n'avait pas bougé depuis des heures, assis au sommet d'une colline, au pied de son cheval. Pour écouter le silence immense de son chagrin l'envahir à l'intérieur. Tout n'était que Solongo dans la laideur de ce nouveau paysage. Tout n'était que mort et souffrance. Il luttait contre chaque souvenir de toutes les morts qu'il avait données ou trouvées au cours de sa carrière et auxquelles il voulait que la mort de Solongo ne ressemble pas.

— Le chagrin n'est qu'une vague qui te submerge puis s'en va, dit le Nerguii à ses côtés.

Mais Yeruldelgger n'y croyait plus. Toute cette sagesse inutile. Toutes ces futilités incapables de résister à la force brutale du mal. Tout cet amour pour rien, que rien ne protège de rien. Le Nerguii à ses côtés n'était plus qu'une image. Comme le courage n'était qu'une vanité. Le pardon qu'un abandon. Le souvenir qu'une trahison.

— Ne sois pas si dur avec moi, reprit le spectre du Nerguii, et ne fais pas semblant de pleurer sur elle. Tu ne fais que t'apitoyer sur toi-même.

— Que veux-tu que je fasse d'autre, grogna Yeruldelgger. Ton enseignement m'a fait croire à la force de l'âme, et pour quoi ? Pour que j'aie celle de survivre à ceux que j'aimais, la belle affaire !

— Le combat que tu dois…

— Tais-toi ! s'emporta Yeruldelgger en effrayant son cheval qu'il dut retenir par la bride. Je ne veux plus entendre parler de combat. Regarde où me battre m'a mené.

— Parce que ne pas te battre t'aurait mené ailleurs ?

— Peut-être bien. Peut-être que j'étais fait pour rester nomade et ne pas me battre. Apprendre à subir, à résister, à endurer, et ne jamais me battre. Tout ton art au contraire m'a poussé dans la colère et la violence, alors ne viens pas pleurer à mes côtés maintenant que ça m'a coûté ce qui me restait de vie.

Puis il garda le silence jusqu'à ce que le spectre du Nerguii disparaisse. Ne resta alors que la tiédeur d'une steppe d'émeraude au pied de la colline. La fraîcheur blanche d'une rivière scintillante emmêlant ses rubans autour de lourdes touffes de roseaux argentés. Un horizon dentelé à l'est de crêtes bleues et crantées, et lissé à l'ouest par la houle irisée d'une prairie échevelée. Quelques chevaux à la crinière blonde, avec le monde entier pour pâture. Et au nord, un ciel qui se chargeait des rouleaux mauves d'un orage électrique.

Yeruldelgger laissa toute cette beauté tragique enfler son désespoir, jusqu'à ce qu'elle déborde en lui, l'inonde, le dissolve, puis le fonde en elle quand le flot de ses larmes retourna à la nature grossir la rivière et l'orage. Bientôt ne resta plus que l'amour de Solongo, barque échouée à la marée basse de ces océans sans eau. Voilà pourquoi il n'irait pas reconnaître le corps de Solongo. Ni le porter en terre. Ni l'abandonner dans la steppe. Elle n'était plus désormais qu'en lui-même, épave immobile. Celle qu'il avait aimée n'était plus qu'une blessure en lui. Le Nerguii avait raison quand même. La vague submerge tout, qui se retire ensuite. Mais dans quel abandon laisse-t-elle les prairies fleuries d'antan !

— Ces fleurs se nourrissent du corps de ceux que nous avons aimés, dit le Nerguii. Abandonne-la à cette terre, et tu devineras le parfum de sa peau dans la senteur de la steppe. Tu reconnaîtras son rire au matin dans l'appel d'un oiseau. La fraîcheur de ses baisers dans une eau de source. Ses angoisses que tu apaisais dans l'étreinte d'un orage qui se resserre. Il en va de la mort nomade comme des amours : c'est elle qui te choisit.

— Laisse-moi en paix, grand-père, murmura Yeruldelgger.

— Voilà que tu parles tout seul maintenant !

Tsetseg était là, derrière lui, un peu déhanchée sur son cheval, les mains croisées sur le pommeau de sa selle et son arc en bandoulière.

— Que fais-tu là ?

— Je te regarde mourir.

— Je ne meurs pas. Je suis déjà mort.

— Tu as raison. Des chagrins comme le tien sont de petites morts. Mais le Nerguii a raison, la vague se retire toujours.

— Le Nerguii n'existe pas.

— Bien sûr que si, il existe. C'est juste toi qui n'en veux plus.

— Ne te sens pas obligée de veiller sur moi à sa place.

— Que veux-tu que je fasse d'autre, je suis ton dernier amour nomade. Celle que tu as aimée en pensant à elle. D'une certaine façon, un lien nous unit maintenant.

— Alors je t'en délivre.

— Je ne parlais pas de nous. Je parlais d'elle et de moi. Nous sommes liées.

Il ne répondit pas et elle ne sembla pas attendre de réponse. Elle resta là, comme un Comanche silencieux au-dessus d'un trappeur qui fait mine de l'ignorer. L'orage enroulait ses volutes sombres sur l'horizon lointain, soudain lardé d'éclairs translucides.

— Ne va pas attraper la vraie mort en restant sous l'orage.

— C'est un orage électrique. Il ne pleuvra pas.

— C'est vrai. C'est rassurant. Tu restes encore un bon nomade finalement. Prends bien soin de toi.

— Je t'en prie, ne perds pas ton temps à veiller sur moi.

— Je ne veille pas sur toi, Yeruldelgger, je veille sur elle et tu fais partie d'elle.

L'orage écrasait l'horizon maintenant. Il ne restait plus sous ses rouleaux violets qu'une mince bande pourpre par laquelle les rayons du soleil enflammaient la steppe de l'ombre démesurée de la moindre colline. Un éclair fit tressaillir son cheval. Il se retourna pour le rassurer et vit que Tsetseg n'était plus là. Il regarda l'orage tourner et s'éloigner pendant plus d'une heure avant que son téléphone ne sonne.

— Yeruldelgger ?

— C'est moi.

— J'ai besoin d'un service, client.

— Je croyais que tu m'appelais pour…

— Je sais, mais les choses se compliquent ici.

— Que veux-tu ?

— J'ai besoin que tu me dénonces.

— Que je te dénonce ? Pour quoi ?

— Pour le meurtre de Solongo. Écoute, c'est trop compliqué à expliquer. Je t'appelle des toilettes d'un restaurant à Oulan-Bator. Préviens un flic de confiance, dis-lui que j'étais sur la scène de crime quand on a tué Solongo. Qu'il débarque et qu'il m'embarque. J'en ai besoin pour pouvoir t'aider… Yeruldelgger ?

— J'ai entendu, mais le seul flic en qui j'ai confiance est probablement en taule. C'est Bekter, celui qu'on a tiré du lit de Solongo.

65

... il n'aima pas du tout ce qu'il y vit.

La capitale bruissait du vent des scandales. Dans les grills à la mongole, dans les pizzerias à Coca, dans les cabanes à buzz, dans les lounges à néons des hôtels, les télés ne parlaient que de ça. L'homme qui s'accusait d'avoir défenestré un escroc millionnaire, les aveux d'un Australien sur la mise au rencart prochaine de dix mille mineurs, le démantèlement d'un bordel sur une concession de la Colorado et ce risque d'émeute dans le Gobi où les mineurs fraternisaient avec les nomades et les ninjas face aux forces armées. On commençait aussi à beaucoup parler de ce Delgger Khan dont les protestataires affichaient un portrait à la Che sur leurs T-shirts ou leurs bannières et qui ressemblait un peu à Yeruldelgger. Déjà, sur certains campus, de petits groupes scandaient son nom devant les caméras.

Pour l'instant le ministre de la Justice n'était toujours pas intervenu pour annoncer la remise en liberté de Bekter et il était bien décidé à en profiter pour frapper vite et fort. D'autant qu'avec l'appel de Yeruldelgger, la chance lui souriait. Avant de monter dans sa voiture, il rappela les deux objectifs de la soirée à ses hommes.

Au Bistrot, Zarza rejoignit la table où de Vilgruy s'impatientait et jouait dans sa poche avec les téléphones qu'il lui avait confisqués. Le sien, et le portable de courtoisie du Kempinski que Zarza avait fini par lui remettre avec réticence. Bien entendu il ne savait rien de celui de Solongo que Zarza avait gardé.

— Décalage alimentaire, dit Zarza pour s'excuser du temps passé aux toilettes.

— Dans ce cas je me demande si c'est prudent d'attaquer le menu « Saveurs de France ».

— Dîner d'adieu, mon oncle, il faut ce qu'il faut ! N'oublie pas qu'il y a quelques jours à peine, je me tapais des poutines chez nos cousins du Québec pour te servir.

De Vilgruy fit tintinnabuler les glaçons de son pastis pour bien signifier à Zarza qu'ils allaient attaquer les choses sérieuses.

— Pour Yeruldelgger, je suis désolé, lâcha de Vilgruy, mais ce sont les ordres.

— Du Premier ministre ?

— Non. Cette fois c'est, disons, plus local, d'une certaine façon.

— Nous obéissons à un donneur d'ordres mongol ?

— Pas exactement. Disons que notre hiérarchie nous autorise à agir sur demande d'intérêts importants aux yeux d'intérêts français en territoire mongol.

— Qu'est-ce que c'est encore que ce charabia, mon oncle ?

— Je t'en prie, Zarza, arrête avec ce surnom ridicule.

— Ce qui est ridicule, c'est cette mission contre Yeruldelgger. Depuis quand agissons-nous sur ordre d'intérêts privés ?

— Qui te dit que ce sont des intérêts privés ?

— Il n'y a que des intérêts français privés ici, mis à part…

— Oui. À part eux. Le nucléaire est notre avenir dans ce pays, Zarza, et nous devons y veiller.

— En éliminant un ex-flic à la retraite en plein désert ?

— En neutralisant qui on nous demande. Et puis tu es mieux placé que quiconque pour savoir que personne n'est réellement ce qu'il semble être.

— Je me porte garant de Yeruldelgger.

— Ta garantie n'a aucune valeur. Ni ton opinion, ni ta vie, et idem pour moi. Nous faisons ce qu'on nous demande, et que ce soit dans l'intérêt ou pas du pays, ce n'est pas à nous d'en décider.

Une serveuse apporta les escargots au beurre d'ail pour Zarza et pour de Vilgruy le potage de légumes au bon fumet de poireaux.

— Tu sais qu'il n'y a pas de poireaux dans ce pays ? Le patron les fait venir de France. Cet homme est un bienfaiteur. Il a importé en Mongolie le poireau et l'endive. J'adore les endives. Braisées surtout.

Zarza comprit que de Vilgruy avait clos le sujet Yeruldelgger. Même si ni l'un ni l'autre n'était dupe, il se prêta au jeu en partageant ses recettes de poireaux. Keftedes aux poireaux, œufs cocotte sur fondue de poireaux, poêlée de poireaux au bacon, il allait expliquer comment faire revenir dans l'huile d'olive les fines rondelles de poireaux et les oignons ciselés pour son fameux risotto safrané aux poireaux quand il la vit entrer. Il dut trahir sa surprise car de Vilgruy se raidit aussitôt.

— Tu la connais ?

— Non, lâcha Zarza en se reprenant comme il put. Mais ça m'a l'air d'être une belle cougar !

De Vilgruy le dévisagea quelques secondes, puis relâcha son attention.

— On dit qu'elle a le cul le plus efficace d'Oulan-Bator, murmura-t-il en confidence en se penchant par-dessus son assiette.

Le regard de la femme se posa sur Zarza et il se figea quand elle lui sourit, puis elle s'en détourna en l'ignorant et tendit à de Vilgruy une main baguée d'or et de brillants qu'il baisa à la française en se levant respectueusement. Elle les snoba aussitôt après pour aller s'installer seule à une table qui lui était réservée à l'abri d'un lourd rideau.

— Tu la connais ? demanda Zarza.

— C'est moi qui ai posé cette question en premier.

— Et je t'ai répondu. Maintenant je te la pose.

— On l'appelle Madame Sue. Baiseuse et comploteuse insatiable. Milliardaire aussi, par voie de conséquence. Aucune morale et donc redoutable en affaires. On dit qu'elle tient par où ça fait mal la moitié de la classe politique de ce pays et qu'elle ne les lâche pas. Et je veux bien le croire.

— Quoi, tu as… ?

— Dans une autre vie, Zarza, dans une autre vie seulement, mais oui, j'ai, comme tu dis.

— C'est plutôt flatteur qu'elle se souvienne encore de toi. C'était du temps où tu étais déjà l'amant de ma mère, ou depuis que tu l'as épousée après la mort de mon père, ton si cher ami ?

— Dans une autre vie, je t'ai dit, répondit de Vilgruy en ignorant la provocation. Depuis, j'ai revu Madame Sue plusieurs fois, mais professionnellement seulement.

— Qu'est-ce que cette femme a à voir avec les services français ?

— Disons qu'elle gère des actions de lobbying essentielles à la bonne implantation de nos meilleurs intérêts dans ce pays et qu'il arrive parfois qu'elle fasse appel à nos services pour coordonner certains efforts.

— Nous agissons sous ses ordres ?

— Je n'ai pas à répondre à ça.

— Nous agissons sous ses ordres ?

— Nous n'obéissons qu'aux ordres de nos autorités de tutelle qui peuvent décider d'accéder aux demandes des représentants de certains intérêts étrangers, publics ou privés ou quelque part entre les deux. Ça te va comme circonlocution ?

— Et les autorités de tutelle savent qui est cette femme ?

— Bien évidemment.

— Réponds-moi, de Vilgruy, est-ce que la mission concernant Yeruldelgger dépend de cette femme ?

De nouveau de Vilgruy se raidit. Zarza l'interpellait rarement par son nom.

— Ça ne te regarde pas. Maintenant je paye et on s'en va, et tu viens avec moi.

— Tu ne bouges pas d'ici, répliqua Zarza en saisissant son bras pour l'empêcher de se lever.

On commençait à remarquer la tension à leur table. De loin, le patron du restaurant les surveillait.

— Si tu ne veux rien me dire, moi j'ai des choses à t'apprendre sur cette femme.

— Je croyais que tu ne la connaissais pas, s'inquiéta aussitôt de Vilgruy.

— Je ne la connais pas mais je l'ai vue. Je l'ai vue tuer Solongo, la compagne de Yeruldelgger.

— Quoi !

— Je l'ai vue, mon oncle, j'y étais, là-bas dans le jardin. Alors si l'ordre d'éliminer Yeruldelgger vient d'elle, tu es tout simplement en train de faire tremper le service dans une sordide affaire de vengeance personnelle.

— Qu'est-ce que tu racontes ? C'est impossible. Elle a apporté la preuve à notre ambassade que Yeruldelgger avait organisé l'élimination de ce géologue dans le Gobi.

— Quelle preuve ?

— Tu n'es pas habilité à y avoir accès.

— Quelle preuve, de Vilgruy !

— Écoute, Zarza, ouvre un peu les yeux : un ex-flic qui décide de faire une retraite spirituelle dans le désert alors qu'il a une femme de rêve à Oulan-Bator, tu y crois, toi ? Yeruldelgger est un agitateur écolo qui emmerde tout le monde. Voilà ce que disent nos amis mongols.

— Moi je ne te dis pas ce que disent des amis à qui on a dit ce qu'ont dit d'autres amis. Moi je te dis ce que j'ai vu. J'ai vu cette femme tuer Solongo, la compagne de Yeruldelgger, et maintenant elle veut te faire tuer Yeruldelgger, ça ne t'alerte pas, ça ?

— Et ça, ça ne t'alerte pas, toi ? C'est sur la Toile depuis ce matin. Sur les télés du monde entier depuis ce soir. Les exploits guerriers de ton ami.

Il tapota sur son smartphone, afficha un lien vidéo et lança le film avant de retourner l'écran vers Zarza. Le montage ressemblait à une fiction. L'attaque d'une sorte de prison par les hommes d'une milice dans un décor de désert de l'Ouest américain. Genre *Agence tous risques*. Sauf que le sniper appuyé au capot d'un Hummer noir était Yeruldelgger sans aucun doute, et que son tir déchiquetait sans confusion possible la tête d'un homme en uniforme de la MGS. Dans une autre séquence, il reconnut encore Yeruldelgger, le seul à tenir un arc et des flèches à la main, avant de voir avec effroi une Chinoise s'effondrer le cœur percé par la même flèche que celle que tenait Yeruldelgger. Le reste du reportage le montrait organisant ce qui ressemblait à la libération de filles retenues en otage quelque part dans un désert. Aucun doute que Yeruldelgger agissait en chef de l'opération. On n'apercevait que lui à l'écran, donnant des ordres, interrogeant des suspects, confisquant des documents. Zarza vit encore le corps d'un autre garde de la MGS, la gorge transpercée d'une flèche comme la Chinoise, puis il y eut cette série de gros plans. Le visage de chaque mort, le front marqué d'une empreinte de loup, et un zoom sur les doigts de Yeruldelgger en colère glissés dans un poing américain en forme d'empreinte de loup. Le reportage se terminait par un gros plan sur un portrait au pochoir de Yeruldelgger, mais sous le nom de Delgger Khan.

— Ça te suffit comme ça ? Alors tu arrêtes tes conneries et tu la fermes, d'accord ? J'obéis aux ordres et je te conseille de faire la même chose. Debout, on s'en va !

Mais comme Zarza se levait pour obéir, dix hommes armés firent irruption dans le restaurant. Deux maîtrisèrent le garde du corps de Madame Sue et deux autres maîtrisèrent un couple de touristes qui dînaient en amoureux à une table près de la porte. À leur façon de ne pas protester et de ne pas les regarder, Zarza comprit aussitôt. Ce tordu de Vilgruy avait prévu des renforts en couverture. Deux autres agents se jetèrent sur Zarza et le plaquèrent sur la table, le nez dans son cou d'oie farci tiède sur lit de pommes au four, pendant qu'un troisième tenait de Vilgruy en respect. Les trois autres le bousculèrent pour se précipiter derrière le rideau arrêter Madame Sue qui opposa une résistance physique et verbale beaucoup plus virile que celle de Zarza.

Cinq minutes plus tard, sur le trottoir, Madame Sue, son garde du corps et Zarza étaient menottés, face contre un mur. Bekter tira de Vilgruy à l'écart et s'adressa à lui en anglais.

— Monsieur de Vilgruy, vous embarquez votre petit personnel dans le premier avion et vous allez jouer au cow-boy ailleurs que dans nos steppes. Et inutile d'appeler à l'aide vos amis de la politique ou de l'industrie. Pas un seul n'ira se mouiller pour vous dans cette opération qui tourne au fiasco et qui va très bientôt péter à la gueule de tout ce joli monde. Pour l'instant ce n'est encore qu'un faux pas entre nous. N'en faites pas un incident diplomatique. Ce serait très mauvais pour les affaires de nos deux pays.

— Et pour monsieur Zarzavadjian ?

— Il a des explications à nous donner. Inutile de l'attendre. Nous vous le renverrons quand nous en aurons fini avec lui. Entier. Je vous le promets.

— Il a droit à l'assistance de notre consulat.

— Je doute que la présence d'un groupe d'agents français en mission illégale sur notre territoire et dont un est impliqué dans une affaire criminelle liée à une affaire d'État relève vraiment du conseil consulaire. Je vous propose plutôt d'alerter votre canal diplomatique pour qu'il commence par s'excuser de cette barbouzerie de vos services chez nous et que, de fil en aiguille, nos États, nos diplomates et nos espions respectifs parviennent à un accord aussi équitable qu'officieux qui permette à monsieur Zarzavadjian d'aller déguster à Paris, chez Lilane, par exemple, ou chez Bouchet, ce délicieux dîner dont nous l'avons privé ce soir au Bistrot.

Il abandonna de Vilgruy et son couple d'agents aux regards sidérés des passants et des clients du Bistrot, et embarqua Zarza dans sa voiture, pendant que ses hommes poussaient Madame Sue et son garde du corps à bord de deux autres véhicules. Quand la berline de Bekter passa à sa hauteur, de Vilgruy chercha le regard de Zarza à l'arrière, et il n'aima pas du tout ce qu'il y vit.

66

D'aller bousculer de Vilgruy.

— Qui vous a donné mon numéro ?

— Yeruldelgger.

— Comment vous a-t-il contacté ?

— Le portable de Solongo, dit Zarza en tendant l'appareil à Bekter.

— Alors vous y étiez vraiment...

— Oui. J'y étais, et j'ai vu la femme qui l'a tuée. Mais vous l'aviez déjà identifiée apparemment.

— Pourquoi dites-vous ça ? s'étonna Bekter.

— Parce que vous venez de l'arrêter, s'inquiéta Zarza devant la surprise de Bekter.

— Vous voulez dire que...

— Oui, cette femme, Madame Sue, ou quel que soit son nom. C'est elle que j'ai vue sortant de la yourte de Solongo. Juste après les coups de feu.

Bekter resta silencieux un long moment avant de reprendre son interrogatoire officieux.

— Alors vous saviez qu'elle était là, n'est-ce pas, vous la suiviez ?

— Non, je ne m'attendais vraiment pas à la voir. Elle est entrée dans ce restaurant quelques minutes avant que vous ne débarquiez.

— Le hasard, vraiment ? Vous êtes certain que de Vilgruy n'y est pour rien ?

— Ce n'est pas lui qui a choisi cet endroit. J'avais le choix entre un barbecue mongol à L'Altaï ou le Bistrot, mais je ne résiste pas au beurre d'ail. Heureuse coïncidence, il faut croire.

— Dans nos métiers, c'est plutôt rare. Et si ce n'était pas pour nous livrer cette femme, pourquoi m'avoir appelé pour vous dénoncer, alors ?

— Pour que vous m'arrêtiez. Pour que vous empêchiez de Vilgruy de me renvoyer chez moi.

— Quoi, vous voulez demander l'asile politique ? À la Mongolie ? C'est plutôt cocasse !

— Pas de quoi sourire, je vous assure. Quelqu'un de chez vous se serait assuré la coopération de nos services pour éliminer Yeruldelgger.

Bekter ne répondit pas et encaissa ce nouveau coup sans broncher. Mais il marqua un autre long silence et sonda Zarza du regard.

— Apparemment une opération est en cours, reprit ce dernier pour le convaincre. Mais je n'y suis pas associé. On m'en a écarté pour implication directe et affective avec la cible, comme on dit chez nous.

— J'aurais dit et fait la même chose, reprit Bekter. Donc des agents français sont sur notre territoire pour abattre un ressortissant mongol et vous venez m'annoncer ça comme ça. À moi ! Vous avez bien conscience que je suis le plus mal placé pour tout ce qui concerne Yeruldelgger ?

— C'est lui qui m'adresse à vous.

Cette fois Bekter ne put cacher sa surprise. Un poinçon personnel. Un coin dans une faille. Il se reprit aussi vite que possible pour passer de la surprise à la défensive.

— Il est au courant de ce qui s'est passé ?

— Oui. Il a vu votre arrestation à la télé. Il sait pour Solongo et vous. Il a parlé d'amours nomades, je crois. Pour le reste, c'est moi qui lui ai expliqué.

— Salaud de Vilgruy !

Zarza posa une main de fer sur celle de Bekter qui voulait décrocher son téléphone.

— Ce ne serait pas une bonne idée d'arrêter de Vilgruy. Contentez-vous de le surveiller. De toute façon, après votre descente au Bistrot, il va se montrer frileux question coups tordus.

— Ah oui ? Et que faisons-nous alors, nous laissons faire ?

— Non. On sauve Yeruldelgger.

— Vous connaissez la nature de la menace ?

— Une opération profil bas, je suppose. Un accident organisé. Deux hommes tout au plus. Peut-être même un seul. Ou une femme. Genre touriste.

— D'après les informations dont je dispose et ce que j'ai vu à la télé, je sais dans quel coin est Yeruldelgger mais ça ne va pas être facile de le localiser avec précision. Il n'y a pas encore de forces de police là-bas. L'armée se charge du bordel ambiant et il y a les milices des Minières. Ça fait beaucoup de monde avec beaucoup d'armes.

— On peut y aller ?

— Vous ne manquez pas de culot. Vous êtes un agent étranger que je pourrais déjà suspecter d'un crime.

— En hélico, c'est combien de temps ? Une demi-journée ?

— Oui, et je vous dépose où ? se moqua Bekter, irrité de sentir que Zarza était plus motivé que lui.

— Si on peut savoir où est la yourte qu'il habite depuis sa retraite, on peut commencer par là.

— Je vais voir ce que je peux faire, dit Bekter en décrochant son téléphone.

Cette fois Zarza le laissa faire et chercha à deviner les ordres qu'il donnait en mongol. Puis Bekter raccrocha et le regarda droit dans les yeux.

— Je veux tout savoir des commanditaires, maintenant.

— J'aurais bien voulu dire la Colorado, la Durward, ou le lobby du nucléaire français. C'est ce qu'a essayé de me faire croire de Vilgruy, et c'est sûrement ce que lui a fait croire votre Madame Sue.

— Madame Sue, encore elle ?

— Oui, je crois en fait qu'il ne s'agit que d'une simple vengeance personnelle.

Bekter se souvint des enregistrements que lui avait remis Solongo et qui lui avaient permis de ressortir de prison aussi vite qu'il y était entré. S'il se confirmait que c'était la voix de Madame Sue, elle menaçait bien Solongo de s'en prendre à Yeruldelgger. Ce qu'il ne parvenait pas à établir, c'était le lien entre tout ce bordel dans le Sud et la vengeance de cette femme contre Yeruldelgger. Même si elle semblait impliquée dans toutes ces histoires de lupanar, de milice et de lobbying. Et même si le nom de Yeruldelgger apparaissait dans les mêmes affaires depuis deux jours.

Bekter passa trois autres coups de téléphone très autoritaires. Le troisième au bord de la colère, qu'il interrompit en apercevant la bouille épuisée de Fifty se dessiner dans l'encadrement de la porte de son bureau. Il raccrocha aussitôt et se leva pour l'accueillir.

— Comment tu vas ?

— Mal. J'ai besoin de bosser pour oublier. Comment tu as fait ?

— Les enregistrements de Solongo.

— Tu aurais pu t'en servir plus tôt et t'éviter la prison.

— Non. Je devais attendre de pouvoir toucher quelqu'un qui avait intérêt à la détruire.

— Où est-elle maintenant ?

— Au secret. Une commission d'enquête va s'occuper d'elle. C'est le ministre de la Justice qui va la présider.

— Il n'était pas aussi mouillé que les autres ?

— Si, probablement, mais il m'en fallait un pour faire tomber les dominos.

— D'accord. Écoute, Bekter, je suis désolée. Je me suis laissé avoir. Ils m'ont probablement droguée et…

— Oublie ça, la Scientifique a identifié du GHB dans tes prélèvements. On a déjà retrouvé la camionnette et mis la main sur le chauffeur. Tu es hors du coup à présent.

— Tiens, j'ai réussi à piquer le téléphone de celle qui a orchestré tout ça. Si j'ai bien imprimé avant de tomber dans les vapes, elle cherchait à prévenir sa commanditaire. Avec un peu de chance ça te permettra de remonter jusqu'à elle.

— Génial. C'est Madame Sue, je l'ai déjà compris, mais ça établit un lien matériel avec elle.

— Ce n'est pas elle qui a appelé. C'est moi qui avais son téléphone.

— Mais si elle a organisé ton enlèvement, elles ont sûrement communiqué au préalable. Textos ou liste des appels, ça nous sera précieux. Et toi tu ne risques plus rien maintenant, sinon les mesures disciplinaires de routine pour avoir perdu ton arme.

— C'est vrai qu'elle a été utilisée pour tuer la légiste ?

— Oui.

— Merde, Bekter, je suis vraiment désolée. On sait ce qui s'est passé ?

— Monsieur était sur les lieux, dit Bekter en désignant Zarza d'un geste du menton, on t'expliquera tout ça plus tard. Je te présente Zarzavadjian. Agent français.

Zarza devina qu'on le présentait à la nouvelle arrivante et la salua d'un geste.

— Agent ? Genre agent secret ? s'étonna Fifty.

— Oui. Là encore c'est une longue histoire, mais il est là pour nous aider. En tout cas officieusement.

— Pourquoi ? Il fait quoi officiellement ?

— Officiellement, il pourrait être accusé de complicité dans le meurtre de Solongo. Il était sur les lieux quand le crime a été commis. C'est lui qui a identifié Madame Sue.

— Et il nous aide à quoi ?

— À éviter que des agents de son service neutralisent Yeruldelgger.

— Yeruldelgger, le mec de ta légiste ? Enfin, je veux dire, de la légiste ? Enfin, l'ex de celle qui... Merde, le mec quoi !

— C'est ça, le mec. Ce mec-là.

Puis Bekter devina l'impatience de Zarza et tout le monde passa à l'anglais pour se mettre réciproquement à niveau dans tous les dossiers.

— Bref, finit par résumer Fifty, vous cherchez un moyen rapide de localiser Yeruldelgger, c'est bien ça ?

— C'est ça, répondirent en chœur les deux hommes.

— Alors vous êtes complètement à côté de la plaque. Ce qu'il faut localiser, c'est le danger, pas la cible. Si le danger est déjà sur les traces de la cible, alors c'est lui qui nous mènera à elle. Après, à nous d'être les plus rapides.

— J'aime ça, cliente, mais tu penses à quoi ?

— Si le danger veut être autonome, il est en voiture. Agence de location, marché aux voitures. Après il n'y a que deux pistes pour descendre dans la région où vous avez localisé Yeruldelgger et il faut faire au moins un plein pour y parvenir. Stations-service. Il y en a peu.

— Trop long. Mais j'ai une autre idée.

— Plus rapide et plus efficace ? s'inquiéta Bekter.

— Beaucoup plus.

— Et tu aurais besoin de quoi ?

— D'aller bousculer de Vilgruy.

67

… il ne leur résisterait pas.

Yeruldelgger avait traversé la première vallée et bivouaqué sur la dernière crête. Seul, sans feu, face à la nuit. Désormais l'univers existerait sans elle sur Terre. Cette nuit, il s'était laissé convaincre par la langueur translucide et lactée du clair de Terre. Cette clarté à peine perceptible qui dessine, dans l'infini sombre et bleu, la face cachée de l'astre blanc à son tout premier croissant. Il se souvint de la nuit pendant laquelle son maître, le Nerguii, lui avait expliqué la mécanique magique des astres dans la profondeur des cieux. Comment le soleil lointain, qui illuminait le fin profil argenté de la lune, inondait aussi la face cachée de la Terre d'une clarté telle qu'elle se réfléchissait à son tour jusqu'à feutrer d'une douce pénombre la face fantôme de l'astre mort. Cette nuit-là, le Nerguii lui avait appris à n'avoir peur d'aucune nuit. Et effectivement, il n'avait plus peur, mais ce n'était pas grâce à l'enseignement guerrier du Septième Monastère. Il n'aurait plus jamais peur d'aucune nuit, parce que toutes ses nuits seraient désormais habitées du souffle de l'âme de Solongo. Ses jours seraient des enfers soufferts, mais ses nuits des refuges attendus, et les premiers les longues antichambres à la délivrance des secondes. Il n'avait plus besoin de la force du Nerguii pour survivre à quoi que ce soit. Il lui suffirait désormais de vivre en attendant la nuit. De s'allonger sur le dos, au sommet d'une colline, face à la nuit tout entière, et d'attendre que le monde bascule pour le précipiter dans le souvenir de cet amour insondable. Tomber à l'envers à travers ce miroir qui ne fait que cacher la porte vers d'autres mondes. Des mondes apaisés et silencieux où vivent encore les âmes aimées.

Pourtant, depuis qu'il avait repris sa route pour descendre dans la dernière vallée où il apercevrait bientôt sa yourte, il se savait suivi par d'autres âmes moins soyeuses que celle de Solongo. Une sur sa gauche, lointaine et dure, un peu en avant de lui, invisible. Trois sur sa droite, sur l'autre crête. Des cavaliers eux aussi. Maladroits dans leur traque, ou trop sûrs d'eux pour bien se cacher, un peu en arrière de lui. Et loin devant, une âme étrange et malveillante. Ou deux peut-être. À l'attendre. La première journée d'enfer de sa nouvelle vie sans Solongo sur Terre, à espérer pouvoir la rejoindre dans la nuit.

Il se défit de son arc en bandoulière, l'accrocha à sa selle où pendait déjà son carquois, et poussa son cheval au petit galop. Il chevaucha ainsi une bonne demi-heure, attentif au mouvement des autres âmes qui le suivaient sur ses flancs, et à l'immobilité de celle ou de celles qui l'attendaient devant, quand il aperçut enfin sa yourte. Il arrêta son cheval d'un claquement de langue et observa de loin. Une voiture. Un 4 × 4 vert olive, garé un peu n'importe comment entre le scintillement argenté de la rivière et le gris cotonneux de sa yourte. Une valise sur les barres de toit et une outre en peau sur la calandre avant. Des touristes. Il plissa les yeux pour chercher où se cachaient le guide et le chauffeur. Il balaya du regard la steppe alentour au cas où ils seraient partis en reconnaissance sur les hauteurs environnantes, ou ramasser du bois mort et des bouses pour un bivouac. Personne. Des touristes aventuriers, bravant les recommandations de ne pas s'enfoncer si loin dans les steppes sans guide ou sans chauffeur. Il se concentra à nouveau sur le véhicule et devina un mouvement à l'intérieur. Puis une femme ouvrit la porte arrière, du côté où Yeruldelgger pouvait la voir, et descendit de la voiture en culotte et sans soutien-gorge. Quelque chose dans son attitude de très à l'aise. Elle balaya les quatre horizons d'un long regard attentif pour s'assurer que personne ne pouvait la voir, sans apercevoir Yeruldelgger, puis fit glisser sa culotte à ses pieds. Nue, elle hésita encore, debout immobile face à lui, et Yeruldelgger crut un instant qu'elle avait senti sa présence. Puis elle courut joyeusement vers la rivière et entra dans l'eau en brisant le miroir en mille perles de lumière.

C'était à la fois pour Yeruldelgger une beauté naturiste et un affront à la tradition, et il attendit de voir si l'étrangère allait souiller la rivière en s'y lavant. Mais la femme nue ne faisait que batifoler et plonger dans l'eau. Il lui accorda alors son indulgence et poussa son cheval doucement pour rejoindre la yourte.

Il trottait face au soleil, et la femme lui tournait le dos pour faire face aux rayons chauds elle aussi. Elle semblait seule. Si quelqu'un l'avait accompagnée, il ou elle aurait été dans l'eau à se rafraîchir avec elle, ou sur la berge à admirer sa nudité en attendant de l'aimer. Il n'était qu'à quelques dizaines de mètres de la rivière quand elle se retourna vers lui, les seins durcis par l'eau froide, les coudes relevés pour essorer dans sa nuque ses cheveux noirs, l'eau à hauteur de ses cuisses fuselées, son ventre plat ruisselant de lumière. Dès qu'elle l'aperçut, elle barra ses seins d'un bras et cacha son sexe de l'autre main, reculant dans la rivière, s'éloignant de la rive dont il s'approchait.

Il la vit basculer en arrière, lâcher ses bras pour essayer de retrouver l'équilibre, et disparaître soudain dans une gerbe d'éclaboussures. Il lança son cheval au galop sur les dernières dizaines de mètres. Il vit réapparaître sa tête, paniquée, suffocante, puis les deux bras en détresse avant qu'elle s'enfonce à nouveau dans un remous. Elle se perdait dans un trou d'eau, prise peut-être dans un courant de fond ou le pied coincé par de mauvaises pierres. Il poussa son cheval dans l'eau dans une explosion de gerbes jusqu'à l'endroit où avait disparu la femme. Il se penchait sur l'encolure du cheval pour plonger son bras et agripper ses cheveux quand la femme bondit hors de l'eau, vive et forte, droite, bandée comme un arc, se propulsant pour le saisir à la gorge. Le cheval se cabra, précipitant la chute de Yeruldelgger, puis se déroba de côté pour se sauver vers la rive. Avant qu'elle ne l'entraîne vers le fond, prisonnier de ses jambes et de ses bras qui l'enserraient comme un étau, Yeruldelgger croisa une seconde son regard et comprit qu'il était tombé dans un piège mortel. Engoncé dans ses vêtements, les pieds bottés pour le cheval, son corps devint aussitôt trop lourd pour lutter. Ce n'était pas seulement pour le tromper et le troubler qu'elle s'était dénudée. C'était pour pouvoir mieux lutter dans l'eau. Une professionnelle. Il ne pouvait désormais compter que sur sa force et la tactique. Déjà elle l'étranglait d'une clé au cou. Ne pas résister. Utiliser sa force. Sa force à elle, pas la sienne. Il se laissa couler, laissa la femme l'entraîner vers la noyade. Quand ses pieds touchèrent le fond, il s'abandonna encore, jusqu'à s'accroupir sur les pierres. Et la femme commit l'erreur qu'il attendait. Reserrer son étranglement sans prendre appui sur ses pieds. Alors il poussa sur ses jambes de toute la puissance de ses cuisses et les ramena tous les deux à la surface, brisant au passage une côte à son agresseuse d'un violent coup de coude. Ils jaillirent ensemble hors de l'eau, elle suffoquée en silence par la douleur, lui bruyamment par le manque d'air. Il allait la saisir par le cou à son tour quand il aperçut, à travers le ruissellement dans ses yeux, l'homme qui courait dans l'eau vers eux, une urga à la main. Elle profita de cette distraction pour échapper à sa prise et l'entraîner à nouveau. Il chercha à l'aveugle le petit muscle sous la lèvre inférieure, à mi-chemin de la bouche et du menton, et pinça de toutes ses forces entre l'index et le pouce. La douleur fulgurante surprit la femme. Elle lâcha un cri de bulles qui l'étouffèrent et essaya de se défaire de cette pince douloureuse à l'aide de ses deux mains. Il frappa à nouveau sa côte meurtrie et remonta respirer à la surface. Quand il émergea en panique, aspirant tout l'air du monde et repoussant à coups de pied la femme sous l'eau, il chercha l'homme des yeux. Il le vit trop tard. Le temps qu'il se retourne en éructant l'eau de ses poumons, l'homme abattit sur lui la longue perche en bois. Le coup résonna contre son crâne avec la violence d'une détonation. Il tomba à la renverse, la tête en sang, le cuir chevelu fendu. Puis il devina à travers l'eau l'homme qui hésitait, comme s'il cherchait à savoir s'il l'avait bien assommé. Il se laissa couler pour lui échapper et la femme en profita pour l'enserrer à nouveau entre ses jambes et le tirer vers le fond. Il vit le ciel se dilater dans les remous de la surface, la lumière du soleil se diluer, et l'eau se teinter de son sang. De tout son sang. De tellement de sang ! Il se laissait aller maintenant. Son esprit seulement attentif aux réflexes de la femme. Il comprenait ce qu'elle faisait. Elle ne cherchait plus à le noyer par le fond. Elle l'avait épuisé et elle avait un complice. Il devina qu'elle se contentait de le maintenir sous l'eau, debout sur les cailloux, sa tête à l'air libre, penchée de tout son poids sur lui. Il ouvrit les yeux et la regarda à travers les flots rougis. À cheval sur lui. Il pouvait même deviner son visage derrière ses cheveux noirs. Un visage qui ne le regardait pas mourir. Un visage inquiet, qui scrutait l'horizon autour d'elle. Un visage qui soudain explosa à travers l'eau dans une gerbe de sang, d'os et de cervelle.

Les mains qui le noyaient se relâchèrent. Il se redressa aussitôt, happant dans une même suffocation paniquée une goulée d'air et d'eau ensanglantée qui lui arracha les poumons. Le corps nu de la femme sans tête flottait sur le dos, obscène. Plus près de la rive, celui de l'homme à l'urga restait à genoux dans l'eau, affaissé sur lui-même, un trou béant à la place du cœur. Yeruldelgger se saisit de la perche en bois qui flottait à côté de lui et s'en aida pour se relever et rejoindre la rive en trébuchant. Il était trop épuisé pour chercher à comprendre. Quand il vit galoper vers lui les trois cavaliers, il décida qu'il ne leur résisterait pas.

68

… il trébucha
dans un sommeil sans images.

— Alors ?

— Rien. Des professionnels. J'ai fouillé leur véhicule et leurs bagages. Rien.

— Les papiers ?

— Canadiens, mais je n'y crois pas trop. Elle, Caroline François de Montréal, et lui, Michael Brome de Vancouver. Elle éditrice et lui traducteur. Visa d'entrée il y a soixante-douze heures à peine. Le temps de descendre jusqu'ici d'une traite, ces deux-là étaient ici pour toi. Billets de retour pour dans trois jours. Destination Montréal, mais avec escale à Paris comme à l'aller. Si tu as des ennuis avec les Français, c'est maintenant qu'il faut le dire.

— Et toi, tu étais où ? demanda Yeruldelgger en évitant de répondre sur ses contacts avec les Français pour ne pas impliquer Zarza.

— Un kilomètre et demi au sud pour ne pas avoir le soleil contre moi, répondit Djebe.

— Beaux tirs, je te dois une fière chandelle, mais ça fait deux morts de plus. Pourquoi me suivais-tu, tu les avais repérés ?

— Non. Je m'attendais plutôt à un commando de l'armée ou de la police.

— Contre moi ? J'ai des raisons de les craindre ?

— Quoi, tu n'es pas au courant ? Pour tout le monde tu es Delgger Khan maintenant, le nouveau leader de la résistance nationale. Pour la télé, pour les médias étrangers, pour le peuple, depuis la libération du bordel de la Colorado, on ne parle que de toi dans le monde entier.

— Qu'est-ce que c'est que ces conneries, s'emporta Yeruldelgger. Je n'ai rien à voir avec toutes ces histoires. J'ai juste aidé Tsetseg à retrouver sa fille. Je n'ai jamais fait ni voulu de révolution !

— Désolé, grand-père, mais ce n'est plus toi qui décides. Ton destin t'a échappé. Tiens, bois encore, tu dois te requinquer avant que les médias n'arrivent, se moqua Djebe.

Yeruldelgger but le lait de jument fermenté qu'on lui tendait.

Depuis que les trois hommes de Djebe l'avaient aidé à sortir de l'eau, il avait senti une grande partie de ses forces et de sa volonté lui faire défaut. Ils avaient voulu le porter à l'intérieur de sa yourte, mais il avait préféré qu'ils le déshabillent et l'allongent au soleil en attendant leur chef. Il avait dû perdre conscience ou tomber dans un sommeil comateux à plusieurs reprises car il avait découvert Djebe penché sur lui à son dernier réveil.

— Les corps ?

— Enterrés.

— La voiture ?

— Prise de guerre. Mes hommes vont s'en occuper.

— Et maintenant ?

— Je vais te mettre à l'abri. Beaucoup de gens puissants vont t'en vouloir. Beaucoup.

— Je ne veux fuir personne. Je n'ai rien à me reprocher.

— Peut-être, mais tu dois attendre qu'on soit prêt à t'écouter et à te croire. Pour l'instant, ce n'est pas le cas. Nous verrons ça plus tard. Repose-toi, nous avons un long voyage devant nous.

— Nous partons ?

— Oui, dès que possible. En attendant dors, je veille sur toi.

— Je n'en ai pas besoin.

— Ah oui ? Est-ce qu'une femme nue et sans arme n'a pas failli te noyer il y a quelques heures à peine dans la rivière ?

Yeruldelgger ne répondit pas. Un vertige bascula le ciel sur l'horizon et il trébucha dans un sommeil sans images.

69

Hey, t'es mort ou quoi ?

Quand il ouvrit les yeux, Yeruldelgger était assis à l'ombre maigre d'un saxaul, au pied d'une dune de sable blanchi par un soleil étale. La lumière cognait à l'intérieur de son crâne et la douleur lui crispait les yeux. Sa tête retomba sans force, le menton contre sa poitrine. Il plissa son regard pour filtrer l'éclat du soleil et se redressa. La dune devant lui n'était qu'une longue langue de sable qui venait mourir à ses pieds, mais derrière se dessinait toute la houle immobile et blonde du grand Gobi. Des dunes jusqu'à l'horizon arasé par un sable rêche, leurs lignes en arc creusant des ventres ombrés et bombant leur dos vibrant sous le vent continu qui râpait leurs crêtes.

Malgré la fatigue qui étirait ses muscles, il chercha à se relever en s'adossant à l'écorce rugueuse. Mais ses mains étaient liées derrière le tronc auquel le tenait aussi une lourde chaîne autour de son ventre. Il ne pouvait pas bouger, assis dos contre l'arbre, jambes étendues devant lui.

— Malgré toute la colère que j'ai contre toi, je n'ai pas pu me résoudre à verser ton sang.

Yeruldelgger tourna la tête. Des cailloux brûlants s'entrechoquèrent à l'intérieur de son crâne vide. La douleur roula dans ses yeux un vertige décentré qui le fit presque défaillir. Quand il se ressaisit, il aperçut Djebe, debout dans le sable, une bâche pliée sous un bras et une gourde à la main. Il avait posé son fusil contre le tronc du saxaul et s'accroupit près de lui pour lui parler.

— Je ne t'ai jamais rien pardonné de ce que tu as fait aux miens dans tes précédentes enquêtes, tu sais, et j'ai souhaité mille fois ta mort depuis que tu t'es retiré par ici. Mais je dois reconnaître que tu es un homme d'honneur et de tradition. Alors je vais te tuer sans verser ton sang, sans souiller notre terre, comme je suppose que tu l'exigerais de toi-même par respect des traditions.

— Quoi, tu vas me laisser mourir de chaleur ici, c'est ça ? murmura Yeruldelgger.

— Oh non, répondit Djebe. Je veux que tu meures dans la tradition, mais je veux aussi que tu souffres l'horreur. Mourir de chaleur, ce serait encore trop peu pour toi. D'ailleurs je vais attacher cette bâche aux branches pour te faire un abri et te protéger du soleil.

— La belle affaire, réussit à répondre Yeruldelgger, si c'est pour mourir de soif.

— Tu ne mourras pas de soif non plus, j'y veillerai, rassure-toi.

Djebe lui prit le menton dans sa main, appuyant sur ses joues pour l'obliger à ouvrir ses lèvres en cul-de-poule, et versa de l'eau tiède dans sa bouche déjà épaisse.

— Et s'il le faut, je mâchouillerai chaque morceau de viande de chèvre bouillie que j'ai en réserve et je te les régurgiterai de force dans la gorge pour que tu ne meures pas de faim avant de mourir vraiment.

Yeruldelgger avait besoin de temps pour comprendre. Il fit mine de s'évanouir, la tête en avant contre sa poitrine. Djebe lui mouilla aussitôt la nuque, essaya de le faire boire un peu, puis déploya la bâche pour l'abriter du soleil. Yeruldelgger en profita pour essayer de regrouper ses souvenirs. Des mains nombreuses qui le portent et le déposent dans le coffre d'une voiture. Il est mou, sans force, sans consistance, sans volonté. Il se laisse faire. Des voix qui se saluent et une longue route cahoteuse et silencieuse. Il se souvient qu'il a imaginé passer des rivières à gué. Il a entendu l'eau gicler sous les roues. Quitter des pistes souples pour couper à travers des steppes caillouteuses dont les pierres criblaient le dessous de la voiture. Passer des cols aux virages compliqués qui le secouaient à chaque manœuvre. Ses souvenirs étaient fractionnés, éparpillés dans sa mémoire cotonneuse. Il avait été drogué. Il avait pensé à l'aïrag de Djebe. Djebe. C'est lui l'homme dans la voiture. Les autres ne sont plus là. Ils sont seuls tous les deux, à part ce cheval qui galope quelque part. Il galope à côté de la voiture depuis longtemps. Il galope sur la voiture. Il galope dans la voiture. Dans sa tête. Un cheval sans tête dont il n'a pas peur. Ce qui l'effraie, c'est sa terrible fatigue. Ses muscles affaissés sur la tôle du coffre. Sa tête sans aucune tenue qui brinquebale au rythme des pierres et des trous. Il ne peut rien bouger d'autre de son corps. Rien de lui-même. Il dépend des cahots de la route.

Il se souvient de longs trous noirs dans sa mémoire. À chaque fois il en émergeait comme un condamné à mort soudain dehors en pleine lumière. Aveuglé.

— Bois encore, ordonna Djebe en relevant sa tête.

Yeruldelgger se redressa et but longtemps, quémandant d'autres rasades de ses lèvres et du menton.

— Au début, je voulais ta mort par vengeance. Un grand nombre de mes amis croupissent dans des prisons sordides par ta faute. Mais je dois t'avouer qu'aujourd'hui j'ai beaucoup plus d'ambition pour ton âme.

— Ne t'en fais pas pour elle, elle sera déjà bien occupée à te pourrir la vie dès que tu l'auras libérée.

— Quoi, tu crois vraiment que je vais t'abandonner ici pour que les prédateurs croquent tes os et libèrent ton âme ? De toute façon il n'y a pas de carnassiers ou d'oiseaux de proie pour te rendre ce service par ici.

— Un loup viendra. Je l'appellerai dès que tu auras le dos tourné, et quand il m'aura dévoré en croquant mes os, il t'égorgera sans briser les tiens pour que ton âme ne s'évade jamais.

— C'est beau, grand-père, de croire encore aux contes de sa jeunesse quand on est déjà aux portes de la mort. Qu'est-ce que tu veux croire encore, que l'Olgoï-Khorkhoï, le terrible monstre du Gobi, va te tuer avant moi ? Que le grand ver de la mort va jaillir du sable pour te cracher son venin corrosif, ou t'électrocuter d'une décharge à te court-circuiter les nerfs ?

— Ne me fais pas mourir idiot, Djebe, je sais bien que l'Olgoï-Khorkhoï n'existe pas et que seuls des étrangers prétendent l'avoir aperçu. Je ne crois pas à ce genre d'histoires. Je ne crois qu'aux légendes.

— C'est bien que tu dises ça, répondit Djebe en s'asseyant près de Yeruldelgger pour lui verser de l'eau entre les lèvres. Ça me réconforte de t'avoir fait ainsi.

— De m'avoir fait, moi ? À part peut-être me tuer si tu y parviens, qu'auras-tu fait de moi que je n'aurais pas voulu, pauvre fou ?

Djebe se remit debout et Yeruldelgger releva la tête pour le regarder sourire au désert avant de lui répondre.

— Ce que j'ai fait de toi ? Un héros d'abord, et bientôt une légende. Voilà ce que j'ai fait de toi, dit Djebe satisfait en baissant les yeux sur Yeruldelgger.

— Le soleil te fait divaguer plus que moi.

— Ah oui ? Et qui t'a fait Delgger Khan ? Qui t'a suivi à la trace depuis ta yourte jusqu'au Gobi Moon ? Qui a inventé ton nom de guerre ? Qui l'a susurré aux oreilles révoltées des ninjas et des nomades en colère ? Qui a soufflé à tes artistes nomades l'idée des T-shirts et des bannières ?

— Tu mens. Tu ne pouvais rien savoir de ce qui allait se passer.

— C'est vrai, mais c'est ce qui est bien avec toi. Les choses arrivent toutes seules. Il suffit de te suivre. Je n'avais prévu de faire imploser ce gouvernement pourri que par l'action de mes hommes à New York et en Australie et le scandale de leurs révélations dans les médias. C'était déjà assez fort pour bousculer le pouvoir et ébranler des Minières comme la Colorado. Mais il m'a suffi de t'observer de loin pour deviner en toi une arme plus destructrice encore.

— Je n'ai rien fait, et tu ne m'as rien fait faire.

— C'est encore vrai. Il a juste suffi que tu sois là. Tu es un homme fort que les gens simples craignent. Tu es un homme bon aussi et qu'ils respectent. Tu traînes malgré toi ta légende de flic justicier que le pouvoir a puni et celle de moine guerrier du Septième Monastère que le pouvoir craint. J'ai tout de suite senti ce que je pouvais tirer de toi pour notre cause.

— Tu n'as de cause que celle de détruire ce qui existe pour accéder au pouvoir à ton tour. Il n'y a qu'à voir comment tu as tué ou fait tuer ces hommes. À New York, à Perth, ou même ici, tes propres compagnons. Les quatre du pont, ton prétendu anda, et les gardes de Gobi Moon. Il n'y a qu'à voir comment tu vas me tuer maintenant.

— Non, non, tu te trompes, grand-père. Je ne vais pas te tuer. Mort tu ne me serais plus d'aucune utilité. Je te l'ai dit : je t'ai fait héros, et maintenant je te veux légende. Tu vas mourir, mais je ne te tuerai pas. Bois encore, et reprends des forces.

Djebe le fit boire puis lui aspergea le visage et la nuque pour le rafraîchir. L'eau tiède poissa aussitôt le tissu dans son dos. L'autre lui donna aussi quelques bouts de viande de chèvre à mâcher, et quelques biscuits aigres au lait rance. Puis il s'accroupit à nouveau à ses côtés.

— Regarde ce désert, Yeruldelgger. C'est notre pays. Grandiose. Sévère. Violent. On nous croit nomades débonnaires dans nos espaces immenses, mais nous ne faisons que lutter contre lui jour et nuit. Ce qui nous rend forts, c'est ce pays cruel qui nous apprend à le combattre et à le respecter depuis notre plus tendre enfance. Qui nous force à nous chauffer avec des bouses contre son froid. À galoper sans cesse après nos bêtes que ses espaces infinis attirent et perdent. À trimballer nos maisons sur notre dos à la recherche des pâturages qu'il nous dispute chichement. À craindre ses orages, à fuir ses dzüüd et ses blizzards, et à redouter ses sables. Sais-tu que ce désert est vivant ? Sais-tu qu'il avance comme un géant ? Qu'au sud, en Chine, son doigt le plus avancé, le désert de Maowusu, n'est plus qu'à quelques dizaines de kilomètres de Pékin qu'il aura ensablé dans moins de vingt ans ? Ce désert avance de trois kilomètres par an, Yeruldelgger. Trois kilomètres. Huit mètres par jour.

— Quoi, tu veux me faire mourir de tristesse et de chagrin, à voir mon beau désert passer et disparaître devant moi ? se moqua Yeruldelgger que la chaleur et la douleur empêchaient de réfléchir.

— Tu n'y es pas, grand-père. Tu n'es pas sur le bas-côté de la piste à regarder passer ce désert comme tu regardais, enfant, les gros camions russes à remorque surchargés de peaux et de cachemire. Cette fois, tu es sur son chemin, Yeruldelgger. Je t'ai mis au beau milieu de sa route, et il fonce sur toi. À huit mètres par jour. Regarde tes pieds, il les a déjà rattrapés.

Yeruldelgger baissa les yeux et plia les genoux par réflexe pour tirer ses pieds hors du sable.

— Trente centimètres par heure, continua Djebe. Tu vois ce buisson sur la dune, là-bas ? Ce sont les dernières branches d'un autre saxaul. La dernière fois que je suis passé ici, il était tout tordu mais fier, à plus de vingt mètres du premier sable. Maintenant le désert le digère et tu le verras peut-être disparaître à jamais sous la dune avant d'y disparaître à ton tour.

Yeruldelgger avait souvent imaginé le moment de sa mort. Quand il était encore flic surtout. La violence, la souffrance, la peur. Souvent il s'était dit que si tout était perdu, il essayerait d'en décider lui-même. Qu'il ne laisserait jamais personne lui arracher ce dernier choix. Et puis chaque fois, à la dernière minute, à la dernière seconde quelquefois, la mort l'avait méprisé. Elle l'avait relâché, abandonné, gisant mais sauf, sinon sain, au bord de la vie. Alors il avait appris à composer avec elle dès qu'elle s'annonçait, à ne rien lâcher, à essayer de tout maîtriser, les peurs, les frayeurs, les terreurs, pour se donner une ultime chance jusqu'à l'ultime seconde.

— C'est une mort cruelle et discrète, reconnut Yeruldelgger en se forçant à rester calme.

— C'est celle que j'espérais pour toi autant que pour moi. Une cruelle vengeance quand il ne restera plus que ta tête hors de la dune sous le vent. Quand le sable asséchera tes lèvres pour forcer ta bouche et empierrer ta langue. Quand il poncera tes yeux. Quand il râpera tes sinus et jusqu'à tes poumons. Quand tu ne pourras plus le recracher qu'en crachant ta gorge en sang.

— Alors si je dois mourir ainsi, qu'au moins cette vengeance apaise tes tourments.

— Arrête tes fanfaronnades de vieux chaman du Septième Monastère, grand-père. Tout le monde a peur de la mort, et surtout d'une telle mort.

— Et tu vas rester ici à me regarder mourir ?

— Oui. Petit à petit je m'accroupirai au-dessus sur la dune qui gonflera pour t'ensevelir, et je te regarderai entre mes genoux disparaître sous moi, entre mes pieds, en devinant le sable qui coule en toi jusqu'à empâter ton cœur.

— Et tu pourras vivre avec ça ?

— Bien sûr, grand-père, bien sûr ! C'est justement pour ça que je t'ai choisi cette mort discrète. Parce qu'on ne retrouvera rien de toi. Si par miracle tu sauves ton âme, alors demande-lui de te regarder vivre en moi, parce que si toi tu vas disparaître, Delgger Khan, lui, va continuer à vivre en moi, fit-il en ouvrant les bras vers le désert alentour. En t'enfonçant dans les sables de notre beau pays, tu vas devenir sa légende, Yeruldelgger, et je vais faire vivre Delgger Khan pendant des siècles s'il le faut.

— Tu es fou ! Je n'ai jamais été cet homme-là et tu ne le feras jamais croire à quiconque.

— Et toi tu es vieux. Tu ne sais pas comment on fait les légendes aujourd'hui. À coups de clics et de like, de buzz, de vues. Tiens, regarde qui tu es devenu tant que tu as les yeux hors du sable, dit-il en tendant une tablette devant le visage de Yeruldelgger.

Djebe prit plaisir à lire l'incrédulité, puis la stupéfaction et la colère sur le visage en sueur de Yeruldelgger. Il regardait les images de la libération des filles de Gobi Moon. Lui sur le capot du Hummer et l'homme de la MGS fauché par son tir. Lui, son arc et son carquois à la main, et la fille morte d'une de ses flèches dans le cœur. Et l'autre garde, une flèche à travers la gorge. Lui encore, donnant des ordres, triant les prisonnières, interrogeant la maîtresse chinoise, confisquant les documents. Lui toujours, et jamais Djebe à l'image. Lui seulement.

— C'est un mensonge, protesta-t-il, je n'ai jamais tiré sur ce garde de Gobi Moon, je n'ai pas tué cette Chinoise, et c'est toi qui as marqué le front des victimes de cette empreinte, pas moi !

— Mes images disent et diront toujours le contraire.

— Tes images mentent.

— C'est vrai, je les ai fait mentir, mais l'important c'est que ceux qui les voient les croient.

— Personne ne les diffusera sans vérifier.

— Elles ont déjà fait le tour de tous les médias de la planète. Dix-sept millions de vues sur la Toile en quarante-huit heures. Tu peux quitter ce monde sans regret, Yeruldelgger, tu n'en fais plus partie depuis longtemps. Delgger Khan a pris ta place.

— Alors c'est pour cette raison que je dois disparaître. Pour que tu puisses commettre d'autres crimes en mon nom. C'est pour ça que le Gobi doit m'engloutir, n'est-ce pas ?

Pendant qu'ils parlaient, le sable avait coulé à la surface de la dune. Des milliards de grains de silice rapides et disciplinés par un vent invisible, comme des marabuntas de minuscules fourmis blondes, minérales et obstinées. Malgré la fatigue et la chaleur, il gardait les jambes pliées pour échapper au sable qui courait maintenant tout autour de lui et probablement jusque derrière le tronc du saxaul. Déjà ses pieds étaient ensevelis jusqu'au-dessus des chevilles, et la moitié de ses fesses aussi.

— Oui. Tu vas devenir le bras vengeur de notre Armée des Mille Rivières. Invisible et omniprésent à la fois, insaisissable, magique, démoniaque. Le peuple a besoin de légendes pour se donner le courage de la révolte. Grâce à Delgger Khan, le héros qui a libéré leurs filles et leurs sœurs de Gobi Moon au nez et à la barbe de la Colorado, ninjas, mineurs et nomades se sont unis pour lutter ensemble. Dans les universités, les étudiants scandent ton nouveau nom, tu sais ? Et à Oulan-Bator le pouvoir tremble déjà de l'entendre. Ta vie ne t'appartient plus. Ta mort non plus.

Djebe s'assit à côté de Yeruldelgger, s'adossant au saxaul. Un peu plus haut que lui parce que plus droit, moins fatigué, et sur le sable au lieu d'être déjà dedans.

— Même si j'avais pu te convaincre de nous rejoindre, je ne t'aurais pas épargné. Tu es mongol, ça ne fait aucun doute. Mais en t'observant tous ces jours, j'ai vite compris que tu nous servirais plus mort que vivant. Pourtant ce pays vit en toi, ça se sent, et je te promets que je le ferai continuer à vivre à travers Delgger Khan. Regarde comme…

— Tais-toi !

— Quoi ?

— Ferme-la et écoute !

Djebe, surpris, obéit et se tut, devinant soudain la longue plainte que portait le vent depuis les hautes dunes devant eux. Un son rugueux bientôt accompagné d'un autre plus pur pour devenir une obsédante mélopée.

— Ce sont les dunes qui chantent ? demanda Djebe, incrédule.

— Oui, confirma Yeruldelgger, le regard soudain heureux et absent.

— Je le savais, mais je ne les avais encore jamais entendues.

— Au Maroc, celles du Sahara chantent une seule et même note. Un *sol* dièse. C'est une longue plainte lugubre que craignent les touristes égarés. À Oman au contraire, le désert chante plus de neuf tonalités différentes. Ce sont des mélodies enivrantes pour lesquelles les voyageurs se perdent dans les sables. Il est rare que notre Gobi chante aussi fort deux notes différentes. Cette dune est peut-être à un kilomètre de nous, mais si nous étions sur place, son chant nous tournerait la tête tellement il hurle fort.

— Je n'avais jamais rien entendu d'aussi magique, admit Djebe, admiratif.

— Il n'y a rien de magique dans le chant des dunes, répondit Yeruldelgger. Il suffit qu'un banc de sable très fin et bien sec, vernissé d'une microscopique couche de calcite et d'argile, s'écoule sur la face la plus pentue d'une dune pour provoquer ce bruit qui ressemble quelquefois à une voix humaine. En glissant tous à la même vitesse dans la pente, les grains s'écartent d'abord les uns des autres et l'air se glisse dans les interstices, puis les grains se rapprochent à nouveau dans leur glissade et expulsent tous ensemble à l'unisson l'air qui se met à vibrer. Rien de magique, mon pauvre garçon, pas plus magique que ton Delgger Khan.

Djebe resta un long moment silencieux, hypnotisé par les deux notes de la mélopée.

— Je sais à quoi tu penses, dit doucement Yeruldelgger en regardant le sable qui recouvrait maintenant ses pieds jusqu'au-dessus des mollets et le haut de ses cuisses. Tu te dis que je me trompe, et que ça ne peut pas être un hasard si cette dune du Gobi psalmodie deux notes simultanées comme nos chants diphoniques traditionnels. Eh bien tu as tort : au Maroc une seule taille de grains, donc une seule note. À Oman, plusieurs tailles de grains, donc plusieurs combinaisons de notes. Je suppose qu'à trier le sable de cette dune, on ne trouverait que deux diamètres de grains différents. Alors ne va pas chercher la magie et la légende là où elles n'existent pas, tout n'est ici que mécanique des fluides et équations d'acoustique. Quand tu m'auras tué, ou plutôt que tu m'auras regardé mourir, des gens rationnels s'intéresseront à ma disparition et démontreront que je suis mort et que Delgger Khan n'existe pas.

— Décidément tu ne veux pas comprendre, grand-père, soupira Djebe comme à regret. Ce ne sont plus ces gens rationnels qui font l'histoire. Ce sont ceux qui font croire aux légendes. Plus d'un milliard de téléspectateurs ont vu les avions percuter les tours de Manhattan. Il aura suffi de quelques manipulations de vidéos et de photos sur la Toile pour que des millions d'entre eux croient désormais à un vaste et incompréhensible complot. Et quelques millions, ça me suffit.

— Honnêtement, à part leur soif d'ego et leur mégalo, je ne vois pas l'avantage que ces manipulateurs tirent de leurs mensonges.

— Aucun avantage. Quelques-uns font un peu d'argent avec, mais tous voient leur vie personnelle et quotidienne se fracasser contre la résistance du système. Les manipulations ne profitent que très peu à ceux qui les exposent. Elles servent ceux qui se cachent derrière. Ta légende ne m'apportera rien et je ne la revendiquerai même pas, mais elle va servir ceux qui, dans l'ombre, attendent avec moi que s'écroule le système pour reprendre ce pays en main. Qui sait, peut-être que dans cinquante ans tu seras dans nos livres d'histoire. Sous le nom de Delgger Khan, j'entends...

En s'amoncelant contre le corps de Yeruldelgger et le tronc du saxaul, le sable formait désormais une butte qui pesait sur son ventre. De ses jambes ne dépassaient plus que ses genoux hors du sable rêche que le vent continuait à tisser sur lui comme un lourd linceul.

— Et si tu me laissais seul avec moi-même pour mourir, maintenant ?

— Je veux bien t'accorder cette indulgence, dit Djebe en se relevant pour secouer le sable qui recouvrait déjà ses chaussures. Mais tu ne vas pas mourir tout de suite. Le vent ne poussera pas le sable dans ta bouche avant deux bonnes heures.

— Tant mieux, répondit Yeruldelgger, ça me laisse le temps d'écouter venir à moi ce cheval au galop.

Djebe se saisit du fusil et balaya tous les horizons, aux aguets, prêt à épauler son arme.

— De quel cheval parles-tu ?

— Quoi, tu n'entends pas son galop résonner contre la terre ?

— Tu délires, grand-père. Ou c'est une autre dune qui se met à chanter.

— C'est un cheval. Il galope avec nous depuis que nous sommes partis. Il galopait déjà dans le coffre de ta voiture. Je l'ai même entendu galoper sur le toit. Et maintenant il galope dans le sable si fort que ses sabots font trembler la terre sous le désert. Tu ne l'entends pas ?

— La folie te gagne, décidément. Tu as raison, il est temps de te laisser mourir. Je suis dans la voiture à dix mètres derrière toi, appelle-moi si tu as soif.

— C'est une jument.

— Sornettes !

— Blanche comme l'abondance et le bonheur.

— Foutaises !

Le sable lui enserrait la poitrine et pesait maintenant sur sa respiration. Seuls le haut de son corps et ses épaules émergeaient de ce qui était désormais le front avancé du désert. Le sable s'était refermé derrière le tronc du saxaul. Il se fit la remarque incongrue que ces grains qui allaient le noyer à sec avaient été des blocs de montagne. Quelles éternités avaient-ils tous vécues par milliards avant d'avoir pour destin de l'étouffer, si petits ? Il économisait sa respiration. Une demi-heure auparavant, il parvenait encore à gonfler ses poumons pour repousser le sable et prendre de l'air. Maintenant, dès qu'il respirait, il sentait la masse immense glisser à chaque expiration pour enserrer plus lourdement sa poitrine. La dune pesait trop sur ses poumons. Il devait se contenter de petites gorgées d'air rapprochées. Et déjà ses lèvres se blessaient au sable qui les abrasait.

— Tu sais ce que je viens d'apprendre ? cria Djebe dans son dos depuis la voiture où il s'était réfugié. Cette Madame Sue qui a tué ton amie Solongo, la radio dit qu'on vient de la retrouver pendue dans sa cellule. Étranglée par ses collants, tu te rends compte ? Elle qui ne portait jamais de culotte, paraît-il ! J'espère que ça te réjouit, grand-père. Après tout, c'est quand même une petite vengeance pour toi, non ?

Yeruldelgger ne répondit pas. Il s'était abîmé dans la contemplation de la puissance du désert face à lui. Le soleil battait ses tempes et asséchait sa gorge. Quand le sud du Gobi serait à Pékin, il ne serait plus qu'à cent kilomètres de la mer. Est-ce que dans cinquante ans il resterait encore des petits Pékinois pour jouer sur une plage de mille kilomètres de large avec, en dessous, des cités interdites, des stades olympiques et le squelette d'un vieux Mongol enchaîné à un saxaul ?

— Je me demande comment ça se passe dans ces cas-là, cria Djebe. Hey, tu m'entends ? Une fois qu'on a étranglé cette femme dans sa cellule, comment ça se passe pour la pendre avec des collants ? Est-ce qu'on envoie quelqu'un perquisitionner chez elle pour chercher des bas qu'elle n'a pas ? Ou est-ce qu'on envoie quelqu'un en acheter une paire quelque part ? Et est-ce qu'on envoie plutôt une femme pour qu'elle sache choisir ? Est-ce qu'on donne à cette femme des consignes pour choisir la meilleure marque pour faire un garrot ? Les plus résistants pour bien l'étrangler ou les plus chers pour correspondre à la garde-robe de la victime ? Ou les moins chers pour économiser les deniers de l'État ?

Maintenant le désert vibrionnait dans ses yeux brûlés du sel de sa sueur. Dans sa tête, le chant des dunes hurlait et le galop de la jument blanche cognait au rythme de son cœur qui se débattait dans sa poitrine. Il ne desserrait plus les dents. Il ne pouvait déjà plus recracher le sable qui avait forcé sa bouche et râpait ses gencives derrière ses lèvres enflées et craquelées

par le soleil. Il ne voulait pas donner à Djebe la satisfaction de l'entendre suffoquer. Il ne respirait plus que
par le nez et le sable aiguisé limait ses sinus comme
du papier de verre.

— Ou alors, cria Djebe en riant, ils ont demandé à
une femme flic de se déshabiller pour donner les siens.
Est-ce que les femmes flics portent des collants sous
leur uniforme ? Hey, tu devrais savoir ça, toi, non ? Tu
m'entends au moins, tu n'es pas déjà mort ?

Le sable butait contre sa bouche et il ne répondit
pas. Le poids du désert enfonçait sa poitrine. Il sentait
fondre ses forces et sa volonté sous le soleil en fusion.
Même les dunes se dissolvaient dans la chaleur. Elles
s'animaient comme un océan pâteux, une mer de
crème jaune et écœurante. Une boue tiède et gluante
dans laquelle il se sentit glisser et qui lui submergea
le visage. Alors jaillirent sous ses yeux qui grattaient,
juste avant que le désert ne les engloutisse à leur tour,
des millions de fleurs jaunes et vertes au bout de
longues tiges raides et droites comme des bâtons, et
les dunes s'étalèrent pour devenir la steppe immense
de son enfance où rien ne se crée ni rien ne se meurt et
où tout continue dans les légendes de la mort nomade.

— Hey, t'es mort ou quoi ?

70

En échange des strings et des soutifs.

Ils avaient perdu du temps. Grâce à la dernière communication de Vilgruy avec ses agents, ils avaient pourtant récupéré des coordonnées précises pour les rejoindre. Mais à part le pilote de l'hélico, étranger à l'affaire, tous les passagers avaient senti leur cœur se serrer en survolant le point indiqué. Dans la steppe tapissée d'œillets nains et de géraniums sauvages, une yourte isolée, adossée au nord à une douce colline et face à une rivière au sud, dans la plus pure tradition. Devant, quatre nomades accroupis autour d'un tas d'affaires en vrac, la tête en l'air, curieux, à regarder descendre l'hélico. Ils retenaient d'une main sur leurs têtes rieuses leur chapeau de feutre que le vent des pales chahutait. Et un peu plus loin derrière, sur le côté de la colline bleutée d'armoises et piquetée d'asters argentés, deux taches claires et oblongues de terre récemment remuée.

Bekter et Zarza avaient sauté de l'appareil avant même qu'il ne se tasse sur le sol. Fifty avait voulu aider de Vilgruy à descendre une fois l'hélico posé, mais il avait dégagé son bras avec colère. Rien de ce qui arrivait ne plaisait à de Vilgruy, qui maudissait Zarza de l'avoir entraîné dans ce merdier. Il ne se doutait pas encore à quel point la fosse allait se révéler profonde. D'instinct, il avait couru vers les deux tombes sauvages. Deux tombes, c'est-à-dire deux morts, c'était forcément une combinaison à emmerdements quand deux agents traquaient une seule cible.

Les autres, eux, s'étaient dirigés vers le groupe des nomades. Quatre hommes sans âge, le cuir du visage cuit au soleil et strié d'un éternel sourire par d'innombrables mauvais vents d'hiver. Ils chipotaient des effets personnels du bout de leur couteau ou d'un bâton en murmurant gaiement, sans s'inquiéter des nouveaux arrivants. Quelques soutiens-gorge, des strings, des culottes et des slips, et d'autres vêtements qui leur arrachaient des rires édentés. Deux armes aussi, des appareils électriques, une boussole et des affaires de toilette. Une boîte de capotes et des tampons hygiéniques qui les firent pouffer.

Fifty la première avait repéré les traces de sang dans l'herbe près de la rivière. Puis ils avaient déterré les deux corps sous les yeux des petits vieux qui ne riaient plus. Un corps de femme nue, la tête déchiquetée. Celui d'un homme, la poitrine explosée. De Vilgruy avait accusé le coup et juré en silence, avant d'entraîner Zarza par la manche pour s'isoler avec lui.

Pendant ce temps, Bekter et Fifty avaient inspecté la yourte : il s'agissait bien de celle de Yeruldelgger, même si elle semblait ne pas avoir été habitée depuis plusieurs jours.

— C'est lui, tu crois ?

— Possible. C'est un homme de ressource. Mais deux agents français, c'est quand même beaucoup pour un seul homme. Tu as vu les dégâts sur les corps…

— Oui. Ça ressemble plus à une arme lourde qu'à une arme de poing. Un tir à distance ?

— Peut-être bien, mais le sang indique que les victimes ont été touchées ici, près de la rivière. Or si c'est un tir à distance et qu'il est le tireur, ça signifie que Yeruldelgger n'était pas ici près de la yourte. Peut-être que c'est lui qui les attendait, planqué plus loin en embuscade.

— Pour tirer sur deux touristes qui s'arrêtaient près de sa yourte ? Ça ne tient pas debout. Comment aurait-il pu deviner leurs intentions ?

— Affranchi par un informateur ?

— Par qui ? C'était une opération française et Zarza est de notre côté.

— Le donneur d'ordres mongol ?

— Si c'est bien Madame Sue, elle est entre nos mains et au secret en prison.

— Et donc, tu penses à quoi ?

— Yeruldelgger est bien là, les Français débarquent et s'en prennent à lui, mais il est couvert à distance par un complice qui les descend.

— C'est une option, avait concédé Fifty. Et maintenant, où sont-ils, lui et son complice ?

— Je dirais quelque part dans la voiture des Français.

Bekter avait hélé de Vilgruy qui les avait rejoints de mauvaise grâce, suivi de Zarza.

— La voiture ?

— Land Cruiser vert trois portes châssis court.

— Système de navigation ?

— Non. Trop identifiable. On se sert des balises personnelles. Les montres.

— Alors sans GPS, ça va être difficile de la tracer, clients, avait conclu Zarza.

— Pas sûr, avait marmonné Fifty. Il nous reste le réseau satellitaire nomade.

Les trois hommes, interloqués, l'avaient regardée se diriger vers les nomades. De loin, ils avaient assisté à une longue discussion murmurée au cours de laquelle les petits vieux avaient opiné de la tête à tour de rôle. Puis Fifty était revenue, l'air satisfait.

— Marché conclu : ils nous retrouvent la voiture. En échange des strings et des soutifs.

71

... perdu lui aussi, peut-être.

Ils avaient laissé de Vilgruy veiller les corps de ses
agents pour pouvoir embarquer le plus âgé des quatre
vieux nomades à bord de l'hélico. Dans son deel bleu
râpé qui sentait la sueur de cheval et le tabac froid, il
avait collé son visage au plexiglas du cockpit, éberlué
de découvrir sa steppe depuis le ciel. Mais passé la
surprise et l'émerveillement, il avait vite retrouvé ses
instincts de nomade et repris tous ses repères. Les
ravines, les crêtes, les sentes, les mares, les ovoos de
pierres enrubannés de bleu, il s'était mis à tout citer
dans une longue psalmodie chuchotée et ébahie.

Une heure avant le décollage, ses trois compères
étaient partis en reconnaissance sur leurs montures
impatientes de s'éloigner de l'appareil. Ils avaient
suivi les traces du Land Cruiser dans l'herbe, la
rocaille et le sable pour revenir leur expliquer que la
voiture avait rejoint une piste à l'abandon qui filait
vers l'est et la frontière chinoise. Le vieux nomade,
mort de rire, avait alors fait signe à Fifty la petite
sœur qu'ils pouvaient décoller dans cette direction.
Depuis, ils avaient fait quatre étapes sur ses ordres

rieurs. Le pilote avait d'abord posé son engin près
d'une yourte perdue, intriguant des gamins soudain
apeurés. Puis près d'un cavalier solitaire, effrayant les
chevaux ébouriffés qu'il regardait pâturer en liberté.
À proximité d'un chasseur assis, fier et immobile près
de son bivouac, tout en haut d'une crête aiguisée, à
cheval entre deux vallées. Et à nouveau près d'une
yourte d'où une femme les avait regardés s'envoler en
baptisant l'hélico des quatre gouttes cardinales de lait
comme le veut la tradition. À chaque fois, un homme,
une femme ou un enfant avait raconté au vieux nomade
de quel côté la voiture était apparue, dans quelle
direction elle avait disparu, et qui, de ce côté-là du
monde, aurait bien pu la voir apparaître et disparaître
à son tour pour les renseigner à la prochaine étape.
Le dernier avait été un chamelier. Il avait vu le Land
Cruiser filer sur la piste qui piquait droit dans le flanc
des dunes. Depuis plusieurs semaines déjà le *gobi*
avait coupé et enseveli la piste, et personne, encore,
n'en avait tracé une autre pour contourner à nouveau
le désert mouvant. Mais il avait longtemps suivi du
regard ce véhicule inattendu qui avait longé la longue
langue de dunes jusque vers le front des sables sous
le vent. Quand la silice avait crissé entre les dents de
leurs bêtes, le désert avait chassé les derniers nomades
vers le nord. Ils ne rencontreraient plus personne au-
delà des sables pour leur parler de la voiture, mis à
part un improbable cavalier, perdu lui aussi, peut-être.

72

… une dune lointaine qui pleurait.

Ils aperçurent d'abord les chameaux sauvages. Des bactrianes nonchalants, chevelus et en loques, les bosses à l'iroquoise un peu flasques sur le côté. Trois adultes fauves et un chamelon plus clair, face aux dunes, dos à la steppe. Immobiles, comme hésitant entre l'herbe brûlée et le sable brûlant. Le plus jeune s'était aventuré à une dizaine de mètres sur la plus pentue des langues de sable. Tête basse, il arrachait de ses lèvres de pierre quelques branches à un buisson d'épineux où s'était pris un petit bout de bâche bleue. Un peu en retrait, une chamelle en position baraquée gardait un œil sur le chamelon, et le plus déguenillé des deux mâles arrachait des rameaux d'épines grises à un saxaul cendré de petites fleurs blanches.

C'est en les survolant qu'ils aperçurent le Land Cruiser derrière les chameaux, à moitié enseveli par les sables. L'autre mâle avait son cou en siphon enfilé dans la voiture par la portière à moitié ouverte côté passager. Le pilote pivota aussitôt jusqu'à la steppe pour se poser sur un sol stable. La chamelle, inquiète, déploya au ralenti ses longues mécaniques articulaires par à-coups déglingués pour rejoindre son petit et s'éloigner avec lui, sans hâte, en escaladant le sable fuyant. Le vieux chameau retira lentement sa tête blasée de la voiture et, avec l'autre mâle, resta immobile dans les brassées de sable tourmentées par les pales. Hautains, ils fermèrent juste leurs doubles rangées de cils sur des yeux dédaigneux, fronçant un nez fendu pour rétrécir leurs naseaux humides sur des dents jaunes et déchaussées. Avant qu'une des bêtes ne plonge à nouveau mâchouiller de ses dents puantes dans la voiture.

Zarza sauta le premier de l'hélico et se précipita vers le Toyota à moitié enseveli. Bekter le suivit, dégainant son arme pour tirer plusieurs coups de feu en l'air histoire d'effrayer les deux chameaux qui le regardèrent sans bouger. Ils aperçurent le corps en même temps, la tête clouée à l'appuie-tête par une flèche qui l'avait transpercée en biais à hauteur de la tempe. On devinait encore le geste qu'il avait amorcé pour se saisir de son arme. Un fusil de sniper. Un Dragunov. La flèche avait transpercé le crâne de l'homme à hauteur d'un bandana bleu qu'il portait à la mode guerrière. Le sang avait séché depuis longtemps et des dizaines de mouches aux reflets irisés bourdonnaient à l'intérieur autour de l'empennage jaune et vert qui dépassait à peine de la plaie. À travers la nuée vrombissante, ils devinèrent une autre flèche, aux mêmes couleurs, fichée dans les côtes du cadavre.

— La vie et l'éternité !

Bekter et Zarza sortirent la tête de la voiture et se retournèrent vers le vieux nomade qui leur souriait, accompagné de Fifty qui ne comprenait pas plus qu'eux.

— Le jaune de la vie, et le vert de l'éternité, confirmat-il en désignant du regard les empennages. Mais pas pour cet arbre malheureux qui meurt, dit-il en reculant de quelques pas pour observer les branches du saxaul. Maladie des cendres. Le vent la pousse devant lui. Les hommes plantent des saxauls pour arrêter l'avancée du désert, mais le désert se défend et contre-attaque en soufflant devant lui cette maladie qui tue les saxauls des hommes. Le désert est toujours plus fort que les hommes, conclut-il en s'éloignant du tronc tordu et rugueux déjà enserré de sable pour rejoindre la surface stable de la steppe qui disparaîtrait à son tour dans quelques heures.

Il observa au sol des traces invisibles, parmi celles à peine perceptibles des coussinets mous fendus en deux des chameaux, puis revint vers la voiture pour observer les flèches.

— Une guerrière, dit-il. Plus légère qu'un homme sur son cheval, mais aussi forte pour décocher ses flèches plus courtes.

Puis il s'en alla murmurer à l'oreille des chameaux qui vinrent à sa rencontre dès qu'il s'en approcha. Seul le chamelon resta à l'écart, revenant brouter son petit buisson de saxaul enterré sur la dune nouvelle.

Les trois flics le regardèrent, amusés et désemparés à la fois, puis ils examinèrent sans un mot l'intérieur du Land Cruiser en retenant des haut-le-cœur à cause de l'odeur. C'est Fifty qui repéra l'inscription, gravée maladroitement dans la peinture de la tôle, à l'arrière. *Yeruldelgger. L'Africain.*

— Si ce client-là est l'Africain, s'inquiéta Zarza à voix haute en désignant le cadavre du menton, alors où est passé Yeruldelgger ?

Mais seul un chant lui répondit. Celui, lugubre et envoûtant à la fois, d'une dune lointaine qui pleurait.

73

… de huit mètres par jour ?

Si Donelli aimait Katz's, ce n'était pas parce qu'à New York tout le monde aimait Katz's. Pas Katz's juste pour Katz's. Pas pour son enseigne « Katz's » à la verticale sur quatre faces au coin de Houston. Pas pour son « Katz's Delicatessen » horizontal en lettres rouges et blanches qui courait au-dessus de ses vitrines sur la rue et l'avenue. Pas pour tous ses Katz's aux néons rouges et verts qui vantaient Katz's derrière la petite vitrine dissimulant aux regards l'immense salle. Il n'aimait pas Katz's pour ses cinq tonnes de pastrami à la semaine, pour ses deux tonnes de corned-beef ou ses douze mille hot-dogs. Et surtout pas pour ses touristes à la queue leu leu perdus pour aller chercher là leur sandwich, là leurs œufs, là leur jus, et là-bas leur café hors de prix. Ni parce que c'était là que Meg Ryan avait simulé son fabuleux orgasme dans *Quand Harry rencontre Sally* et que tous les touristes se photographiaient en demandant, comme les y invitait la pancarte suspendue au-dessus de la table légendaire, qu'on leur donne *la même chose qu'elle*.

Non, Donelli aimait Katz's pour une seule et unique raison. La mine fière et réjouie de son yiddish de partenaire Pfiffelmann quand il rapportait enfin à leur table, en échange de leurs tickets, son Katz's Knobelwurst ou son Katz's Pastrami de légende, en balançant toujours des « Hey, tu savais, toi ? » incongrus qu'il semblait rapporter tout fraîchement du comptoir. Du genre : « Hey, tu savais, toi, qu'en Mongolie, le désert de Gobi avance de huit mètres par jour ? »

74

… de se défaire au plus vite de Bekter.

À Oulan-Bator, Sangajav fut nommé Premier ministre dès que le gouvernement précédent eut été révoqué. Il s'agissait de désamorcer la grogne et la colère qui gagnaient le peuple jusqu'au plus arriéré des nomades de cette foutue steppe qui refusaient le progrès. Et de rassurer les Minières aussi. Sangajav était de loin le moins qualifié et le moins populaire des candidats au poste. Mais un par un ses adversaires, autant que les concurrents de son propre camp, s'étaient retirés de la compétition. Il n'avait souvent fallu qu'une petite dizaine de minutes d'entrevue en tête à tête, dans une cantine, un bureau anonyme ou même un coin de couloir à l'écart, voire dans les toilettes, pour qu'ils déclarent tous aux médias qui se bousculaient que Sangajav était la meilleure option pour la Mongolie et qu'ils lui assuraient toute l'aide qu'il voudrait bien leur demander. Il se trouva même un de ses très proches amis pour renoncer à toutes ses ambitions politiques et rentrer se pendre au lustre en cristal d'Arques dans le vaste salon de son appartement clinquant de Saizan. Le jour même, dans une allocution télévisée, Sangajav décida d'une reprise en main nécessaire des conditions d'attribution des concessions et plaça quelques amis de longue date à des postes-clés. Il négocia en personne et en secret, de vive voix dans sa voiture personnelle au cours du premier trajet entre son domicile privé et ses nouveaux bureaux au palais du Gouvernement, une commission occulte de cinq millions de dollars avec un émissaire de la Colorado et de la Durward réunies. En un seul versement sur un compte au Luxembourg. Sangajav avait toujours envisagé de terminer ses jours en Europe. Aussi richement que possible.

Deux heures après sa nomination, avec des collants qu'il exigea de sa maîtresse et qu'il fit remettre à un des matons de la prison, il fit étrangler Madame Sue dans sa cellule et commença à réfléchir à la meilleure façon de se défaire au plus vite de Bekter.

… qu'il pleurait lui aussi.

À Perth, Darryl n'eut pas droit à des funérailles nationales. On n'a droit à aucun honneur quand on meurt écrasé par un déséquilibré en bas de l'immeuble dont on n'a pas su l'empêcher de sauter parce qu'on était arrivé en retard et à pied. Sa petite grand-mère vieille et permanentée de bleu avec des lunettes papillon à l'américaine vint seule parce que son égoïste de grand-père était mort pas plus tard que l'année précédente en l'abandonnant sur cette fichue terre. Une sœur d'Adélaïde, triste et déjà grosse d'un quatrième enfant malgré son jeune âge, seule parce que son salaud d'ex l'avait plaquée pas plus tard qu'il y avait six mois. Une autre sœur, plus jeune, de Brisbane, tatouée et percée comme un accident de chantier et seule parce que tous les mecs ne pensent qu'à leur bite et que ce monde pourri n'est qu'un seau de merde. Son père, lui, n'était carrément pas venu. Il revivait du côté de Darwin avec une grosse Aborigène que personne ne voulait voir dans la famille. Et encore moins à des funérailles, des fois qu'elle se mette en tête de rendre hommage à son beau-fils en jouant du didgeridoo, cette négresse !

Karin s'était arrangée pour que la cérémonie ait lieu à Saint Mary's en souvenir des larmes de Darryl. Personne de la famille ne connaissait rien à rien à Perth et c'est elle qui paya ce qu'il fallait pour convaincre qui il fallait. La bénédiction fut chiche et sans âme. Assise loin derrière cette mauvaise famille, au-delà des rangs de bancs vides, à l'écart des quelques collègues dispersés, loin d'Andrew, elle pleura sans sanglots. Puis elle se consola en perdant son regard dans les jeux d'ombres et de lumière de la nef. Elle finit alors par sourire à l'image de Darryl baignant dans les reflets multicolores et chaleureux des vitraux de la Vierge, marchant comme le héron déglingué des Monty Python dans un halo de lumière religieuse.

Plus tard le soir, pendant que les sœurs se disputaient déjà la jolie petite maison de Darryl tout au bout de Bywater Way près de la Canning River, elle imagina un long orgasme de miel et de sucs avec Darryl dans le lit défait de sa chambre ouverte sur la nuit brûlante, pendant qu'elle baisait Andrew chez lui avec méchanceté et violence. Sans même s'apercevoir qu'il pleurait lui aussi.

... devenir un homme fougueux...

Quand le chaos de la steppe devint inesthétique et trop policé, les « chiens errants de l'art nomade » abandonnèrent encres et sérigraphies et plièrent bagage. Al distribua un dernier jeu d'affiches révolutionnaires inspirées de son T-shirt *Yes We Khan*, pendant que Naaran et Zorig redressaient et réparaient leur UAZ à grands coups de marteau et de barre à mine. Sur le départ, Zorig négocia la première transaction de Ganbold. Quelques pépites « empruntées à crédit » à un père de famille ninja ruiné par la mort de son fils aîné enseveli dans l'effondrement d'un puits trop profond et mal étayé.

Quand le van s'éloigna en cahotant vers un horizon de collines bleues, Erwan ne chantait pas à tue-tête *Yellow Submarine* avec ses camarades. Cette fois il ne les avait pas suivis. Ganbold, chargé de lui transmettre les adieux amicaux de ses frères de peinture, le repéra entrant en catimini dans une tente aux couleurs d'une organisation caritative canadienne subventionnée par la Durward via l'Université du Québec à Montréal. Par un trou dans la toile, il le regarda se faire baiser par la rousse québécoise avec une fougue et une force qu'il n'avait jamais surprises dans aucun ébat mongol. Il faillit même se précipiter au secours du pauvre peintre mais, voyant l'artiste soulever soudain d'un coup de reins la géologue hurlante pour la retourner, il comprit qu'Erwan n'avait pas besoin d'aide. Alors, vu qu'il était déjà devenu négociant en or, il continua à regarder à travers la toile histoire d'apprendre lui aussi à devenir un homme fougueux...

… oublier tout souvenir du chemin.

Ils conduisirent en silence toute la nuit sans vraiment chercher à savoir où ils allaient. Zarza pensait au retour compliqué qui l'attendait en France. De Vilgruy ne lui pardonnerait jamais, même si la mort de ses deux agents relevait davantage de sa propre responsabilité que de la sienne. Peut-être exigerait-il même sa démission. Il s'étonna du calme avec lequel il envisageait soudain cette possibilité de vie nouvelle. La perte d'un ami comme Yeruldelgger laissait en lui un trou béant où se naufrageaient de trop nombreuses certitudes. Petit à petit, hypnotisé par les paysages lunaires dans la lumière des phares, il abandonna même l'idée de se battre contre de Vilgruy, d'utiliser contre lui ses compromissions avec Madame Sue. D'une façon qu'il n'arrivait pas encore à comprendre, la disparition de Yeruldelgger faisait petit à petit de lui un autre homme. Sans qu'il sache vraiment s'il allait en devenir meilleur ou pas.

Bekter savait, lui, que dès l'aube prochaine Sangajav allait vouloir sa tête. Voire sa peau. Mais il ne pouvait pas y penser pour l'instant. Son raisonnement était submergé par la houle noire du souvenir de Solongo. De son long corps convoité, de ses émois silencieux, de ses abandons vertigineux, et de tout cet amour de passage qui ne lui était pas destiné. Il ne lui en voulait pas. Même dans le chaos d'Oulan-Bator, leur amour n'aurait été qu'un amour nomade. Il le comprenait maintenant que Yeruldelgger était mort. Elle le lui avait fait comprendre, même s'il avait espéré qu'avec le temps…

— Là-haut peut-être ?

Zarza regarda la crête érodée qui se détachait dans l'aube mauve et approuva le choix de Bekter. Depuis longtemps ils roulaient hors des pistes à travers la steppe. Ils poussèrent le 4 × 4 à l'assaut de la pente, jusqu'à la limite du décrochage. Puis ils continuèrent à pied et déposèrent le corps de Solongo un peu avant le sommet, abrité au nord par la ligne de crête, face au ruban enroulé d'une rivière au sud, dorée par les premiers rayons du levant qui lavait le monde de sa rosée pure. Ils cherchèrent tout autour la pierre la plus large, la plus plate et la plus blanche et la glissèrent sous la tête de la jeune femme dont le visage sembla soudain se réveiller dans les flamboiements du soleil. Puis ils repartirent sans aucune prière, laissant Solongo à son nouveau monde sans se retourner, en prenant bien soin d'oublier tout souvenir du chemin.

... maintenant qu'ils étaient quittes.

Loin déjà de tout ce chaos tragique, dans la splendeur immense de la plaine ondoyante, indifférente au fracas magmatique d'où avait jailli un jour tant de beauté, Tsetseg chevauchait la crête qui bordait la steppe. Heureuse de ce jour béni que tiédissait le levant, de son cheval blanc au petit galop court et arrondi, et de son prénom fleuri. Fière et droite, l'arc en bandoulière et le carquois battant le flanc de sa monture, les empennages de ses flèches à l'envers comme un bouquet de fleurs jaunes et vertes.

Devant elle chevauchait sa belle Yuna qu'il avait sauvée et dont elle allait désormais bien s'occuper, maintenant qu'ils étaient quittes.

Du même auteur :

YERULDELGGER, Albin Michel, 2014, Grand Prix des lectrices de *Elle*, Prix Quais du Polar / 20 Minutes, Prix SNCF du polar

LES TEMPS SAUVAGES, Albin Michel, 2015

TARKO, L'HOMME À L'ŒIL DE DIAMANT, Éditions Atacas, 2016

LE TEMPS DU VOYAGE. PETITE CAUSERIE SUR LA NONCHALANCE ET LES VERTUS DE L'ÉTAPE (publié sous le nom de Patrick Manoukian), Éditions Transboréal, 2011

Le Livre de Poche s'engage pour
l'environnement en réduisant
l'empreinte carbone de ses livres.
Celle de cet exemplaire est de :
400 g éq. CO_2
Rendez-vous sur
www.livredepoche-durable.fr

PAPIER À BASE DE
FIBRES CERTIFIÉES

Composition réalisée par Nord Compo

Imprimé en France par CPI
en septembre 2017
N° d'impression : 3024669
Dépôt légal 1re publication : octobre 2017
LIBRAIRIE GÉNÉRALE FRANÇAISE
21, rue du Montparnasse - 75298 Paris Cedex 06

74/5582/8